U0071866

# 熾熱之夢

# FEVRE DREAM

George R. R. Martin

喬治·馬汀——著
章澤儀——譯

# 熾熱之夢

好評推薦

這本哥德式恐怖小說讀來更像是閱讀主題強烈的歷史小說……比當今恐怖小說中常見的驚悚情景，更引人入迷，更具深刻意涵。

——《華盛頓郵報》「讀書世界」（*Washington Post Book World*）

在半眞如假的恐怖小說之中，《熾熱之夢》如密西西比河上的月光，敘事優美又懸疑、古樸且動人，是一部讓人讀興盎然的驚悚小說……並且難得地令人一讀再讀，唯有傑出小說家才能辦到這點……幽黑深處的冒險，超越最具創意的吸血鬼小說……氛圍扣人心弦，節奏流暢，角色活躍鮮明……馬汀的故事精彩。《熾熱之夢》的冒險既新奇又刺激。

——《洛杉磯前鋒論壇報》（*Los Angeles Herald Examiner*）

馬汀的小說精彩，非一般東塞西補的驚悚小說；情節峰迴路轉，節奏快速順暢，故事、角色、氛圍緊緊交扣，不離題岔枝，讓人無法猜測發展。小說常有個問題：麻煩或情境設定過度強烈震撼，結局反而難以適當處理。我很高興，馬汀沒有這樣的問題。《熾熱之夢》從時光啓航，乘著汽船，開往世界末日的善惡決戰地……下手購買，閱讀它，享受它，並且一面閱讀，一面顫抖。

——《西雅圖郵通報》（*Seattle Post-Intelligencer*）

毛骨悚然的吸血鬼小說，立刻讓頸背寒毛直豎。五顆星評價。

——《波士頓新聞文摘》（*Boston News Digest*）

節奏流暢，感官刺激一波波襲來，在河流三角洲的出口，達到不寒而慄的高潮。

——《德貝晚訊》（*Derby Evening Telegraph*）

好書……彷彿腐爛的花瓣，緩緩揭開劌目鉥心的故事……有幾回我怕得不敢翻頁……文筆簡潔而熟練，我深信此書將成爲今年最佳恐怖小說前五名。

——*New York City Limits*

以熟練技巧在史實與神幻奇航之間取得平衡。人物、大船與巨河之美，在心頭揮之不去。

——《軌跡雜誌》（*Locus*）

人物生動，懸疑幾乎連連不絕……我所讀過最精采的吸血鬼小說，馬汀重塑十八世紀五〇年代的密西西比河風光，可媲美一流的歷史小說。

——《科幻小說評論》（*Science Fiction Review*）

吸血鬼與蒸汽船通常不會連想在一起，但是在《熾熱之夢》中，馬汀提出這一不可能的結合，寫出一本超越歷史或恐怖小說的故事……難忘的角色，合理的背景，寫實的情節與情境……用「難忘」來形容此書可能嫌老套，但是讀完之後，你很可能會數日不由自主地想著小說場面與人物。

——*Amazing*

值得珍藏、成就不凡的好書，讓人獲得可貴的閱讀經驗……敘事風格俐落乾脆，精湛又令人難忘……這本小說具備該有的一切：氛圍、情緒、歷史與傳說的獨特結合……角色刻劃栩栩如生，善與惡的衝突帶來空前的快感與感動。《熾熱之夢》絕對會成爲恐怖小說經典，將是日後相仿作品的評價標準。強力推薦。

——*Fantastic Films*

# 熾熱之夢

好評推薦

熟練地融合冒險、超自然恐怖與精確的歷史背景……這本出色的小說幾乎在各方面都可以最高級來形容。

——《科幻小說編年史》（*Science Fiction Chronicle*）

馬汀自稱是夕陽藝術家；他的「世紀末」畫布描繪了各種即將毀滅的星球、現代世界的死亡、或俠義風範的長久式微。然而，失落素來是他的主旨，氛圍始終在狂熱地慶祝正在消逝的榮景……馬汀描述一段雄偉的冒險，眞正題旨是解剖墳墓——無論其中埋藏的是人、是生活方式、是一個民族、或是某種人……怪誕的描述雅緻又牽動感官，在文學上少有可比……河船、農場與吸血鬼在轟鳴吶喊，奮力反抗走向死亡的道路，怒斥光明的逝去……非常好的小說。

——Infinite Plus

發人意興，而且超自然的恐怖故事震撼人心——是少數在以上兩個層次都令人滿意的小說。悚然且感人，難忘又美麗。說服力十足的角色（人或非人都是），是他那一年代任何作家的恐怖小說都難以匹敵。我認爲《熾熱之夢》讓他成了這領域中最讓人佩服的新秀作家之一。

——拉姆齊·坎貝爾（Ramsey Campbell）

史帝芬·金與馬克·吐溫的書迷看了會喜歡……憂鬱的傳說故事，時而驚悚，時而刺激，牽動情緒，使人久久難忘。馬汀的小說是成功佳作。

絕倫的構想！一段順河流浪的驚恐冒險故事，氣氛細膩，威脅感逐漸增強，到了近結尾，令人幾乎要無法承受。此外，吸血鬼的刻劃不同以往，歷史趣味橫生，這本恐怖小說不同凡響。

——羅傑·齊拉尼（Roger Zelazny）

文筆大致樸素內斂，蒸汽船時代背景的文字可媲美馬克・吐溫的敘述，悚然恐怖……異種族群間的忠誠情誼令人動容。

——惠特利・史崔伯（Whitley Strieber）

新鮮有趣……對吸血鬼傳奇小說的狂熱者，是文學佳作，值得一讀。

——《克科斯評論》（*Kirkus Reviews*）

精彩仿如電影……故事引人入勝，趣味橫生。細節周詳，人物鮮活。

——《艾西莫夫科幻雜誌》（*Asimov's*）

馬汀在科幻小說界證實他一流的天分……而這本小說則是經典的恐怖小說：文字精練，讀者看了也將心驚膽顫。

——*Starburst*

吸血鬼小說是恐怖文學最難創作的形式……人物的刻畫立體，豐饒世界的描述鮮活，吸血鬼的習性解釋合理，幾幕震撼場景精彩而出色……

——*Daily Texan*

——《榮諾克時報》與《世界先鋒報》（*Roanoke Times & World Herald*）

精采絕倫，顯然是近年最棒的恐怖小說……別出心裁，脈絡清晰，令人毛骨悚然。

——*Time Out*

# 熾熱之夢

目錄

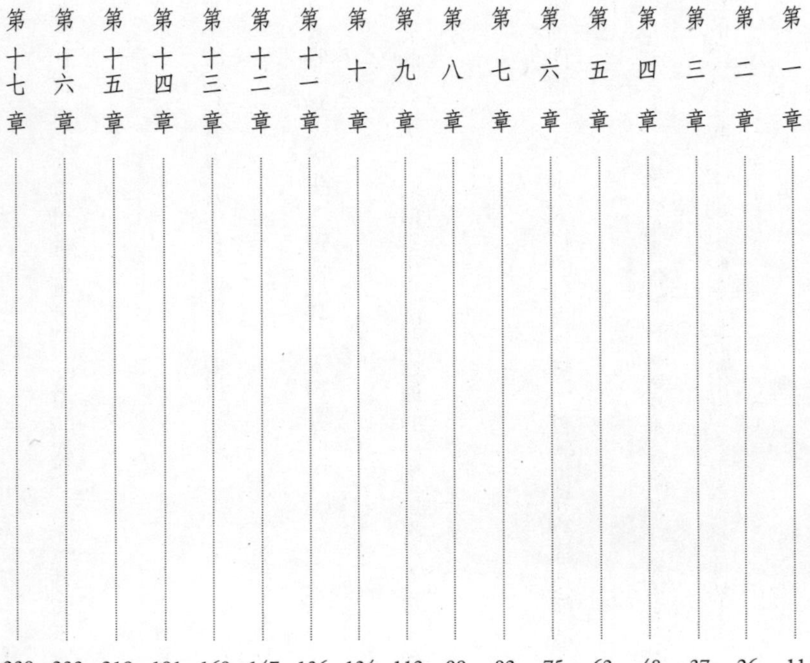

獻給HOWARD WALDROP

一個頂尖的作家、頂尖的朋友；
在這世上的夢想家之中，他的確擁有一顆熾熱的心靈。

# 第一章

**聖路易，一八五七年四月**

艾伯納．馬許用他的胡桃木手杖在櫃檯上輕叩二下，禮貌地喚起旅館服務員的注意。「我和一位約克先生有約，」馬許說，「喬許．約克。他本人是這麼對我說的。你們這兒有這個人嗎？」

半老的服務員戴著一副眼鏡，聽見叩叩聲時嚇了一跳，隨即轉過頭來打量來客，然後微笑道：「唷，原來是馬許船長。」他親切地說，「快半年沒見你啦，船長，不過我倒聽說了你那件不幸的事。唉，眞慘，太慘了。我打三六年起就在這兒幹活兒，也沒見過那樣可怕的冰災啊。」

「不必了。」艾伯納．馬許有些惱怒。他早料到會有這種閒言閒語。墾拓客棧是極受行船人喜愛的旅舍兼餐坊，馬許以前也常來這兒吃飯，但自冰災發生後就再也不來了——倒不只是因爲餐飮的價錢問題；他還是喜歡這兒的口味，只是不太想見到在這兒出入的人：那些個舵手、船長、大副，還有在河上討生活的，不是老朋友就是老仇家，而他們全都曉得他的倒楣事兒。艾伯納．馬許才不要任何人的憐憫。「只要告訴我約克住哪間房就好。」他兇起來。

服務員慌張地猛點頭：「船長，約克先生不在房裡。他應該在餐廳，正在用餐。」

「現在？這種時候？」馬許朝牆上俗艷的大鐘瞟了一眼，接著解開大衣的黃銅釦子，掏出他自己的金懷錶。「午夜過十分了。」他不敢置信地問：「你說他正在用餐？」

「沒錯，船長，他就是這樣。約克先生自有一套作息，而且可沒商量餘地的。」

艾伯納．馬許粗魯地悶哼一聲，收起懷錶，掉頭就走，步子踏得又重又長，直往華麗氣派的大廳那頭去。他身材高大，天生沒耐性，也不習慣在半夜跟人家談什麼生意上的事情。帶著這支手杖只是為了做做樣子，掩飾他這些年的不如意，彷彿他仍像以前那般意氣風發。

旅館的餐廳幾乎就像大型郵輪上的高級交誼廳一般富麗堂皇，有切工繁複的水晶吊燈，許多配件都是由發亮的黃銅製成，每張桌面鋪著精緻的白桌巾，擺著最上等的瓷器和水晶杯。若在平常時間，這兒會坐滿投宿在此的客人和船業同行們，現在卻是空蕩蕩、靜悄悄、幽幽暗暗——也許是在為這場午夜之約表述些什麼——馬許心想，這樣也好，起碼少了那些討人厭的慰問和同情。廚房的門邊有兩個黑人侍者在輕聲交談，馬許沒搭理他們，逕自往最遠的盡頭處走去，只見那兒坐著一個衣著體面的陌生人，正獨自用餐。

那人一定聽見馬許走近，卻沒有抬眼來看，只是自顧自地從瓷碗裡舀起仿甲魚濃湯來喝。從那身黑色長大衣的剪裁看來，他顯然不是搞船業的，那麼應該是東岸來的，說不定是外國人。馬許打量那個人，對方個子不矮，但是應該沒有自己這麼壯，單看他坐著的上半身便知道，高歸高，身上卻沒有半點兒肥肉。遠遠看見那頭白髮時，馬許還以為他是個老人，走近一看才知自己想錯了，原來那人的頭髮是極淺的淡金色，這下倒令他的模樣顯得青春；那張長而無表情的臉上沒有半點鬍碴或短鬚，不只是修整得乾淨，皮膚也像那頭金髮一樣光滑。馬許走到桌邊停下時心想，那雙手還有點像女人呢。

他用手杖敲敲餐桌。有桌巾墊著，敲出來的聲音便溫和許多。「你是喬許．約克？」他問。

約克抬起頭，兩人視線相對。

在那之後，到他的生命結束為止，艾伯納．馬許都再也忘不了第一眼瞧見喬許亞．約克的眼神時的感覺。不管他曾經有過什麼念頭、打過什麼主意，全都被約克眼中的漩渦給捲走了。少年也好、老人也好、鄉紳也好、外地人也好，那些形象都在瞬間消失無蹤，只剩下約克，一個無可形容的獨特存在，還有他的力量、夢想，以及絕對的強韌。

約克的眼瞳是灰色的，襯在那張蒼白的臉龐上卻顯得異常漆黑。他的瞳孔有如針尖，黑色的火燄照射出光芒，直探進馬許的眼中，掂量他的靈魂是輕是重。瞳孔外的那圈灰色像是有生命，又像是游移在夜色中的霧氣，只在河岸消失、燈火隱滅時才出現在行船人的身旁，讓人覺得世界就只剩下腳下的小船、大河，還有這片迷霧。這樣的大霧，艾伯納．馬許遇過多次，更見過許多幻象，常常都是一閃而逝：霧裡有一雙冷靜而睿智的窺探之眼，也有陰暗駭人的猛獸，儘管受困在迷霧中，卻張牙舞爪地咆哮著。笑聲、孤寂和殘忍的熱情；約克的眼神中竟擁有這一切。

但最懾人的卻是那雙眼睛裡的力量。可怕的力量，無情、冷酷，像那場冰災般足以粉碎馬許的夢想。在那片霧裡，馬許能感覺到冰層在緩緩移動，甚至能聽見船群發出的淒厲號叫，隨著所有的希望化成碎片。

艾伯納．馬許這輩子從沒居高臨下地盯著人看這麼久。他極力保持直視對方，握在杖上的手抓得甚緊，連他都怕木杖會被自己抓斷了，只不過最後，他還是先別開了視線。

只見約克這才推開湯碗，起身示意，並說：「馬許船長，我正在等您。請坐。」他聲音輕柔，聽來隨和又有教養。

「好。」馬許應道，聲調也放輕了。他拉開椅子，隔著桌子在約克對面坐下，讓自己放輕鬆點。馬許是個老粗，六呎高，三百磅重，有一張紅臉和大把的黑色絡腮鬍。留鬍子是爲了掩飾自己的塌鼻子和滿臉肉瘤，可惜效用不大，人們依然說他是這條河上最醜的人，他自己也心知肚明，要不是有這件深藍色雙排釦的船長大衣，他只會是個性子剛烈、令人一見就生畏的雕像。如今約克的雙眼竟能汲走他的烈性，馬許因此暗忖，這傢伙一定是個狂熱分子。他到過內戰的堪薩斯州，曾在一個名叫約翰．布朗的狂人身上見過這種眼神，覺得那人簡直是來自地獄的傳教士。狂熱分子也好，傳教士或廢奴主義者都好，馬許可一點兒也不想跟他們扯上關係。

話雖如此，約克說話的樣子卻不像是個狂熱分子：「船長，您好，我名叫喬許亞．安通．約克。商場上，人們都叫我J．A．約克，朋友則管我叫喬許亞。希望我和您既能做生意上的夥伴，也能做好朋友。」那語調十分誠摯，彷彿出自一個理智的人口中。

「這就要看緣分了。」馬許未置可否。對面的那雙灰眼珠顯得冷淡又有所隱藏，剛才那些無以名狀的激動竟都不見了，令他感到不解。

「我想，您收到了我的信？」

「我帶來了。」說著，馬許從外套口袋裡掏出一只對摺的信封。這封信裡所提的條件好得令人不敢置信，馬許起初以爲是好運降臨，能爲他挽救一切的損失，如今卻沒那麼肯定了。「你想做郵輪事業，是嗎？」他問道，身子向前傾了傾。

一個侍者走近問：「船長，您要和約克先生一起用餐嗎？」

「請別客氣。」約克力邀。

「當然，」馬許道。約克也許能瞪贏他，但論起吃，這條河上可沒有人贏得過他。「我要來個湯，一打鮮蠔，兩隻烤雞加馬鈴薯，多些塡料。皮要脆一點，別忘了。再來點喝的潤潤喉。約克，你喝什麼？」

「勃根地。」

「很好，那再來一瓶。」

約克的表情柔和許多。「您的胃口眞大啊，船長。」

「約克先生，是這座城的胃口大，」馬許小心地說，「還有這條河。所以這兒的男人得保持體力，跟在紐約或倫敦可不同。」

「我懂了。」約克說。

「希望你是眞懂。你要是想進郵輪業，那才是眞正的大口生意。」

「那我們就開門見山談生意吧？您有一條郵輪航線，我想買下您一半的股份。既然您來到這兒，想必對我的提議有些興趣。」

「興趣是有，但也有些疑問。」馬許承認，「你看起來像個聰明人，在寫這封信給我之前，應該打聽過我的風聲才是。」他用指頭在信封上敲了幾下。「所以你應該也知道，去年冬天的那一連串事情，幾乎毀掉我的事業。」

約克沒說話，臉上的神情卻像在要求馬許說下去。

「熱河郵輪公司就是我的。」馬許便繼續說，「我取這個名字，是因為我在山丘城附近的熱河鎮出生，可不是因為我只跑那一帶。我原有六艘船，大多在密西西比河上游跑生意，從聖路易到聖保羅，有時候也會到熱河鎮、伊利諾與密蘇里地區去。我的生意做得很順，幾乎每年都能進一艘新船，本想把業務拓展到俄亥俄去，或甚至往紐奧良那裡，偏偏就在去年七月，我的瑪麗克拉克號鍋爐爆炸，整艘船就在杜比克燒燬了，就在河上出事，死了一百多人；然後去年冬天——最可怕的冬天，我讓四艘船在聖路易這兒過冬：尼可拉斯皮瑞號、登莉絲號、甜蜜熱河號，還有我那艘全新的伊莉莎白號。伊莉莎白只跑了四個月，當時我花了多少心血在她身上啊。將近三百呎長，十二座大型鍋爐，跑起來絕不遜於這條河上的任何一艘蒸汽郵輪，這小姑娘眞是我的得意之作。她花了我二十萬，但每分錢都花得相當値得。」說到這時，湯品上來了，馬許嚐了一大匙。「太燙。」他皺眉道，「好吧，算了。反正聖路易是個過冬的好地方，冬天不會冷得太離譜，也不會太長。只不過，去年冬天就不同了。沒錯，冰災。該死的河給我結凍了，凍得死死的。」馬許把他的大紅掌往前伸過桌面，掌心向上，然後慢慢收攏，五指成拳。「假設有顆雞蛋在我手上，約克，你就想像得到了。冰層可以擠碎一艘船，比我捏碎一顆雞蛋還輕鬆。更慘的是融冰，大塊的碎冰會順流而下，有什麼就撞什麼，碼頭啦、堤岸啦、大小船隻，無一倖免。冬天過完時，我的四艘船全完了。那場冰災把它們從我身邊奪走了。」

「保險呢？」約克問。

馬許稀里呼嚕地喝起湯來，在喝湯的空檔才講話。他搖搖頭：「我可不是個賭徒，約克先生。我從不把錢花在保險上。保險是賭錢的玩意兒，除非你下注在自個兒身上。我從船務賺多少錢，我就花多少錢在我的船上。」

約克點點頭。「據我所知，您還有一艘船。」

「對。」馬許喝完了湯，示意侍者送下一道菜。「艾麗瑞諾號，一百五十噸的小船，尾輪推進。我都讓她跑伊利諾州，因爲她載不了多少重，所以她在碧城避冬，逃過了一劫。那就是我所有的資產了，我只剩下她。約克先生，麻煩的是，艾麗瑞諾不值幾個錢啊，她還是新的時候就只花了我二萬五，而且還是五〇年時的事。」

「七年，」約克說道，「不算太久。」

馬許搖搖頭，「對一艘蒸汽郵輪而言，七年太久了。大多數的蒸汽船頂多只能撐個四、五年。艾麗瑞諾號是造得比較堅固，但她再長壽也撐不久啊。」他邊說邊開始動手吃鮮蠔，把蠔肉一一刮離，整個兒吞下，佐以大口大口的紅酒。「所以我覺得納悶，約克先生，」連吃了六顆鮮蠔後，他才繼續說，「你想買我公司一半的股份，只會得到一艘老舊的小船，沒別的了。你在信裡寫的那個價錢未免也太高了，要是我現在還有那六艘船，我的整間公司或許值得上那麼多錢。但現在可不值。」他又吞下一顆鮮蠔。「你這筆錢砸進來，起碼十年都未必能回收，小瑞諾載貨量那麼少，載客量也一樣差。」馬許用餐巾擦擦嘴，重新打量面前的陌生人。現在他吃飽喝足，精神好了大半，也覺得自己能夠掌控場面了。約克的眼神雖然特別，但也沒什麼好怕的。

「船長，您現在需要我的錢，」約克說道，「爲什麼還要對我說這些？難道您不怕我去找別的合夥人？」

「我不做虧心事。」馬許回道，「約克，我在河上跑了三十年，從我還是個小男孩時就划著木筏子到紐奧良。平底船、河運小貨船我都待過，我也幹過舵手、大副，甚至打過漁和跑腿打雜。我在這行什麼活兒沒幹過，就是騙子不幹。」

「這麼誠實。」約克說著，帶著一種語氣，令馬許幾乎要覺得那是在嘲笑他。「船長，您願意把公司的情況老實告訴我，我很高興。現在我了解得更清楚了。我的價錢不變。」

「爲什麼？」馬許粗魯地問道，「只有傻瓜才會浪費錢。你可不像個傻子啊。」

約克還沒搭腔，下一道菜已經上來了。馬許點的雞烤得香脆完美，他就愛吃這樣的。他切下一隻雞腿，大吃大嚼起來，約克的則是一份厚切烤牛排，既紅又生，浸在血汁裡。馬許看著他切肉，動作靈巧又輕鬆，那把刀滑進肉裡，就像那只是一塊奶油，沒有絲毫停頓或拉扯，更不像馬許這般蠻鋸；而他用起叉子就像個紳士，總是先放下刀再換手拿。有力而優雅——那十隻蒼白而纖長的手指頭直教馬許佩服不已，懷疑自己剛才怎會覺得那像是女人的手。那雙手白皙卻強壯，彷彿日蝕號主艙那架平台鋼琴的白鍵一樣堅硬。

「所以？」馬許催促道，「你還沒回答我的問題。」

喬許亞．約克頓了頓，然後才開口：「馬許船長，既然您對我開誠布公，我不會用謊言來回報您。我原先想對您撒謊，但現在我只能選擇不說出眞相，以免令您多想。有些事我不能告訴您，不過那些都是不重要的小事，您也不會想知道。在這樣的前提下，我會儘可能地說明，然後再看我們能否達成協議。如果不能，我們不妨好聚好散。」

馬許用力切下第二隻烤雞的雞胸。「說吧，」他道，「我還沒要走。」

約克放下刀叉，指尖相觸。「基於我個人的理由，我想做一艘蒸汽船的船主。我想走遍這條大河，享受舒適且私密的旅行，卻不是以旅客的身分，而是當船長；我有這樣的一個夢想，一個動機。我在尋找朋友和同伴，我也有敵人，不少的敵人，但這些細節不用您擔心。如果您非要知道不可，我就會說謊了，所以請別追問。」他的眼神銳利起來，然後又變得柔和，同時微笑道：「船長，您只要知道我爲什麼想做一個船東兼船長就夠了。您也看得出來，我並不是在河上討生活的人，我對蒸汽船一無所知，也不了解密西西比河，我只讀過幾本書，在本市停留的這幾個星期裡學到一些皮毛，如此而已。很顯然地，我需要一個搭檔，一個熟悉這條河、了解本地人的人，這人要能夠掌管船上每天的例行事務，讓我無後顧之憂地追尋我的夢想。」

「我要的搭檔還必須具備某些條件：他必須爲人謹愼，因爲我不希望我的行爲——我承認這些舉動是比較特殊——成了碼頭上的話題；這人也必須值得信賴，因爲我會把管理權全交到他手裡；他還得夠膽色，我可不要一個懦弱或疑神疑鬼的人，也不要他信仰得太虔誠。船長，您對信仰虔誠嗎？」

「沒有，」馬許說道，「我對那些聖經教條從不感興趣，那些人也不愛理我。」

約克微微一笑。「務實主義。我正是要找一個務實的人，這樣他才會專注在自己的工作上，不會過度打聽我的事情。即使我的行爲有點怪、太隨性或善變，我仍十分重視我的隱私，不希望有人去挖它。您明白我的要求嗎？」

馬許捻著鬍子沉吟。「要是我明白呢？」

「那我們就可以做搭檔。」約克道，「讓您的律師和夥計們去經營您的航線，您則和我一起在河上旅行。以後我就是船長，您可以自稱是舵手、夥伴、副船長，隨您高興。船隻的航行實務都交給您，我不會常常過問，但我眞正下令時，您得正視，而且任何人都不得有異議。我有些朋友會隨我們一同旅行，只是佔艙位，不需什麼花費，也許我會給他們指派幾個我認爲適合的職位，您不要過問。或這一路沿河交到別的朋友，我也可能請他們上船來，您也要歡迎他們。如果您願意遵守這些原則，那麼馬許船長，我們就可以一起發財，一同在您的河上享受舒適且豪華的旅程。」

艾伯納·馬許大笑。「好吧，也許可以，但那可不是我的河。約克先生，你說我們要在老艾麗瑞諾上享受豪華之旅，恐怕你上了船只會心酸。她現在只是個嘎嘎作響的舊木盆，裝了幾張湊和著用的陽春鋪座，大多數時候載滿了外鄉來的窮光蛋，我自己都有兩年沒上去過了──現在是老船長尤爾杰在替我跑，而我上次跑她時，她的味道已經很難聞了。你若想豪華，還不如考慮買下日蝕號或約翰西蒙號吧。」

喬許·約克抿了幾口紅酒，然後微笑道：「我腦子裡想的並不是艾麗瑞諾號啊，馬許船長。」

「我沒別的船了。」

約克放下酒杯。「來，」他說，「餐點就先用到這裡吧，剩下的可以到我房裡去用，還有些事要進一步討論。」

馬許客氣地婉拒——墾拓客棧的甜點一向美味，他最不想錯過，無奈約克執意離開。

約克的房間寬敞精緻，是這間旅舍最上等的客房，通常會留給來自紐奧良的富有地主。「坐。」約克帶點命令語氣，朝一張大而舒適的椅子示意。馬許依言坐下，約克自己則走進裡面的房間。過了一會兒，他抱著一只鑲著鐵條的小箱子走出來，將箱子放在圓桌上，動手開起鎖。

「您來看。」

約克說時，見馬許已經站到他身後，便將箱蓋往後揭開。

「是金子。」馬許的語調轉緩。他伸出手，撫摸那些金幣，讓它們在指間滾動，享受黃澄澄的金屬質感、柔和的光亮與喀啦聲，然後捏起一枚，放進嘴裡輕咬一下。

「很純哪。」馬許咬字含糊地說著，一面將那枚金幣扔回箱中，聽著那一聲叮咚。

「每一枚都是二十元面額。這一箱有一萬元，」約克道，「我另外還有兩箱，以及倫敦、費城和羅馬等幾家銀行開出來的大筆信用狀。馬許船長，接受我的條件吧，這樣您就能再買一艘船，而且比您的艾麗瑞諾號更大更氣派——或者我該說：我們要再買一艘船？」他微微一笑。

艾伯納．馬許原本想謝絕約克的提議。儘管他實在需要這筆錢，但他天性多疑；約克如此神祕，又過分要求他的信任——他開出來的條件卻又太好了。馬許篤定這其中必定有危險，這頭要是點下去，恐怕他會落到比現在更慘的景況。但再看看眼前，自從約克的財富亮了相，馬許便覺得自己的決心越發脆弱。「你是說，一艘新船？」他說得暗啞。

「對，」約克重複道，「我另外出錢買下你一半的郵輪航線股權，那筆錢都不比這艘新船多。」

「那是多少……」馬許焦躁起來，舔了舔乾澀的嘴唇。「你打算花多少錢打造這艘新船，約克先生？」

「要多少才夠？」約克問得平靜。

馬許用單掌掬起滿滿的金幣，又讓它們由指縫間落回木箱。瞧它們亮的，他腦中這麼想，但說出口的卻是：「約克，你不該帶這麼多錢在身上。這兒有些殺人不眨眼的惡棍，單單一枚這玩意兒就夠教他們動手了。」

「我有本事保護自己的，船長。」約克道。見那眼神裡透出的寒意，馬許覺得發冷，竟憐憫起那些歹徒。

「你願意陪我出去走走嗎？到碼頭那兒。」

「您還沒有給我回覆，船長。」

「我會給的。先隨我來吧，我有東西要給你看。」

「好的。」約克說。他闔上箱蓋，那一小片柔和金光隨即消失，房裡也突然變得黯淡而窄迫。

夜晚的空氣沁涼而潮濕。兩人走在漆黑的街道上，聽著靴子在蒼茫夜裡留下回音；約克的腳步聲靈活而優雅，馬許的則有一股沉重的威嚴感。約克穿著一件貌似斗篷的寬鬆短外套，頭上的老海狸毛皮高筒帽在半月的月光下拖出長長的影子。馬許瞪視著倉庫之間的黑巷影，想表現堅定強悍的氣勢，嚇退在那些冰冷磚房旁打轉的小混混。

碼頭邊擠滿了少說四十艘蒸汽船，儘管正值午夜，這些船也沒有靜著。月光將一棧棧高大的貨疊映成黑影幢幢，影子下的船工們斜倚在條板箱和乾草綑上，手裡拋弄著酒瓶或抽他們的玉米菸斗。十幾艘船艙的小窗子仍透出燈光，密蘇里郵輪懷安多特號也還亮通通地冒著蒸汽。有個男人高高站在一艘大郵輪的頂層甲板上，好奇地朝下盯著馬許和約克瞧。馬許領著約克走過那人腳下，經過一排暗色而沉寂的蒸汽船，看著它們高聳的煙囪直探星空，像是一列黑色的樹幹頂著滿樹奇特的花朵。

走了一會兒，他才在一艘裝飾精美的大型輪船旁停下。那是一艘外輪汽船，主甲板上堆著高高的貨物，歷經風霜的船鼻磨擦生響，階梯收了起來，像是不允許外人打擾她打盹兒。半月的光芒不算太明亮，卻仍能將她照得清澈生輝。碼頭區沒有任何一艘蒸汽船像她這般雄偉傲然。

「這是？」喬許亞．約克平靜地問，語氣恭敬。也許就是這份恭敬——馬許後來覺得——促成他在當下做了決定。

「這就是日蝕號。」馬許說，「瞧，操舵室外有她的名字。那裡。」他用手杖戳指，「你看得見嗎？」

「看得很清楚。我的夜視力很好。這艘船很特別，所以呢？」

「噢對，她可不是普通特別。這條河上沒有人不知道日蝕號，雖然現在已經老了——五二年建造的，五年了，卻還是最雄偉氣派的；聽說要花上三十七萬五千元，可是每分錢都值得哪。這兒可再沒有一艘船能比她更大、更豪華、更『精彩』了。我研究過，上船去搭乘過，我知道。」馬許強調道，「她有三百六十五呎又四十吋，宴會廳就有三百三十呎長，而且絕對超乎你所見。大廳的一端有純金的亨利·克萊雕像，另一端是安迪·傑克遜的，這兩座金人像的光就把整間大廳照得通亮。還有無法計數的水晶杯、銀器和彩色玻璃，那些上等貨就連墾拓客棧都垂涎萬分；好些油畫、你從沒嚐過的美食，還有鏡子——完美的鏡子。但這些全都比不上她的航速。」

「她的主甲板下方有十五口鍋爐，外加個十一呎大引擎——只要史都準船長一聲令下，我告訴你，那速度沒有任何一條河上的哪一條船趕得及，就算是溯河而上，也有十八哩的時速，輕鬆得很。她在五三年時創下紐奧良到路易斯維爾的紀錄，我親身感受過那本領：四天九小時又三十分，比他媽的埃爾·紹特維號還快了五十分鐘。埃爾已經夠快了。」馬許轉過身，面對著約克：「我原希望我的伊莉莎白有一天可以取代日蝕號，快過她，或是可以跟她並駕齊驅，但我現在知道，莉莎永遠也等不到那一天，是我自欺欺人罷了。我沒有那筆錢去打造一艘足以取代日蝕號的船。」

「約克先生，你把那筆錢交給我，你會得到一個你想要的搭檔。先生，這就是答案。你要熱河郵輪一半的股權，要一個安分做事的合夥人，不要他過問你任何私人事務？可以。你只要把錢給我，讓我來造一艘像她那樣的船就行。」

喬許亞·約克望著龐大的船輪，看著她在黑暗中獨自沉靜，在水面上悠然浮移，彷彿正好整以暇地等待著挑戰者的到來，然後他轉向艾伯納·馬許，嘴角微揚，黑眸中閃動著一縷微燄。

「一言爲定。」

就這麼一句，他便伸出手來。

馬許咧嘴笑開，露出一口猙獰奇突的亂牙，也用他那厚實的大手掌握住約克纖瘦白皙的手，並且用力握緊。「一言爲定。那麼……」他朗聲說時，一面在手掌上使出最大的勁兒——這是他談生意時的習慣，好測試對方的誠意和膽識。他總是用力捏對方的手，直到在他們眼中瞥見痛感爲止。

可是約克的眼神始終清澈，而且他的手也同樣使勁緊握著馬許的手，力道大得令馬許都驚訝。那隻蒼白的手越握越緊，掌下的肌肉彷彿是鋼筋鐵條做成的，馬許甚至得忍著才能不喊痛。

約克鬆開手。「來吧，」他道，伸手在馬許的肩上重重一拍，又令馬許略微踉蹌。「我們要訂計畫。」

# 第二章

紐奥良，一八五七年五月

剛過十點鐘，酸比利．提普頓來到法國交易所，看交易所的人拍賣了四桶紅酒、七箱乾貨和一批家具，然後見幾個奴隸被帶進來。他始終沒出聲，支著手肘靠在長方吧檯的大理石桌面上，啜飲著苦艾酒，觀察拍賣商們用兩種語言爭奪下標。酸比利是個皮膚黝黑、形容枯槁的男子，馬長面孔上滿是幼年時留下的水痘疤，一頭乾褐稀疏的頭髮，有好多頭皮屑。他很少笑，眼珠子又是冰藍色的，看起來更嚇人。

那一雙冷酷而危險的眼睛是酸比利的保護色。法國交易所是個豪華的地方，完全不符合酸比利的品味，其實他自己也不喜歡來。交易所設在聖路易旅館的圓形大廳，廳頂挑高呈圓頂狀，白日的天光可以一洩而下，盡情地照在買家和賣家們的身上。圓廳直徑目測起來差不多有十八呎，周圍有高聳的柱子環繞，長廊分布在廳旁，天花板有精美的裝飾，牆上則掛著一堆怪畫，而吧檯是整塊的大理石，地板是大理石，拍賣商們面前的桌子也是大理石製的。當然，進出此間的客人們也同樣稱頭，不是來自上游的富有拓荒者，就是年輕的克里奧裔〔譯註〕少爺們。酸比利看不慣那些公子哥兒，也討厭他們豪奢的衣著、倨傲的舉止和目中無人的態度。他不喜歡同他們打交道。那些人衝動又好滋事，動不動就搞決鬥，有時甚至會莫名向酸比利挑釁，挑剔他的法語腔調，說他盯著他們的女人看，或是嫌他的美國味落伍、討厭又無禮。不過，小伙子們只要對上他的眼神，讀到那其中蒼涼的銳利與敵意——通常，他們都會自動走開。

當然，除非必要，否則他寧願到聖查爾斯的美國交易所去買黑奴，那兒比較沒這麼講究禮節，人們都說英語，他也覺得自在些。聖路易這兒的氣派一點也吸引不了他，只有飲品還不錯。

酸比利每個月都不得不來這裡一次。美國交易所買得到好農工或廚子，卻買不到好看的黑妞兒，尤其是朱利安偏愛的黑白混血妞兒。想買到那些黑黝黝的小美女，就得到法國交易所來。朱利安就是要長得美的，他很堅持。

酸比利遵照戴蒙．朱利安的吩咐辦事。

大約十一點鐘時，杯中的最後一滴酒下肚，交易商才開始把奴隸們從圈籠裡帶出來：男女老少，還有兒童，數量不等。有些標明了膚色、容貌特徵和智力，說不定他們還會說法語。奴隸們被帶到大廳旁站成一排供買家觀看，幾個年輕的克里奧男子走過去看，昂首闊步，一個接一個品頭論足，順便看看今天的盤價。酸比利仍留在吧檯旁，點了第二杯苦艾酒。他昨天就逛過大部分的奴隸場，也看過他們打算在今天帶出來拍賣的貨色，心裡有數。

一名拍賣主持人在大理石桌上敲響木槌，大廳裡的人們隨即安靜下來。主持人示意，便見一名年

---

譯註：克里奧（Creole），克里奧人或克里奧裔，在本書中特指在美國路易西安那州出生的法國或西班牙後裔。

約二十的妙齡女郎小心翼翼地爬上旁邊的大木箱。女郎看起來有點黑白混血，雙眼分得很開，以黑人而言算是漂亮的。她穿著一襲印花棉布製成的連身長裙，頭上繫著綠絲帶。拍賣主持人高亢地誇讚她的優點，但酸比利並不感興趣，只有兩個克里奧少爺出價競標。最後好像以一千四百元左右賣出。

下一個也是女性，年紀稍長，據說有一手好廚藝，很快就被拍出。緊接著是一名帶了兩個孩子的年輕母親，三個人一起賣。酸比利只是觀望著，一連等了好幾組拍賣成交。等到他心目中的理想標的被帶上來時，大廳的時鐘已經指著正午過一刻，而法國交易所已經擠滿了買家和看熱鬧的人。

拍賣商向群眾介紹，女孩名叫艾蜜莉。「各位先生，看看她，」他口沫橫飛地用法語說道，「看看，多麼完美！我們這兒有好幾年沒出過這樣好的貨色了，好幾年哪！下一個不知要再等幾年。」酸比利點頭同意，一面在心裡暗忖：艾蜜莉大約十六、七歲，幾乎是個十足成熟的女人了，站上拍賣台雖顯得有些驚慌，但那一身剪裁大方的黑色衣裙，完全襯托出她美好的身材和姣好容貌——大而柔和的雙眸，如法式咖啡般乳褐色的細緻肌膚。朱利安會喜歡這種的。

競標的氣氛驟然活絡起來。農場當然用不著這樣貌美的年輕小妞，但場中有六、七個克里奧小伙子早已垂涎三尺。想當然爾，艾蜜莉已從別的奴隸口中聽到自己往後可能的發展。她長得夠漂亮，極有可能提前獲得自由，被一個家世良好的克里奧少爺養著，住進壞帕街的一棟小洋房，至少待到那少爺成婚爲止；她可以打扮得漂漂亮亮，穿著絲質晚禮服，用緞帶紮頭髮，到奧爾良舞廳去參加混血兒舞會，讓公子哥兒們爲她爭風吃醋；她的女兒膚色會更淺，在同樣的好環境裡長大，然後等她自己年華老去時，也許她已經學會梳頭、洋裁，或經營船屋的本領等等。酸比利抿一口酒，不動聲色。

標價一路往上攀升。來到兩千元左右時，全場只剩下三個投標客，其中一個禿頭黑面的男子便在這時要求艾蜜莉脫光衣服。只聽見拍賣商粗魯地喝令一聲，艾蜜莉便輕手輕腳地卸去了衣衫，走出衣服堆外，立刻有人高聲讚美起來，那淫穢的語意引得群眾一陣哄笑。拍賣商也邪邪一笑，加上幾句他自己的意見，令少女尷尬地微笑。競標隨即重開。

喊到兩千五百元時，禿頭男子退出了，剩下的兩個都是克里奧人。那兩人一來一往地喊了三輪，把價格提高到三千兩百元。氣氛在這時出現一絲猶豫。在主持人的勸誘下，比較年輕的那一個喊出了最終價格：三千三百元。

「三千四。」另一人鎮定地說。酸比利認得那人。他名叫蒙特婁，個子精瘦，好賭又好決鬥，惡名昭彰。

他的對手搖搖頭，競標就此結束。蒙特婁朝艾蜜莉露齒一笑。酸比利數了三下心跳，瞧著大木槌揚起，這才放下他手中的酒杯，清楚且大聲喊道：「三千七。」

拍賣商和女孩都吃驚地抬起頭來。蒙特婁和他那一幫朋友則朝酸比利投以陰沉且敵意的注視。

「三千八。」蒙特婁道。

「四千。」酸比利說。

少女雖然貌美，但這價錢已經太高了。蒙特婁朝身旁的兩名男子不知說些什麼，便見他們三人立刻轉身往大廳外走去。大理石地板傳來的靴聲響亮銳利，聽來像是帶著怒意。

「看來是我得標了，」酸比利說道，「讓她穿上衣服，我馬上要走了。」他說這話時，場中的人都盯著他看。

「噢，當然！」拍賣商說道。另一個主持人走上台來，敲響另一聲木槌，又帶上一名漂亮小妞，群眾的目光隨即被她吸引，交易所裡又開始人聲騷動。

酸比利．提普頓領著艾蜜莉走出大廳的長形拱廊，來到聖路易街，經過一間間時髦高級的商店，任由閒人和有錢的旅客們投以好奇眼光。當他走到馬路上，爲刺眼的陽光眨眼時，蒙特婁走上來挨到他身旁，用法語說了聲「閣下」。

「要和我講話就說英語。」酸比利不客氣地兇他，「在外頭，你該叫我提普頓先生，蒙特婁。」說時，他折了折手指頭，同時用冰冷眼神鎮住另一個人。

「提普頓先生，」蒙特婁的英語說得平直單調。他面無表情，臉色卻微微漲紅，兩個跟班不動如山地站在他身後。「這不是我頭一次標女人輸掉，」這個克里奧人說道，「她是夠美，但輸掉了也沒什麼。我只是不喜歡你下標的方式，提普頓先生。你在交易所裡讓我出洋相，用你的勝利羞辱我，拿我當傻瓜耍。」

「哎呀呀，」酸比利道，「言重言重。」

「你會惹禍上身的。」蒙特婁警告道，「你知道我是誰嗎？先生，你若是個紳士，我早就把你叫出去了。」

「決鬥是違法的，你沒聽說嗎？蒙特婁。」酸比利說，「而且我不是紳士。」他轉向那名混血女孩，見她貼著旅館的牆邊站著，兩眼直盯著他們瞧。「過來，」酸比利吩咐道，然後自己先走下人行道，她便跟上。

「閣下，你會付出代價的。」蒙特婁在他們身後叫道。

酸比利瞧也不瞧他一眼，逕自轉過街角，腳步輕快，比剛才在法國交易所裡更多了幾分昂揚。在大街上，酸比利就覺得自在多了，這兒是他長大的地方，也是他學會生存之道的地方。艾蜜莉急急追上他的步伐，一雙赤腳在磚道上踩得啪啪響。老廣場一帶的街道兩旁都是灰泥磚房，家家戶戶窗外都有小巧的露台，襯上精美優雅的鐵條細欄，說有多雅緻就有多雅緻。只不過馬路仍是未鋪過的，幾場雨便將路面淋成一片泥海。人行道旁的水溝都沒有蓋子，扁柏溝槽裡滿是積水，飄蕩著泥濘和髒污的氣味。

他們經過幾間精緻迷你的小店家，路過關著奴隸的圈籠或柵欄屋，看見高雅的旅館及烈酒店，店裡煙霧瀰漫，坐滿了脾氣暴躁的自由黑人；又走過潮濕的狹窄巷弄和通風的天井，裡頭有水井或噴泉；幾個高傲的克里奧淑女經過，她們的身旁圍繞著男伴、僕從或是伴護；馬路對面是一批被人抓回來的逃亡奴隸，脖子都用枷鎖鍊起，正在一名執鞭的白人工頭監視下清理水溝。他們很快地穿越法國區，進入才剛形成的美國區，那兒的一間烈酒店外就拴著酸比利的馬。他爬上馬背，叫女孩跟在旁邊步行，然後領著她往城市的南邊去。不一會兒，兩人離開了大道，中途只停下來休息一次，酸比利讓馬兒喘口氣，叫艾蜜莉去溪邊喝幾口水，自己則從鞍袋中取出硬麵包和乾酪來吃。

「先生，你是我的新主人嗎？」艾蜜莉問道，她的英語出奇地標準。

「我是監工。」酸比利說，「妳今晚就會遇見朱利安，天黑以後。」然後他微笑道：「他會疼愛妳的。」接著就叫她閉嘴。

少女徒步，這趟旅程自然走得慢，因此他們直到日暮時分才抵達朱利安的農場。通往農場的路沿著河灣穿進一片密林，林中枝幹都掛著茂密的鐵蘭，林地邊緣的一株老橡樹幾乎被它圍滿，從光禿禿的樹頭懸垂在餘暉將盡的田野邊，隱隱映紅；鐵蘭在河畔長得更濃密，平添蒼涼荒蕪之氣。河灣處有一座陳舊半毀的小埠，岸邊連著一條木棧道，可供往來小輪停靠。不遠處是一排奴隸住的木屋，不過四下看不到半個奴僕的影子，田地也像是荒廢多年。木屋的前方便是主屋，卻不像一般農場的主屋那樣大，也不特別氣派，外觀四四方方，木材都發白了，兩側的粉刷也已斑駁，唯一的特色就是那座高塔，塔上有一扇窗，環塔有走道。

少女問這農場是否有名字。

「家。」酸比利說。

「以前有，」他答道，「好幾年前，當時這兒的主人是嘉胡，不過他後來病死，他那幾個好兒子也跟著病死，現在就沒名字了。妳不要多話，走快點。」

他帶著她繞到屋後，從他個人的出入通道進入僕役區，用脖子上的鑰匙項鍊打開房門上的掛鎖。酸比利在這裡有三個房間可用。他將艾蜜莉推進臥房，粗魯地喝令：「去把衣服脫了。」

少女笨手笨腳地照辦，望向他的眼神中卻有一絲害怕。

「不必這樣看我。」他道，「妳是朱利安的，我才不會跟妳亂來。我現在去燒開水，廚房那兒有個澡盆，妳待會兒就去把自己洗乾淨，然後換上這個。」他猛力打開一座精緻的木衣櫥，從裡頭拉出一件黑色織錦長禮服。「拿去，合身的。」

她倒抽了一口氣：「我不能穿那麼好的衣服。那是白人小姐穿的。」

「妳少囉嗦，照我說的去做就是了。」酸比利說道，「小妞，朱利安想看妳打扮得漂漂亮亮。」他留下她，自己則穿過通道，往主屋去。

他在圖書室裡找到朱利安。房裡一片幽暗，朱利安坐在大皮椅上，手裡拿著一個小酒杯，身旁全是蒙塵多年的書堆。這些書原是老嘉胡和他的兒子們所擁有，如今已無人聞問。戴蒙·朱利安並不是個愛書人。

酸比利走進去，恭敬地遠遠站著，也不出聲，等朱利安開口。

「怎麼樣？」他的聲音自黑暗中傳出來。

「四千。」酸比利道，「不過您會喜歡她的。年輕、溫順、嬌嫩，而且美麗，實在很美。」

「其他人很快就會到，亞連和尙那兩個獃子已經來了。他們太飢渴。等她準備好，就把她帶到宴會廳去。」

「是。」酸比利應得很快。「競標時出了點糾紛，朱利安先生。」

「糾紛？」

「有個克里奧賭鬼也想要她，那人名叫蒙特婁。他不高興自己標輸了，我恐怕他會探頭探腦。那人好賭，我常在賭場見到他。要我找一天晚上去料理他嗎？」

「先說說那人長什麼樣子吧。」朱利安命令道。他的聲調悅耳，聽來柔和、低沉而性感，像上好的干邑那樣醇厚。

「年輕，黑皮膚、黑眼、黑髮、高個子。聽人說他愛決鬥，脾氣不好。強壯，很瘦，但是臉蛋好看。克里奧人都是那樣。」

「那麼我會處理。」戴蒙・朱利安說道。

「是，先生。」酸比利・提普頓說完，轉身走回他自己的房間。

穿上那套黑禮服的艾蜜莉就像是變了一個人，原有的奴隸味和稚氣都不見了，動人得像黑夜女神，幾乎超凡脫俗。酸比利仔細打量她：「妳行了，」他說，「來，妳現在要去參加晚宴。」

宴會廳是整間屋子裡最大也最豪華的一室，由三座大型玻璃水晶燈照明，裡頭有上百枝細小的蠟燭。窗外的河灣夜景宛若一幅精美的油畫，恰與打磨光亮的木質地板相襯。大廳的其中一頭是敞開的雙門，通往門廳，另一頭是往上的樓梯，中途分開成左右兩路；扶欄在燭光中微微發亮。

酸比利領著少女走進大廳時，他們已經等在裡面了。

包括朱利安在內，廳中共有九人：六名男士，三名女士。男士們都穿著歐式剪裁的深色禮服，女士們則穿著淺色的絲質長裙。除了朱利安以外，其餘的人都站在樓梯上靜待，一動也不動，十分恭敬。他們每個人酸比利都認得：女人們自稱是愛德昂娜、辛西亞和維樂麗；長相俊俏的雷蒙有一張娃娃臉；科特的眼眸像是燒紅滾燙的煤，還有其他人——其中的尚已經等得渾身微微打顫，嘴唇也掩不住長而白的牙齒，一隻手不住地抽搐，顯然是迫不及待，但他並沒有採取任何行動，只是一個勁兒地等；他們全都在等戴蒙．朱利安的指示。

朱利安走過宴會廳，來到女奴艾蜜莉的面前，步伐輕盈優雅如貓，儀態高貴宛若君王，行動時彷如黑暗般平穩流暢、不容逃避。他的膚色極深，卻全無血色；黑髮微鬈，一身暗色服飾，眼中閃爍著精光。

他在少女面前停下，向她微笑，笑容向來有一股曖昧的魅力。「極品。」他簡短道。

艾蜜莉臉上一紅，結巴著想開口。「閉嘴，」酸比利不客氣地罵道，「妳不准對朱利安先生說話，除非他叫妳說。」

朱利安用手指輕輕撫過她柔軟的臉頰，少女微微發抖，只能勉強站定。他又輕撫她的頭髮，然後將她的臉抬近他，與她四目相交，用雙眼汲取她的眼神，令少女嬌羞又緊張地叫了出來。朱利安繼續用雙手撫住她的臉龐，不讓她轉頭避開視線，又讚嘆：「多可愛。」

「孩子，妳眞美麗。我們這些人都愛美人，沒有一個例外的。」他說道，放開她的臉，牽起她的小手，微微抬起，翻轉過來，然後屈膝行禮，並在她的手腕內側印上輕柔一吻。

少女仍在顫抖，但她沒有抗拒。朱利安扶著她半轉過身，將她的一隻手臂交給酸比利．提普頓，並且問道：「能勞煩你嗎，比利？」

酸比利把手伸到背後，抽出一把小刀，艾蜜莉的黑眼眸立刻張得好大。她驚恐地想推開他，但酸比利將她抓得死緊，而且他的動作極快——只是一掠，刀鋒瞬間劃過她的手腕內側，濕潤的血痕立現，就在朱利安吻過的位置上。鮮血如泉湧，滴落在地板上，響聲迴盪在寂靜的宴會廳中。

少女只啜泣了一會兒，還沒弄清楚是怎麼回事，便見酸比利將小刀放回腰後的刀鞘中，轉身走開。朱利安再度執起她的手，將淌血處翻過來朝上，隨即彎腰吻上去，開始吸吮。

酸比利退到門邊，看著樓梯上的其他人開始往下走，聽著女士們的長裙發出輕軟低喃，向朱利安和他的牲禮圍攏。他們站成一個飢渴的圈子，眼神透著黑暗與熾熱。當艾蜜莉失去知覺時，酸比利箭步上前扶住她。她輕得彷彿沒有重量。

「眞是個美人……」朱利安終於放開她，沉聲讚道。他的雙唇濕潤，眼神慵懶且滿足，嘴角揚起微笑。

「求求你，戴蒙。」那個叫作尙的男子哀求道，渾身抖得像是發了高燒在打擺子。

鮮血自艾蜜莉的手臂緩緩流下。朱利安冷冷瞥了尙一眼，「維樂麗，」朱利安說，「換妳來。」身穿黃色禮服、有一雙紫色眼眸的年輕女子隨即上前，優雅地蹲跪下來，將血腥的滴流舔了個乾淨，才將嘴唇按上敞開的傷口。

朱利安退開時，示意雷蒙接著，然後是愛德昂娜、約葛。等到其他人都享用過了，朱利安才對著尙微笑示意。尙發出一聲哀號，撲上去從酸比利手中搶過少女，貪婪地咬開她柔軟的喉頭，看得戴蒙・朱利安厭惡地大皺眉頭。

「等他用完，」朱利安對酸比利說，「收拾乾淨。」

# 第三章

**新奧本尼，印地安那，一八五七年六月**

河面上起著大霧，空氣濕冷。喬許亞·約克從聖路易離開，來到位於新奧本尼的船廠和艾伯納·馬許見面時，大約是午夜剛過。馬許在空無一人的船廠已經等了半小時左右。約克從霧中大步走出，白幽幽的像個幻影，身後跟了四個靜默的人，彼此都沒有交談。

馬許露齒一笑，向他打招呼：「喬許亞。」也向其他人點點頭。還沒啓程到新奧本尼爲他的夢想監工之前，馬許在聖路易見過這四人，知道他們是約克的朋友，將來會和他們一起旅行。他從未見過像他們這麼怪的人，其中兩名男子看不出年紀，都是外國名字，難唸得令馬許甚至記不住，只好隨便把他們叫作史密斯和布朗，連約克都覺得好笑；這兩個人很聒噪，老是用外國話嘰哩呱啦聊個不停。另一個男的是個雙頰凹陷的東部人，穿著活像個葬儀社的人，完全不開口講話，其他人都叫他賽門。女的名叫凱瑟琳，據說是英國人，個子很高，有點兒駝背，而且面帶病容，看起來十分憔悴，讓馬許聯想到白頭禿鷹。他們雖怪，卻是約克的朋友，約克事前也提醒過這一點，所以馬許並不多問。

「晚安，艾伯納，」約克道。他停下腳步環顧四周，看著灰濛濛的夜霧在未完成的船骨之間游移。「晚上好冷，是吧？以六月來說。」

「是啊。你們走了很遠嗎？」

「我在路易斯維爾的高特山莊訂了一間房，然後僱船載我們過河來。」約克邊說邊打量著離他最近的一艘蒸汽船。「這是我們的船？」

馬許不屑地哼了一聲。「這小玩意兒？呿。這只不過是他們替辛辛那堤那邊造的尾輪便宜貨。你該不會認為我要在我們的船上裝這種爛尾輪吧？」

約克笑了起來說：「恕我無知。那，我們的船在哪兒？」

「這邊走。」馬許道，用手杖比了比，然後領頭邁步。走過半個船廠時，他伸杖指道：「那裡。」

濃霧彷彿為他們退散，現出她傲然聳立的身影，令四下簇擁的船隻更顯渺小。她的船艙和桅杆閃耀著新漆成的雪白，即使在灰幕般的霧中依然顯眼。在頂層甲板艙上，水平面與星空的中間，操舵室微微發亮，像一座玻璃構成的殿堂，穹頂裝飾著最繁複的木刻紋飾，如同愛爾蘭花邊般細巧；雙柱式的煙囪自頂層甲板前部拔高百呎，筆直地矗立著，漆黑而孤高，向外敞開的囪頂就如同兩朵黑色的鐵花。船殼修長，霧氣掩得她見首不見尾，更彷彿望不到盡頭。和所有頂級蒸汽船一樣，她是一艘外輪汽船，輪室設在船身中段的兩側，在隱約可見的偌大圓弧下，蹼輪彷彿潛藏著驚人的動力——每一樣看起來都更大、更宏偉，亟欲彰顯那個即將屬於它們的名號。

夜霧中的她有如幻象，一個從行船人的美夢中走出來的白影，出眾而不凡，令這些人都屏息了——馬許看他們站在那兒，心裡想道。

史密斯嘀咕了幾句，布朗也回了幾句，而喬許亞只是靜靜注視著。良久，他才點點頭，「艾伯納，我們竟然打造了這麼美麗的東西。」他說。

馬許微微一笑。

「我沒想到這艘船建得這麼快。」約克說。

「這可是新奧本尼啊，」馬許說道，「所以我才要捨聖路易的造船廠，大老遠跑到這兒。這間工廠從我還小的時候就在造蒸汽船了，單單去年就有二十二艘成品出廠，今年搞不好現在就已經有那個數量了。我知道他們吃得下這筆訂單。你當時眞該和我一起來。你知道當時怎樣嗎？我就拽著那盒金子，砰一聲擺在廠長的辦公桌上，然後跟他說：『我要起造一艘蒸汽船，要造得快，而且必須是你這兒出廠過最快最漂亮又最他媽頂級的船，你聽見沒？馬上去給我弄些技工來，要最好的，而且今晚就要，就算他們都泡在路易斯維爾的妓院裡，你也得過河去給我把他們拖出來幹活，用什麼方法我不管。還有，給我找他媽最好的木工和油漆師傅，還要最好的鍋爐專家，該找誰你他媽的給我通通找齊來。要是我看到哪樣東西不是最好的，我會讓你後悔到下輩子去。』」馬許大笑起來：「你眞該看看廠長的臉色，他都不知道該看那堆金子還是該聽我講話，兩樣都讓他嚇得半死。但他還是替我們趕出來了，而且的確又快又好。」他朝那艘船點點頭：「當然啦，她還不算完工，木飾條還沒上漆，我大概會把它們漆成藍色和銀色，好和你要的銀色交誼廳相襯。現在只剩下你向費城訂的新式家具和鏡子還沒送到，還有一些小細節，不過她已經大致造好了。來吧，喬許亞，我帶你們參觀。」

工人們在船尾旁邊的木材堆上留了一盞提燈。馬許在腿上劃燃火柴，點亮提燈，不由分說地將它塞給布朗：「喏，你來，拿著。」然後他重重踩上木板道，登上主甲板去，眾人都跟在他後面。

「小心別碰東西，」馬許邊走邊說，「有些油漆未乾。」

主甲板是最底層的甲板艙，到處都是大型機具。提燈的照明原本是穩定而清晰的，可是布朗拿著它到處晃，照出來的影子也就一直晃，彷彿那些笨重的機器都是活的。「嘿，拿穩點。」馬許命令道，再轉向約克，用他的胡桃木杖朝鍋爐指去：「十八具鍋爐，」他得意地指著甲板前部那一整排大鐵柱，木杖比劃得像一根骨節手指，「比日蝕號還多三具。每個都是直徑三十八吋、二十八呎長。熔爐都是用耐熱磚和鐵皮打造，用底托座跟甲板隔開，減少失火的機會。」他示意蒸汽通過的路徑，從鍋爐到引擎。一行人接著往船尾去。「船上還有幾個三十六吋大的高壓汽缸，一個十一呎引擎，跟日蝕號的一模一樣。我告訴你，她會把那條老河整得七葷八素。」

布朗嘀咕一句，史密斯嘀咕幾個字，喬許亞・約克淺淺一笑。

「上來吧，」馬許說道，「你的朋友們應該不會對引擎感興趣，但他們一定會喜歡樓上。」

往上層的階梯又寬又精美，用上光的橡木板和細巧的扶欄製成，位置靠近船頭，寬度足以遮起鍋爐和引擎機組。整道階梯呈Y字形，左右都彎成優雅的弧形，通往下甲板的左右兩側。眾人從右舷那一側往上走，由馬許、他的手杖和布朗的提燈領頭，聽著鞋聲在硬木階梯和甲板上喀噠作響，一路爲巧奪天工的哥德式梁柱、扶手和精雕細琢的木器而讚嘆。臥艙的門與窗分別由深色的核桃木與玻璃鑲成，從船頭一路整齊地排到船尾。「臥艙還沒有擺上家具，」馬許說道，打開其中一扇門，帶著眾人走進去，「不過我們只會擺最好的。此外，每間房都是羽毛被鋪和羽毛枕，有一面鏡子和油燈。我們的客艙比一般的輪船還大——所以載客量比不上其他的同級船，但乘客們都會住得更寬敞，」他笑道，「就能跟他們多收點錢。」

每間客艙都有兩扇門；一扇通往甲板，另一扇在對向，通往交誼廳，也就是這艘蒸汽郵輪最大的客艙。「這裡離完工還早，」馬許道，「不過先進來看看也無妨。」

他們走進去，停下腳步，布朗高舉提燈，照出這空曠、足以產生回音的長形大廳。交誼廳延伸了下甲板的長度，一眼望去幾乎是綿延無盡，只是多了兩扇船舯的舷門而已。「前半區的艙房是男士專用，後段則是女士專用，」馬許解釋道，「隨便看看就好，還沒完成，但將來會很可觀。那個大理石吧檯有四十呎長，我們訂做了一面跟它一樣大的鏡子，到時會擺在它的後面。每間客艙也會有鏡子，用銀條鑲邊，女士那邊的走廊盡頭還會有一面十二呎高的大鏡子。」他比劃著說道：「現在都還空空的，而且天黑了也看不出什麼，不過我們的天窗都是彩色玻璃，一路延伸到客艙；我們還打算鋪上比利時絨毯，客艙裡頭也會鋪。此外，還有銀製的飲水機和銀杯，到時會擺上一張精美的木桌子。我們還訂了平台式大鋼琴、全新的天鵝絨椅子、純正的亞麻桌巾，只不過都還沒送進來就是了。」

儘管還沒有絨毯、鏡子或家具，這座長廳仍然蘊藏著璀璨光輝。眾人慢慢走過去，靜靜地，看著她沉靜的美隨燈光從黑暗中浮現後隱沒：挑高的天花板、起伏如雲波的光映，雕梁畫棟似最精細的絹繡；客艙門的左右兩側都嵌著修長的圓柱，柱身上細細地刻著淺溝，豎成長長的一列，是整齊劃一之美；黑色的大理石台面紋理清楚；深色的硬木油亮亮地；兩排水晶燈靜靜地等在黑暗中，每一盞吊燈下都懸著四只碩大的水晶球和難以計數的珠串，要讓燭油、火光和每一面鏡子共同喚醒此間華美而輝煌的生命。

「我原本覺得艙房太小了，」凱瑟琳突然開口道，「但這間大廳會很氣派。」

馬許向她皺了皺眉頭。「女士，我們的艙房很大了，有八平方呎呢。一般只有六平方呎。您要知道，這可是蒸汽船啊。」他轉向別處，用手杖繼續指道：「總管辦公室會設在這條走道盡頭，廚房和洗手間則設在輪室旁邊。廚子人選也想好了，就是我那艘莉莎之前僱用的。」

樓上就是頂層甲板了。他們從一道窄樓梯往上走，繞過一排粗大的黑色鐵煙囪，再從另一道較短的階梯走到頂層甲板艙，出了樓梯才是舵手層。「這一層是船員用的，」馬許說時臉不紅氣不喘，爬了這麼多樓梯，似乎也沒有影響。操舵室在這一層甲板的最高處。他繼續領著眾人往上爬。

來到頂層甲板，整個船廠盡收眼底；較小的船隻都被霧掩蓋起來，只看得出俄亥俄河水如黑絲絨般襯在底下，還有遠處的路易斯維爾隱約閃爍著燈火。操舵室裝潢得又大又豪華。窗戶用的是最好且最透明的玻璃，邊上都鑲著彩色玻璃。有了提燈的照明，擦得極亮的深色木器與銀器到處反光。

舵輪就在這間操舵室裡，下半部都在地板以下，不過，光是露在外頭的輪身上半部就和馬許本人差不多高了。舵輪由質軟的黑柚木製成，摸起來冰涼平滑，每一根握把上都貼著銀飾條，像舞坊裡那些女郎們的吊襪帶。舵輪孤伶伶地嵌在那兒，像是在呼喊著尋求舵手。

喬許亞．約克走上前，用他白皙的手掌撫過黑色的輪圈和銀飾邊，然後握住舵把，彷彿自己就是個舵手。他在那兒站了好一會兒，若有所思地凝視著前方的夜幕和六月的這場無名大霧，身旁沒有人出聲。有那麼片刻，艾伯納．馬許覺得腳下的船竟像是在移動，航行在想像中的夜河上，無盡而奇異。

約克轉身開口，打破想像。「艾伯納，」他說，「我想學著駕駛這艘船。你能不能教我怎麼掌舵？」

「呃，掌舵？」馬許驚訝地反問。他可以想像約克成為船東和船長的模樣，掌舵領航卻是另一回事——話說回來，馬許心頭一暖，覺得約克如此要求十分可親，而他也非常明白那種想親手開船的感覺。「這麼說吧，喬許亞，」馬許道，「我自己開船這麼多年，那眞是這世上最棒的感覺，光是做船長是完全不能比的。可是掌舵並不容易，不只是握著舵輪就行。」

「我看這舵輪很容易操縱啊。」約克道。

馬許笑了起來：「那當然啦，不過駕船的關鍵不在這東西上，而在於河本身。約克，就是這條老密西西比河。在擁有自己的船之前，我替人開了八年的船，在上游和伊利諾都有執照，但在俄亥俄和下游卻沒有；就算是同一條河，光憑我對蒸汽船的經驗，也不敢把船開到俄亥俄或下游去，因為那兒的水路我不熟。至於熟到領執照的那些水路，也花了我好幾年的工夫去了解，沒有一天敢休息的。我離開操舵室這麼久，現在甚至有從頭開始的感覺。河是會變的，喬許亞，它就是這麼回事，這條水道今天走過，過幾天再走又不一樣，每一吋都得摸清楚啊。」馬許走到舵輪前，將自己的雙掌放上去，像是愛不忍釋：「我也想親自駕駛這艘船，至少開上一回；夢想了這麼久，這回一定要試試親手掌握她的滋味。等我們的名聲打響起來，要跟日蝕號較勁時，我非要站在操舵室裡留下那個紀錄不可。除了紐奧良通商旗下的船——就是河下游以外，大概沒有別的船可以比她氣派了。所以我眞得從頭開始學起，包括河上的船務、整條河道的每一呎，要花時間，要下工夫。」馬許看著約克：「你現在聽懂了，還想學開船嗎？」

「我們可以一起學，艾伯納。」約克答道。

他們說這些話時，約克的朋友們漸漸待不住，開始在窗邊走來走去。布朗不斷地換手拿提燈，賽門的臉色沉得像具死屍。史密斯用外國話對約克說了幾句，便見約克點點頭，然後說：「我們得走了。」

於是馬許又一次環視室內，有些依依不捨，才帶眾人離開操舵室。

走出船廠的半路上，約克回頭眺望，看著他們的蒸汽船安坐在樁基上，在黑暗中透出蒼亮。其他人也跟著停下腳步，靜靜地等他。

「你知道拜倫嗎？」約克問馬許。

馬許想了一下。「我認識一個在土耳其老爺號上開船的人，別人都叫他黑傑克．彼得，我記得他姓拜安。」

約克微笑。「不是拜安，是拜倫。拜倫男爵，是個英國詩人。」

「哦，」馬許道，「他啊。我不太懂詩，倒是聽過這個人。跛腳的，是不是？而且挺有女人緣。」

「正是他，艾伯納。他是個奇人，我曾有幸見過他一次。現在我們的這艘船，讓我想起他從前寫過的一首詩。」說完，他朗讀起來：

她是美的化身，如同夜晚
如同那晴朗無雲的星空燦爛；
夜色中最極致的明與暗
交會在她的儀態和眼波流轉：
釀成那芳醇柔光
是天堂也不許俗艷的白晝允攬。

She walks in Beauty, like the night
Of cloudless climes and starry skies;
And all that's best of dark and bright
Meet in her aspect and her eyes:
Thus mellowed to that tender light
Which Heaven to gaudy day denies.

「當然，這首詩是拜倫爲一名女子寫的，但這些詞句似乎也很符合我們的船，不是嗎？看看她，艾伯納，你覺得呢？」

艾伯納．馬許不知道該怎麼想；他是個行船人，從來就不懂得咬文嚼字或賣弄詩興，這會兒眞是遇上了愛掉書袋的人。「很有意思啊，喬許亞。」他只能這麼說。

「我們要給她起什麼名字呢？」約克又問，兩眼依舊直盯著船身，臉上有一抹淺淺的笑意。「這首詩有沒有給你什麼靈感？」

馬許大皺眉頭，咕噥道：「你該不會想拿這個英國跛子的詩替她命名吧？我可不想。」

「不是，」約克說，「我不是那個意思。而是我腦中有些形象，好比黑影夫人，或是——」

「我也有些想法，」馬許便說，「我們畢竟是熱河郵輪，而這艘船又是我的夢想成眞之作，」他邊說邊揚起手杖，朝操舵室指了指，「不如就叫烈夢號（Fevre Dream），用藍色跟銀色漆得大大的，漆在那兒。」他微微一笑，「烈夢號對上日蝕號。嘿，等我們都死了，人們就會這麼傳頌。」

有那麼一會兒，喬許亞的灰眼中游移著不解和耽憂，但那眼神來得快、去得也快。「烈夢號，」他說，「你不覺得聽起來有點……喔，不吉利？我覺得聽起來好像是病，有一點發燒、死亡或幻覺的味道，或是一些……不該作的夢。」

馬許又皺起眉頭：「我也不知道。我挺喜歡的。」

「人們會願意搭一艘取了這種名字的船嗎？以前就有人說傷寒和黃熱病都是蒸汽船散播的，我們還要去提起這段往事嗎？」

「可是我的甜蜜熱河號生意很好啊。」馬許道，「而且取名叫戰鷹號、幽魂號，甚至是印地安紅人號的船都有人要搭呢。客人會上門的。」

很少說話的賽門這時開口了，用一種粗啞的嗓音、怪異的語言，卻不是史密斯和布朗所說的那種嘰哩呱啦腔。約克聽他說完，臉上露出長考的表情，看起來還是困擾多幾分。「烈夢號，」他又說了一次，「我原想取個更——更健康一點的名字，不過賽門提醒了我。就照你的意思吧，艾伯納。她就取名叫烈夢號。」

「好。」馬許應道。

約克心不在焉地點點頭。「明晚到高特山莊來吃飯吧，八點鐘。你要是願意，我們就先訂個到聖路易的航行計畫，也討論一下船員和準備事項。」

馬許嗯了一聲，約克和他的朋友們便轉身離開，走向他們僱用的小船。看著他們的身影消失在霧中，馬許又在原地佇立了好一會兒，一動也不動地注視著那艘沉默而巍然的蒸汽船。「烈夢號。」他大喊了一遍，試試用自己的嗓音喊出來會是什麼感覺，說也奇怪，這名字聽在他的耳裡竟有些不對勁，彷彿帶著一種他不喜歡的隱憂，而他剛才還沒有這種感覺的。馬許打了個哆嗦，忽地感到一股寒意，便悶哼一聲，準備去睡覺。

# 第四章

## 蒸汽輪船烈夢號上，俄亥俄河，一八五七年七月

七月的一個悶熱夜裡，烈夢號駛離新奧本尼。在艾伯納・馬許的行船生涯中，那一天最讓他有活在當下的感動。他整個早上都在路易斯維爾和新奧本尼忙進忙出，親自經手最後的每個細節，包括僱一個理髮師；然後他又隨船廠的人一起午餐，趕著寄出一大疊信。下午正熱時，馬許坐在他的艙房裡做最後的檢查，確定船上每一處都妥當，也向提前登船的一些客艙乘客問候、致意。草草用過晚餐後，他就到主甲板去看技師和機械工檢查鍋爐的情形，盯著大副監督下貨的過程。艷陽無情高照，空氣濕熱又悶重，搬運工一箱接一箱、一綑接一綑地扛貨走在狹窄的木板道上，早就汗流浹背，但大副的咒罵跟叱喝也從未停過。在河對岸的路易斯維爾，馬許知道，其他蒸汽船也正忙著裝貨和啓航：像是辛辛那堤郵運的傑可史塔達號、辛辛那堤及路易斯維爾郵輪公司的南方客船隊——由六艘較小的快船組成。他在河岸邊看著那些船是否順流而下，心裡爽得要死，根本不在乎天氣如此悶熱，而黃昏時分的蚊子正群起擾人。

主甲板的艏區和艉區已經塞滿了貨物，幾乎沒有空隙了。這一趟，烈夢號載了一百五十噸菸草、三十噸鐵條、數不清的糖、麵粉和白蘭地，還有好幾箱精美的家具——聖路易的富豪託運的；另外，有一批鹽、幾匹絲和棉布、三十箱鐵釘、十八盒步槍、一些書本紙張雜貨，還有豬油。船上有整整

十二大桶上好的精製豬油，嚴格說來並不是託運的貨物，而是馬許自己訂購，打算儲放在船上備用的。

主甲板的中段則是人滿爲患，男男女女帶著小孩，緊挨在貨物區旁，擠得像河面上的蚊子。這一區就搭載了將近三百人，到聖路易的每個站位要付一塊美金，而且只有站位，不供餐飲，他們要自己帶食物上船來，運氣好的或許能在甲板上找塊地方睡個覺。這些人大多來自他國，愛爾蘭人、瑞典人或高頭大馬的德國漢子，各自用他們的母語吼叫著馬許也聽不懂的話，不是喝酒就是忙著打罵小孩。有幾個打零工的獵人和雜工，也待在這一層甲板休息，他們更窮，幾乎連一塊美金都付不出，得跟馬許討價還價才得以搭上船。

客艙一位要付十塊美金，直達聖路易的乘客都已經預先付清了。儘管收費昂貴，訂位狀況還是很踴躍，客房幾乎都滿了。總管報告說現在已經有一百七十七位艙房客人登船，馬許算算，這數目可不小。這批艙房旅客包括十二個拓荒者、一家聖路易毛皮大廠的老闆、兩個銀行家、一個有錢的英國人和他的三個女兒，還有四個要去愛荷華的修女。船上還有個牧師，幸好他沒帶灰母馬上船，否則就觸霉頭了。

至於船員的安排，馬許很滿意。目前的兩個舵手能力平庸，只是臨時受僱把船開到聖路易，因爲他們原先是跑俄亥俄河的，而烈夢號又是跟紐奧良通商簽約的船。馬許已經寫信到聖路易和紐奧良，叫幾個常跑密西西比下游的舵手在墾拓客棧等著，其餘的船員則是一般水準，但馬許確信不會比其他河或其他船上的人遜色。負責引擎動力的技師名叫懷堤·布雷克，是個性子暴躁的矮子，兩撇尖翹的白鬍子上總有機油的斑斑污漬，與馬許合作多年，從艾麗瑞諾、伊莉莎白到甜蜜熱河號，沒有人比他更懂蒸汽輪船的引擎和機械。強納森・傑佛是船上的總管，戴著金絲框眼鏡，一頭褐髮總是向後梳得油亮整齊，腳上穿著精緻的釦式套鞋，十足斯文模樣，卻是個精打細算兼討價還價的高手，大小事過目不忘，談生意會耍陰險，下起棋來更是陰險。在馬許聘請他來烈夢號工作之前，傑佛一直都在這條航線上的某間大公司任職，而且撇開那一身行頭和精明的生意頭腦不說，他是絕對巴望著到這艘船上來工作的，因爲他骨子裡根本就是個行船人；他還帶著一根金柄劍杖呢。船上的廚子是個自由黑人，名叫托比・朗亞，馬許在納契茲嚐到他的手藝，就買下他，還他自由，從此他就跟著馬許，至今已有十四年之久。而船上的大副——本名是麥可・希歐多・杜恩，但是沒有人這麼喚他，除了搬運工尊稱他爲杜恩老長官，其他人都管他叫長毛麥可——是這條河上塊頭最大、最兇，也最頑固的男人。長毛麥可少說也有六呎高，綠眼珠配上黑鬍子，四肢和胸前長著又濃密又鬈的黑毛，一張嘴罵得出最下流的話，脾氣壞得要命，不論走到哪兒都要拎著他那支三呎長的黑鐵棍。馬許倒是從未見過他用那根鐵棍揍過誰，頂多有那麼一、二次看他用握著鐵棍的手去敲人罷了。碼頭工人之間流傳著一個說法，說杜恩老長官曾經打破一個工人的腦袋，因爲那人把一箱白蘭地摔進河裡。這位大副處事嚴格卻公正，有他在場盯著，就沒有人會摔貨，河上的每個跑船人倒也都尊敬這位長毛的麥可・杜恩。

這幫船員好得無可挑剔，如今在烈夢號上齊聚一堂。打從第一天上工，他們便各司其職，善盡本分，因此當夜幕籠罩上新奧本尼的天空時，貨物和旅客都到齊了，所有的登記手續也都辦妥了。然後蒸汽升起，火爐咆哮著發出紅光和高溫，把主甲板艙烤得比惡名昭彰的納契茲山腳還要火熱，美食都在爐灶上就緒；艾伯納．馬許全部檢視過一遍，這才滿意地登上舵手層，走進華麗尊榮的操舵室，將嘈雜喧囂的一切拋在下層。

「倒船出港。」

聽見馬許的吩咐，舵手隨即向引擎室發令，驅動兩側的船輪向後轉。馬許客氣地站開，讓舵手好做事，一面感覺烈夢號正平緩地滑動，駛入波光粼粼如黑絲綢般的河面上。

完全開上河道後，舵手倒轉船輪，讓船頭朝向順流方向。蒸汽爐隱約抖動，推進力開始作用，順暢得令人心喜；蹼輪翻攪著水花，挾著機械的鏗鏘聲嘩啦作響，於是船越划越快，越划越快，激盪著蒸汽船家的夢想，激盪著追求速度的原罪，就像行船人嚮往日蝕號一樣。在他們的頭頂上，煙囪噴出兩道長長的黑煙，帶著火光的蒸汽雲消散在後方，些許火星朝河面飄落，像許多發著紅光和橘光的螢火蟲；看在艾伯納．馬許的眼裡，這景象比他在路易斯維爾見過的國慶煙火還要壯觀、還要雅致。接著，舵手伸出手去鳴響汽笛，那長而尖的嗚嗚聲震得他們腦中隆隆響，聽起來真棒，開闊、嘹亮又清楚，大概幾哩外也聽得見。

直到兩岸相望的燈火被他們拋在後方，馬許才注意到喬許亞．約克不知何時跑到操舵室來了，就站在他身旁。這時的烈夢號正航行在一片漆黑中，河的兩岸尚未開墾，杳無人煙，一如它百年前的寂靜。

約克打扮得非常體面：純白的燕尾服和長褲，深紫色的背心下是白色荷葉領的襯衫，配上藍色的絲質領帶，背心口袋外露出的懷錶鏈閃著銀光，手上戴了一只很大的銀戒指，上面鑲著發亮的藍寶石——白色、藍色與銀色，就是這艘船的主色系。操舵室裡掛著的亮面布簾正是藍銀相間，後方擺的那張大沙發與油布也都是藍色的；約克看起來像是和船一對的。

「唷，我喜歡你這身打扮，喬許亞。」馬許對他說道。

約克笑了。「謝謝，」他道，「這樣比較相襯。你看起來也很稱頭啊。」

馬許穿的是新訂做的船長夾克和帽子。夾克上有整排亮晶晶的黃銅釦，帽沿則用銀線繡了這艘船的名字。

「是啊。」馬許應道。其實他不習慣恭維和應酬，罵人或飆粗話反倒令他自在些。「對了。」他問：「船離港時你就上來了嗎？」

約克之前都在頂層甲板艙的船長室裡睡覺，已經睡了大半天，而那時的馬許正滿頭大汗地忙著處理真正的船長職務。馬許已經漸漸習慣約克和他那幾個朋友日夜顛倒的生活作息，不過有一次，他還是向約克問起了這件事，約克只是笑笑，又把那首「俗艷白晝」的詩拿出來對著馬許朗誦。

「我在頂層甲板外的煙囪那兒站了一會兒，看看外面。那裡很通風，不過後來就變冷了。」

「船快，風就大。」馬許說，「不管日頭多曬、爐裡的木柴燒得多旺，上層永遠是最涼爽的。我有時甚至會為底艙那麼悶熱而覺得過意不去，但也管不了那麼多，反正他們只付一塊錢。」

「也是。」喬許亞．約克同意道。

這時，船身傳來一聲沉重的聲響，並且輕微搖晃。

「怎麼了？」約克問。

「大概是壓到一段木頭吧，」馬許答道，然後轉頭問舵手：「是吧？」

「擦過而已。」那人回答，「別擔心，船長，不礙事的。」

艾伯納·馬許點點頭，回頭對約克說：「好啦，我們到下層去走走吧？乘客們大概都安頓好了，應該會走出來乘乘涼，享受他們上船的第一晚，我們不妨去見見他們，聊一聊，看船上的一切是否安適。」

「我很樂意。」約克道，「不過首先，艾伯納，你要不要到我的艙房裡先喝一杯？我們應該慶祝一下，你不覺得嗎？」

馬許聳聳肩。「好哇，有何不可？」說完，他向舵手輕輕行了個舉手禮：「晚安，達利先生。我會叫人送點咖啡上來，你慢用。」

他們走出操舵室，下到船長室，在門口站了一會兒，等待約克打開門鎖——他堅持自己的房間要上鎖；事實上，船上所有的客艙都有牢固的門鎖。約克的堅持有點古怪，但馬許早答應不過問，況且這是約克頭一次過船上生活，而他所做的其他要求都非常合理，像是大廳裡用那麼多銀器和鏡子搭配，就把那兒裝點得格外光輝燦爛。

約克的艙房比一般客艙長三倍、寬兩倍，以蒸汽船的標準而言，算是極其寬敞了。自從約克進住之後，馬許還是頭一次進到裡頭，所以他好奇地張望了一會兒。房裡分別擺著一對油燈，令室內呈現一股溫馨舒適的氣氛，鑲著彩色玻璃的大窗戶現在是黑的，厚重的黑絲絨簾半掩，在燈光下顯得柔軟又豐美。角落的五斗高櫃上有一只水盆，水盆後掛有一面銀框鏡子。一張蓬鬆柔軟的單人床鋪，兩張大皮椅；紫檀木製的大書桌像是年代久遠，有很多抽屜，也有不少缺角和裂痕，緊靠在牆邊擺著，而那面牆上釘著一幅精美的老地圖，畫出密西西比河的主支流系統。桌面上擺滿了皮封面的帳本和一疊又一疊的報紙——這又是約克的另一個怪癖：他讀報紙彷彿沒有節制，舉凡英國來的、外國文字印的，當然也有紐約來的《前鋒報》和《葛氏論壇報》，外加聖路易與紐奧良的大小報紙，以及河畔各小鎮發行的週報等等，他都有訂，所以以後駁船每天都會爲他送來一大綑報紙和書。他的藏書也是一奇。房間的另一角就有個很高的書櫃，櫃子裡已經夠滿了，床邊桌上堆得更滿，而那疊書堆上還有一根燒到一半的蠟燭。

不過艾伯納．馬許並不怎麼注意書堆，他對書櫃旁的木座酒架比較有興趣。酒架上整齊地躺了二、三十瓶酒。馬許走過去，隨手抽了一瓶起來，見瓶身上沒有標籤，裡面晃動著暗沉的紅色液體，幾乎像墨汁一樣黑，瓶口的木塞外還有一層黑得發亮的蠟封。他在手裡把玩著瓶子，一面對約克問道：「你有沒有小刀？」

「沒想到你對葡萄酒這麼有興趣啊，艾伯納。」約克手裡捧著一個托盤，上面有兩只銀杯和一只透明玻璃樽。「我有些很棒的雪利酒。不如喝雪利吧？」

馬許有些猶豫。約克的雪利酒通常都很好喝，他也很愛，但也知道會被約克藏在這裡的酒肯定不同凡響，這令他更想嚐嚐了。馬許將酒瓶在兩手拋來拋去，感覺裡面的酒液緩慢流動，彷彿富含了糖蜜。「幹嘛不乾脆喝這瓶算了？」馬許皺了皺眉反問。

「因爲那是鄉下人自家釀的雜酒，」約克答道，「摻了一些紅酒、一些白蘭地和一些甜的利口酒，成了四不像的味道，只是很少見罷了，艾伯納。只有我跟那幾個朋友偏愛，大多數人只會覺得它不合口味吧。我覺得你會寧願喝雪利的。」

「是嗎？」馬許掂著酒瓶，「喬許亞，你喝的口味我大多喜歡啊。當然，你收藏的雪利酒都滿好的。」說著，他面露喜色：「嘿，反正不趕時間，我現在又渴得很，不如我們兩種都試試？」

喬許亞．約克大笑起來，笑聲裡有一股無可遏抑的喜悅，發自內心，聽起來好輕快。「艾伯納啊，」他邊笑邊說，「你這人眞怪，而且眞夠難纏。我欣賞你。只不過呢，我想你不可能愛喝我這小私釀的，但你要是堅持，我們就兩種都喝。」

兩人在皮椅上各自坐下，約克把托盤放在他們中間的矮桌上，馬許便將那瓶私釀酒——隨便是什麼的——遞過去。約克把手伸進上衣的貼身褶袋裡，摸出一把象牙柄的小銀刀，第一下削去了蠟封，第二下便將那道薄刃俐落地插進軟木塞，然後啪的一聲將它拉出來。瓶中的酒液倒出時流得不快，像是有點稠度，倒在銀杯裡也不透明，好像滿滿懸浮著細小的黑粒子。酒性極烈，馬許只拿起杯子聞了一下，那股酒氣就嗆得他直流淚。

「我們應該先舉杯慶祝。」約克說著，先舉起他的杯子。

「敬我們今後要賺的大錢。」馬許打趣。

「不……」約克語氣嚴肅，那雙閃著精光的灰色眼珠含著一抹深沉的憂愁，令馬許看了忍不住心想：他可別又詩興大發。

「艾伯納，我知道烈夢號在你心目中的意義。」約克繼續說道，「我也希望你明白，她對我而言同樣意義重大。對我來說，今天是個偉大的日子，是我生命的新起點。你和我共同打造出這艘船今天的模樣，也將共同將她打造成一個傳奇。艾伯納，我一向崇敬美麗的事物，但在這段漫漫人生中，這是我頭一次親手創造、或說參與這樣的創造過程。讓這世上多一份美好的新事物，這感覺很棒，尤其是對我而言。你是我最要感謝的人。」約克高舉酒杯，「我的朋友，讓我們爲烈夢號和她的意義乾杯——爲了美麗、自由與希望。敬我們的船，還有更美好的世界！」

「敬這河上最快的船！」馬許應和道，與約克一起飲下那杯酒，卻差點沒嘔出來。約克私藏的這瓶混釀太烈，入喉時簡直像一團火，那熱度在下肚後立刻散開，好像五臟六腑都被烙鐵熨乾了，而且又在滾燙中帶著甜膩，還有一股不舒服的氣味反衝上來，是那後勁和甜味也無法完全掩蓋過的。馬許猜想，瓶裡該不會有什麼臭掉的東西吧。

喬許亞·約克喝得比較慢，但也是一口飲盡，整個頭都向後仰。當他放下酒杯、看著馬許時，立刻又是一陣大笑：「艾伯納，你那怪表情實在太好笑了。我話說在前頭，你若想吐就不要忍著。喝點雪利酒算了，要不要？」

「要，」馬許答道，「我確定要。」

兩杯雪利酒下肚，替馬許沖掉嘴裡的那些味道，他們才開始聊天。

「聖路易之後的下一站要去哪兒，艾伯納？」約克問。

「紐奧良通商。大船接大生意，我們一定要接最頂級的。」

約克一聽就搖頭，「我知道，艾伯納。我只是好奇，你不是一直很想打敗日蝕號嗎？你會怎麼做？直接找對方下挑戰書？不會耽誤我們的航運工作或行程吧？」

「我倒寧可事情有那麼簡單呢，可惜不是。媽的，喬許亞，河上有上千艘船在跑，每一艘都想跟日蝕號較勁。日蝕號也有自己的差事要做，也有她的客人和貨物要運，和我們一樣，她不可能一天到晚去跟人家比快。再說，人家的船長也不會笨到接受我們的挑戰。我們算哪根蔥？不過是一艘剛從新奧本尼出廠的蒸汽船，沒沒無聞，日蝕號和我們比快是百害而無一利。」說著，他又喝掉一杯雪利酒，把空杯子伸出去讓約克添酒。「所以，我們要先幹好自己的活兒，打響名號，讓上游下游都知道我們有多快，不用多久，跑船的人嘴碎，自然會把我們跟日蝕號拿來相提並論，到那時八字才有一撇。喏，說不定我們還會在河上先交會個幾次，只是相遇。或是我們自己去引起話題，讓旁人開始打賭；又或是找機會去跑日蝕號跑過的航段，然後我們跑出比她還快的成績。你知道，快船才接得到生意，那些拓荒者或運輸商都希望他們的貨能儘快送到市場上，所以他們的眼光都放在最快的船上。再來是旅客，只要有錢，他們其實也都喜歡選有名氣的輪船來搭。你想，接下來呢？只要一段時間，等下游的人開始認爲我們是最快的船，貿易公司開始爭相找我們運貨時，日蝕號的錢包會有點小小損失，你只要蹺著二郎腿等，那場比賽就會自動送上門了。」

「我懂了，」約克道，「這一趟跑聖路易，就是打響名號的第一步嗎？」

「這個嘛，我還不打算替她計速。她是艘新船，得先帶進這個圈子再說，更何況我們連自己的舵手班底都還沒簽到，也沒有人眞正知道她有多少能耐。也得給懷堤一點時間，讓他搞定機械運轉時的小問題，把引擎磨順一點。」馬許放下空杯，「當然啦，要從其他方面下手也不是不行，」他笑道，

「這一路上有的是時間去想，跑個幾趟下來也會有狀況的，你到時就知道了。」

「那好。」喬許亞．約克道。「還要嗎？」

「不了，」馬許說，「我想我們該到交誼廳去露露臉了。到我們的酒吧，我再請你喝酒，保證比你那天殺的混釀玩意兒好喝。」

約克微笑道：「我的榮幸。」

對艾伯納．馬許而言，那一晚格外特別。那是魔幻的一夜，是一場夢。他敢發誓，那一夜好像有四十或五十個小時那麼久，而且每個小時都是無價的。他和約克把酒暢談到黎明，天南地北地聊，逛遍船上令人驚奇的每一處。隔天，馬許帶著一顆昏沉的腦袋醒來，幾乎把前晚做的事都忘掉一半，但還是有好幾段時光銘印在他的回憶裡。

他記得走進交誼廳，那感覺比走進全世界最頂級的旅店還要棒。水晶燈是那樣燦爛，燭光與稜鏡相映成輝。鏡子令這狹長的大廳看起來有兩倍寬。吧檯邊站了好多人，有些在聊政治話題，馬許便走過去加入他們，聽他們埋怨解放黑奴派、辯論史蒂芬．道格拉斯是否夠格做總統；那時的約克則和史密斯與布朗打招呼，看他們兩個和幾個拓荒者與賭鬼在另一張桌子旁玩牌。有人在大鋼琴那兒叮叮咚咚了好一會兒，客艙的門開開關關，滿廳中只有明亮的燈火和笑聲。

稍後，他們下到主甲板去看不一樣的世界：到處可見貨物堆積如山，搬運工和甲板水手們攀著纜繩或麻袋草草入睡；有一家人圍在小火堆旁，大概是剛煮過東西，旁邊的樓梯後面有個醉漢倒在那兒。引擎室裡的火爐燒得紅熱，懷堤在裡面忙得正起勁，上衣都汗濕了，鬍子上沾著油漬。就在他面前的引擎機組下方，船輪打水和蒸汽噴發的聲音震天價響，鼓動著操縱桿來回靈活地擺動，顯出十足的動力。約克和他一起看了好一會兒，直到他們受不了熱氣和機油味才走。

在那之後，他們走上頂層甲板去吹風，又喝掉一瓶酒。頭頂上的星光明亮得像貴婦身上的鑽石，耳畔有熱河郵輪旗幟迎風飄揚的劈啪聲，至於眼下，馬許覺得，這河水甚至比他所見過的黑奴還要黑。

烈夢號徹夜航行，舵手達利也一直待在操舵室裡監督，而且平穩地駛過俄亥俄河的一個大彎角——當然，馬許知道，萬一達利眞的轉不過那個彎，他們就只能翻船了。在這條漆黑的夜河上，四周空蕩蕩的，沒有流木或斷枝擾人，也沒有沙洲礙事，只有兩次從舵手室吆喝著叫船頭的人去測水深，但也都沒有問題，於是烈夢號繼續往前走。

河岸又出現了房舍。大多靜靜地關起門戶，只有二、三間隱隱亮著，還有一扇高樓的窗口格外透出燈火。馬許好奇，不知是哪家這麼晚了還不睡，是否知道外頭的河面上正有他們行船經過；烈夢號在夜裡一定很顯眼，因爲她的每一層甲板都是燈火通明，裡面的音樂和歡笑聲響亮得可以在水面反響，黑煙夾著火星從她的煙囪跳出來，還有輪室上粗體鑲銀邊的藍色花體字，大剌剌地寫著她的名字。馬許甚至希望自己正站在岸上，這樣才可以看見她航行時的全貌。

午夜將至時，當晚最令人興奮的事來了。馬許見到前方水面有輪船行過的痕跡，便用手肘向約克示意，然後帶他到操舵室去。這時的操舵室有點擠；達利還守在舵輪旁，這會兒正小口喝著咖啡，後面的小沙發上坐了兩名舵手和三名乘客。這兩個舵手都不是馬許僱的，但按照行船人的習慣，舵手在任何船都可以上舵手層，而他們通常也都會走上去和掌舵的同行聊聊，或是幫忙注意河道上的水況。馬許沒理會那兩個舵手，直接向他僱用的那人說：「達利先生，前面有一艘蒸汽船。」

「我看到了，馬許船長。」達利爽朗地咧嘴笑道。

「不知是哪一條船？達利，你曉得嗎？」馬許又問，但心裡明白那不過是一條小型的尾輪蒸汽船，舵手室方方正正的，不會是什麼大角色。

「當然不知道。」達利答道。

艾伯納·馬許於是轉向喬許亞·約克：「喬許亞，現在你才是船長，我不會給你太多意見，只是坦白說，我實在很想知道是哪條船開在我們前頭。你要不要叫達利趕上去看一看，滿足一下我的好奇心？」

約克微微一笑。「當然，」他說，「達利先生，你聽到馬許船長的話了。你覺得烈夢號追得上前頭的船嗎？」

「她什麼都追得上。」舵手只這麼答完，便呼叫機艙增加蒸汽，接著再次拉響汽笛。不羈的尖嘯聲在河面迴盪，像在提醒前面的蒸汽船：烈夢號就要追過去了。

汽笛聲在寧夜中是如此響亮，足以讓交誼廳裡所有的人都跑到甲板上來看，就連在主甲板上裹著麵粉袋入睡的站位乘客也都爬了起來。好幾個人沒頭沒腦地往上層走，甚至想進操舵室去看熱鬧，都被馬許趕回樓下，包括剛才就坐在沙發上的那三個人。馬許知道，乘客們正一股腦兒地往船頭擁去，待會兒就會擠到左舷，等著看他們超越那條船。「死乘客，也不怕船身失衡。」他向約克嘀咕道，

「這麼愛看熱鬧，我敢說他們總有一天會害哪條小汽輪翻船。」

抱怨歸抱怨，馬許其實開心得很。懷堤在下頭扔木柴，燃爐正咆哮，船輪是越轉越快。一口接一口地，烈夢號和另一艘船之間的距離像是被她吃掉似的；船身超越的那一刻，下層甲板傳來一陣鼓譟與喝采，聽在馬許的耳裡就像甜美的音樂。

在兩船並行的短短片刻，約克從那艘小尾輪汽船的操舵室看出船名，說道：「她好像叫瑪麗凱。」

「哦，聽來像個廚娘。」馬許道。

「是條有名的船嗎？」約克問。

「啥名都沒有。」馬許說，「乖乖隆的咚！我聽都沒聽過。」然後他哈哈大笑，在約克的背上拍了一下。操舵室裡的每個人也都大笑起來，笑聲響了好一會兒。

那一夜，烈夢號總共遇上且超越了六艘蒸汽船，其中還包括一條船體相當的大型外輪汽船，但都沒有像超越第一艘瑪麗凱時那樣讓人興奮。

離開操舵室時，馬許對約克說：「你之前問，說想知道我們怎麼開始打響名聲，」他說，「喏，喬許亞，我們已經開始了。」

「是啊，」約克隨意回頭看，見那條瑪麗凱在後方顯得越來越小。「的確開始了。」

# 第五章

**蒸汽輪船烈夢號上，俄亥俄河，一八五七年七月**

身爲一個稱職的行船人，即使遇上頭痛，艾伯納．馬許都無法睡上一整天，特別是在像今天這樣的大日子。他只睡了幾個小時，大約十一點左右爬起來，然後就著床頭的水盆在臉上潑了幾把溫水，開始穿衣服。船務很多，約克又總是要睡到黃昏才起來。馬許調整頭上的帽子，對著鏡子皺皺眉頭，理一理鬍鬚，抓起手杖走下頂層甲板，踏著重重的步伐來到下甲板。他先到盥洗室看過，突然又轉回廚房。「托比，我錯過了早餐。」馬許對主廚這麼說時，見黑人已經在準備中午的大餐。「你叫個小廝幫我弄半打雞蛋跟厚切火腿，送到頂層來好不好？還要咖啡，多一點。」

來到交誼廳，兩杯下肚，馬許才覺得稍微清醒些，然後含糊地向乘客和侍者們問候幾句後，又匆匆走回頂層甲板去等他今天的第一頓飯。

肚子飽了，艾伯納．馬許才覺得自己回魂。

吃完飯，他爬上操舵室，見瞭望員和舵手都換班了。「早安，奇契先生，」馬許對舵手說，「順不順手？」

「不是我愛抱怨，」那舵手說著，向馬許瞥了一眼。「你這船眞是條悍馬，船長。你要帶她下紐奧良，最好找幾個老手來。她並不好馴服，我說眞的。」

馬許點點頭，他事前已料想到了。越快的船通常也越難操控，不過找舵手一事並不讓他擔心，就憑馬許船長的資歷和烈夢號的名聲，好舵手都會慕名而來。

「現在的速度如何？」馬許問。

「夠快了。」舵手聳聳肩。「她可以跑得更快，只是達利先生說你不急，所以我們現在跑得懶散點。」

「到帕迪尤卡時記得靠港，」馬許吩咐，「有幾個乘客和一批貨要在那裡下船。」

又和舵手閒聊幾分鐘後，馬許走下操舵室，轉到下甲板去巡視。

那兒已經擺出餐桌來。正午的明亮陽光穿過彩色的玻璃天頂直洩而下，照在排成一長列的餐桌上，從大廳的這一頭直到那一頭；侍者忙著擺設銀製餐具和瓷器，水晶杯在陽光中閃耀。馬許嗅到廚房飄出的一絲香味，那是最誘人、最令人垂涎的好味道，於是停下來找菜單看，隨即決定他還沒有吃飽。反正約克還沒起床，船長和乘客船員們一起享用大餐也是恰如其分。

這一頓棒透了，馬許心想。他吃了整整一大盤洋香葉烤羊排、一小隻乳鴿、一大堆愛爾蘭馬鈴薯、玉米筍和甜菜，以及兩塊托比最拿手的胡桃派。午餐結束時，他覺得心平氣和，甚至同意讓牧師向印地安人發表宣教演說——馬許以往根本不會讓這種傳教狂上船。他只是盤算，乘客們總需要一點樂子，否則在河上航行一陣子之後，再美妙的事都會變得無聊。

午後稍早，烈夢號停泊在帕迪尤卡，那是肯塔基的一座河港，田納西河注入俄亥俄河之處，也是這趟航程的第三站和第一次長時間靠港。他們之前先是在夜間到羅斯堡短暫靠港，放下三個乘客，接著馬上到伊凡維爾接一批木材和小量託運，而這時的馬許正在睡覺。如今來到帕迪尤卡，他們要卸下十二噸的鐵條和一些麵粉、糖與書籍，然後會有四、五十噸的木材上船。帕迪尤卡是木材重鎮，田納西河那兒老是有小木筏划下來亂闖，不是堵住河道，就是礙著蒸汽船的航行。和大多數的輪船業者一樣，馬許不太喜歡那些木筏客，他們在夜裡有半數是不點燈的，因此一天到晚被倒楣的大船撞翻，然後又朝大船叫罵和扔東西。

很幸運地，他們這次靠港時沒有遇上木筏擋路。馬許朝河濱地的貨堆看了一眼，見其中有好幾堆高塔也似的條板箱和幾包菸草，腦筋一轉，覺得主甲板上再多堆些貨也不是難事。他認爲，若是他們照計畫離開帕迪尤卡，把這幾堆貨留給別的船去載運，那就有失顏面了。

烈夢號已經確實繫牢，棧板也正在放下。長毛麥可從忙進忙出的搬運工之間走出來，不時吼著「動作快點，你當自己是下船散步的乘客啊」，和「小子，那箱貨你敢失手，這條鐵棍就劈到你頭上去」之類的話。

客用階梯轟然架上碼頭，要在此地下船的乘客開始往下走。

馬許打定了主意。他走到總管辦公室，見強納森·傑佛正在處理貨運帳單，便開口問他：「傑佛先生，那些帳很急嗎？」

「哪裡會急，馬許船長，」傑佛邊答邊摘下眼鏡，用領巾擦一擦。「這些都是開羅的。」

「那好，」馬許道。「隨我來吧。我們去岸上，看看是誰把那一大批貨堆在那兒曬太陽，順便問問人家要送去哪裡。我猜有些是要送到聖路易，也許這會兒就多一筆進帳了。」

「高明。」傑佛答道，隨即從凳子站起身，理平他那件上好的黑外衣，檢查保險箱是否鎖好，當然也沒忘了帶著劍杖。臨走時，傑佛還補上一句：「我知道帕迪尤卡有間美酒專賣店。」

事後證明，馬許的揣測果然精準。兩人很快就找到那批菸草的貨主，把他帶到美酒專賣店，馬許說服他由烈夢號承運，傑佛也適時開了個好價錢。這筆生意前後花了三個多小時，貨量又不算多，但馬許覺得好爽。沿河濱地走回去時，他們看見長毛麥可在碼頭上休息，抽著一根黑雪茄，一面和其他船隻的大副閒聊。「那批貨現在是我們的囉。」馬許對他喊道，一面用手杖指向菸草包：「叫你的夥計們馬上搬上船，我們好早點動身。」

馬許靠在下甲板的欄杆邊，閒適乘涼，一面看人搬貨，而懷堤也已經把鍋爐準備好了。就在這時，馬許瞥見另一件事：好幾輛旅館接駁車等在碼頭外環路的對面。他定睛朝車隊注視了一會兒，捻了捻鬍子，然後上到操舵室去。

舵手正在享用派和咖啡。「奇契先生，」馬許道，「我沒吩咐前別讓船離港。」

「船長，為什麼？貨都上得差不多了，蒸汽也足了。」

「你看外面，」馬許揚起手杖指出去，「那些接駁車要把客人送過來，要不就是等著接他們下船，但目前並沒有其他小客輪靠港，也不可能是我們的乘客。我有個感覺。」

不一會兒，果真被他料中了。一艘修長而典雅的外輪汽船映入眼簾，從俄亥俄河面吞煙吐霧地殺到，彷彿來勢洶洶——馬許幾乎是當下就認出她，甚至還沒看見她的名字：南方號，辛辛那堤及路易斯維爾郵輪公司。「我就知道！」他說道，「她一定是比我們晚半天離開路易斯維爾，不過船速快了些。」他走到窗邊，推開用來擋陽光的精美窗簾，觀看那艘蒸汽船靠港、繫纜繩，然後是乘客們魚貫走下船。「她不會停太久的。」馬許對舵手說，「沒有貨運，只是載客。你等下要讓她先離港，知道嗎？讓她先開一段路，然後你再倒船出去，開在她後頭。」

舵手把叉子上最後一塊派吃掉，又用餐巾擦掉嘴角的白奶油，這才應道：「你的意思是叫我稍後再追上她？船長，我們會一路聞她的蒸汽直到開羅的。過了開羅，她就甩掉我們了。」

艾伯納・馬許的臉色一沉，彷彿將大發雷霆：「奇契先生，你知道你在說什麼嗎？我不想聽這種鬼話。要是你沒本事做到，直說就好，我把達利先生叫起來接手掌舵就是。」

「那可是南方號啊。」奇契還是堅持。

「你也別忘了，這是烈夢號！」馬許吼了出來。他轉身就走，滿面怒容。儘管舵手是河上之王，但還是該死。的確，船一開上了河道，就是舵手稱王，他們卻不該躲避這類的小挑戰，更不該質疑他的船。

看到南方號的客人開始上船，他的怒氣就散了。早在路易斯維爾隔河瞥見南方號時，馬許就想這麼試一試，只是不敢抱太大期望。若是烈夢號能贏過南方號，打響名氣的事就成功了一半，至少跑船人都會聽聞。南方號有一艘姊妹船，名叫北方號，兩艘船都是她們那條航線的驕傲。她們是在五三年時特別打造，專為快速航行而設計，比烈夢號小，卻是僅有的純客輪，不載任何貨商。就馬許的觀念，他實在想不出這樣要怎麼賺錢，不過管他的，跑多快才重要。北方號在五四年創下路易斯維爾到聖路易的最快紀錄，南方號則在第二年以一天又十九小時刷新，至今仍是紀錄保持者，而且到現在都還是這麼快，她的操舵室上裝飾著一對鍍金的鹿角，讓人知道她是俄亥俄河的飛毛腿。

艾伯納·馬許越想越興奮，忽然想起喬許亞，不管他的睡眠有多重要，都不該錯過這一回。於是馬許興匆匆地大步跑向約克的艙房，用手杖把房門敲得響亮，決定把他吵醒。

沒人應門。馬許又敲了好幾下，越敲越用力。「哈囉，裡面的！」馬許大喊，「快起床，喬許亞，我們要跟人家比快了！」

門後還是沒反應。馬許扭扭門把，發現門上鎖了，急起來竟改敲牆壁，又在緊閉的窗戶上連聲叩，扯高嗓門鬼叫，卻仍然沒有任何動靜。「他媽的，約克，」他罵道，「馬上起床，否則你就看不到啦！」

馬許心生一計，往回走到操舵室之下，抬頭高喊：「奇契先生！」

艾伯納·馬許肺活量十足，這一吼果然引得奇契把頭探出門外往下看。「你現在鳴汽笛，不停地鳴，直到我招手示意爲止，聽見了沒？」

接著他跑回約克的房門前，繼續搥門打牆，汽笛聲驟然響起：一響、二響、三響，每一響都顯得急切又粗暴。馬許的手杖也敲得更重。

約克的房門終於打開來了。

馬許朝約克的雙眼看了看，吃驚得忘了閉上嘴巴。汽笛在這時又響起，他急忙朝樓上揮手，笛聲立刻寂靜。

「進來講。」喬許亞·約克輕聲說，冷冷地。

馬許進房，約克立刻用力地把門甩上，然後是門鎖喀嚓響。馬許沒看到鎖門的景象，因爲房門一關，屋裡就黑得什麼也看不見，更沒有任何一點光從門縫或簾中透進來。就在關門前的那一剎那，他看見的最後一幕是喬許亞站在門邊，全身上下沒穿任何衣服，皮膚死白得像雪花石，雙唇因憤怒而緊抿，兩眼好像燃著來自地獄的火焰，怒意散發得宛如野獸。

「喬許亞，」馬許道，「你能不能點個燈？或是把窗簾拉開之類的？我看不見。」

「我看得很清楚。」約克的語調陰沉無比。聽他沒有動靜，馬許便轉身，結果不慎碰倒東西。「站著別動，」約克的命令裡充滿威嚇、壓迫，逼得馬許不能不服從。「你要燈，我就給你燈，免得你砸了我的房間。」

火柴的一丁點光劃過，約克點亮了看書用的蠟燭，在凌亂的床緣坐下，這時他已經穿上褲子，表情卻嚴峻得可怕。「好，」他說道，「說，你爲什麼在這裡？我警告你，最好有個理由！」

馬許也惱火了，沒有人可以這樣跟他說話。「約克，南方號就在我們旁邊，」他也不客氣地回敬，「她是這條河上最快的船。我準備讓烈夢號跟她比速度，心想你會想看。你要是覺得這理由不夠讓你下床，那你就不是個行船人，這輩子也別想當了！還有你的態度給我小心點，有沒有聽到？」

喬許亞・約克眼中的怒火驟烈。他像是要站起來，卻又打住，然後把臉轉向一旁。「艾伯納，」頓了一下，他皺起眉頭，接下去說：「對不起，我無意對你不敬，也不是想嚇唬你。你是好意。」

他說這話時緊握著拳。馬許吃驚地看著他快步走到房間的另一頭，拿起書桌上那瓶怪味私釀，倒了滿滿一大杯，猛然仰頭飲盡。「啊，」約克的聲音放輕，晃晃腦袋，這才慢慢轉向馬許。「艾伯納，我給你這艘夢想之船，不是送你的禮物。我們之前談定，你得遵守我的命令，尊重我的怪行爲，不能質疑也不能過問。你這是說話不算話嗎？」

「我說話算話！」馬許頑固地說。

「好，」約克道，「那你聽好，我知道你出於好意，但用這種方式叫醒我卻是做錯了。不准再這麼做了，永遠不准，不管是什麼理由。」

「要是鍋爐爆炸全船失火，我也要把你留在這裡燒成焦炭，是這樣嗎？」

約克的眼光閃動。「不是，」他也承認失言，「但若你那麼做，你自己會安全點。我被人突然叫醒時會有起床氣，不能自持，以前犯過很多次，事後總會後悔。也就是因爲這樣，我剛剛才會對你那樣兇。我向你道歉，但這改不掉，以後也可能會更糟，你懂嗎？艾伯納。當我鎖上房門時，絕不要到這裡來。」

馬許皺眉，但又想不出話好說，畢竟他確實簽過那份協議，假使約克就愛爲一點睡眠而小題大作，那也是他高興。「我懂了，」馬許於是說，「我接受你的道歉。假使你還願意接受，那麼我也向你賠不是。好啦，現在你要和我一起上去看賽船嗎？反正你都醒了。」

「不要。」約克的臉色仍舊猙獰。「艾伯納，我不是沒興趣，而是——你要知道，我雖然感興趣，但在生理上還是需要休息。我也不喜歡曬太陽，因爲外頭的太陽這麼毒，又熱。你聽過有人曬傷嗎？你要是聽過，那就能理解了。我不是不講理，只是眞的不想曬太陽。這是醫學上的考量，艾伯納，你若想了解，我可以解釋得更清楚。」

「好吧。」馬許說時，已經能感覺腳下的甲板傳來輕微震動，汽笛也在尖聲催促似地。「我們在倒船，要離港了。」馬許道，「我得走了。喬許亞，抱歉吵醒你。我真的不好意思。」

約克點頭，轉過身去，又倒了一杯怪酒，但這一次不再狂飲。「我知道。你去吧，我們晚餐時再見。」

馬許走向門口，但在開門前，卻被約克喚住。

「什麼事？」馬許道。

喬許亞．約克的表情已異於方才，出現一抹極淺的微笑：「打贏她，艾伯納。衝過去。」

馬許豪氣地咧嘴一笑，接著就走出房間。

當他走到操舵室時，烈夢號已經完全離港，蹼輪重新正轉，南方號則已開得老遠。操舵室裡擠了起碼有六、七個沒當班的舵手，嘴裡嚼著菸草，爲這場競速下注，就連達利也不惜犧牲他的休息時間，跑上來看個熱鬧。乘客們都知道有事要發生了，下層甲板的艏區擠得水洩不通，大家都想爭個好位子。

奇契振臂打舵，烈夢號在航線上就定位，隨即沿著前船的水痕悠悠駛進。他要多點動力，懷堤馬上在燃爐裡多扔了幾塊松脂。煙囪爆出的黑煙雲又濃又大，船身倏地向前航去，這可令岸邊的人大樂。艾伯納．馬許站在舵手身後，倚著手杖瞇眼打量。頭上正是一片午後晴空，前方河面清澈澄藍，無數的反光照得人幾乎睜不開眼，只有南方號留下的水沫切過其中。

起初，烈夢號追得很順利，他們一路直衝，蒸煙長揚，國旗颯颯拍打，那景象令人振奮，兩側蹼輪拍打出從未有過的快節奏，伴隨著引擎低沉的吼聲。彷彿才一轉眼，兩船之間的距離就明顯拉近，但對方也在這時察覺有異。南方號畢竟不是昨晚那艘沒沒無聞的小尾輪，船長和舵手很快就明白這是怎麼一回事，當然立刻有了回應——她嘲笑似地輕鬆加快速度，用更濃的黑煙去熏這個不自量力的後來者，河面留下的尾波似乎也更洶湧，逼得奇契不得不打舵避開，暫時放掉他們之前在速度上的優勢。兩船之間的距離又拉開，開始以定速航行。

「跟著她。」就這麼保持了一陣子之後，馬許吩咐舵手，然後離開操舵室，下樓去找長毛麥可，好不容易才在主甲板的艄區找到這位脫了靴子、正在抽雪茄的大副。「叫工人起來幹活。」馬許下令：「我要他們去調整船身的平衡。」便見長毛麥可點點頭，起身，在地上踩熄他的菸，開始吼叫起來。

不一會兒，大部分的船員都到艄區和艉區報到，其中一小部分忙著安排乘客的站位，因爲這些乘客全都擠在船頭和右舷看熱鬧。

「死乘客。」馬許嘀咕道。烈夢號到現在才稍微平衡些，和南方號之間的距離再度開始拉近。馬許就回到操舵室。

兩船現在都卯足了勁，也的確是勢均力敵。艾伯納．馬許覺得烈夢號的馬力應該更強，無奈船上載的都是重貨物，吃水深，船頭又得承受南方號的尾波，反觀南方號的船身輕得多，縱有波浪也容易避開，前方又沒有其他阻力。於是現在，除非有意外，否則全都要看舵手的功力了。奇契在舵前全神貫注，把握機會想早一點分出勝負，在他身後，達利和幾個沒簽約的舵手滿口意見，嘮嘮叨叨地下指導棋。

在一個多小時的追逐賽中，烈夢號幾次在河彎處失去南方號的蹤影，但是奇契總有本事驚險地切過彎道，一次比一次更貼近前船。曾經有那麼一度，兩船近得令馬許能數得出南方號船尾一共站了多少乘客，但她一下子又往前猛衝，重新拉開距離。「我跟你打賭，對方剛剛換了舵手。」奇契說道，轉頭在旁邊的痰盂裡吐了一口菸草汁。「你看她跑跳成那副德性。」

「我有看到。」馬許吼道，「現在我要看我們自己跑跳。」

話才說完不久，狀況發生了。南方號維持了一陣子速度，風也似地掃過一處樹林茂密的河彎，然後突然響起汽笛，緊接著便放慢速度，甚至開始倒船。

「小心。」達利對奇契說。奇契又吐了一口菸草汁，轉動舵輪，卻只是稍稍調整航向，從南方號的船跡向外徐徐劃出去。來到河彎中心，他們才發現南方號停船的原因：原來是另一艘載滿了菸草的大型汽船擱淺在河中沙洲上，上面的大副和船員們都下了船，正想辦法用圓桿和絞盤把船翻下水去——南方號差一點兒就迎面撞上他們。

河上一陣慌亂。沙洲上的人忙著揮手大喊，南方號急急退開，烈夢號則往前開到平靜無波的水面去。接著，南方號重新前進，船頭卻彷彿要對著烈夢號直衝似地。「死王八蛋，白痴。」奇契罵道，轉舵並叫懷堤放鬆左舷，但他不讓路，也不停船，結果兩船就這麼挨著走，越開越近。馬許聽見下層的乘客叫喊著危險；有那麼一、兩秒，他自己也以為他們要相撞了。

結果退讓的是南方號。南方號的舵手重新把船頭對向正前方，令烈夢號有了超前的機會。樓下有人歡呼起來。

「繼續跑。」馬許的聲音低得幾乎沒有人聽見。南方號現在正急起直追，與烈夢號之間的差距並不大，頂多是一個小艇的長度。當然，該死的乘客這會兒全衝向船尾，船員則一股腦兒地奔向船頭，使得整條船都因這陣腳步而爲之震動。

南方號恢復了氣勢。她已經來到烈夢號的左舷，只差一點點就是平行。她的船頭就在烈夢號的船尾邊，正一吋一吋趕上來。兩船貼得極近，若不是烈夢號比較高，乘客們甚至可以跳到另一條船上。

「他媽的，」眼見對方越來越逼近，馬許忍不住了：「夠了，夠了。奇契，叫懷堤用我的豬油。」

舵手瞄了他一眼，不懷好意地大笑：「豬油？哦，船長，我就知道你這人狡猾！」然後他立刻向機艙吼出命令。

兩船已經齊頭。馬許握著手杖的掌心都是汗水。下層船艙有人在吵，大概是雜工們在跟幾個外國人爭論，不知是誰把行李擺在豬油箱上，害他們得先挪開雜物才能搬出豬油。馬許心中焦躁，額頭都快冒出油來。上好的豬油可不便宜，卻是蒸汽郵輪上最好用的寶，因爲廚子用得到，它燒起來的溫度也高——高溫正是他們此刻最需要的。燒豬油所產生的高壓蒸汽，不是燒木柴能比得上的。

豬油塊何時扔進燃爐，操舵室最清楚，就在白色的蒸汽朝天空直直高竄，在排氣管口掠出尖銳的嘶聲時，主煙囪升起濃煙，烈夢號噴發著帶火的鼻息，抖得像隻小跳蚤，隨即活躍起來，蹼輪欽鏘欽鏘地快得有如火車輪，拍打水面時的震波不斷傳上甲板。她飛也似地竄到南方號前方，漂亮地拉開船距，等到差距確實拉開，奇契又讓出右邊的河道，卻是存心讓後船吃他們的尾波。眼見南方號顯然已被拋在後方，那些只會耍嘴皮子的無業舵手們哄然大笑起來，開始點菸慶賀，紛紛附和烈夢號是多麼天殺的一條快船，艾伯納．馬許則傻傻地笑開了嘴。

乘著俄亥俄河的清澈水流，烈夢號駛入開羅港污濁的密西西比河道上；足足十分鐘之後，南方號才同樣抵達。這時的艾伯納．馬許幾乎已經忘了剛才和喬許亞．約克之間的小小不愉快。

# 第六章

## 朱利安農場，路易西安那，一八五七年七月

酸比利·提普頓在農場外看著那兩個騎馬的男人接近時，正將墓園前那棵枯樹當飛刀靶。早上的氣溫就已經熱得像地獄，酸比利渾身是汗，正思量著跳進河裡游個幾趟，便見他們從那條蜿蜒古徑的樹林後頭走出來。他從已死的樹幹裡拔出小刀，轉身藏進樹後的陰影裡，頓時打消了游泳的念頭。

那兩個人騎得極慢，卻是昂首挺胸，大搖大擺，彷彿他們屬於這裡。酸比利知道他們不可能是本地人，因為稱得上是鄰居的全都知道戴蒙·朱利安在家時不喜歡任何人踏上他的土地；說不定是蒙特婁的克里奧朋友來找麻煩。假使真是如此，他們可要後悔了。

等他們走得更近一點，酸比利才發現那兩人為何騎得這麼慢，心中也同時鬆了一口氣——他們的馬後面鍊著兩個黑奴。於是他雙臂交叉，靠在樹上，好整以暇地等他們接近。

走得夠近時，他們勒馬停下。馬背上的其中一人望著斑剝半老的主屋，吐了一口菸草汁，然後轉頭問酸比利：「這是朱利安農場？」這人有一張紅潤大臉，鼻子上有個疣，穿著臭烘烘的皮衣褲，戴著一頂軟趴趴的氈帽。

「廢話。」酸比利答道，視線卻沒落在這個人臉上，也沒多看另一個瘦臉的年輕人——八成是紅臉那人的兒子——而是直直走向那兩名沒精打采的黑奴，向他們微笑道：「唷，原來是莉莉和山姆。

沒想到你們兩個還會經過這裡啊。自你們逃跑那時，也有兩年了吧。朱利安先生要是知道你們回來，一定非常高興。」

山姆是個高個子的壯漢，聽見這話就抬起頭來瞄酸比利，眼中流露的卻不是反抗，而是恐懼。「我和我兒子在阿肯色遇到他們，」紅臉的又說，「他們想騙說自己是自由黑奴，不過先生，他們連一分鐘都騙不了我。」

酸比利看看這兩個抓黑奴的父子，點頭道：「繼續說。」

「這兩個傢伙頑固得要死，我花好長的時間都沒法叫他們招出是從哪兒來的，打了幾百鞭也沒用，又加上我發明的一點小技巧。對付一般的黑奴，你只要隨便嚇唬他們，他們就屁滾尿流了，這兩個卻不行。」那人啐了一口，「反正現在逮到他們啦。吉姆，給他看看。」

年輕人依言下馬，走向女黑奴，把她的右臂抬起來。她左掌少了三根手指，其中一隻斷指才剛結疤。

「我們發現她是左撇子，所以拿右手開刀。」男人說道，「你曉得，我們也不想害她殘廢得太厲害，只是我們沒找到任何文件，外頭也沒張貼海報，所以……」他聳聳肩，「砍掉第三根指頭時，如你所見，這男的才肯招，結果這女的竟然還咒罵他。」那個人大笑起來：「反正最後逮到啦。像那樣的兩個奴隸一定值不少錢。朱利安先生在家嗎？」

「不在。」酸比利答，一面抬頭打量太陽。離中午還有幾個小時。

「哦。」紅臉人說，「那你一定是監工，對吧？他們口中的酸比利？」

「正是。」酸比利說，「山姆和莉莉說過？」

抓黑奴的又大笑：「噢，自從他倆招供之後，說的可多啦，包括他們這一路是怎麼逃的。好幾次我和我兒子叫他們閉嘴，但他們動不動就要講，還說了幾個故事。」

酸比利用他那冰冷、詭異的眼神望向兩名黑奴，但他們都沒有迎上他的視線。

「也許你就直接開個價錢，我們拿了錢就走人。」紅臉男人道。

「不，」酸比利．提普頓說，「你們得等。朱利安先生會親自向你們道謝。不會等太久，因爲他天黑前就會回來。」

「天黑前，是嗎？」男人說時，和他兒子互換了一個眼色。「說來好笑，酸比利先生，這兩個黑奴也是這麼告訴我們呢，一字不差。他們說的那些怪故事也都是在天黑之後發生的。我們父子倆只想早點領賞走人，這一點對你沒差吧？」

「對朱利安先生而言，可就不是了。」酸比利說道，「我也無法給你半毛錢。你寧可相信一對黑奴夫妻講的蠢話？」

男子嚼著菸草，皺眉想了好一會兒：「黑奴的確愛胡說八道，但我也認識幾個會講眞話的黑奴。好吧，酸比利先生，我們就照你說的，等朱利安先生回來再領賞。不過，你可別以爲我們好騙。」他在大腿側的手槍上拍了拍，「我是隨身帶傢伙的，我兒子也有一把，而且我們父子倆都愛玩小刀。這樣你懂了嗎？這兩個黑奴說過你的看家本領，包括你腰後藏的那個小玩意兒，所以你別想把一根手指頭伸到後頭去，最好也別去抓癢什麼的，否則我們的手指頭可能也會癢起來。我們就交個朋友，一起在這兒等。」

酸比利斜眼朝紅臉人冷冷瞪了一眼，不過他笨到完全沒察覺。「進屋裡等吧。」說時，酸比利刻意亮出雙手，擺明不碰腰後。

「很好。」男人便下馬來：「我叫湯姆．強斯頓，對了，那是我兒子吉姆。」

「朱利安先生會很樂意見你們。」酸比利道，「把馬繫好，帶黑奴進來吧。上樓梯時小心點，好些地方都壞了。」

一行人走向主屋時，女黑奴啜泣了起來，吉姆．強斯頓一拳打在她臉上，她就沒敢再出聲了。

酸比利領他們去圖書室，拉開厚重的窗簾，讓一點光照進這幽暗又多塵的房間。兩個奴隸坐在地板上，抓黑奴的父子則一屁股坐進黑皮椅大伸懶腰。「這地方確實不錯。」湯姆．強斯頓說。

「爸，每樣東西都又爛又髒啊，」年輕那個說，「就跟黑奴他們講的一樣。」

「哎呀呀，」酸比利望向二名黑奴：「哎呀呀。要是知道你們在外頭四處講他的房子，朱利安先生可不會高興哦。你們兩個就要挨一頓好打了。」

壯漢山姆鼓起一絲勇氣，抬頭頂了一句：「我不怕挨鞭。」

酸比利微微笑。「是嗎？那就來點比鞭子更糟的好了，山姆。我保證。」

光是聽到這裡，女奴莉莉已經嚇壞了。她看著年輕人說：「吉姆少爺，他說的是眞的，你一定要相信我。趁天還沒黑帶我們走吧。你和你爸可以擁有我們，叫我們做事，我們會很努力，眞的。不會逃。我們是好黑奴，從來不曾逃過，只有這……這……不要等到天黑，少爺，眞的不要。到時就來不及了。」

年輕人用他的手槍柄朝莉莉打去，把她整個人向後打倒在地毯上，臉頰上立現瘀痕。莉莉顫抖著嗚咽。「閉上妳的黑嘴。」吉姆罵道。

「你們要喝點東西嗎？」酸比利問。

之後的數小時，這對父子幾乎喝光了朱利安收藏的兩瓶上等白蘭地，大口大口地，好像那只是廉價威士忌；除了喝酒之外，他們也大吃一頓，並且聊起天來。酸比利不主動開口，只是提些問題引湯姆·強斯頓說話，而老強斯頓已經喝醉，正是話匣子全開的興頭。這對父子大概是從阿肯色州的拿破崙鎮來的，很少在家，大多在外頭旅行，走這一行掙錢。家鄉有個老婆和女兒，並不知道他們在外頭的營生。「女人不必知道她的男人上哪兒去，也不必知道幾時回家。你一旦隨口說說，保不定哪天晚歸時又被她吵個半死，到時可得賞她幾個耳刮子，否則有得煩。」他啐道：「啥也不必說，最好讓她們猜，這樣你露臉時她們就會心存感激。」這話說得好像他寧可去嫖黑人妓女似的，酸比利心想，那他老婆也不會在意了。

就在這時，外頭的太陽開始西沉。

屋裡漸漸變暗時，酸比利起身拉上窗簾，點起蠟燭。「我去找朱利安先生來。」

年輕的吉姆·強斯頓轉頭對他父親說：「爸，我沒聽到馬蹄聲啊。」酸比利心想，這年輕人的臉色好像嚇白了。

「等一等。」酸比利·提普頓說完，把他們留在圖書室，獨自走過陰暗無人的宴會廳，沿樓梯走到上層，然後轉進一間大臥房，那兒的牆上鑲著大片的法式窗戶，精美的床鋪上罩著黑絲絨帳。「朱利安先生。」酸比利放輕聲音，只站在門邊說話。房裡一片漆黑，密不透風。

絨帳下有了動靜。絲絨簾被推開，戴蒙・朱利安露出臉來：蒼白、沉靜、冰冷，那雙黑眼珠直接盯住酸比利，無視於房中的黑暗。

「有事嗎，比利？」朱利安的語調輕柔。

酸比利便把事情始末說給他聽。

戴蒙・朱利安微微一笑：「帶他們到餐廳去。我過幾分鐘就去找你們。」

餐廳裡有一盞很大的舊式吊燈，但在酸比利的記憶中，那盞燈從沒點亮過。他把那對父子帶進來，摸出幾根火柴，把之前放在長桌中間的一盞小油燈點亮。油燈的光在白亞麻桌巾上映成一個小圈，也在狹長的高天頂房裡投射出陰影。老強斯頓坐下，年輕的兒子不安地四處打量，一隻手撫在槍上不放。黑奴夫妻瑟縮在長桌的盡頭，可憐兮兮地抱在一起。

「朱利安人呢？」湯姆・強斯頓兇惡地問。

「就快到了，湯姆。」酸比利答，「等一下。」

將近十分鐘，沒有人開口講話。吉姆・強斯頓忽然倒抽一口氣：「爸，你看！有人站在那扇門口！」

那扇黑色的門通往廚房，離他們很遠。這時，夜晚已經降臨，附近沒有別的光，就只有餐桌上的這一盞小小油燈，那扇廚房門也在深沉的黑影中，只有模糊的影子——一個依稀人形的影子，站在那兒一動也不動。

莉莉低聲哭了出來，山姆將她抱得更緊。湯姆．強斯頓急急站起，椅子在木地板上刮出聲響。他拔出槍來，臉色鐵青地喝道：「是誰？走出來！」

「不必緊張。」戴蒙．朱利安說。

眾人一齊轉頭，老強斯頓則嚇得往後跳，但見朱利安就站在餐廳的門廊下，在昏黃微光中笑得很和藹。他穿著一襲黑色長裝，繫著紅色的絲質領帶，眼神沉穩且帶著興味，油燈的火光又將那雙眼珠映得更黑。「那只是維樂麗。」

隨著長裙沙沙聲響，維樂麗果然出現在廚房門口。她面色蒼白，未發一語，卻一樣令人驚艷。老強斯頓看看她，笑了起來：「啊，不過是個女人。抱歉，朱利安先生，黑鬼們講的故事嚇了我一大跳。」

「我能體諒。」戴蒙．朱利安說。

「他後面還有好幾個。」吉姆．強斯頓竊聲道。於是他們都看見了：就在朱利安的身後，幾個隱隱約約的影子浮現在黑暗中。

「我的朋友罷了。」戴蒙．朱利安微笑說時，一個著淺藍色長袍的女人出現在他的右邊。「這是辛西亞，」一個綠衣裙的女子接著站到他的左手邊，「愛德昂娜，」朱利安補充，然後懶懶地舉起手臂：「還有雷蒙、尙，以及科特。」他們聚攏，一起走進長廳，移動時靜得像貓兒。「另外，在你們後面的是亞連、約葛，和文森。」

老強斯頓急急扭頭張望，見他們這時都已步出黑影外，但是朱利安身後的影子好像不只有這些人。餐廳裡只聽得見衣裙摩擦的細語，他們都沒有發出聲音，只是睜大了眼睛直盯著看，臉上笑得動人。

酸比利沒笑，雖然他覺得老強斯頓驚慌抓槍的模樣簡直笑死人。「朱利安先生，」酸比利說道，「我該提醒您，強斯頓先生來這兒並不想上當。他帶了一把槍，他的兒子也有槍，而且他們都是飛刀高手。」

「啊。」戴蒙．朱利安應道。

黑奴們開始禱告。年輕的吉姆．強斯頓看著朱利安，拔出自己的手槍：「我們帶你的奴隸來，」吉姆說，「我們不會打擾你，也不要賞金了。我們要走了。」

「走？」朱利安反問：「噢，我怎麼會讓你們不領賞就走呢？就爲了替我送兩個黑鬼，你們可是大老遠從阿肯色州過來，我怎麼好意思？」他走過餐廳，直盯著吉姆．強斯頓。吉姆像是被震懾住了，握著手槍卻沒有動靜，任憑朱利安從他手中把槍拿走，放在餐桌上。朱利安輕撫年輕人的臉，說：「在這層污垢下，你倒是個英俊的男孩。」

「你對我兒子做什麼？」湯姆．強斯頓大喝，揮舞著手槍道：「離他遠一點！」

戴蒙．朱利安向他一瞥。「你兒子還算有一分樸拙之美，」他說，「可是你，有個疣。」

「他自己就是個疣了。」酸比利．提普頓表示。

湯姆．強斯頓怒目，戴蒙．朱利安卻笑了。「的確，」他又說，「挺好笑的，比利。」接著，朱利安向維樂麗與愛德昂娜比了個手勢，兩位女郎便挪步走近，一人攬起吉姆的一隻手。

「要我幫忙嗎？」酸比利在這時問道。

「不用了，謝謝。」朱利安說完，優雅而隨意地一揚手，輕輕劃過年輕人的長頸子。吉姆．強斯頓發出一記悶聲的嗆咳，喉頭隨即出現一道細紅線，淌成小串鮮紅的細珠鍊，珠串很快變大、變快，源源不絕地湧出，終於在他的脖子上匯成細流。吉姆．強斯頓這才開始掙扎，但在兩名女子鐵一般的緊箍下，他根本無法動彈。戴蒙．朱利安欺身向前，張嘴去接那道滾熱鮮紅的湧泉。

湯姆．強斯頓怔在那兒，久久才發出一聲低沉的獸吼，再次舉起手槍瞄準他們。卻在這時，亞連箭步上前來擋，文森、尙忽地出現在左右，雷蒙和辛西亞冰冷蒼白的手則從後面攀來。老強斯頓咒罵著開了槍，火花和硝煙迸現，身形削瘦的亞連踉蹌後退，被子彈的威力打得仰倒在地，一股黑血從他的白襯衫前襟冒出。亞連半坐半仰地捂著胸口，放手時掌中滿是血污。

雷蒙和辛西亞牢牢壓著老強斯頓，尙輕而易舉地從他手中取走槍。這個紅臉的男人完全沒反抗，只是瞪著亞連看。亞連的血已經不流了，嘴角微揚，露出長而白的牙齒，看來銳利又恐怖。見亞連起身走近，「不，」老強斯頓尖叫：「不，我射中你了，你應該死了，我射中你了！」

「黑鬼偶爾也會說眞話的，強斯頓先生。」酸比利．提普頓道，「句句屬實啊。你應該聽他們的。」

雷蒙拂開老強斯頓的軟氈帽，抓著他的頭髮將頭向後扳，露出一截發紅的粗脖子。亞連笑著用利齒撕開強斯頓的喉頭，其他人也圍了上去。

酸比利・提普頓抽出腰後的小刀，轉向那兩名黑奴：「隨我來，朱利安先生今晚用不到你們，但你們也不准逃跑。隨我到地窖去。動作快，否則我就把你們丟在這兒。」最後的那句話很有用，讓黑奴夫妻不敢拖延。

地窖又小又陰濕，門是開在樓上的地板上。窖裡的地面濕得根本不能放東西，還有一灘深達二吋的水窪；天花板極低，令一個大男人都無法站直，四壁也長滿了苔蘚。酸比利把兩個黑奴分別鎖好，但讓他們彼此可以牽手，自認爲這是很大的善心了。他還替他們送了熱騰騰的晚餐。

事情辦完，他張羅自己的吃食，用強斯頓父子喝剩的第二瓶白蘭地送下肚。才剛吃完，便見亞連走進廚房，上衣的血漬已乾，一個焦黑的破洞清楚可見，但亞連似乎一點也不以爲意。「外頭結束了。」亞連對酸比利說，「朱利安叫你到圖書室去。」

酸比利推開餐盤，依言往圖書室走去。餐廳裡一片狼藉，愛德昂娜、科特和艾盟還在微暗的寂靜中品酒，腳邊就是屍體——或說殘餘的屍體。有些人已經到客廳去聊天。

圖書室裡依然闃黑。酸比利原以爲室內只有朱利安一人，沒想到看見了三個人影，兩個坐著，一個站著。黑影中，他分不出這三人是誰，於是等在門邊，然後聽見朱利安說：「以後，你不准再帶那種人進我的圖書室，」他說，「他們太髒，留下一股臭味。」

酸比利感到一絲恐懼。「是。」他面朝那個聲音傳來的方向，「對不起，朱利安先生。」

靜了一會兒，朱利安又開口了：「把門關上，比利，進來。你可以點燈。」

油燈的玻璃罩帶著一些紅彩斑，火光因此讓這間塵埃滿布的房間裡顯得處處血跡。戴蒙・朱利安坐在一張高背椅子上，修長的手指支在臉頰下，臉上有某種似笑非笑的表情。維樂麗坐在他的右手邊，長袍的一隻袖子在剛才的掙扎中被扯破了，不過她好像並不在乎，酸比利覺得現在的她好像比平常更蒼白了點。數步之外，尙站在另一張椅子後面，神情警戒而焦慮，老是在轉動指間的戒環。

「他非得在這兒嗎？」維樂麗問朱利安時，朝比利短短瞥了一眼，紫色的大眼睛裡帶著輕蔑。

「怎麼了？維樂麗，」朱利安答道，同時執起她的手，只見維樂麗抖了一下，就緊緊閉上嘴巴。於是朱利安又說：「我不是叫比利來說清楚了嗎？」

尙始終皺著眉頭，這時鼓起勇氣，直視酸比利：「這個強斯頓有個太太。」

原來如此，酸比利頓時大悟。「你怕了？」他挑釁地問，心知朱利安不怎麼喜歡這個人，所以也不必對他太客氣。「他是有個老婆，」比利繼續說，「但是一點也不用擔心。他在外頭的事從不跟老婆講，也從不對家人交代行蹤或幾時回家，所以他老婆不會找上門來的。」

「戴蒙，我不喜歡這樣。」尙咕噥道。

「兩個奴隸怎麼辦？」維樂麗又問，「他們在外頭跑了兩年，跟強斯頓父子說過不少事，都是對我們不利的事。他們一定也跟別人說過。」

「比利？」朱利安轉問。

酸比利聳聳肩。「我倒希望他們去跟本地和阿肯色州的每一個黑鬼講故事呢。」他道，「我也不擔心這一點。黑鬼們滿肚子故事，沒人會當眞的。」

「我看未必。」維樂麗說道，轉向戴蒙．朱利安乞求：「戴蒙，求求你，尙說得對，我們在這兒已經待太久了。這樣不安全。你記得紐奧良的拉勞瑞家後來落到什麼下場嗎？那女人虐待奴隸取樂，謠言最後傳開來，人們追到她頭上，但她做的只……」維樂麗遲疑了一會兒，吞了口口水，才悄聲說完：「……只不過和我們一樣。我們是不得已。」說完，她掉過臉去，不再看朱利安。

緩緩地，溫柔地，朱利安伸手輕觸維樂麗的臉頰，動作中充滿體貼。他用指背順著她的臉龐滑下，然後扣住她的腮，把她的臉抬向自己：「妳有這麼膽小嗎，維樂麗？要我提醒妳是什麼身分嗎？妳又開始聽尙的意見了？他是血之領主嗎？」

「不，」她那雙紫色的眼睛睜得好大，語氣驚懼。「不是。」

「那麼誰才是呢，親愛的維樂麗？」朱利安問時，雙眼直勾勾地看進她的眼中。

「你才是，戴蒙，」她喃喃道，「是你。」

「看著我，維樂麗。妳覺得我需要害怕幾個奴隸在外頭散布的謠言嗎？我要在乎什麼？」

維樂麗張著嘴，說不出半個字。

戴蒙·朱利安這才滿意地放手，但她的臉上已留下深深的紅印。見維樂麗不再開口，他滿意地向酸比利笑道：「比利，你認爲呢？」

酸比利·提普頓看著地板，頓感緊張。他知道自己該說什麼，可是最近老是有些事在心裡盤旋不去，他不能不告訴朱利安，卻知道朱利安絕不肯好好聽進去。那些事一直拖著，如今眼看再也拖不下去了。「朱利安先生，我不知道。」他虛弱地說。

「你說不知道，這是什麼意思？比利。」話裡露出冷酷和一絲威嚇。

酸比利只得放手一搏。「我不知道我們可以撐多久，朱利安先生。」他大著膽子說，「我也想過這個問題，有些事並不妥。這座農場在嘉胡經營時很賺錢，現在已經差不多一文不值了。您知道我對任何黑奴都很有一套，但那些死掉的或逃跑的，我實在管不了了。您和您的朋友們開始帶走奴隸的孩子，叫那些陪睡的女人進主屋，結果他們都沒再踏出去，我們的麻煩就開始了。您已經有一年多沒再養奴隸，只有那些漂亮小妞們，當然啦，她們也沒有待太久。」他緊張地笑了笑，「我們沒種穀糧，賣掉了半數土地，都是些肥沃的好地皮，再加上那些好看的妞兒，朱利安先生，她們很貴的，我們已經很缺錢了。」

「還不只這樣。處理黑奴是一回事，找白人來解渴才是危險。好吧，也許在紐奧良沒什麼，但您我都知道是卡拉殺了亨利・凱山的小兒子。他就住在附近，他們全都知道這兒有怪事，朱利安先生，萬一他們家的奴隸和孩子們開始追查，我們就眞的有麻煩了。」

「麻煩？」戴蒙・朱利安說，「我們有二十幾個人，再加上你。那些畜牲能拿我們奈何？」

「朱利安先生，」酸比利道，「萬一他們在白天來呢？」

朱利安不放心上地揮揮手：「不可能的。就算眞的如此，我們也有辦法料理他們。」

酸比利大皺眉頭。朱利安也許沒想到，但接下來的這話可是他敢冒的最大風險：「我想，也許她是對的，朱利安先生。」他悶悶地說，「我認爲我們應該搬走。我們已經搾乾這個地方，再待下去會有危險。」

「我在這裡待得很舒服，比利。」朱利安道，「我吃的是牲口，何必躲著他們？」

「那麼，錢呢？我們要上哪籌錢？」

「那兩位客人留了馬匹，你明早帶去紐奧良賣掉，順便確定沒有人跟著他們來。你也可以再賣些土地，十字灣的奈維爾會想再收購的。把他找來，比利，」朱利安笑一笑，「說不定還可以請他到這裡吃晚餐，我們一起商量商量。叫他把他那可愛的妻子和小兒子也一起帶來，山姆和莉莉可以服侍他們，看起來就會像以前，像奴隸們還沒有逃跑之前那樣了。」

他這話是在嘲諷，酸比利心想，但也不敢隨便聽聽。「這棟房子，」他於是說，「等他們來吃飯，就會看到景況有多差了，回家後還會傳給別人聽。不妥當。」

「比利啊，那也要他們回得了家。」

「戴蒙，」尚緊張地說，「你不會是指……」

泛著紅光的房裡變熱了。酸比利開始流汗。「奈維爾他——求求您，朱利安先生，您不能吃奈維爾，也別再從這一帶找人填肚子、別買漂亮妞兒了。」

「你的下人這次說得對。」維樂麗的聲音極小。尚聽到連酸比利都跟他有著相同意見，也連忙點頭道：「聽他的吧。」

「我們可以把這整塊地全賣了，」比利接著說，「反正這裡該爛的都爛光了。我們都搬到紐奧良去，那裡會比較好。您知道嗎？那兒多的是克里奧人、自由黑奴和河邊流浪漢，少了幾個也不會有人過問。」

「不要。」戴蒙．朱利安冷冷地說，聲調裡透露他不願意再談下去了。酸比利立刻閉緊嘴巴，尚則又開始撫弄他的戒指，同樣害怕得不敢出聲。

出人意料地，維樂麗開口了：「那麼，讓我們走。」

朱利安懶懶地轉頭看她：「我們？」

「尚和我。」她說，「把我們送走，那樣會……比較好，對你也好。我們的人少一點比較安全，你的美女也可以待得更久。」

「親愛的維樂麗，要把妳送走？唉，我會想念妳，也會擔心妳啊。而且妳要上哪兒去呢？」

「隨便，哪裡都好。」

「妳還在妄想到山洞裡去找妳的黑暗城？」朱利安語帶譏諷：「孩子，這份信念眞令人感動。妳是不是誤把可憐的尚當成心目中的蒼白之王啦？」

「沒有，」維樂麗道，「不是的，我們只是想休息。求求你，戴蒙，要是我們都留在這兒，他們一定會找上門、會來獵殺我們。讓我們遠走他鄉吧。」

「妳是這麼美，維樂麗，這麼細緻。」

「我求求你，」她說著顫抖起來，「我想走，想休息。」

「可憐的小維樂麗，」朱利安道，「這世上沒有休息的。不管妳去到哪裡，妳的飢渴會永遠跟著走。不行，妳要留下來。」

「拜託，」她又哀求，近乎失神。「我的血之領主。」

戴蒙．朱利安的眼睛微微瞇起，嘴角的笑意消失。「妳若是這麼急著離開，也許我該答應妳。」

聽見這話，維樂麗和尙都懷著期望看他。

「也許我該把你們送走，」朱利安若有所思地說，「兩個都送走，但是分開送，不。維樂麗，妳太美了，應該得到比尙更好的。你覺得呢，比利？」

酸比利擠出一絲笑容：「把他們都送走吧，朱利安先生。您用不到他們，您有我在。送他們走，讓他們去嚐嚐苦頭就知道了。」

「有意思。」戴蒙．朱利安道，「我會好好想一想。你們都走吧，全都出去。比利，記得去賣馬，找奈維爾談土地的事。」

「不吃飯？」酸比利鬆了一口氣。

「不用了。」朱利安答道。

酸比利是最後一個退出圖書室的。在他身後，朱利安吹熄了油燈，黑暗籠罩上房間，但他在門檻處遲疑了片刻，又轉回身去。

「朱利安先生，」他說，「您答應的事——已經過了好幾年。什麼時候才行動呢？」

「等我用不到你時，比利。你是我白天的眼睛，能辦到我辦不了的事。我現在怎麼捨得放你走？但你不用怕，不會太久的。等你加入我們，你就不會再在乎時間了。對一個永生的人而言，幾年和幾天並沒有什麼分別。」聽到這番承諾，酸比利心安多了，這才離開，著手去辦朱利安交代的事。

當晚，他夢見自己變得像朱利安一樣黝黑而瀟灑，雍容地掠食。在他的夢中，世界沒有白天，他在蒼白的滿月下漫步於紐奧良街道上，感覺到人們從窗戶和小露台俯瞰著他，那些眼神充滿恐懼，而女人們則拜倒在他的黑色力量之下。藉著黑夜，他跟蹤人們，無聲地挪步在紅磚道上，聽他們狂亂驚慌的腳步和喘息聲。在一盞燈火搖曳的路燈下，他逮到一個秀美的年輕公子，咬碎他的喉頭，然後高聲大笑。遠處，一個撩人的克里奧美女在看他，他就追上去，追過大街小巷，一路追到死巷子，她就在一盞精鐵大燭台旁轉過身來面對他。她長得有點像維樂麗，紫羅蘭的眼眸，眼中滿是火燄。他衝上去撲倒她，然後吃了她。克里奧的血就像他們的菜餚一樣又燙又濃郁。夜晚是他的，所有的夜晚永遠都是他的，紅色的飢渴主宰了他。

當他醒來時，他覺得渾身發燙，衣衫都汗濕了。

# 第七章

**聖路易，一八五七年七月**

烈夢號在聖路易港停留了十二天。

對全體船員而言，這十二天都很忙，對喬許亞・約克和他的怪朋友而言也是。艾伯納・馬許更是每天一大早就起床，不到十點鐘就上街，四處約談貨主、拜訪旅館，聊他的船兼努力拉生意。他替熱河郵輪公司的船隊——現在公司名下又不只一艘郵輪了——印了一大堆傳單，僱了幾個小僮全城派發，然後成天在上流場合吃好的、喝好的，一遍又一遍講述烈夢號如何贏過南方號。他甚至在當地的三家報紙刊登廣告。

烈夢號一到港，馬許事前聘來的舵手們就上船報到，並且講定前幾天等船時該扣除的工資。舵手並不便宜，尤其是這兩個快手，幸好馬許不怕花錢，因爲他只要最好的。從報到的這一刻起，舵手領的就是全薪，船不離港，他們就不必做事——所以兩個舵手領到了工資後就又開始閒晃了；舵手的臉皮都很厚，除了駕船，其他的都無關尊嚴。

話說回來，馬許找來的這兩人都頗有個性。丹・艾布萊特一向沉默寡言，卻懂得時髦，在船靠港當天就開始上船四處逛，東看看西看看，舉凡引擎、操舵室，不時滿意地點頭，而且馬上就進駐他的艙房。他這幾天都在船上豐藏的圖書室裡看書，也在交誼廳和強納森・傑佛下了幾盤西洋棋，只不過老是輸給傑佛。卡爾·弗蘭姆就不一樣了，他經常在河濱地的撞球間出沒，愛笑，戴著一頂寬沿氈帽，向人吹噓他和他的新船要如何跑贏整條河。弗蘭姆還有個壞名聲，就是喜歡拿自己的三個老婆開玩笑：一個在聖路易，一個在紐奧良，第三個竟在納契茲山腳。

艾伯納·馬許沒空管那兩個舵手在做什麼，他忙著處理一件又一件的工作；也沒空跟喬許亞·約克和他的朋友們見面，不過他知道約克時常在夜間上街散步，大多和沉默寡言的賽門一起。在來紐奧良的途中，喬許亞對馬許說他有意讓賽門做船上的夜班調酒師，所以賽門現在也在學調酒。

馬許倒是常在晚餐時段見到他的事業夥伴，因爲喬許亞·約克習慣在回房看書報前到主艙區去跟其他船員們聊天。有一次，約克說他要去城裡看一個演藝團表演，也邀請艾伯納·馬許和其他船員一起去，但馬許沒興趣，約克只好失望地跟強納森·傑佛同行。「吟詩演戲，」等他們下船後，馬許找長毛麥可聊天，對此事嗤之以鼻：「那只會讓你搞不清楚這條河是什麼鬼玩意兒。」他們回船後，傑佛就開始教約克下棋了。

「他的頭腦眞好，艾伯納。」幾天後，傑佛對馬許這麼說，那時他們已在聖路易港停留了八天。

「誰啊？」

「還有誰，當然是喬許亞。我前兩天才教他棋子的走法，昨晚就看到他在交誼廳裡演練摩菲棋局了，他說是從《紐約報紙》上看到的。這人眞奇怪。你對他了解多少？」

馬許皺了皺眉頭。他不希望手下的人對喬許亞·約克感到好奇，畢竟那也是協定的一部分。「喬許亞不喜歡講自己的事，我也不過問。我覺得別人的過去不關我的事，你也應該抱持同樣的態度，傑佛先生。」

這位總管揚起他那雙細而黑的眉毛，答道：「那我就照辦吧，船長。」但那張臉上有一抹冷靜的微笑，令馬許感到憂慮。

傑佛不是唯一發問的人，長毛麥可也為此來找過馬許，說搬運工和煤爐工人們在背後拿約克和那四個客人開玩笑，問馬許要不要由他去處理一下。

「是什麼玩笑？」

長毛麥可聳聳肩：「像他只在晚上才出現，還有那四個怪里怪氣的朋友。你知道湯姆，就是負責左舷中央煤爐那個，他一直在講這個故事──說我們離開路易斯維爾的那天晚上，呃，你記得那晚有多少蚊群，好，湯姆說他看到那個賽門仁兄跑到主甲板上，四下張望了一會兒，然後一隻蚊子停在他的手上，他就用另一隻手把蚊子拍死。他用力拍下去。但你知道蚊子有時吸得飽飽，拍下去就爆成一灘血。湯姆說賽門手上就這麼拍出一灘血，結果眞他媽的，他說賽門盯著手上那灘血看了好久好久，最後竟然舔個乾淨。」

艾伯納．馬許露出怒容：「叫那小鬼湯姆最好別再講這種故事，否則他就只好去別人的船上給煤爐添炭！」長毛麥可點點頭，掄起他的鐵棍在厚掌上拍了兩下，轉身就要走，但馬許又叫住他。「不對，」馬許說，「等等。你去叫他別亂傳什麼鬼故事，但只要看見好笑的就來跟你講，或是跟我講，我們會賞他五毛錢。」

「他會為那五毛錢撒謊。」

「哦，那就別提錢的事，但其他的記得跟他說。」

每當想起湯姆所說的故事，艾伯納就越來越困擾。他正爲約克安排賽門來調酒一事感到高興，因爲那樣就能讓賽門露臉，也可以有人盯住他了。馬許一向不喜歡葬儀社的人，賽門又令他產生某種不敬神的聯想。他只希望賽門別在吧檯替乘客調酒時去舔蚊子血，那種壞名聲的事傳得比什麼都快。

馬許不再爲此事煩惱，重新回到工作上。他們昨晚在計畫離港事宜，但這裡又有個小麻煩。馬許來到約克的艙房找他討論航程的細節時，約克正坐在書桌前，拿著象牙柄的小刀在剪報。他跟馬許就手上的工作閒聊了幾分鐘，馬許就準備離開，臨走前瞥見約克桌上有一份《民論報》。「他們今天應該要刊登我們的廣告，」馬許說道，伸手拿起那份報紙，「你看完了嗎，喬許亞？」

約克揮揮手，「你想看就拿去。」

艾伯納·馬許把報紙夾在臂下，帶到主艙區去看，這時賽門正好送來飲料。他沒找到他刊登的廣告，有點兒生氣；當然，也許正好被約克剪掉了。約克剪下的新聞背面正好是船運版，黃金版面上於是出現了一個方洞。馬許喝光杯中的飲料，摺起報紙，走向總管辦公室。

「你有沒有《民論報》的最後一版？」馬許問傑佛，「我覺得布雷爾漏登了我們的廣告。」

「就在那邊。」傑佛回答，「他沒漏登。你看船運版。」

他們的廣告就在上頭，方方正正的一個雙框，中間包著一篇方塊文章：

熱河郵輪公司

豪華蒸汽快船烈夢號將於週四開往紐奧良、路易西安那，以及所有轉運點及大小港埠。經驗老到的全體員工爲您提供最佳服務，節省最多時間。貨物託運及旅客搭乘，請至船上或洽本公司辦事處。辦事處位於松樹街底。

——總裁艾伯納．馬許敬上

馬許檢視完廣告，點點頭，然後翻到背面，想看看約克剪下的是什麼消息。那篇報導像是從別的下游報轉載而來，講一個堆木場的老工人被發現陳屍在新馬德里的舍房裡。一艘蒸汽船的大副送木柴到堆木場，叫他卻沒有人回應，這才發現人已經死了。有人認爲是印地安人所爲，也有人說是野狼，因爲屍體被發現時四分五裂，有一半甚至被吃掉了。大概就寫了這些。

「怎麼了，馬許船長？」傑佛問道，「你臉上的表情好詭異。」

馬許把傑佛的《民論報》摺起來，跟約克的那一份一起夾在臂下。「不，沒事，是該死的報紙拼錯了幾個地方。」

傑佛微微一笑：「船長，你確定嗎？我知道拼字不是你的強項。」

「傑佛先生，你別再拿這個開我玩笑，否則我會把你摔到牆上去。」馬許應道，「我要找個地方讀你的報紙，如果你不介意的話。」

「請便，」傑佛道，「我已經看完了。」

馬許走到吧檯後方，把林場工人的報導又看了一遍。喬許亞．約克爲什麼要剪這種新聞，他想不出答案，於是更加心煩。抬起頭時，他看見賽門的眼睛就在那面大鏡子中盯著他看，於是立刻摺起那張報紙，塞進口袋，然後對他說：「給我來一小杯威士忌。」

馬許一口氣喝乾那杯威士忌，趁熱辣感衝進胸腔時，長長地發出「啊啊啊啊」的喊聲。這讓他的腦袋清楚了些。他知道自己有很多方法可以查明眞相，不過喬許亞．約克在報紙上愛看什麼新聞並不關他的事，況且他先前已承諾不打探、不過問，怎麼可以食言。想通之後，馬許放下杯子，走出吧檯，下樓來到主甲板，把兩份報紙都扔進燃爐裡。甲板工人看著他，大概覺得莫名其妙，可是馬許覺得舒坦多了。一個人不應該對他的事業夥伴多疑，或拿對方的行爲取樂，特別是喬許亞．約克這樣一個慷慨又彬彬有禮的人。「看什麼看？」他朝工人們吼道，「你們沒事可做嗎？我就叫長毛麥可來找點事情給你們做！」見工人們馬上各自去忙，馬許才回到樓上的主艙區，爲自己又點了一杯飲料。

第二天早上，馬許到松樹街的公司辦事處去看看，打算在那兒花幾個小時招攬一些生意，之後到墾拓客棧吃午餐，一些老朋友和生意上的對手圍繞著他講話，讓他感到很有面子。聊起自己的船，他向眾人大吹大擂，也耐著性子聽法洛和歐布萊恩拿他們的船較勁，不煩躁也不發火，只在聽完後微笑道：「好啊，小朋友，也許我們會在河上見，這不是棒透了嗎？」

如今，沒有人再提起他前幾年的倒楣事，還有三個男人跑到桌邊來問他缺不缺密西西比河下游的舵手。午餐的這幾個小時，他覺得稱心自如。

漫步走回河邊時，馬許碰巧經過一間裁縫店，忽然有個念頭閃進腦中，於是他捻著鬍子思索起來。猶豫了一會兒，馬許咧嘴笑著走進店裡，為自己訂做一套新的船長制服，選了白色的料子，配上雙排銀釦，就像喬許亞穿的那件。馬許在櫃檯上留了兩塊錢，講定在烈夢號下次開回聖路易時來取。這又讓他對自己感到非常滿意。

河濱地亂哄哄的。有批乾貨遲到了，搬運工正氣喘吁吁地趕著將貨搬上船。懷堤已經把蒸汽燒好，排氣管冒出的白色雲朵升到高空，黑煙也在煙囪頂上盤旋。停在烈夢號左側的蒸汽船正在倒船出港，成團的煙和蒸汽堆在那兒，汽笛與叫喊聲不絕於耳。右側，一艘大型的外輪汽船正在下貨到碼頭區，港邊還有一艘破舊的船繫著，好像從沒出航過。放眼整片河濱地，眼界所及之處都是蒸汽船，數量多得數不清。馬許算著這一排的九艘裡就有豪華的約翰西蒙號，她有三層甲板，乘客們正在上船；旁邊是北極光號，外輪殼上畫著一大片極光的圖，是上游的新船，西北航線公司聲稱她將是當地水域最快的船。準備開往下游的是灰鷹號，也是一艘不輸給北極光的快船。港區裡還有北方號、馬力強勁的尾輪船聖喬號，以及威儂二號和納契茲號。

馬許一艘艘看過去，遠望煙囪間交疊複雜的設備、精美的木工，和船身亮眼的圖案，也聽她們的蒸汽鳴叫、蹼輪的推進力道等等；然後他看著自己的烈夢號，白、藍、銀裝點一身，不知怎地，她的蒸煙就是升得比別艘船高，汽笛聲就是比較悅耳、清亮，而且她的彩繪也比較乾淨，蹼輪看起來更是有力多了。站在那兒，她比旁邊的三、四艘船要高一些，比絕大多數的船都要長。馬許便自言自語：「我們會把她們全都比下去的。」然後就走向他的愛船。

# 第八章

**蒸汽輪船烈夢號上，密西西比河，一八五七年七月**

艾伯納·馬許從桌上削了一片切達起司，小心地在剩下這一口蘋果派上找了個好位置放下，然後俐落地叉下去。打了個飽嗝，擦擦嘴，甩掉鬍子上的碎渣，馬許帶著笑意靠到椅背上。

「好派？」隔著白蘭地杯，喬許亞·約克笑問。

「托比只會做好派，」馬許答道，「你也該來一塊試試。」然後推開椅子，準備離開餐桌。「好啦，喝乾吧，喬許亞。是時候了。」

「什麼時候？」

「你不是想學開船嗎？坐在飯桌旁是學不到的，我向你保證。」

於是約克喝光杯中的白蘭地，和馬許一起到操舵室去。現在是卡爾·弗蘭姆當班，此刻他正舒適地懶在沙發上抽菸斗，而他的助手——一個高個子的學徒，金色直髮長到衣領——則在掌舵。「馬許船長，」弗蘭姆點頭致意，「而你一定就是神祕的約克船長了。很高興見到你。我從沒待過有兩個船長的郵輪。」他咧嘴大笑，露出一顆金牙。「這艘船有這麼多船長，就像我有好幾個老婆吧。當然啦，我猜想，怪怪，船上的鍋爐啦鏡子銀器都比別的船多，本來就該多幾個船長，是不是？」說著，他彎身向前，把菸斗裡的灰敲在一口大鐵爐裡。夜裡又熱又悶，派不上用場的黑鐵爐只得冷在一旁。

「兩位紳士找我有事？」弗蘭姆問道。

「教我們開船。」馬許說。

弗蘭姆抬起眉毛：「教你們？我已經收了一個徒弟啦。是不是，裘迪？」

「當然，弗蘭姆先生。」

弗蘭姆笑著聳聳肩：「我現在就在教裘迪，也是事前談好的，等他拿到執照開始上工，第一筆工資裡的六百塊就是學費。我只跟他收這麼低的價錢，是因爲我認識他的家人。其他人就另當別論啦，我想我不可能認識您二位的家人吧？」

喬許亞·約克解開身上那件灰背心的釦子，從穿在背心裡層的錢袋取出一枚價值二十元的金幣，擺在鐵爐上面；襯著黑冷的鐵板，黃金的光暈更顯閃耀柔和。「二十，」約克數道，又擺了一枚上去，「四十，」然後第三枚，「六十，」就這麼一路數到三百。

「我身上恐怕就這麼多了，弗蘭姆先生。不過我向你保證，我絕不是缺錢。我們先講好七百塊錢，我也會開同樣的價格給艾布萊特先生，只要你們二位能指導我足夠的入門技術，讓馬許船長溫習到能夠自己駕船就好。當場付現，不用等到發薪餉。你說怎樣？」

弗蘭姆眞夠冷靜，馬許心想。只見他默默地抽著菸斗，彷彿在考慮眼前的條件，然後伸手捧起那疊金幣，並說：「我不敢替艾布萊特先生說話，但就我自己而言，錢的顏色永遠是我的最愛。我可以教你。要不要明天開始？你在白天時上來學。」

「馬許船長也許可以，」約克說道，「但我比較想從現在就開始學。」

弗蘭姆看看兩旁：「開玩笑，你沒看見嗎？現在是晚上啊。我訓練裘迪都快一年了，到上個月才敢讓他在晚上掌舵。夜裡開船可不好玩。不行不行。」說的語氣堅定，「我先在白天教你，起碼看得見你把船開到哪兒去。」

「我要在晚上學。弗蘭姆先生，我的作息很特別，但你不用擔心，因爲我的夜視力非常好，應該比你的還要好。」

於是這位舵手放下二郎腿，起身去接掌舵輪，同時對學徒說：「你下去吧，裘迪。」

等那個年輕人離開，弗蘭姆說：「在一條路況多變的河上開夜船，沒有人能完全看清楚。」說這話時，約克和馬許站在他的背後，一起看著面前那片波點星光的黑河面。前方遠處有幾點燈光，那是另一艘蒸汽船。「今晚視野清楚，沒什麼雲，又有半月，這樣的河況算是很好的。你看那片河，像黑玻璃。再看岸邊，很清楚，是吧？」

「是。」約克答道。馬許微笑，沒有出聲。

「不過呢，」弗蘭姆繼續說，「不見得每天都這麼好。有時沒有月亮，雲也可能又多又厚，那就是一片漆黑，伸手不見五指啦。河岸在哪兒，你也看不見，要是你搞不清楚狀況，有可能一頭就撞上去。夜裡影子多，也有可能誤認成陸地，要是看不出它的眞假，你這大半夜光是顧著把舵轉來轉去，繞開那些根本不存在的東西就夠你累壞了。約克船長，你想，一個舵手怎麼會知道這麼多？」不等約克搭腔，弗蘭姆逕自把話接了下去：「就是憑記憶力。靠著白天開船時看見的河況，自己想辦法記在腦子裡，包括每個河灣、岸邊的每一棟房子、堆木場，還有哪一段的水深水淺，該往哪一條河口。開船全憑經驗，約克船長，不是憑眼睛所見，但在沒有經驗之前，你只能用看的，偏偏在晚上，你不可能看得太清楚。」

「這是實話，喬許亞。」艾伯納．馬許說著，將一隻手放在約克的肩膀上。

約克開口時語調平靜：「我們前面的那艘船是一條外輪汽船，兩根煙囪之間有一個花體的K字，有一間操舵室，是圓頂的。那艘船正開過一個堆木場，岸邊有一座舊得快倒的小碼頭，棧道上坐著的人不是白人，他在看河。」

馬許放開約克的肩膀，走到窗邊去看。他瞇著眼睛，見那艘船離他們實在很遠，他都只能看出她是一艘外輪汽船，但在煙囪之間的東西就……而且煙囪是黑的，又襯著黑色的天空，他能看出那是煙囪，只是憑藉上頭冒出的火星。「媽的。」他罵了一聲。

弗蘭姆朝約克瞥了一眼，眼神中滿是驚訝。「我都頂多看到一半左右，」他道，「不過我相信你都說對了。」

幾分鐘後，烈夢號果然開過一處堆木場，岸邊的確也坐著一個年邁的黑人，一如約克的描述。

「他在抽菸斗呢，」弗蘭姆咧嘴一笑，「你剛才沒講。」

「抱歉。」喬許亞．約克道。

「這個嘛，」弗蘭姆說得若有所思，「好吧。」他咬著菸斗，雙眼盯著前方河面。「我承認你的眼力的確好，但還是不能確定。今晚天色好，要看到堆木場並不難。看見老黑人是難了點，因爲他們黑到跟夜色混在一起，這一點你眞了不起。可是，河況是另一回事，掌舵要注意的小事太多了，遠比客艙旅客會注意到的還多。當你在看水面時，要能看出水底下藏的斷枝、流木；前面幾百哩的河況，有時也能從一棵老枯樹看出來。還要懂得分別暗礁的眞假。你看河要像在看書，有些字只是小漣漪、小漩流，一眨眼就消失了，當下未必看得清楚，這時就得靠上次讀這一頁的記憶。難道你想在黑暗中看書？不會吧。」

約克只是當沒聽到：「水波也好，堆木場也好，只要我想，一樣看得清楚，完全不勉強。弗蘭姆先生，你若是不能教我，我就找別的舵手教。提醒你一句，烈夢號的船東和主人是我。」

弗蘭姆又瞥了他一眼，這次卻皺起眉頭。「夜班工作又加重了。」他說，「如果你想在晚上學，我要收八百。」

約克的表情慢慢解開成笑容：「一言爲定。那就開始吧。」

卡爾．弗蘭姆把頭上的軟帽推到腦後，長嘆一聲，大有受騙上當之意。「好吧，」他說，「那是你的錢，這也是你的船。萬一她的船底被你撞破，你別來找我麻煩就好。現在你聽著，聖路易到開羅這一段河道還算直，可是長久以來，這段河道被人叫作墓園，因爲有太多船隻沉在這兒了。有些船沉得淺，連煙囪都露在水面上，水位低的時候，甚至會看見整艘破船殼就癱在爛泥裡——總之，你要知道它們沉在哪裡，否則下次就是別的船要記住你沉在哪裡了。還有，你要自己替河道標記號，懂得應付船。來，站上來，握握看，體會她的感覺，現在不會因爲教堂的尖塔而擱淺的，還算安全。」說著，約克和弗蘭姆交換位置。「好，從聖路易之後，第一個要注意的是……」

見弗蘭姆開始指導，艾伯納．馬許就坐到沙發上去，聽他講述有關河道記號的學問、掌舵的技巧、墓園段的船難故事等等，滔滔不絕。弗蘭姆講起故事來非常生動，只不過他的這些故事最後都繞回河道記號的學問上去。約克很買帳，像是聽得津津有味，而且三兩下就抓到掌舵的訣竅。不管弗蘭姆何時停下來考他，他總能馬上答出，或是操演給他看。

過了好一會兒，就在烈夢號超越剛才跑在前頭的外輪汽船之後，馬許發現自己呵欠連連，不過這一晚過得很有意思，他實在不想上床，最後只好下樓拿了一壺熱咖啡和一盤餡餅。當他回來時，卡爾．弗蘭姆正講到德瑞南懷號怪談──那艘船在五〇年失蹤，當時正載著寶藏；埃福蒙號想去搜救，卻因為火災而沉船；專打撈沉船的艾倫亞當號也在五一年前去尋寶，結果撞上沙洲而半沉。「你看好了，一定是寶藏的詛咒，」弗蘭姆又繞回主題，「要不就是這條老鬼河不肯放手。」

馬許微笑著倒咖啡，一面道：「喬許亞，那個故事是真的，但你可別相信他講的每一句話。這傢伙是我們河上最惡名昭彰的謊話大王。」

「啊唷，船長！」弗蘭姆露齒大笑，卻是三句不離本行。「有沒有看到那邊那間老房子，門廊場掉那間？」他又開始講起故事來：「很好，因為你看到它就會想到……」

他花了足足二十分鐘講那棟老房子的故事，然後又岔題到簡金號的事蹟，說簡金號有三十哩長、船中間設有絞鏈，以便在河上轉彎。這下子連約克都露出了不可置信的表情，但他還是笑著把故事聽完。

吃掉最後一塊餡餅後，馬許昏睡了大約一小時。弗蘭姆說話夠逗趣，不過馬許寧可在白天上課，否則他也看不到舵手教來辨認的那些河道記號。

當他醒來時已是早晨，烈夢號開到哲拉杜角，正在上一批碎穀貨。馬許忖度，弗蘭姆大概是刻意趁夜裡冒著大霧抵達。哲拉杜角建在一座陡峭的山崖高處，距聖路易有一百五十哩遠，這段航程的時間拿捏令人滿意；沒有創紀錄，但是十足理想。

不到一小時後，烈夢號又回到河上，繼續朝下游走。七月的日頭當空，曬出悶濕厚重的空氣，還有密密的大群飛蟲，不過頂層甲板倒是涼爽宜人。他們常常要停下來，因為有十八口大鍋爐得不停地燒，蒸汽機吃木柴就像沒有底似的。所幸兩岸都有不少木柴廠，燃料不是問題。每當儲柴不夠，大副會通知舵手，舵手就把船開到最近的堆木場去。這種堆木場通常只是一間破爛的小木屋，屋外都是劈好的山毛櫸、橡木或栗木堆，馬許或強納森．傑佛會下船去討價還價一番，談完了就向船上打個手勢，甲板工人一股腦兒地擁上岸去，然後不到三秒鐘工夫，整堆木柴就被搬空了。客艙的住客們對這一幕總是百看不厭，喜歡到下甲板憑欄觀看，貨艙站客則老愛擋住他們。

同樣地，每在一處停靠，都會發生新鮮事兒。他們曾經停到一個無名的河濱地放一名乘客下船，也到私人碼頭去載客；大約中午時分，河岸上有個帶著小孩的婦人向他們揮手致意，他們便也停下來；接近四點鐘時，他們甚至得停下來、倒船，好讓後面的小舟能趕上來，讓小舟上的三個男人能夠登船。這一天，烈夢號開得不遠，也不快，但在夕陽開始西傾，晚霞染紅甲板之際，開羅港已在前方，丹．艾布萊特決定把船停在那兒過夜。

開羅南面俄亥俄河與密西西比河的匯流處，景觀十分怪異。兩河不是立刻結成一條，而是在同一個河道中各流各的。清澈的藍帶是俄亥俄河，靠著東岸流，旁邊緊貼著沉褐色的密西西比河水；也從這兒開始，兩處河域呈現不同的特性。從開羅經紐奧良到灣岸，全長將近一千一百哩，匯流後的密西西比河蜿蜒曲折，像一條扭著身體的蛇，河水不時沖刷鬆軟的土壤，河道便也時常改變，有時甚至害一些埠頭水位不足，或是氾濫起來淹了整座城。舵手們都說，這條河永遠不會是老樣子。但在上游，也就是艾伯納・馬許的家鄉，那兒的密西西比河卻是另一種脾氣，在兩岸高聳陡絕的岩壁包夾下，河道幾乎是直的。馬許在頂層甲板上佇立良久，想體會這一份不同，因為它也將改變他的未來。他看著河面暗想，自己從上游跨足下游，彷彿要踏入人生的新境界。

沒過多久，正當馬許和傑佛在辦公室裡談事情時，忽然聽見三聲鐘響，表示他們即將靠岸。馬許皺了皺眉頭，從總管辦公室的窗子看出去，只見到岸上茂密的樹林。「我們幹嘛停船？」馬許道，「下一站是新馬德里。這一帶我不熟，但也不可能是到站了吧？」

傑佛聳肩道：「也許有人招我們停？」

馬許告了歉，走上樓到操舵室去。丹・艾布萊特正在掌舵。「有人招手？」馬許問。

「先生，沒有。」艾布萊特回答。他這個人說話惜字如金，別人問什麼，他也只答什麼。

「我們要停去哪裡？」

「是堆木場，船長。」

馬許往前方看，那兒的確有一座堆木場，就在西岸。「艾布萊特先生，我記得我們一個鐘頭前才補過木柴，不會已經燒完了吧？是長毛麥可叫你停船的嗎？」船上的燃料夠不夠，通常是大副在盯。

「不，先生，是約克船長命令的。他叫人來轉告，要我特別記得，不管木柴夠不夠，都要在這一座堆木場停靠。」說時，艾布萊特很快地瞥向馬許。這位舵手是個衣冠整齊的人，個子不高，唇上薄薄的小黑鬍，配上一條紅色的絲質領帶和亮面皮靴。「你是要叫我開過去別停嗎？」

「不，」艾伯納．馬許煩躁起來。約克事先警告過，而他們的協定裡也言明喬許亞有權給船員下任何怪命令。「你知道我們要在這裡停留多久嗎？」

「聽說約克先生要上岸辦事，要是天黑前辦不完，那就要停上一整天了。」

「該死。我們的行程——乘客會問東問西的。」馬許大皺眉頭，「好吧，也沒有別的辦法了。既然來了，就順便多買些木柴算了。我下船去談。」

馬許找到看守那座堆木場的小弟，是個穿著薄棉衫的瘦黑鬼，便跟他談價錢。那個小弟不懂得喊價，結果馬許竟然用棉白楊木的價格買到一批山毛櫸，還討到幾根免費的松木節。工人們往來搬運木柴上船時，馬許正眼打量那名少年，笑著問他：「你是新來的，對吧？」

少年點頭：「是的，船長先生。」馬許也點點頭，準備轉身回船上去，卻聽見少年說了下去：「我剛來一個禮拜，船長。以前來這裡的白人都被狼吃了。」

馬許厲色盯著他。「小兄弟，這裡離新馬德里只有幾哩，是嗎？」

「沒錯，船長。」

艾伯納．馬許回到烈夢號上，心裡焦慮又激動。他媽的喬許亞．約克，他到底想幹嘛？爲什麼要在這座蠢木場花一整天的時間？馬許此刻眞想衝進約克的艙房找他談談，但再想了想，還是算了。他硬是提醒自己事不關己，耐著性子坐下來等。

列夢號就在堆木場的小埠旁痴痴等了幾個小時。數著航經身旁的蒸汽船，艾伯納．馬許只覺得心浮氣躁。那些船幾乎都是往上游去的。兩個貨艙的站客拿著小刀打了起來，所幸沒人流血，勉強爲這個下午帶來娛興。大部分乘客和船員都在甲板上閒得發慌，要不就在躺椅上乘涼，或是抽菸聊政治。傑佛與艾布萊特在操舵室裡下棋，一肚子荒野奇譚的弗蘭姆在交誼廳裡開講，幾位淑女開始聊辦舞會的事，而艾伯納．馬許只是越來越不耐煩。

日暮時，馬許高坐在頂層甲板的樓梯口，邊喝咖啡邊打蚊子，正好看見約克和賽門一同下船，兩人在船邊停下腳步，和堆木場小弟簡短聊了一會兒，身影就消失在通往樹林的泥濘小路上。「哼，這算什麼。」馬許板著臉孔，邊罵邊起身，「連聲招呼都不打，晚飯也不吃。」但這個念頭倒提醒了他，於是就往樓下走，準備到主艙區去用餐。

那一晚，乘客和船員們都閒得心浮氣躁，吧檯的出酒量一下子增加許多。幾個拓荒者玩起吹牛大賽，有些人開始唱歌，另有個年輕男子堅持主張廢奴，結果挨了一杖。

接近午夜時，賽門獨自回船。艾伯納．馬許當時正在交誼廳裡，是長毛麥可碰他的肩膀向他示意的——馬許交代過他，若是見到約克回船，就要馬上回報。「把你的工人叫上船，也叫懷堤去準備蒸汽，」他向大副厲聲道，「準備工夫可要花點時間的。」說完，他就去找約克，誰知約克竟然不在。

「喬許亞要你繼續往下開，」賽門回報道，「他要在岸上旅行，然後和你在新馬德里會合。你就等他。」

馬許腦中那些急死人的問題，卻無法從賽門口中套出更多的答案；賽門只會用他那雙小而冷淡的眼睛盯著馬許看，並且重複同樣的訊息——烈夢號得在新馬德里等約克回來。

船一開動，大夥兒都舒坦多了。新馬德里距離那座堆木場也不過數碼之遙，烈夢號不一會兒就能開到。在夜裡航行時，馬許為能夠離開那個偏僻的小地方感到高興，但還是忍不住咒罵起約克。

結果他們在新馬德里幾乎枯等了兩天。

「他死了。」這是強納森・傑佛在靠港一天半後所發表的高見。新馬德里有旅館、撞球場、教堂和許許多多堆木場不會有的娛樂場所，所以在這兒停憩不至於無聊，但是眾人畢竟想早點上路。有五、六個乘客覺得不耐，跑來質問馬許為什麼天氣好卻不開船——船看起來好好的，水位又高——因而紛紛要求退費。馬許忿然拒絕，差點兒沒氣炸，不知道約克還要給他添多少麻煩。

「他不會死。」馬許道，「不過等我逮到他，也許他就會想死了，但他現在應該沒事。」

傑佛的眉毛在金邊眼鏡後抬得老高：「應該沒事？船長，你怎麼知道？他是隻身旅行，又是在夜裡徒步過林。那一帶有流氓，還有野獸。在我的印象中，新馬德里那一帶過去幾年死過好些人。」

馬許瞪了他一眼。「你說什麼？」他追問道，「你怎麼知道？」

「我有看報啊。」傑佛說。

馬許板起臉孔：「好吧，都一樣。約克沒死，我心裡有數。傑佛先生，絕不會發生那種事的。」

「那是失蹤了？」這位總管的臉上浮現一抹冷酷微笑，「船長，我們要不要組一團人去找他？」

「我會考慮。」艾伯納・馬許說。

結果沒那必要。當晚，就在日落後一小時，喬許亞・約克邁著大步走到他們停泊的碼頭來。他看起來一點也不像在樹林裡獨自待了兩天，衣著仍像離船那晚一樣整齊，只是靴子和襯衫多了點灰塵而已；他的步伐匆忙卻不失高雅，甚至是精神抖擻地躍上登船梯。見到船上的副技師傑克・埃里，約克還向他微笑。「去找懷提，請他準備蒸汽，」約克對埃里說，「我們要出發了。」然後，就在其他人想問個究竟之前，他已經快步跑到樓上去了。

馬許本來懷著滿腹怒氣和焦躁，此刻卻頓覺心中一寬。「去搖那他媽的鈴，跟那些在岸上鬼混的人通知要開船了。」他對長毛麥可說道，「我想儘早開上河去。」

馬許氣沖沖地跑到約克的艙房，把房門敲得又急又響。衝進約克的房間時，看見他正就著擺在五斗櫃上的水盆洗手。「艾伯納，」約克的口氣從容有禮：「你想，我可以麻煩托比弄一份宵夜嗎？」

「我倒要麻煩你去看看我們浪費的時間，」馬許說道，「他媽的，喬許亞，我知道你說自己舉止怪異，可是兩天哪！我告訴你，郵輪可不是這樣跑的。」

約克仔細擦乾他那雙修長而蒼白的手，轉過身來：「我是去辦一件重要的事。我先說清楚，我以後還會這樣，所以艾伯納，你得接受我的行事風格，也要留意，別讓別人質疑我。」

「我們有貨要送、有客人要載，不是讓人閒逛堆木場的。喬許亞，你教我拿什麼理由跟他們解釋？」

「你可以隨便說。艾伯納，你頭腦靈活。我為我們的合夥提供金錢，至於你用什麼藉口去應付客人，我都接受。」約克的語調真摯，但十分堅定：「這是我們的第一趟航運，也將是最不順的一趟，以後就不會了，不知這樣能不能讓你比較放心。在以後的航程裡，我想是不會有太多這樣神祕的出遊才對，我也會儘量不妨礙你的計畫。」他笑了笑，又繼續說：「希望你能接受這樣的說法。朋友，耐著你的性子，我們遲早會抵達紐奧良，到時事情就會順利多了。你願意包涵一下嗎，艾伯納？艾伯納，有什麼不對勁嗎？」

艾伯納．馬許一直瞪著約克，幾乎沒有聽進去任何一個字，但到這時，他才意識到自己的臉色有異。「不，」馬許很快就回答，「只是我們浪費了兩天，這才不對勁。不過沒關係，一點也無所謂，你高興就好，喬許亞。」

約克點點頭，看似滿意：「我現在要換衣服，待會兒請托比做頓飯，然後我就要到樓上去學開船了。今晚誰當班？」

「是弗蘭姆先生。」馬許說。

「很好，」約克說，「卡爾這個人很風趣。」

「他的確是。」馬許應道，「不好意思，喬許亞，要是今晚就開船，我現在得下去盯著了。」

話一說完，馬許轉身就走出了房間。但在門外，在夜正深刻之際，艾伯納．馬許沉沉倚著他的手杖，看著星光點點的那片漆黑，努力回想自己剛才在艙房裡看見的景象。

要是他的眼力更好一點；要是約克把兩盞油燈都點起來，而不是只點了一盞；要是他有勇氣走近一點——隔著一個五斗櫃，實在很難看清楚，但馬許就是沒法從腦中抹去方才所見——約克用來擦手的那塊布有污斑。深色的污斑。帶點兒紅色。

看起來實在太像血跡。

# 第九章

## 蒸汽輪船烈夢號上，密西西比河，一八五七年八月

這一段密西西比河的下游之旅，烈夢號走得又跛又令人生厭。每一天都是。快一點的蒸汽船可以在二十八天內往返聖路易和紐奧良，就算中間有個一、二週花在停靠港、上下貨，或甚至是壞天氣太多，這天數也差不多。可是以烈夢號的航程速度而言，光是單程去紐奧良就得花上一個月了。看在艾伯納．馬許的眼裡，就像是天氣、河況和喬許亞．約克聯合起來一起耽誤他似的。河面大霧整整起了兩天，濃得像一團髒棉花；丹．艾布萊特花了六個多小時開過去，慢慢從一面面游移飄忽的紗牆間推進，雖然是小心再小心，卻仍害馬許緊張得要死。要是換馬許來做主，他才不會冒險開船，無奈船在河上，做主的人就是舵手而非船長，艾布萊特堅持要開，他也不能多嘴。搞了半天，霧越來越濃，到頭來他們還是得在抵達曼菲斯之前找地方停靠，想不到一等卻是一天半。在等待的期間，眾人只能看著濁流從船邊奔去，或是聽霧裡水聲淙淙；曾有一艘平板船流經他們旁邊，船上著了火，還聽到船員呼救，但模糊的呼喊聲一下子就化成河面漸弱的回音，灰霧一眨眼就吞噬了小筏。

等到霧稍稍退散，不再低垂，而卡爾．弗蘭姆判斷夠安全時，他們才重新上路，卻在開不到一個小時後就狠狠撞上一處沙洲，只因為弗蘭姆想冒險抄一條不熟悉的近路好節省時間。雜工、消防師傅

和搬運工們都到岸上去拉，長毛麥可在旁監督，加上艾布萊特搭乘小艇在前方探路兼引導，花了三個多小時才離開那條捷徑，重新回到正常的水路上。然而，麻煩並沒有因此結束。接下來的三天，他們遇到暴風雨，水位忽高忽低，烈夢號不只一次得繞彎道好避開水裡的障礙物；要不就是用極慢速一吋一吋前進，前方還有沒當班的舵手、一名職員和幾個挑選過的船員乘著前導小艇去報水深。那幾個夜晚都很黑，雖然沒有起霧，能見度卻很低，縱使水況無礙，他們也不敢全速航行；操舵室禁菸，操舵室以下的所有甲板艙都得關窗或拉上窗簾，不讓燈光照出來，好讓舵手能看清楚點。同樣地，在那幾天晚上，荒涼的河岸看起來歪歪斜斜，游移又不安分，令行船人很難藉由它們判斷水深，或甚至是陸地與河水的分界。河道暗沉，河水任性，沒有星月的光芒，是漆黑的水天一色，其中更有幾晚，舵手們連旗桿上是否停著夜鷹也看不見，但夜鷹稱得上是河道記號的指標之一。話說回來，弗蘭姆和艾布萊特確實有兩把刷子，他們都是有名的掌舵快手，有本事抓緊行船的任何一分可能，因此烈夢號很少真正停船不動，兩位舵手若決定靠港避風，絕對是河況差到完全無法航行的地步，頂多只容小木筏或爛木漂流而已。

在這段日子裡，喬許亞．約克盡心盡力地幫忙，每晚都在操舵室裡瞭望，像一個稱職的學徒。「我當場就告訴他，像那天晚上就是狀況不好。」某天晚飯時，弗蘭姆這麼對馬許說。「我自己都看不清楚，要怎麼教他認路標記號呢？乖乖，那傢伙晚上的視力真他媽的是我所見過最好的，我敢發誓，搞不好他看得到水底下，水裡再黑也一樣。我都讓他站在旁邊，一路教他記號，十次有九次是他比我先看到。昨晚要不是他，我大概六點多就打算靠港去了。」

約克幫忙，卻也耽擱船期。因爲他的要求，他們多停了六處港口：格林維爾一處、無名小鎮兩處、田納西的一處私人碼頭，再加上兩座堆木場，而且又是整夜外出——除了在曼菲斯沒有下船以外，在其他地方都脫隊得令人無法忍受；停在赫倫納那一次，他是徹夜未歸；在拿破崙，他和賽門不知去幹什麼，害全船等了三天；偉克斯堡那次更離譜，一等就是四個晚上。

烈夢號離開曼菲斯那一天，日落特別美。幾縷薄霧暈染出橙光，令西天雲朵轉成明艷奇幻的紅色，直到如火晚霞覆滿天；艾伯納・馬許卻只是獨自站在頂層甲板上，兩眼直盯著河面。四下無船，前方水面平靜，只有輕風吹起一串漣漪，又被岸邊的斷株擾出層層波紋，但它仍然靜穩。太陽下山後，渾濁的河水摻上紅色，然後擴大成越黑越深，彷彿烈夢號就航行在一條流動的血河上。當太陽消失在樹林和雲叢後，血色更深，又多了幾分褐色，宛如乾掉的血，最後完全變黑，一片死黑，像墓園的顏色。馬許看著最後的一抹紅消逝，天上也不再出現星光，就帶著腦中的血色走下去吃飯了。

在新馬德里之後過了幾天，艾伯納・馬許既沒採取任何行動，也沒說半句話，但思考了很多，有關他在喬許亞房裡看見的，或是他沒看見的。當然，他沒法確定自己看清楚了，況且就算是，那又如何？也許喬許亞只是在樹林裡割傷……不過他後來仔細看過約克的手，上頭並沒有任何傷口或疤痕；那麼，也許他宰了一頭野獸，或是抵抗過一群盜賊，總之有一打的好理由，卻都在喬許亞的沉默下被推翻了。要是約克沒什麼好隱瞞的，他爲什麼要這樣神祕兮兮？艾伯納・馬許越想越不高興。

血光，馬許見多了；鬥毆和棍棒，比劍或槍殺。養著奴隸的土地上少不了黑人的血，黑奴解放的地方也不見得就好些。馬許曾在內戰時待過堪薩斯一陣子，看人被燒死或射殺，年少時也曾加入伊利諾民兵，參與黑鷹戰爭。他偶爾仍會懷想壞斧鎮之役，想到他們爲了渡過密西西比河而手刃黑鷹部落的人，包括婦孺。那是個血腥的年代，卻是不得不幹，因爲黑鷹軍是伊利諾州最驍勇善戰的一支部隊。

但在喬許亞手上的血——或不是血——卻未必出於同樣的不得已。那讓馬許感到不舒服，心裡也不平靜，但他仍然提醒自己要遵守約定。對他而言，守信優於一切，事不論好壞，甚至就算是和魔鬼訂約也一樣。馬許又想起，喬許亞·約克曾說他在外頭有些敵人，那麼，一個男子漢要用什麼方式收拾敵人就是他自己的事了。約克的隱瞞並不算太過分。

找到了合理的解釋，馬許決定努力拋開這整件事。

然而密西西比河依然泛著血紅，仍在他的夢裡滴淌。船上的氣氛變得沉悶起來。有個鐵工不慎被蒸汽燙傷，他們不得不把他安置在拿破崙；一個搬運工在偉克斯堡不知怎地竟然逃跑了，他雖然是個自由黑奴，偉克斯堡卻是蓄奴地區，這樣的舉動實在瘋狂。下等艙那些乘客們也常發生鬥毆事件。傑佛說，都是因爲八月的天氣太熱，空氣又悶濕，長毛麥可也附和說熱天裡的垃圾本來就會發臭，但馬許一點也輕鬆不起來。他覺得這些狗屁倒灶都是來懲罰他們的。

離開了密蘇里和田納西之後，馬許越發憂愁，因爲他們還是動不動就在各城市、小鎮和堆木場靠岸，停留的時間更從數日變成一週，導致乘客和貨運業務流失。他上岸走訪各交誼場所、旅館和行船人的熱門去處，聽他們聊烈夢號的閒話，卻不怎麼中聽：說她空有那麼多鍋爐卻跑不快，一定是造得太大、太重；另有一群人猜測引擎有問題，鍋爐上有裂痕等等——這是最糟的謠言，因爲人人都害怕鍋爐爆炸。一個從紐奧良某船來的大副還對馬許說，他在偉克斯堡看烈夢號狀況絕佳，該船的船長卻是個沒啥經驗的上游人，所以不敢讓她開到全速，聽得馬許差點沒打爆他的頭。傳言也提到約克，包括他那幾個怪朋友和怪異行徑。誠然，烈夢號有名氣了，可惜卻不是艾伯納・馬許想要的那種名氣。

直到進入納契茲港之前，馬許已經沉默得太久。

約在日暮前的一小時，他們已能看見遠方的納契茲港，在霞紅的午後就已華燈初上，影子向東拖得更長。這天的航行非常順利，只是天氣燠熱；這一段是他們自開羅以來的最佳速度。此刻的河面閃著金光，近晚的太陽像一管發亮的黃銅樂器，在輕風中放肆賣弄樂章。馬許在那天下午睡了個午覺，有點熱到發昏，但在聽見船笛聲響時，還是跳起來衝出艙房——那是他們在回應另一艘蒸汽船的聲音。這是在河上會船時的禮節，等於是船與船之間的交談，好決定誰靠左邊、誰靠右邊航行。這樣的交談每天都會發生個十幾次，這一次卻與眾不同，所以才能硬是把他從悶汗的被窩裡拖出來、跑到頂層甲板，然後及時看見她高傲而輕盈地行過身旁。那是日蝕號，鍍金的設備在夕陽中閃耀生輝，甲板上的乘客密密麻麻，一面捲拖著滾滾蒸汽和黑煙，遠去在上游那頭。馬許一直望著，直到只能看見她冒出來的煙爲止，只覺得滿腹鬱鬱。

等到日蝕號消失得像個清晨的幻夢，馬許才掉轉過頭，看向前方的納契茲。他聽見靠港停船的鈴聲，接著是他們的汽笛回應。

港區擠滿了船，船群的後方有兩個城區。在高崖上的納契茲山崗是個高級住宅區，那兒有開闊的街道、扶疏花木，以及一棟接一棟的華美房舍，每一棟都有名字：夢茅茨、林登、奧伯恩、瑞凡娜、協和與風之丘等等。馬許年輕時多次造訪此地，當時他還沒有自己的船，來到這個城區大開眼界，便決定要走遍這一帶，好好欣賞那些有來頭的建築。那些房子簡直跟宮殿沒兩樣，令馬許覺得非常拘謹，屋裡住的都是歷史久遠的老家族，人們的言行舉止也像王公貴族似的；高傲冷漠，愛喝冰鎮薄荷酒和檸檬雪莉飲，酒藏都是涼的，以純種馬賽跑和獵熊當作消遣，爲了最微不足道的雞毛小事而拿轉輪手槍或博伊獵刀決鬥。那些富豪都不是壞人，但每一個看起來都像是殖民地的領主，有時跑到碼頭區來，你就得請他們上船抽抽雪茄、喝點小酒，無論他們的舉止如何。

不過，這群人也是盲目得令人稱奇。他們可以從座落在高崖上的豪宅望見波光粼粼的大河，卻對腳下的世間事不甚明瞭。

在那些豪宅下方，就在河岸與山崖之間，那裡是另一個城區：納契茲山腳。沒有大理石柱，也沒有珍奇花草，街道總是泥濘多塵。碼頭區到銀街一帶都是妓院或破落綠燈戶，整個城區有一大半早在二十多年前就陷進河裡去，人行道半毀，上頭排排站了衣著俗艷的流鶯，還有那些眼神陰冷、好勇鬥狠的年輕男人。這個城下之城的市街全都是酒店、撞球坊和賭場之類的場所，整晚菸霧瀰漫，人聲鼎沸。爭吵、吹噓、流血衝突，賭牌老千和西班牙墓園，壞到骨子裡的無賴和惡棍笑著搶你的錢包，外帶一刀割斷你的喉嚨；納契茲山腳就是這樣，充斥著威士忌和紙牌，血肉橫飛的風月區，刺耳的歌曲和摻水的琴酒，行船人對它是又愛又恨，特別是那兒的廉價娘兒們、見血的賭桌把戲和免費的黑人與混血兒，多得享用不盡。儘管如此，老一輩的還是堅稱這個城區今不如昔，說它在四十年前更狂野、更惡霸，或是上帝在一八四〇年派龍捲風來掃蕩這個萬惡之城時，都比今日更下流不堪等等。馬許對這些往事不甚知悉，只覺得現在的納契茲山腳就已經夠恣意妄爲了，而他在數年前來此時也經歷過驚險的幾晚，此刻的心中卻有些不好的感覺。

馬許不太想在納契茲靠港，甚至想上樓叫艾布萊特繼續往前開，只不過這兒有乘客和貨物要下，船員們也想上岸去找樂子，他只好強按下心中的疑慮，任船開入港中，打算只在這兒短暫停留一晚就好。船員們讓烈夢號停妥，關掉鍋爐和蒸汽，隨即向船外一哄而散，活像從傷口迸濺開去的血。少數船員只在港區向黑人小販買些零食水果就回船，其餘全都直奔銀街，擁向那些熾熱火紅的燈火。

艾伯納．馬許就待在頂層甲板，一直待到星星探出頭來。妓院的窗裡透出歌聲，沿著水面傳來，卻沒有讓他的心情輕鬆點。等了好一會兒，見喬許亞．約克總算打開房門，走出夜色時，馬許便問他：「喬許亞，你要上岸？」

約克冷靜地笑答：「對，艾伯納。」

「你這次要去多久？」

喬許亞．約克一派從容地聳了聳肩：「很難說。我會儘快回來。等我。」

「你等等，我陪你去吧。」馬許說道，「這裡可是納契茲，又是納契茲山腳，不是個平靜的地方。萬一你被人割斷了喉嚨躺在外面，我們恐怕得等上一個月。我和你一起走，帶你去逛逛。我是個行船人，你不是。」

「不了，」約克說，「我是要去辦事的，艾伯納。」

「我們是合夥人，不是嗎？既然跟烈夢號有關，那麼你的事就是我的事了。」

「朋友，我這事情和烈夢號無關，你也幫不上忙。有些事我得自己一個人去辦。」

「賽門不是也和你一起去？」

「偶爾罷了。那不是同一件事，艾伯納。賽門和我有些共同的……興趣，但你和我並沒有啊。」

「喬許亞，你以前說過外頭的敵人，如果你就是要去料理那些事，那麼你自己多注意。誰要是招惹你，你就來告訴我，我會幫忙。」

喬許亞．約克搖搖頭。「不，艾伯納，我的敵人未必是你的敵人。」

「這一點就讓我自己決定吧，喬許亞。你一直待我寬厚，不妨就信任我的回報吧。」

「我不能。」約克語帶歉意，「艾伯納，我們有過協定，請別過問我的事情。現在，麻煩你讓一讓吧。」

艾伯納．馬許點點頭，站到一旁，喬許亞．約克便飄然從他身邊走過，往樓下去。

「喬許亞。」就在約克快走到底層時，馬許叫住他。約克回過身。「當心點，喬許亞，」馬許道，「納契茲還滿……血腥的。」

約克仰頭看了他好一會兒，那雙灰眼珠宛如煙塵般茫不可測；良久，才聽見他開口回應：「好的，我會小心。」

說完，他轉身就走。艾伯納．馬許看著他走上岸，頎長的身影落在地上，最後消失在納契茲山腳的煙花燈火中。直到他完全走遠，馬許才轉身走向船長室——房門是鎖著的，他早就料到了。馬許把手伸進鼓滿的衣袋，掏出鑰匙。

在將鑰匙插入匙孔前，他遲疑了一會兒。按照常理，複製船上的鑰匙並存放在保險箱，並不違反誠信原則，因爲船客有可能因爲艙門反鎖而死，有支備份鑰匙總是比較保險。只不過，這些鑰匙的用途又是另一回事了，他們之間畢竟有過君子協定；然而事業夥伴本該互相信任，要是喬許亞·約克不信任他，約克又怎能期望馬許回報以對等的信任呢？想來想去，馬許終究還是扭開了門鎖，走進約克的艙房。

他點亮房內的一盞油燈，反手鎖上房門，茫然地在那兒站了一會兒，張望著，不知自己想找些什麼。約克的房間只不過比普通客艙大，看起來和馬許之前造訪時沒有兩樣，但是他想，這裡一定有些關於約克的底細、一些線索，讓他明白這位合夥人的奇特本性。

馬許走到書桌旁，覺得那是最有可能的地方。他謹愼地坐到約克的椅子上，先從報紙堆下手，小心翼翼地翻閱，這樣就不會留下任何被人動過的痕跡。那疊報紙……哎，就只是報紙，堆在桌上起碼有五十份，舊的新的都有：兩份紐約的大報，幾份芝加哥的，然後是聖路易和紐奧良的所有報刊，包括拿破崙、巴頓魯治，以至曼菲斯、格林維爾、偉克斯堡和莎拉灣等地的小報，以及另外十幾座小河鎭的週報等等。絕大多數都沒翻過，少數有剪報。

在那堆報紙下，馬許找到兩本皮面帳簿，於是慢慢地將它們抽出來，一面試著忽略胃袋裡那股緊綳的張力。也許約克用這些簿子記事情，馬許心想，那裡頭就會寫明約克從哪兒來、打算到哪兒去。他打開第一本，失望地皺起眉頭，因爲裡面寫的不是日記，而是用來貼剪報的。在每一張剪報旁，約克都用他流暢的字跡寫明了日期和地點。

馬許隨意讀起其中一篇。該報導剪自《偉克斯堡報》，是說一具屍體被沖上河岸，日期是六個多月前；這張剪報的對頁貼著另外兩篇同樣發生在偉克斯堡的小新聞，一是某戶人家被發現陳屍在鎮外二十哩的廢屋中，二是某個黑人女僕——八成是逃跑的——僵死在樹林裡，死因不明。

馬許一頁頁翻閱下去，讀了一會兒換另一本，內容都一樣；每一頁的剪報都是屍體、神祕死因，發生在不同地點，並且依照城市排列。馬許闔上簿子，放回原位，試著在腦中整理。報上的命案或死亡新聞不只一樁，約克並不是每一件都剪下。為什麼？馬許又把幾份報紙拿起來看過，皺著眉頭勉強理出一點頭緒：喬許亞顯然對槍殺或刺殺沒興趣，行船人淹死或被鍋爐意外炸死、燒死也是，包括賭徒小賊被判吊死之類的——他收集的新聞都是找不到凶手的、喉嚨被撕裂的、屍體大卸八塊或身首異處，要不就是早已腐爛到根本看不出是怎麼死的；此外也有屍體上全無傷痕、死在一般人很難發現的地點、傷口極其細微，或是屍首完好卻沒剩一滴血。這兩本剪報簿起碼收集了長達九個月的死亡記事，橫跨密西西比河整個下游，少說也有五、六十篇。

有那麼一瞬間，艾伯納．馬許覺得害怕，猜想喬許亞可能在為他自己的犯行收集剪報，這念頭又令他作嘔；但回頭去看，有些事件的日期並不吻合，而且喬許亞有大半時間都待在烈夢號上，不太可能為那些人的慘死負責任。

話說回來，馬許看得出事件發生處和約克要求停船的地點之間頗有關聯；他是按著事件一地接一地訪查，不知是為了尋找什麼……或是為了找誰？找他的仇家？也許那名仇家就沿著河幹下這些凶殺案？假使如此，那麼喬許亞就是站在對的這一方了。但若他的動機正確，又何必這樣神祕呢？

馬許大悟：這仇家一定不只一人，因爲一個人不可能隻身犯下這麼多凶殺案，況且喬許亞當時說的是「不少的敵人」——所以他在新馬德里回船時手上有血，不代表那樣就結果了他的仇家。

他只是想不通。

馬許開始翻看抽屜和書桌的角落縫隙，找到紙張、印有烈夢號照片和商標的新奇文具，然後是信封和墨水，以及半打的筆、吸墨紙、一張有標記的河道圖、鞋油、火漆蠟：簡單來說，沒半樣有用的。他在一個抽屜裡找到幾封信，一時產生期望，結果信裡什麼也沒說。兩封是信用狀，其餘都只是普通的商業信件，由倫敦、紐約、聖路易等各城市的貿易經理人寫給約克；其中一封是聖路易某銀行家寫來推薦熱河郵輪的。「我認爲這間公司最符合你的描述，」信中那人寫道，「它的東家是個經驗老道的行船人，爲人誠信素有口碑，據說性情火爆，但處世公平，而且最近遭逢挫折，應該會願意接受你開出的條件。」那封信並沒有就此打住，但後面所寫的都是馬許已知的事。

將信件擺回原處後，艾伯納·馬許起身往別處找，也沒找到什麼值得驚奇的東西。五斗櫃裡的衣物、酒架上的怪味酒、衣櫥裡吊掛的禮服，還有到處亂擺的書本。馬許看了一下約克床頭的那堆書，其中一本是《雪萊詩集》，其他大多是些醫學書籍，馬許大概連一行也看不懂。高腳書架上則以小說和詩集居多，也有不少歷史書、藥學和哲學與自然科學；一捲沾了灰塵的古老鍊金卷軸，還有另外一整櫃的外文書，其中幾本沒有書名、手工裝訂，封面是上好的皮革，內頁刷金。馬許抽出其中一本翻看，以爲會是日記或手札之類的，裡面的字體卻是古怪詭奇，細長、扭曲又小，完全不像是喬許亞的行雲流水。

馬許在房裡巡了最後一次，確定到處都找過，這才決定離開。他把鑰匙插進鎖孔，輕輕轉動，吹熄油燈，走出門外，然後重新鎖上房門。外頭已經涼爽許多，但馬許發現自己一身汗。他將鑰匙滑進大衣的口袋，轉身要走。

卻停住。

幾碼外，面無血色的凱瑟琳就站在那兒盯著他看，眼神陰冷而惡毒。馬許決定裝蒜矇混過去，於是用手輕觸帽沿，並對她說：「晚安，夫人。」

笑容在凱瑟琳的臉上極緩慢地綻現，慢得像是硬殼蟲爬上嘴角，又咧成一抹恐怖的歡欣。「晚安，船長。」她說時，馬許發覺，那牙齒是黃色的，而且很長。

# 第十章

**紐奧良，一八五七年八月**

愛德昂娜和亞連搭乘棉花皇后號離開後，戴蒙·朱利安決定到河堤邊散步，順道去一家熟識的法國咖啡座繞一下。酸比利·提普頓緊張地跟在一旁，提防著路過每一雙可能的狐疑眼神，科特和辛西亞並肩走在後面；在他們後方，艾盟顯得鬼祟又不安，大概是飢渴得受不了了；蜜雪兒則留在屋裡沒有出來。

除此之外，其他人都走了，散往各地。在朱利安的命令下，乘船前往河上游或下游，去尋找財源和新的棲身之所。戴蒙·朱利安終於動搖了。

月光輕柔明亮得像河上浮著的一塊奶油，星星則不見蹤影。河堤邊，幾十艘郵輪挨著帆船，高傲的桅杆與蜷縮的船帆並立；黑人們來來往往，忙著把棉花、糖和麵粉從一船搬運到另一船。空氣濕潤又蘊著香氣，人群在街道上擁擠。

他們找到一張景觀好的桌位，點了那兒有名的鮮奶咖啡和油炸糖酥。酸比利才咬一口就弄得背心上滿是糖粉，於是大聲咒罵起來。

戴蒙·朱利安忍俊不禁，笑聲就像月光一樣沁甜。「啊，比利，你眞是好笑。」

酸比利最討厭遭人嘲笑，這時卻擠出一個笑容，抬眼看著朱利安的黑眼珠：「是，先生。」他嘴裡這麼說，腦袋卻晃得可憐。

朱利安則吃得很優雅，一點也沒讓糖粉沾到深灰色西裝，也沒有弄髒那條酒紅色的領帶。吃完糖酥後，他才啜飲起鮮奶咖啡，一面向河堤與人行道掃望。「看那邊，」他簡短地說道，「柏樹下那女人。」其餘人於是依言看去。「是不是美得驚人？」

那是個克里奧裔的小姐，身旁陪著兩個年輕保鑣。戴蒙．朱利安直勾勾地盯著她，活像個陷入愛河的少年，甚至像是失魂落魄，一雙眼睛瞪得又大又哀戚。僅是一桌之隔，酸比利都能感覺到他眼神中的熾熱，不禁害怕起來。

「她很有氣質。」辛西亞道。

「她的頭髮像維樂麗。」艾盟加了一句。

科特微微一笑：「戴蒙，你要享用她嗎？」

那女子和保鑣正沿著一排鐵花欄走遠。戴蒙．朱利安若有所思地看著他們遠離，良久才開口：「不，」他轉回頭繼續喝咖啡，「夜晚才剛開始，街上太多人，而且我精神還不好。我們先坐坐。」

艾盟顯得沮喪而焦慮。朱利安便對他淺淺一笑，欺近去將手按在他的袖子上：「黎明前一定有得喝，我保證。」

「我知道一個地方，」酸比利故意提議：「裝潢得很時髦，裡面有個酒吧，紅色的絲絨椅子，飲料又棒。而且女孩們都漂亮，到時您就知道，找一個來陪上一整晚也只要二十個金幣，直到早上呢。哎唷喂，」他咯咯笑道，「等人家發現什麼時，我們早就拍拍屁股走人了。是啊，先生，那可比買一個漂亮姑娘便宜多了。」

戴蒙·朱利安的眼裡又透出笑意：「比利害我變成一個窮酸鬼了，」他對其他人說：「但我們可眞不能沒有他。」說著，他又環顧四周，露出無趣的神情，「我應該常進城來走走才對。人一旦安於現狀，往往看不見其他的樂趣。」他嘆了一口氣：「你能感受到嗎？充滿在這空氣中呢，比利！」

「什麼？」酸比利問。

「生命啊，比利。」朱利安的笑裡有輕蔑，但比利逼自己回以微笑。「生命、愛慾，醇美滋養的酒食，豐沛的夢想與希望。比利，這一切全環繞在我們身邊——無窮的可能。」朱利安的眼光閃動，「我爲什麼要苦苦追尋一個近在身旁的美人，卻令自己放掉那麼多其他美人、還有那麼多可能性？你能回答我嗎？」

「我……朱利安先生，我不——」

「不，比利，你不知道，對嗎？」朱利安笑道：「我的幻想就是這些牲口的生與死啊，比利。要是你成爲我們的一員，你就得明白這一點。我就是喜悅，比利，我就是力量；是這二者的精髓，蘊涵在可能性裡。我自己的潛能無窮無盡，就像我們的年歲無限，而我卻是這些牲口的生命盡頭，他們的希望和所有的可能性都因我而告終。你體會到了嗎？平息對鮮血的飢渴算不上什麼，隨便死一個老黑鬼就能做到，可是去暢飲年輕、豐富、美麗的生命——還有他們大好的前程、日日夜夜都閃耀著未來的承諾——那卻是更加的極致！吸血又如何？其他動物也可以吸，任何一種都行，你瞧他們。」他慵懶地朝堤防方向指去，示意那些正在扛大木桶的黑人奴工們，還有老廣場上每一個衣著光鮮的鄉紳。

「可貴的不是鮮血，人之所以爲主宰也不是因爲它，而是因爲生命，比利。喝下他們的生命，讓你自己長壽；吃下他們的血肉，讓你自己的更強壯；享用他們的美貌，就爲你自己增色。」

酸比利聽得熱切，他很少見到朱利安這樣侃侃而談。朱利安總是坐在黑幽幽的圖書室裡，講話從不客氣，卻令人害怕，如今他走到外面來，走在這個世界中，散發著光輝，讓酸比利回想起他跟著查爾斯·嘉胡一起來到農場時的光景。當時的酸比利已是個黑奴監工，而朱利安就是這樣健談。

朱利安點點頭。「是啊，」他繼續說，「農場固然安全，卻讓人耽於安樂。」他笑時皓齒微露。「查爾斯·嘉胡。啊，那名青年的可能性！他有他的美麗和健壯，一個叛逆小子，每個淑女都愛他，別的男人都欽佩他，連黑鬼們都愛這位查爾斯少爺。他本該有一段華麗的人生！他的天性是那樣開朗，心胸寬大，只消把他從這個可憐的科特手裡救出來，就能贏得他無止盡的信任和友誼。」朱利安忽然放聲大笑，「然後，一等他邀我進了家門，我也一樣輕而易舉地每晚享用他、搾乾他，一點一滴的，讓他看起來像罹病而死。有一次他在半夜醒來，而我當時在他的房裡，他還以爲我是去安撫他的。我靠到他的床邊，他還伸手把我摟過去，我就不客氣了。啊，那股甘甜，是他所有的力量和美麗。」

「結果老頭子最後那段時間很傷心。」酸比利突然插嘴道。他個人倒覺得痛快，因爲查爾斯經常向老父告比利的狀，說他對黑奴們太壞，又想開除他。那小子八成以爲監工都要對黑鬼們好聲好氣。

「是啊，老嘉胡心痛到發狂呢。」朱利安說道，「多幸運，當時有我在一旁撫慰他的哀傷。愛子的至交。後來他老是說，當我們一齊哀悼時，我就好像是他的第四個兒子。」

酸比利也記得。朱利安當時處理得很好，老人家的兒子們都不爭氣：尚皮耶是個醉鬼，菲利普天性懦弱，在查爾斯的喪禮上哭得像個娘兒們，唯獨戴蒙．朱利安堅強得宛如棟梁。他們將查爾斯埋在農場後面的家族墓園裡，那一帶的土壤特別濕潤，又用大理石爲他做墓碑，雕一對上揚的翅膀裝飾，碑石就算在八月的高溫也一樣涼爽。有幾年，酸比利常常跑進那塊墓地，在查爾斯的棺木上喝酒撒尿，有一次還故意拖了一個女黑奴去，在那兒把她痛打一頓，上了她三、四次，讓那小子的鬼魂看看做主子的應該怎麼對待黑奴。

查爾斯只是個開頭。酸比利回想著。六個月後，尚皮耶到城裡去找樂子，一去不復返；沒多久，可憐的菲利普在樹林裡被某種野獸撕成了肉片。老嘉胡就此一蹶不振，心病得厲害，而戴蒙．朱利安始終陪伴在老爺子身旁，給予他精神支持。最後，嘉胡認他爲義子，重新簽了一份遺囑，幾乎把一切都留給了朱利安。

然後就是那一晚，酸比利永遠不會忘記戴蒙．朱利安是如何展現他對老嘉胡的掌握。他們都聚集在樓上，在老先生的臥房，有維樂麗，也有愛德昂娜和亞連。自從朱利安的朋友都可以自由進出嘉胡莊園之後，他們就在這棟大宅子住了下來。戴蒙．朱利安就站在那張覆著簾幔的大床邊，用他的黑眼珠和微笑，對著老嘉胡說出事實眞相，也就是發生在查爾斯、尚皮耶和菲利普身上的事。朱利安當時戴著查爾斯的圖章戒指，尚皮耶的則用鍊子串起來掛在維樂麗的頸間，但她本來不願意戴。她已經渴了，想快點收拾老嘉胡，不想再多跟他說什麼，只是戴蒙．朱利安用冰冷的眼神好言相勸，讓她只得乖乖戴上戒指，站在一旁聽故事。

朱利安講完故事時，老嘉胡早就渾身發抖，黏糊的眼裡滿是淚水、哀痛和怨恨。接著，令人震驚地，戴蒙·朱利安叫酸比利把他的小刀交給老爺子，酸比利不願意。「他還沒死啊，朱利安先生，」酸比利說，「他會把你開腸剖肚的。」

但朱利安只是笑著向他一瞥，酸比利只得從腰後掏出小刀，把刀柄塞進老嘉胡那布滿皺紋和老人斑的拳頭裡，老傢伙的手抖得厲害，比利原怕他握不住。戴蒙·朱利安在床邊坐下，語調輕柔流暢，「義父，」他說，「我的朋友們渴了。」

只要這一句就夠了。亞連遞上一個鑲著家紋的水晶杯後，老嘉胡震顫地劃開自己手腕上的血管，讓奔流鮮紅的血液注滿杯子，整個過程中都在哭泣和發抖。維樂麗、亞連和愛德昂娜輪流接過杯子，最後的全都留給朱利安，而這時，老嘉胡已經斷氣了。

「嘉胡讓我們過了幾年好日子，」科特的話將酸比利從往事拉回現實：「富有、安全，什麼事都不用靠自己，整座城隨我們享用。每天有佳餚美酒和一群黑奴等著侍候我們，每個月還有一個美女。」

「現在好日子過完了，」朱利安說時，似乎有一抹眷戀。「每件事都有結束的時候，科特。你會感傷嗎？」

「今非昔比啊，」科特承認，「這屋子快塌了，到處是灰塵，還有老鼠。戴蒙，其實我並不急著再搬家，我們在外頭的世界永遠不保險。自從那場獵殺之後，我們始終得擔心受怕，躲躲藏藏，忙著逃命。我不想再來一次了。」

朱利安嘲諷地笑。「是啊，的確不方便，但也不愁沒刺激。你還年輕，科特，你要記著，他們可以煩擾你、獵殺你，但你仍是主宰，你會看著他們老死，看著他們的子子孫孫生命消逝。嘉胡的房子會塌成廢墟，那也不算什麼，這些牲口們建造起來的東西遲早會腐朽傾頹，我還親眼看見羅馬城化爲灰燼呢。我們只能往前走，」他聳聳肩，「也許會再找到另一個嘉胡。」

「我們和你在一起這麼久，」辛西亞憂心地開口。她是個瘦小的棕眼美女，自從朱利安送走維樂麗，她就成了朱利安最疼愛的人。不過，就連酸比利都知道她時常爲自己的地位感到不安。「自從剩下我們之後，景況變糟了。」

「而妳還是不想離開我？」戴蒙．朱利安微笑著問她。

「不想。」她說，「求求你。」

這時，科特和艾盟也都望向朱利安。一個月前，他突然開始送走夥伴，有一絲放逐的意味——先是維樂麗求去，於是他派黝黑英俊的雷蒙跟她一起往上游去，卻不讓麻煩的尙與她同行。雷蒙是個強壯而殘酷的人，有人說他就像是朱利安的翻版，維樂麗那晚跪在朱利安面前時，朱利安曾用嘲弄的口吻說雷蒙絕對足以保障她的安全。朱利安第二天才准許尙走，而且只准他隻身離開，酸比利當時心想，大概就這樣了吧。結果他料錯了。戴蒙．朱利安腦中其實已有新的點子，因爲他在一週後又依次送走了約葛、卡拉和文森，還有好些個人，有的單獨送走，有些是兩兩成對。留下來的這些人如今都知道，被送走的沒一個是安全的。

「啊。」朱利安被辛西亞逗笑了，「好吧，現在只剩我們五個人，要是小心點，我們還可以各自找一個漂亮妞兒，哦，撐上一、兩個月，慢慢品嚐，那麼我相信待到冬天都沒問題，而且到時應該就會收到他們送回來的消息了。在那之前，親愛的，妳可以留下來。蜜雪兒也是，還有你，科特。」

艾盟一臉震驚：「那我呢？」他急切地衝口而出，「戴蒙，拜託。」

「你太渴了嗎，艾盟？你是因爲太渴才顫抖？自制一點。等我們邀請比利的朋友來，你會不會把他們咬碎撕爛？你知道我不喜歡那樣。」朱利安瞇起眼睛。「所以我還在考慮你，艾盟。」

艾盟低頭看著自己的空杯子。

「我會留下來。」酸比利聲明。

「啊，」戴蒙·朱利安帶著微笑說道，「當然啊。唉，比利，我們怎能沒有你？」酸比利·提普頓不太喜歡他這種笑容，但也不能怎麼辦。

沒一會兒工夫，他們來到比利剛才提議的酒店。那間店位在老廣場外，屬於紐奧良的美國區，還算是步行可達的距離。戴蒙·朱利安走在最前頭，挽著辛西亞的手臂，在煤氣燈的照明中穿過狹小巷弄，似笑非笑地欣賞著沿途房舍的鐵欄與露台，從敞開的大門中瞥見的庭園，包括裡面的大燭台和噴泉，以及秀氣的煤氣燈柱。走著走著，酸比利帶他們來到這城市的另一區，比較暗，市容也比較粗糙，都是些木造屋或不平整的磚房——那磚塊都是用蠔殼與砂磨製而成的。儘管紐奧良早在二十年前就開始供應煤氣，這一區卻沒有鋪設煤氣管路。街道的照明就只有轉角處的那些油燈，昏黃搖曳在突兀的粗鐵鍊下端，而那些鐵鍊則大剌剌地斜懸過街道，用屋牆外的大鉤子固定著。這些帶著一縷煙的火光都照不遠，朱利安和辛西亞走過這一圈明亮，然後漸入黑暗，繼而又在明亮中現身，再沒入黑暗中。酸比利和其他人跟在後頭走。

就在這時，小巷中走出三名男子，與朱利安一行人擦身而過。朱利安沒理會他們，其中一人卻在酸比利行經時認出他來，並且叫道：「你！」

酸比利轉頭瞪了一眼，沒有搭腔。那三人都是年輕的克里奧人，已經喝得半醉，所以都不好惹。

「我認得你，閣下。」那人說著就擋在酸比利面前，黝黑的臉龐因酒意和怒氣而發紅。「你忘了我？你在法國交易所和喬治．蒙特婁搶標那天，我就跟他在一起。」

酸比利這才認出他來。「哎呀呀。」他道。

「蒙特婁閣下在六月的某天晚上消失了。那天下午，他去聖路易的賭場玩。」那人的口氣很僵。

「這眞令我難過，」酸比利說道。「我猜他贏得太多，被賭場的人盯上了。」

「他失蹤了，閣下，一連幾個禮拜都沒他的消息。他身上沒什麼好偷的。不，我不認爲他被打劫。我想是你，提普頓先生。他曾經打探過你，也說過要收拾你這種廢物。你不是紳士，否則我會找你單挑，不過你以後要是再敢到老廣場露臉，我保證讓你像個黑奴一樣當街吃鞭子。你聽到沒？」

「聽到了。」酸比利道，接著在那人的靴子上呸了一口。

那個克里奧人氣得臉色發白，立刻向前跨出一步，逼向酸比利，可是戴蒙．朱利安及時擋在他們之間，用一隻手抵在那人胸前，攔阻了他。「閣下，」朱利安的語調裡好似摻了酒與蜜，令那人狐疑地停住。「我能向你保證，提普頓先生並沒有傷害你的朋友。」

「你是誰？」儘管半醉，那人仍辨識得出朱利安的身分地位與酸比利不同；他的衣著、冷靜的神情、措辭有教養，在在顯示這人是個上流紳士。昏暗燈光中，朱利安的雙眼閃爍著危險。

「我是提普頓先生的僱主，」朱利安答。「我們不妨另外找個地方討論這件事，總比在大街上好些。前面有個地方不錯，可以坐下來喝點東西，我請您和您的朋友喝點涼的。您願意嗎？」

另一個克里奧人上前走到那人身旁：「理查，就聽聽他怎麼說吧。」

見那人不情願地答應了，戴蒙．朱利安便吩咐道：「比利，帶路。」酸比利．提普頓忍住微笑，點點頭，領頭往前走。過了一個街口，他們轉進一條小巷，巷子盡頭只有一片黑漆漆的空地，沒別的出路。酸比利就在一個浮著污沫的水池邊坐下，褲子都被池中的髒水沾濕，他卻不在乎。

「這是什麼鬼地方？」蒙特婁的朋友不滿道：「哪來的酒店？」

「呃，」酸比利．提普頓道：「這個嘛，我一定是走錯路了。」

這時，另外兩個克里奧人也走進空地來，朱利安等人跟在後頭。科特和辛西亞在空地的入口處站定，艾盟則往水池移動。

「我不喜歡這樣。」其中一人說。

「這是什麼意思？」

「意思？」戴蒙．朱利安反問。「噢。一處黑漆漆的空地，月光、水池。你的朋友蒙特婁就死在類似這樣的地方啊，閣下。不是這裡，但很像這裡。不，別看比利，他不必負責任。你若要決鬥，就找我吧。」

「你？」蒙特婁的朋友說，「好。給我幾分鐘，我找朋友當我的副手。」

「當然。」朱利安答應。那人於是走開，和他的兩個朋友簡短談了一會兒，其中一人就走上前。

酸比利在這時起身，與那人相對。

「我是朱利安先生的副手。」酸比利道，「要討論決鬥方式嗎？」

「你不配當助手。」那人開口。他有一張好看的長臉，黑棕色的頭髮。

「說到方式，」酸比利說時，一手已經伸到腰後。「我喜歡用小刀。」

那人悶哼一聲，踉蹌後退，驚恐地低頭看去。酸比利的小刀已經深深戳進他的肚子，一灘血紅正在他的背心上緩慢暈開。「天啊。」那人呻吟道。

「不過那就是我，」酸比利繼續說，「而我的確不是個紳士，不，先生，也不配當助手。小刀也不是適合決鬥的武器。」那人雙膝一軟，他的朋友們立刻發覺，就要衝上前來。「至於朱利安先生，他有別的主意。他的武器，」比利笑了笑，「是牙齒。」

見朱利安一把攫住蒙特婁的朋友，也就是那個叫作理查的，剩下那人掉頭就跑。辛西亞在巷口攔住他，給他一個濕潤的長吻，他死命掙扎，卻掙脫不出她的擁抱。她白皙的雙手掠過他的頸後，長指甲有如鋒利刀片般劃過他的血管，他的尖叫則被她的唇舌吞下。

見艾盟準備料理這位痛苦哀泣的犧牲者，酸比利這才抽出小刀。月光下，順著刀鋒流下的血滴看起來幾乎是黑色的，比利拿著刀子遲疑了一會兒，嘗試性地在刀面舔了一口，表情立刻皺成一團。味道很糟，一點也不像他在夢裡嚐到的那樣。不過他知道，等朱利安爲他改造，那就不同了。

酸比利在水池裡洗刀子，收回腰後。戴蒙‧朱利安已經把理查讓給科特去收拾，這會兒正獨自站在一旁望著天上的月亮。酸比利走近：「這倒省了一筆錢。」

朱利安微微一笑。

# 第十一章

## 蒸汽輪船烈夢號上，納契茲，一八五七年八月

對艾伯納．馬許來說，那一晚始終沒完沒了。他隨意吃了些點心，塡塡肚子順便壓驚，接著就躲進艙房，睡神卻不肯來找他。他躺著瞪向窗外好幾個鐘頭，腦中思緒翻攪，懷疑、氣憤和罪惡感不停打滾，明明蓋著薄被，卻不停冒汗。好不容易有了一點睡意，他仍是翻來覆去，不時醒來，而且一直作夢，淨夢些莫名其妙、講不出所以然的可怕感覺，要不就是血、燃燒的蒸汽船、黃牙齒和喬許亞．安通．約克——蒼白而冷酷地站在一片紅光中，憤怒的眼中帶著狂熱和死亡。

第二天，艾伯納．馬許覺得那是他這輩子最漫長的一日。腦中的思緒一直在同一處打轉，直到中午才想出該怎麼去解決這件事：他不要再鑽牛角尖了，這樣無濟於事，他得去跟喬許亞坦白。如果那表示他們的合夥關係將到此爲止，那就到此爲止吧。他知道，失去烈夢號必定會重重打擊他的人生和事業，就像當年親眼目睹河冰毀滅船隊那時的令人絕望，而他更捨不得放掉烈夢號；馬許心想，他這輩子大概就這麼完了，也許是活該，誰教他背叛喬許亞的信任。不論如何，喬許亞理當從他的口中聽到這一切，所以他得比凱瑟琳先遇到喬許亞。

於是他放話出去：「他一回來，馬上告訴我。不管多晚，不管我在忙什麼，記得先來找我。聽到沒？」接著，他就坐下來等，同時在烤豬排和藍莓派的晚餐中尋找慰藉。

離午夜還有兩小時，一個船員跑來說：「船長，約克船長回來了，還多帶了幾個傢伙。傑佛先生正在替他們安排艙房。」

「那喬許亞回到他房間了沒？」馬許問道，那人點頭。馬許就拿起手杖，往樓上走。

站在約克的房門外，馬許有點猶豫，但還是挺起胸膛，用手杖頭重重敲門。才敲三下，約克就來開門了。「請進，艾伯納。」他笑著說。

馬許走進後就把門關上，然後靠在門邊，看著約克在房裡忙東忙西。在馬許進房前，約克已在一只銀盤上擺了三個玻璃杯，如今他拿了第四個過來，同時說道：「你來得正好。我帶了幾個人上船，也希望你見見他們。他們正在艙房裡安頓，等一等就會上來喝一杯。」說完，約克從酒架抽出一瓶他的私釀，拿小刀削去蠟封。

「不用替我忙。」馬許沒跟他客套。「喬許亞，我們得談談。」

約克放下酒瓶，轉過身來面對馬許。「哦?談什麼?艾伯納，你怎麼不太高興的樣子?」

「我有這船上所有鑰匙的備份。傑佛先生一向替我收在保險櫃裡。你去納契茲辦私事時，我進過你的房間。」

喬許亞．約克幾乎一動也沒動，只是微抿起嘴唇。艾伯納．馬許直視著他的雙眼，表現出一個人在這種時候應該有的勇敢和坦然，但也感覺到那股冷漠，以及背叛帶來的怒火——與其承受這樣的目光，馬許還寧可喬許亞破口大罵，甚至掏出武器來揮舞。

「你有找到什麼好玩的嗎?」約克終於開口，聲音變得平板無比。

艾伯納．馬許避開喬許亞的視線，拿手杖指著書桌道：「你的記事簿，」他說，「裡面全是死人。」

約克沒應聲，目光轉向桌面一掃，皺起眉頭，然後在一張扶手椅上坐了下來，並為自己斟了一些私釀。他抿了一口，指著馬許命令道：「坐下。」

馬許坐在他的對面，聽著他口氣變重：「為什麼？」

「為什麼？」馬許微慍。「可能是再也受不了有個啥都不肯告訴我、又不信任我的合夥人吧。」

「我們有過協議。」

「我知道，喬許亞。我要向你說抱歉，如果你還在乎的話。對不起，我幹出這種事，而且還被人逮到。」他悔恨地咬牙，「凱瑟琳看見我離開。她會告訴你的。好，所以我應該當面告訴你，跟你說我良心不安。我現在就來了。我知道是早知如此何必當初，但我來了。喬許亞，我非常喜愛這艘船，要是哪天能夠比下日蝕號，那一定是我這一生中最大的日子。但我一直想，與其繼續現在這種情況，我寧願放棄那個大日子，還有我們這艘船。這條河上什麼沒有？惡棍騙子、聖經大王、搞廢奴主義跟共和主義的，各種古里古怪的傢伙，但我發誓就屬你最怪。日夜顛倒我不在乎，也嚇不著我，滿簿子的死人剪報雖然另當別論，但一個人愛看什麼新聞也不關別人鳥事；喏，我就認識豪華土耳其號上的一個舵手，那小子收藏的書就連卡爾．弗蘭姆看了都會臉紅。可是你下令停船的這些個地點，還有你獨個兒跑出去的那些行程——這才讓我受不了。你在拖累我的船期啊，他媽的，我們還沒打出名號就被你毀了。還有喬許亞，不止那些事情。我看到你那天晚上從新德里回來，你的手上沾了血。你可以否認，也可以咒罵我，反正我知道你手上就是有血。媽的，沒有才怪。」

喬許亞．約克一口飲盡那杯酒，喝得很慢，喝完了再斟，眉頭始終沒有打開。當他再抬眼看著馬許時，眼中的冰霜已經融消。「你這是在提議我們拆夥嗎？」他沉吟道。

馬許覺得像是被一頭騾子踢中了胃。「要是你想，那我就是這個意思。當然，我沒錢買下你的股份，烈夢號歸你，我就繼續跑我的艾麗瑞諾號賺點錢，一有進帳，我就匯給你。」

「你寧可這樣？」

馬許瞪了他一眼。「媽的，喬許亞，你明知道不是。」

「艾伯納，」約克道，「我需要你。我無法獨自經營烈夢號。我才剛學會一點掌舵技巧，對這條河也開始熟悉了些，但你我都知道，我不是個走船的料。要是你走了，這兒的半數船員都會跟著你走，傑佛先生和布雷克先生就不用說了，其他人更是。他們都對你很忠心。」

「我可以叫他們繼續跟著你。」馬許提議。

「我寧願是你繼續跟著我。要是我同意不計較你擅闖我的房間，我們可以繼續原本的合作關係嗎？」

喉嚨裡有一團東西哽得很厲害，艾伯納．馬許還以爲自己會被噎到，他得用力嚥下去才能把話擠出來，同時覺得這是他有生以來最難啓齒、也最不情願的一句：「不行。」

「我懂了。」喬許亞說。

「我得相信我的合夥人，」馬許道，「那人也必須相信我。直接跟我說吧，喬許亞，你只要把這些事講清楚，你的事業夥伴就會回來了。」

喬許亞．約克癟了癟嘴，小口啜飲著杯中物。「你不會信我的，」他想了一會兒才開口，「這件事可比弗蘭姆先生講過的任何一個故事都還古怪。」

「你就試試，反正也沒差了。」

「哦，會有差別的。艾伯納，真的會。」約克的語氣嚴肅起來。他放下杯子，起身走向書架。

「你來這裡時，」他問道，「有看我的書嗎？」

「有。」馬許坦承。

約克從架上抽出一本沒有標題的皮面冊子，回到座位，翻到寫滿怪文字那一頁。「你要是看懂這些字，」約克說，「你就能從這幾本冊子得到提示了。」

「我有看過，只是看不懂。」

「那當然。」約克道，「艾伯納，我等會兒要說的這個故事，你一定會覺得難以置信。然而，不管你是否相信，一旦出了這間艙房都不准再提，你做得到嗎？」

「可以。」

約克的眼神在懷疑。「這一次我不要再有差錯了，艾伯納。你真的明白嗎？」

「我說過，我『可以』，喬許亞。」馬許也頂回去。

「很好。」喬許亞道，然後把手指擺在書頁上。「艾伯納，這書裡的文字是一種簡碼，若要破解它，你得先懂俄羅斯的某個原始方言，而那種方言已經好幾百年沒有人講了。我這本冊子所抄寫的是一篇非常非常古老的文章，講的是好幾世紀前，裏海北方的某一群人——」他停了一下，「抱歉，不是『人』。俄文不是我擅長的語言，我想應該用『odoroten』更貼切。」

「啥？」馬許說。

「當然，這只是其中一種說法，其他語言有不同的稱呼，像是Krŭvnik、védomec、wieszczy，還有Vilkakis和vrkolák，雖然後面這兩個字的意義和前面的略有不同。」

「你在說什麼嘰哩咕嚕？」馬許這麼說，卻隱約覺得那些字彙的發音聽來十分耳熟，隱約有點像史密斯和布朗常在嘰哩呱啦的那種外國腔。

「哦，那我就不把非洲跟亞洲用的名詞告訴你了，別的地方也有。」喬許亞說，「你對『nosferatu』這個字有沒有印象？」

馬許茫然地望著他。

喬許亞・約克嘆道：「『吸血鬼』呢？」

這個他就知道了。「你到底要講什麼故事？」馬許粗聲粗氣地問。

「就是吸血鬼的故事。」約克露了個狡黠的微笑，「你一定也聽過——他們是活死人，長生不死，專在夜裡出沒，是沒有靈魂的怪物，受詛咒，註定永世流浪；他們睡在棺材裡，棺裡要裝著故鄉的泥土，怕陽光和十字架，每晚爬出來吸活人的血，還能改變外形，化成蝙蝠或狼的形貌，有些時常變成狼，結果就被稱爲狼人，人們以爲他們是不同的物種，其實這觀念是錯的。艾伯納，吸血鬼和狼人是一體的兩面，同一個模子刻出來的。吸血鬼也能變成霧氣，而他們的受害者也會變成吸血鬼。說也奇怪，儘管如此，吸血鬼卻沒有完全取代活人。幸運的是，他們也有許多弱點，好比他們的力量雖然駭人，但是除非受到屋主邀請，否則他們連一棟房子也進不去，不管是化成人、動物或煙霧都一樣。話說回來，他們卻擁有強大的動物磁力，也就是麥斯默〔譯註〕在書裡寫到的那種力量，經常能讓那些受害人自願邀請他們進門。不過，一個十字架就能令他們逃跑，大蒜也可以阻擋他們，他們也無法跨過流動的水。儘管吸血鬼的外表和你我沒什麼分別，但他們沒有靈魂，所以在鏡子裡是映不出來的，再加上聖水可以灼傷他們，他們又怕銀製品，而且要是沒在黎明前回到棺材裡，日照就足以消滅他們了；還有，砍掉他們的腦袋，在心臟打一根木棍，也可以把他們永遠趕出這個人間。」喬許亞向後靠，舉起酒杯啜飲，微微一笑：「就是那種傳說中講的吸血鬼，艾伯納。」他說著，用手指頭敲了敲書面。「這本書裡講的就是其中幾個故事，卻是眞實的故事。吸血鬼是古老的、永恆的，而且眞實存在的。有個十六世紀的吸血鬼寫下這本書，記述的是先他而去的那些吸血鬼。」

艾伯納．馬許沒吭聲。

「你不相信我。」喬許亞．約克說。

「很難相信啊。」馬許承認道，扯了扯自己的大鬍子，沒有完全講出自己的感覺。比起這個吸血鬼故事，喬許亞本人在這故事裡扮演的角色更令他心神不寧。「先別管我信不信，」馬許說，「弗蘭姆先生的鬼故事我都敢聽了，你的也可以。繼續講。」

喬許亞微微一笑。「你是聰明人，艾伯納，你應該猜得到。」

「我才不覺得我天殺的聰明，」馬許說，「直說吧。」

約克啜了一口酒，聳聳肩。「他們就是我的敵人。他們眞的存在，艾伯納，而且就在這裡，在整個密西西比河沿岸。我在這些書裡找，在這麼多報紙新聞裡追查，下了很多苦功，甚至從東歐的山區、德國和波蘭的森林，俄羅斯的大草原一路追蹤他們，現在來到這裡，你的密西西比河谷，這個新世界。我了解他們，我要結束他們，還有他們曾經製造的一切。」他又笑了笑，「現在你能理解我的這些書嗎，艾伯納？還有我手上的血跡？」

艾伯納．馬許想了一會兒才開口：「我記得你要求在交誼廳裡到處掛鏡子，而不是油畫之類，是爲了——保護？」

「正是。還有銀製品。你可見過一艘輪船上有這麼多銀飾？」

「沒有。」

「更不用說這條河了。這條險惡的老河流，密西西比，這樣的湍流世間少有啊！烈夢號是個庇護，你瞧，我可以獵殺他們，他們卻不能靠近我。」

「這倒讓我意外，你沒要托比在每道菜裡都加大蒜。」馬許說。

「我有想過，」喬許亞說，「可惜我不愛蒜味。」

馬許從頭到尾細想了一遍。「姑且說我相信吧，」他道，「我不是說一定相信，只是先假設我信，免得待會兒講不下去。但我還是有些事想不通：你之前怎麼不告訴我呢？」

---

譯註：麥斯默（Franz Anton Mesmer）爲十八世紀的奧地利醫師，主張某些人體內有種磁力，可爲人治病。

「要是在墾拓客棧時就告訴你，你是絕對不肯讓我投資的。我得要有一定的權力，該去哪裡就得去哪。」

「那你又為什麼只在晚上出來？」

「『他們』都在晚間出沒，白天躲在安全的地方，所以晚上逮他們比較容易。我知道這些獵物的習性，就保持跟他們一樣的作息。」

「你那些朋友呢？賽門和其他人？」

「賽門一直都在幫助我，他幫我很久了，其他人是新加入的，但他們都知道事情眞相，所以協助我完成這些事。我也希望你今後能幫我。」約克咯咯笑了起來：「別擔心，艾伯納，我們和你一樣，都是凡人。」

馬許捻著鬍子。「給我來一杯吧。」他道。

見約克伸手向前，他趕忙又補充說：「不，不要那玩意兒。來點別的。有沒有威士忌？」

於是約克起身為他倒了一杯威士忌，馬許接過後，一口就喝乾了。「我實在沒法兒說自己喜歡這種東西：死人、吸血鬼怪之類的。我從不信這個。」

「艾伯納，我玩的是個危險的遊戲。我從沒想過要把你或船員們牽扯進來，要不是你堅持，我也絕不會告訴你這麼多。你要是不想介入，我不會反對，只要照我說過的，替我把烈夢號經營好，別的我都不多要求。至於『那些東西』，我會處理。難道你質疑我的本事？」

看喬許亞閒適自得的坐姿，令馬許想起那雙灰眼珠所蘊含的力量，還有他與人握手時的手勁。

「不。」

「我告訴你這麼多，都是據實以告。」喬許亞繼續說，「我也有別的追求。艾伯納，我同樣喜愛這艘船，也從你身上分享到對她的許多夢想。我想駕馭她，想去了解這條河，想一同參與她打敗日蝕號的那個大日子。相信我，當我說——」

門上傳來幾聲輕叩。

馬許一驚。喬許亞．約克笑著輕聳肩：「我從納契茲帶來的朋友上樓來了。」他解釋道，隨即高喊：「稍等一下！」然後他壓低聲音，急急地向馬許說：「你再想想我說的這一切，艾伯納。你要是願意，我們找時間再談，只是記得約定，也別對任何人提起。我不想牽連別人。」

「我說話算話。」馬許說。「天殺的，誰會信？」

喬許亞又笑了。「你願不願意幫我請他們進來？我替他們倒酒。」

馬許便起身去開門。門外站著一男一女，正輕聲交談著。在他們身後，馬許看見月亮瑩亮通透地懸在煙囪之間，還有納契茲山腳方向傳來的樂聲，斷斷續續，依稀是支通俗小調。「請進。」他道。

看著兩人進屋，馬許覺得他們長得實在好看。那男的非常年輕，幾乎帶點兒少年味，高瘦又英俊，有一頭黑髮和細緻的皮膚，嘴唇豐厚而立體，他曾向馬許瞥了短短一眼，黑眼珠裡有一抹冷冽之色。至於那女的——艾伯納．馬許看著她，發現自己竟很難移開視線——她真真切切是個大美女，長髮烏黑如子夜的夜色，乳白的肌膚細嫩得像絲綢，輪廓分明；還有那盈盈纖腰，馬許甚至想伸手去圈一圈，說不定雙掌就能合握。他不好意思再盯著她的身體，只好看著她的臉，發現她也在瞪著他。她的眼睛很不可思議，馬許從沒見過那種眼珠顏色，像是一種濃郁而柔潤、充滿許諾的紫，令他整個人彷彿就要深陷。他曾有一、兩次在河上看見那樣的色調，就在日暮時分，餘霞會瞬間凝滯出那一抹詭異的紫色，俄而黑夜降臨。馬許與她相望不知多久，竟然無法自拔，直到那女子謎樣地微微一笑，輕快地轉過身去。

喬許亞已經斟好四杯酒，除了馬許的是威士忌，其餘三人的都是他那瓶珍藏。「很高興你們能來到這兒，」喬許亞說著，一面遞上酒杯。「我相信你們對環境都還滿意？」

「相當滿意。」男子邊說邊舉杯，狐疑地打量著。想起那玩意兒的滋味，馬許一點也不怪他。

「你有艘漂亮的船呢，約克船長。」女子的嗓音溫潤而有感情。「我會好好享受這趟航行的。」

「希望我們能一同旅行，相伴度過一段時光。」喬許亞殷勤地道。「要說到烈夢號，我可非常驕傲，但你們的讚美應該歸於我的夥伴。」他對馬許比著：「容我介紹，這位傑出的紳士就是艾伯納．馬許船長，是我在熱河郵輪公司的合夥人，說實話，也是這艘船眞正的主人。」

聞言，女子又向艾伯納輕輕一笑，男子則只是嚴肅地點頭致意。

「艾伯納，」約克繼續說：「這位是雷蒙．奧提嘉先生，紐奧良來的。這是他的未婚妻，維樂麗．莫索小姐。」

「我誠摯歡迎兩位。」馬許生硬地說道。

喬許亞舉起杯子。「乾杯，」他說，「祝新的開始！」

他們同聲祝賀，喝下那杯酒。

# 第十二章

## 蒸汽輪船烈夢號上，密西西比河，一八五七年八月

艾伯納．馬許體魄健勇，腦筋也毫不遜色，他見多識廣，腦子裡裝得可多可雜了。當他手裡抓到東西，他絕不會輕易讓它溜走；同樣地，凡是腦中種種，他也不輕易忘記——這也是一種強大。馬許力氣大，有一副同樣有力的大腦，而兩者又共享另一種特質：謹慎。有些人也許會說是遲鈍。馬許不奔跑，也不跳舞，走路時不慌不忙，一步一踏，總是昂首筆直邁步，直往他要去的地方去。他的心思也是這樣。艾伯納．馬許並不是個善於言詞或思慮的人，但他可一點兒也不笨；他是細細咀嚼每件事，用他自己的步調。

烈夢號駛離納契茲時，馬許才剛開始回頭思考從喬許亞口中聽來的故事，卻是越想越不解。若是信了他，大部分事情確實說得通，但並沒有解釋到發生在船上的每一件怪事。在艾伯納．馬許緩慢卻縝密的思路中，記憶不斷翻出更多的疑點和過往的片段，這會兒把他的腦子搞得像漂滿爛浮木的河面，徒然心煩。

好比賽門，他舔蚊子血。

喬許亞出奇的夜視力。

尤其是馬許硬是敲門將他吵醒那一次，他氣成那個樣子。他後來也沒出來看他們跟南方號賽船，

這讓馬許格外起疑。喬許亞當然可以為了配合吸血鬼而日夜顛倒，但是他在那天的舉止和反應卻不合常理——馬許認識的人大多是日出而作、日落而息，但若要那些人在凌晨三點鐘起床來看一件眞正好玩的事，他們應該也會起床。

馬許覺得自己需要找個人談談。強納森．傑佛有滿肚子從書上讀來的學問，卡爾．弗蘭姆也許知道這條蠢河上的每一個怪談奇譚，他們都有可能對吸血鬼略知一二，偏偏就是不能找這兩個人。他答應過喬許亞，對他有義務，也不想再次背叛他。況且他又沒有證據——馬許此刻的猜疑也只是個雛形。

隨著烈夢號開往密西西比河下游，這猜疑卻一天比一天成形。他們航程多半在白天走，傍晚時分停船，次日早晨再繼續跑，效率比抵達納契茲之前好多了，這令馬許振奮不少；但說到其他的改變，就沒有那麼令人喜悅了。

馬許不喜歡喬許亞的新朋友。才接觸幾次，他就認定他們和喬許亞那幾個老朋友一樣古怪，包括他們也一樣晝伏夜出。他對雷蒙．奧提嘉的第一印象就是毛躁，有點不安分，總是不肯待在一般旅客該待的區域，淨往他不該去的地方跑。他禮貌周到，卻總有一份高傲和怠慢，令馬許敬而遠之。

維樂麗就親和得多，卻也因為那些嬌聲細語、輕佻的微笑和眼神，讓她幾乎也同樣擾人。她一點兒也不像雷蒙．奧提嘉的未婚妻，打從一上船，她就跟喬許亞親近得不得了。若是讓馬許來說，那眞是天殺的太過火了。這麼要好法必定會惹出問題。一個端莊的淑女應該老實待在女士的艙房裡，維樂麗卻常跟喬許亞整晚留連在交誼廳中，有時陪他上甲板散步，馬許甚至聽說有人見到他們一起進喬許亞的艙房。這可不是什麼名譽的傳聞。馬許好心提醒他，誰知喬許亞只是一副無所謂的態度。「隨他們去傳吧，艾伯納。他們高興就好。」他說，「維樂麗對我們的船有興趣，我也很樂意帶她參觀。相信我，我跟她之間只有友誼。」說這話時，喬許亞的神情倒是近乎沮喪。「我也希望能有點兒別的，可惜事實就是如此而已。」

「去你媽的，你最好別有這種希望。」馬許率直地罵道，「那個奧提嘉可未必這麼想。他是從紐奧良來的，有可能是那些克里奧人，雞毛蒜皮的事也可以動不動就搞決鬥啊，喬許亞。」

喬許亞．約克笑了。「艾伯納，我不怕雷蒙，不過還是謝謝你的提醒。好啦，你就讓我和維樂麗自己處理這些私事吧。」

馬許照辦，心裡還是不舒坦。他很篤定奧提嘉早晚會惹事，尤其當維樂麗．莫索開始每晚都固定與喬許亞同進同出之後——那個禍水一定是把喬許亞迷昏頭了才會這樣，無奈馬許一點忙也幫不上。

事情到這裡只是開始。每次靠岸，就會有陌生人上船來，喬許亞總是為他們提供艙房。在莎拉灣，他和維樂麗趁夜下船，回來時帶了一個蒼白而高壯的男人，名叫尚．阿爾登；往下游幾分鐘路程的一處小林場再停船，換阿爾登出去帶了一個喚作文森的長臉公子哥兒；在唐納森維爾又有三個。

然後就是一連串的聚宴。隨著那個古怪朋友團的人數漸增，喬許亞．約克下令在頂層甲板的休息室設席，他就在午夜時與那些朋友們聚會，老朋友和新朋友一起。用晚餐時，那些人都和其他乘客一起在主艙區進餐，就只頂樓的聚會不對外開放，而這樣的慣例是從莎拉灣開始的。艾伯納．馬許曾向喬許亞坦白表示自己對這午夜的定期聚宴感到好奇，但喬許亞並沒有因此開口邀請他，只是微笑著繼續一場又一場辦下去，出席的食客也一晚比一晚多。到最後，馬許的好奇心終於戰勝，於是他有幾次故意走過休息室外，裝作不經意地向窗裡打量。裡頭的景象並沒什麼特別，就是一群人吃喝聊天，點著的油燈略微昏暗一些，窗簾都半垂掩著。喬許亞坐在餐桌的主位，賽門在他的右手邊，維樂麗在左手邊，席上每個人都在喝他的噁心特調酒，一開就是好幾瓶。馬許頭一次經過那兒時，喬許亞正在發表熱烈的演說，其他人都在聽，維樂麗尤其顯得如癡如醉。馬許第二次偷看時，換成喬許亞在聽尚・阿爾登說話，空著的一隻手擱在桌面，而維樂麗正好把自己的手掌覆上去。喬許亞只是朝她看了一眼，溫柔笑了笑，維樂麗也還以一笑。艾伯納・馬許速速瞄了雷蒙・奧提嘉一眼，無聲地咕噥道「天殺的笨女人」，然後繃著臉儘快離開。

面對這一群行跡詭異的陌生客、不合情理的事，包括喬許亞・約克講的吸血鬼故事，馬許努力想找個解釋，可是很難，而且越想越令人混淆。船上的圖書室裡沒有一本講到吸血鬼或這類的知識，他又不想再偷偷潛進喬許亞的房間，所以當船開到巴頓魯治時，他還找機會跑到鎮裡的酒場繞了幾圈，以為可以聽到酒客們聊怪談。馬許原想藉機加入他們的胡言醉語，提起「嘿，你們有誰聽過這條河上有吸血鬼？」之類的話題，認為這樣比上船去講要來得安全些。在船上，隨便幾句無心之言也會傳得很難聽。

結果，只有幾個人對著他大笑，要不就是投以怪異的眼光，有個身材魁梧的自由黑奴更是一聽就跑——馬許在一間菸味極重的客棧裡遇到那個黑得像煤炭、鼻梁被打斷的傢伙，主動去找他攀談，哪知一問起這事，他就逃得不見人影，還害馬許追得氣喘吁吁。其他人好像對吸血鬼略有所知，他們口中的故事卻都跟密西西比河無關，只有諸如十字架、大蒜、裝滿泥土的棺材等等的避忌之事，這些喬許亞也講過。

於是馬許把重心放在觀察約克那群人的用餐過程，包括他們餐後在交誼廳裡的活動。聽說吸血鬼不吃飯也不喝水，但喬許亞和那些人喝下的紅酒、威士忌和白蘭地也不少；對著美味的雞肉或豬排大快朵頤時，他們未免也吃得太開心了點。

喬許亞總是戴著他的銀戒指，上頭鑲的藍寶石有鴿子眼那麼大，艙房裡到處都是銀器，那群人似乎也完全不受影響。他們用的餐具同樣都是銀製品，進餐時的儀態遠比船上大多數人都要得體。

當水晶燈點亮夜晚，衣冠楚楚的身影一個個擁進大廳，與燦爛的燈光一起映入主艙區上上下下的每一面明鏡裡，跳舞、飲酒、玩牌，與常人無異。艾伯納·馬許發現自己每晚都盯著鏡子，而喬許亞總是在場中微笑，或開懷大笑，與維樂麗手勾著手，從一個鏡中滑到另一個鏡中，要不就是聽弗蘭姆講鬼故事，與賽門和尚·阿爾登交頭接耳地講悄悄話。每一晚，上千面鏡子裡的喬許亞·約克走在烈夢號那鋪了地毯的甲板上，玉樹臨風且生氣蓬勃，像其他人一樣。他的朋友們也是如此。

這樣本來應該夠證明了，可是馬許那慢步調又多疑的腦子並沒有就此安分下來。船開到了唐納森維爾時，馬許突發奇想，帶了一個水壺溜下船，跑到最近的一座天主教堂裡去裝滿聖水，回船後找了一個專門在餐桌侍應的小廝來，悄悄塞了五毛錢給他。「你今晚用這個去替約克船長的水杯斟水，聽到沒？」馬許吩咐他，「我要開他一個玩笑。」

晚餐時刻，那小廝一直注意約克，等著看他被捉弄時的反應。結果他失望了。只見喬許亞拿起聖水當白開水喝，全無異樣。「好吧，媽的，」馬許在事後自顧悶哼道，「這下子總該行了。」事情卻不是如此。那天晚上，艾伯納·馬許沒進交誼廳，一個人在頂層甲板待了好幾個小時想事情。他翹起椅腳往後仰，兩條腿高高地擱在扶欄上。就在這時，他聽見樓梯處傳來衣裙摩擦的聲響。維樂麗優雅地走來，站到馬許身旁，低頭對他微笑：「晚安，馬許船長。」

艾伯納·馬許猛然把腿抽回來，椅腳砰然落回甲板上。「這兒是不准一般乘客上來的。」他板著臉孔說話，試圖掩飾心中的惱怒。

「樓下太熱了，我以爲上來會涼快點。」

「哦，那倒是。」馬許含糊地應道，接下來就不知該接什麼了。老實說，娘兒們總令他不自在。行船人這一行裡清一色是男人的天下，馬許也從不知該怎麼應付女人。貌美的女子最令他手足無措，眼前的這一位又格外使人窘迫，就像那些風情萬種的紐奧良少婦。

但見她彎臂攬著一根桅柱，隔河眺望唐納森維爾的夜景，兀自問道：「我們明天會到紐奧良，是嗎？」

馬許站了起來，自忖坐著跟一位站著的女士說話是不禮貌的。「是的，女士。紐奧良只在下游幾個鐘頭的路程上，我也叫他們開快點兒，所以不久就會到了。」

「我明白了。」她突然轉過身來，一雙大眼睛直視著他，令她白皙而姣好的臉龐流露出嚴肅神情。「喬許亞說您是烈夢號眞正的主人，顯然十分敬重您。他會聽您的。」

「我們是事業夥伴。」馬許道。

「若是您的夥伴有了危險，您會去救他嗎？」

艾伯納．馬許皺起眉頭，想起喬許亞講的吸血鬼故事，同時意識到維樂麗在星光下會顯得多麼雪白動人，而她那雙眼睛又會多麼深邃。「要是喬許亞遇到麻煩，他會知道要來找我的。」馬許說，「男人若不願向夥伴伸出援手，那就算不上男子漢了。」

「說得好聽。」維樂麗說時口氣輕蔑，同時將那頭濃密的黑髮往後甩。夜風拂動，她的髮絲在臉旁飄揚。「喬許亞．約克是個偉人，是個強人。他是個王。他應該要有一個比您更好的夥伴才對，馬許船長。」

艾伯納．馬許覺得血氣上沖。「妳胡說什麼東西？」他罵道。

她狡猾一笑。「您偷闖進他的房間。」

馬許勃然大怒。「他把這事告訴妳？他媽的！」他說，「我們之前已經把這事情談開了，而且也用不著妳操心！」

「用得著。」她說，「喬許亞正處於極大的危險。他膽子大，做事卻莽撞，他一定需要別人幫他。我願意幫他，可是您，馬許船長，你只是嘴上說說。」

「妳這娘兒們講的鬼話，聽了簡直教人莫名其妙！」馬許說，「喬許亞會要人幫什麼忙？我說過要幫他對付那些該死的吸——的麻煩事情，是他自己不肯聽的！」

維樂麗的表情突然緩和下來。「您眞的願意幫助他？」

「廢話，他是我夥伴啊。」

「那就請您的船轉向，馬許船長。帶我們離開這兒，到納契茲、聖路易都好，隨便您，就是別去紐奧良。我們明天絕不能到紐奧良去。」

艾伯納·馬許嗤之以鼻：「爲什麼？」見維樂麗別過頭去不說話，他又怒道：「見鬼！這可是一艘蒸汽船，不是我養的馬兒，愛把牠騎到哪兒就騎到哪兒。我們跟人訂了船期，有旅客要上下船，也有貨要送。我們非得去紐奧良不可。」他大皺眉頭。「而且我怎麼跟喬許亞交代？」

「他在黎明前就會回房去睡了，」維樂麗道，「等他醒來，我們已經安全開到上游。」

「喬許亞是我的事業夥伴，」馬許道，「男人應該信任自己的夥伴。我確實對他有過懷疑，但我不打算再出賣他，更不會爲了妳或任何人。我也不會未經他的同意就讓烈夢號改變航程，除非他親自來跟我說。去他的，要是他眞的說他不想去紐奧良，我也許還會跟他討論一下，其他沒得商量。還是妳要我現在去問問喬許亞的意思？」

「不！」維樂麗立刻說，而且緊張起來。

「反正我也得去知會他一聲，」馬許又說，「他應該要知道妳背著他在籌劃什麼。」

維樂麗伸出手來環抱馬許。「求求您，不要。」她哀求道，那雙玉臂很有力。「看著我，馬許船長。」

艾伯納·馬許本想掉頭就走，她的聲音裡卻有一股魔力，讓他不由自主地照著做。於是他的雙眼對上了那對紫色的眸子——目不轉睛地。

「看著我並不難呀，」她微笑起來，「船長，我知道您曾經盯著我瞧。您的視線離不開我，是不是？」

馬許的喉嚨乾得厲害。「我……」

維樂麗又一次甩動她的長髮，姿勢狂野而奔放。「蒸汽船不可能是您唯一的夢想呀，馬許船長。這艘船是個冷冰冰的淑女，一個貧乏的愛人。溫暖的軀體可比木頭和鐵塊好多了。」馬許從沒聽過一個女人這樣說話，只覺得腦中像有雷劈過。「靠過來些。」維樂麗說時將他拉近，仰起臉，於是兩人相距只有幾吋。「看著我。」

馬許能感覺到她渾身散發的暖意，近在咫尺，她幽幽的眼眸像紫色的深潭，沁涼如絲又充滿誘惑。「你想要我，船長。」她輕聲說道。

「不。」馬許說。

「噢，你想要我。我從你眼中看得出來。」

「不，」馬許抗拒。「妳是……喬許亞……」

維樂麗笑了，那笑聲輕盈昂揚，有一種官能之美。「別理會喬許亞了。你想要就拿吧。你在害怕，所以才會抗拒得這麼厲害。別怕。」

艾伯納·馬許猛搖頭，卻也在這一層意識的背面發現到幾分情慾正開始蠢動——他這輩子從不曾對一個女人如此渴望。然而莫名地，他不想屈服，依然抗拒，儘管維樂麗的雙眼吸引著他，而空氣中彷彿充滿了她的芳香。

「帶我去你的艙房吧，」她的聲音放得更輕更低，「今晚我是你的。」

「妳？」馬許無力地說著，覺得汗珠正從眉毛滴落，令他的視線模糊。「不行，」他喃喃道，「不對，這不是……」

「可以的，」她又說，「你只要答應我就好了。」

「答應？」馬許沙啞著重複。

那雙紫色的眼眸現出一抹亮光。「帶我們離開，遠離紐奧良。答應我，你就能擁有我。你是這麼渴望，我能感覺得出來。」

艾伯納·馬許舉起雙手，搭住她的肩膀。他在發抖，嘴唇乾燥，直想用全力將她抱個滿懷，然後把她帶到床上去。奇怪的是，不知怎地，他竟鼓起全身所剩無幾的力量粗魯地推開她。維樂麗叫了一聲，踉蹌後退，半跌在地上。馬許總算不再受那雙眼神所制，於是高聲咆哮起來：「滾出去！滾出我的甲板艙！怎麼會有妳這種女人，給我滾，妳只不過是個……給我滾出這兒！」

維樂麗再次抬頭迎向他，雙唇緊抿。再開口時，她的口氣已轉為憤怒：「我可以把你……」

「不。」喬許亞·約克說。堅定地，平靜地，就在她身後。

喬許亞驀地現身在夜色中，宛若一個直接從黑暗化成的人影。維樂麗看著他，喉間發出一個聲響，然後就逃下樓了。

馬許只覺得全身的力氣都像被搾乾，幾乎要站不住。「天殺的。」他喃喃道，一面從口袋裡掏出手帕來抹額頭，喬許亞也耐心看著他把汗擦乾。

「我不知道你看見了什麼，喬許亞，但事情不像你想的那樣。」

「我知道事情是怎樣，艾伯納，」喬許亞接口道，語調並不怎麼生氣。「我幾乎全程都在場。發現維樂麗離開交誼廳時，我就出來找她，聽見你們的說話聲，我才上樓來。」

「我沒聽見你上樓。」馬許說。

喬許亞微笑。「有必要的時候，我可以不發出一點聲響的，艾伯納。」

「那女人，」馬許道，「她是……她說她要……媽的，她實在是個天殺的……」他怎麼也講不出口，喉頭依然無力。「她不是個淑女，」他最後只好這麼說，「叫她下船，喬許亞，連那個奧提嘉一起。」

「不行。」

「媽的，爲什麼不行？」馬許吼道，「你都聽見她說的話了！」

「都一樣，」喬許亞冷靜地說，「我所聽到的只會讓我更珍惜她。她是爲了我，艾伯納。她對我的關心超乎我的期望，也超過我敢奢望的。」

艾伯納・馬許破口大罵：「你他媽的搞不清楚自己在說什麼鬼話！」

喬許亞笑得很柔和。「也許吧。你不用擔心，艾伯納，讓我應付維樂麗就好。她不會再惹麻煩了。她只是害怕。」

「她怕紐奥良，」馬許說，「怕吸血鬼。她知道這件事。」

「對。」

「你自己呢？你確定處理得來嗎？」馬許問道。「媽的！要是你想略過紐奥良這一站，只管說。

維樂麗認為……」

「那麼你認為呢，艾伯納？」約克問。

馬許看著他，良久才道：「我認為還是得去紐奧良。」

說完，兩人相視一笑。

於是次日清晨，烈夢號開進了紐奧良港。丹・艾布萊特掌舵，艾伯納・馬許戴著他的新帽子，一身筆挺，驕傲地站上艦橋。天空是一片透藍，陽光已有炙人的威力，也把小暗礁掀起的碎浪或漣漪都鍍上了一圈金光，讓舵手開入時更輕鬆，抵港也更準時。紐奧良港永遠擠滿了蒸汽船和各式各樣的帆船，河面洋溢著船笛和鐘聲的交響樂。馬許倚著他的手杖，面對著一望無際的大城市，聽著烈夢號用她的登陸鐘和響亮汽笛向其他船隻呼喚，滿心是說不出的暢快。在他的走船生涯裡，他到紐奧良來過不知有多少次，卻沒有一次像今天這樣：高高站在自己的船橋上，知道這是此處最大、最美且最快的輪船。他覺得自己就像萬物之主。

船一停妥，他們都有工作要做；業主託運的貨物要卸下，要為回程到聖路易的這一段路攬生意和簽約，要在當地報紙登廣告。馬許認為公司應該在這兒開一個常設的辦事處，所以他還忙著看地點、在銀行交涉開戶、僱一個經辦員。那天晚上，他和強納森・傑佛和卡爾・弗蘭姆一起在聖查爾斯旅館用餐，腦中的思緒卻一直繞到維樂麗言語暗指的所謂「危險」，也好奇喬許亞・約克會怎麼面對。回到船上時，馬許見到喬許亞正和他那群朋友們在頂層休息室聊天，看起來和平常沒有兩樣，頂多是維樂麗——坐在喬許亞身旁——隱約顯得消沉和羞愧罷了。馬許自顧去睡，把那整件事拋在腦後，之後連著好幾天都忘得一乾二淨。白天的船務一件接一件忙，晚上他都在城裡吃大餐，接著到河畔酒肆裡吹噓自己的船，要不就在老廣場散步，欣賞那些嬌媚可人的克里奧姑娘們，以及那一帶的華美庭園、噴泉和露台。馬許起初心想，紐奧良仍是如此精緻，和他記憶中的一樣。

可是漸漸地，一抹不安又在心底浮現，難以言喻的謬誤感令他重新去檢視這些熟悉的人事物。然後，原來這兒的天氣極差，白天熱死人，一旦離開河濱的涼風，空氣就變得又悶又潮濕，沒加蓋的陰溝日日夜夜散發著臭味，死水的腐爛味就像是灑滿這城市的劣質香水。馬許忍不住心想，怪不得紐奧良這麼容易流行黃熱病。除此之外，城裡到處可見自由黑奴，還有年輕的混血女孩兒——黑白混血，或與印地安人混血，甚至是不知混了幾代的——容姿俏麗，打扮得像白人女子一樣入時；當然，這兒更多的是奴隸，想不看見都難。他們到處亂跑，爲主人跑腿辦差，要不就可憐巴巴地在大街圈籠裡呆坐或磨粉，被人用鐵鍊縛著，在各大交易所走進走出或是清理水溝。就算來到汽船停泊的港區，奴隸們的嘆息聲仍然隨處可聞；紐奧良通商旗下的豪華大貨輪成天把那些黑傢伙們上游、下游地運來運去，烈夢號也一樣。無論艾伯納．馬許何時走下樓，總會看到他們來來去去，被鍊子拴著，悲慘地擠在貨物堆之間，被燃爐的熱度蒸得汗流浹背。

「我一點也不喜歡。」馬許向強納森．傑佛抱怨，「這樣『不乾淨』。我告訴你，我可不要烈夢號接任何一筆這樣的生意。誰也別想用那些鬼東西弄髒我的船，你聽到沒？」

傑佛哭笑不得地打量他：「唷，船長，要是我們不運奴隸，等於放著大把的鈔票不賺啊。你這調調真像個廢奴主義者。」

「我才不是什麼鬼廢奴主義者，」馬許暴躁起來，「但是我就是要這麼做。要是乘客自己想帶一、兩個奴僕上船來侍候他，可以，我就替他們安排個艙房或站位，我不在乎，只是我們絕不把他們當貨物運，任由那些天殺的販子綁來綁去。」

停留在紐奧良的第七晚，艾伯納．馬許莫名厭倦起這座城市來，而且迫不及待想離開。當晚，喬許亞．約克帶著幾張河圖下樓吃飯，馬許倒有些意外，因為自從他們靠港這幾日來，兩人很少碰面。

「你覺得紐奧良怎樣？」約克坐定後，馬許便問。

「這兒很不錯。」約克答話時的口氣有些不情願，引得馬許抬頭看去。

「我對老廣場只有讚嘆，那裡和其他的河港城市完全不同，太不同了，幾乎完全是歐洲風味，美國區也有些房子建得很氣派。不過，我不是很喜歡這裡。」

馬許皺了皺眉頭：「為什麼？」

「我有個不好的感覺，艾伯納。這城市——熱度、鮮艷的色彩、氣味，還有奴隸——紐奧良是個有活力的地方，可是骨子裡好像腐爛了，不健康。在這兒所見的都是豐足和美麗，像是美食，人們的禮貌、有教養，還有市容建築；卻都只是看得見的表面……」搖搖頭，他繼續說：「就像你見到的那些迷人的庭園，每一座都有一口精緻的井，接著你看到拉車小販在賣一桶一桶的河水，你就知道那些井裡的水根本就不能喝。這兒的菜口味重、醬料下得足，但你吃進嘴裡就會發現，那麼多香料都是為了掩飾不新鮮的肉味。你在聖路易旅館閒逛，舉目所及全是大理石，又被挑高的圓頂和天光灑落圓廳的景象所迷，再意會到那其實是一座聞名的奴隸市場，買賣人類跟交易牲口沒有兩樣。這裡就連墓園也很美，看不見簡樸的墓碑或木十字架，只有宏偉的大理石墓，一座比一座更豪奢，上頭都是精美的浮雕和詩詞，可裡面躺著的每一具屍體都是爛的，爬滿蛆蟲，禁閉在陰森森的石棺裡，因爲這一帶的土地連埋屍都不合適，墓穴裡也積滿了水。又有疫病的陰影無時無刻籠罩在這座美麗的城市上。不，艾伯納，」喬許亞的灰眼眸現出一種詭異而縹遠的神色。「我愛美的事物，但有時候，一件事物的美卻掩蓋著汙穢和邪惡。我寧願我們早點兒離開這座城市。」

「眞他媽的要命，」艾伯納．馬許道，「我說不上來，但我也有這種感覺。別多想了，我們很快就可以走。」

喬許亞．約克做了個鬼臉。「好，」他說，「不過我有件最後的工作得先完成。」然後他推開餐盤，在桌面上攤開河圖：「明天傍晚，我要把烈夢號開往下游。」

「下游？」馬許大感驚訝。「喂，下游並沒有什麼城鎭，就幾座農場、一堆印地安混血兒、沼澤啦河灣啦，然後就出海了。」

「你來看，」約克的手指沿著密西西比河徑走。「我們順流而下，過這裡之後轉進這個灣，再開個六、七哩到這裡，要不了多少時間，後天晚上就可以回來載那些要去聖路易的乘客。我要暫留一會兒，這裡。」他戳了戳河圖。

艾伯納．馬許的火腿排已經端了上來，但他沒去動它，而是探出身子先看喬許亞所指的地方。

「柏木渡。」他讀出河圖上的地名。「呃，我不知道。」

馬許環顧四周。主艙區這兒只有二成多的人，也沒有乘客，長桌的盡頭處可見卡爾·弗蘭姆、懷堤·布雷克和傑克·埃里三人在吃東西。「弗蘭姆先生，」馬許喚道，「來一下，耽誤個一分鐘。」待弗蘭姆走近，馬許便指著約克比劃過的路線，同時問他：「你能往下游開到這裡嗎？我們會不會吃水太深？」

弗蘭姆聳聳肩：「那裡有些河灣還滿寬深的，否則你們得留下汽船，改用小艇接駁才行。不過，我應該開得過去。那裡有些渡口和農場，也有渡輪專跑那一帶，當然啦，那些船都沒有我們這位女士的噸位來得大。那段路開起來一定快不了，而且我們得一路拉響笛，還要很小心暗礁跟淺灘、沙洲之類，說不定還得鋸一大堆樹枝，免得我們的煙囪被打斷。」他趨前探看河圖：「我們要去哪？這段路我開過一、兩次。」

「一個叫『柏木渡』的地方。」馬許道。

弗蘭姆噘起嘴，思索著。「應該還好。那裡是老嘉胡的農場，以前有定期船班，運送甘薯、甘蔗之類的到紐奧良。只是嘉胡一家子都死了，柏木渡就很少被提起了——說到這個，我倒想起幾個有趣的小故事。我們去那裡幹嘛啊？」

「辦一件私事。」喬許亞·約克答道。「先試試能不能開得過去再說，弗蘭姆先生。我們明天傍晚出發。」

「你是船長，你說了算。」弗蘭姆說完，回去吃飯。

「我的牛奶死到哪去了？」艾伯納·馬許邊抱怨邊張望，卻見服務生在廚房門口徘徊，當場就開罵：「送我的餐點來啊！」

那服務生是個瘦高的年輕黑人，聞言立刻活動起來，馬許這才又轉向約克：「這一趟是——爲了你向我說過的那件事嗎？」

「對。」

「危險嗎？」馬許又問。

喬許亞・約克只是聳肩。

「我實在不喜歡……」馬許嘀咕，「……什麼吸血鬼這些的。」說到那個關鍵字，他刻意壓低了聲音。

「就快辦完了，艾伯納。我到這個農場拜訪一下，處理幾件事，帶幾個朋友回來，整件事就結束了。」

「讓我陪你去吧，」馬許說，「這雖是你的私事，我也不是不相信你，但讓我親眼看一看這些……你知道那個……總是比較保險妥當。」

喬許亞投來注視，馬許也短暫回以一瞥，不料竟在他眼中看見一絲冀求，十分眞摯入心，然後突然不知爲何，喬許亞別開了視線，接著便收起河圖。「我不認爲那是明智之舉，」喬許亞說，「不過我會考慮的。告辭了，我有些事要去忙一下。」說完，他起身離開餐桌。

馬許看著他離開，不確定剛才那個眼神有什麼意味。想了一會兒，他低聲罵了一句「管他去死」，就把注意力轉回他的火腿排上了。

幾小時後，有人來找艾伯納．馬許。

他當時在艙房裡，已上床準備睡覺，溫和的敲門聲在寂靜與闃黑中聽來卻像雷聲，害他心臟狂跳——不知為什麼，他嚇了一跳。「誰啊？」他高聲吼，「你媽的！」

「船長，我啦，托比。」一個溫和的聲音低聲答道。

馬許的驚懼突然消失得一乾二淨，而且覺得自己好蠢。托比．朗亞個性好，脾氣是全船最溫順的，待人也最和善。馬許喊聲「來了」，一面點亮床邊的油燈，然後下床去開門。

門外站了兩個人。托比年約六十，頭頂禿光了，只剩周圍的一圈灰髮襯著黑頭皮，老臉皮刻畫著歲月的痕跡，看起來卻像一雙穿舊了的黑靴子那樣舒適順眼。托比身旁的另一人是個較年輕的黑人，略微矮壯，衣著略微昂貴，馬許在微光中看了一會兒，才認出他是船上的理髮師，名叫賈伯迭．費里曼，是馬許在路易斯維爾僱來的。「船長，」托比先開口，「我們有事想對你說，私下講。」

馬許招手讓他們進房，然後關上房門。「什麼事，托比？」

「我們兩個算是代表大家來啦。」老廚子說道，「你認識我很久了，船長，你知道我不會對你講假話。」

「當然。」馬許。

「我也不會逃跑。你買回我的自由跟一切，只要我幫你煮飯而已。可是其他那些黑人，像是煤爐工他們，他們都不聽賈伯還有我說你是多好的人。他們在怕，說不定會逃跑。今晚送菜的那個男孩，他聽到你跟約克船長在說要去柏木渡那邊的事，現在所有的黑人都在傳。」

「什麼？」馬許不解，「你們又沒有去過柏木渡，你們兩個也沒啊。你們爲啥怕那裡？」

「沒有啦，」賈伯答道，「只是那些黑人曾聽過那邊。那個地方有些傳聞啦，船長。不好的傳聞。那邊的黑人全部跑光光了，因爲出過一些事情，可怕的事啦，船長，真的很可怕。」

「我們是來求你不要去那邊的，船長。」托比道，「你知道，我從沒求你什麼。」

「沒有哪個廚子和理髮師可以命令我把船開到什麼地方去。」艾伯納．馬許的口氣很嚴厲，不過他看了看托比的表情，語調又放緩下來。「不會有事的，」他承諾道，「不過，要是你們兩個想留在紐奥良這裡等，你們可以先下船。這趟路程短，船上用不到廚子和理髮師。」

托比露出感激之色，但還是說：「那……煤爐工……」

「他們就用得到了。」

「我跟你說，船長，他們不會待在船上啦。」

「長毛麥可會有辦法。」

賈伯搖頭說道：「他們那些人當然很怕長毛老麥可，可是更怕你們要開船去的那邊啦。他們會跑掉，一定會跑光光。」

馬許氣起來。「混帳豬頭。」他罵道，「算了，沒有煤爐工也開不了船。但這也不是我的主意，是喬許亞想去的。你們等我幾分鐘換個衣服，我們去找約克船長，跟他商量看看。」

兩個黑人互看一眼，沒說什麼。

當馬許上樓走到船長室時，他聽見喬許亞．約克的說話聲，知道他不是獨自在房裡。馬許遲疑著，聽那聲音洪亮而富有韻律，才慢慢意會到他是在朗誦詩歌。他用手杖敲敲房門，聽見約克的讀詩聲中斷，接著說了聲「請進」。

喬許亞坐在桌前，神色自若，膝上攤著一本書，修長的手指正停在書頁上的某一行，身旁的小桌上有一杯酒。維樂麗坐在另一張椅子上，抬頭看見馬許進房，目光立刻轉開。自從在頂層甲板那一夜之後，她一直這樣迴避他，馬許也很快就發現自己可以無視她的存在了。

「跟他說吧，托比。」馬許命令道。

和面對馬許時相比，托比好像口拙得厲害，支吾了好一會兒才總算把話給擠出來。講完之後，他不敢抬頭，眼睛只敢看著地上，手裡扭著他那頂舊帽子。

喬許亞．約克換上一副嚴厲的面孔。「這些人怕什麼？」他問這話時仍然有禮，只是語調冰冷。

「怕被吃掉，先生。」

「跟他們說，我會保護他們。」

托比搖搖頭。「約克船長，不是對你不敬啦，只是黑人他們也怕你，尤其你現在又要叫我們下河去『那邊』。」

「他們覺得你跟『那些』也是一夥的。」賈伯插進來說，「你和你朋友們，騙我們下河去那裡給其他人吃，像那裡以前那樣。他們講的故事都說那些人白天不出來，船長，你們也是，一模一樣。當然，我跟托比比較知道你們，可是他們並非如此。」

「告訴他們，我們在這趟路上付加倍的工資。」馬許說。

托比仍舊沒抬眼，只是搖頭：「他們不在乎錢。他們只想逃走。」

艾伯納・馬許忍不住咒罵。「喬許亞，要是錢跟長毛麥可都控制不了他們，那就實在沒輒了。我們只有把他們全解僱掉，再找一批新工人來顧爐子、打雜等等，那就要花不少時間。」

維樂麗向喬許亞靠過去，將一隻手放在他的手臂上：「求求你，喬許亞，」她平靜地說，「聽他們的吧。這是個徵兆。我們不該去那裡。帶我們回聖路易吧，你答應過要帶我參觀聖路易的。」

「我會的，」喬許亞說，「但要等我的事情辦完才行。」然後他轉向托比和賈伯。「我也可以走陸路前往柏木渡，一點也不難，」他皺起眉頭說道，「無庸置疑，若我現在想達成我的目的，那樣反而是最快也最簡單的方式，可是兩位先生，那麼做並不會讓我滿意。不管這是不是我的船，我是不是這兒的船長，我都不容許船員對我不信任，也不准我的人畏懼我。」他把那本詩集重重放在桌上，神情明顯沮喪。「我做過傷害你的事嗎，托比？」喬許亞質問道，「我可曾虧待你或你的同胞？我到底做了什麼事讓他們這樣懷疑？」

「沒有，先生。」托比溫和地說。

「好，你說沒有。但他們還是會遺棄我，是嗎？」

「是的，船長，恐怕會。」托比答。

喬許亞・約克沉著臉，像是下定了決心。「要是我證明自己並不像他們所想的呢？」他的目光從托比轉向賈伯，再轉回托比。「要是他們在白天見到我，他們會相信我嗎？」

「『不』，」維樂麗開口了，表情驚駭。「喬許亞，你不……」

「我會，」他說，「而且一定會。托比，你說呢？」

老廚子終於抬起頭來，直視約克的雙眼，緩緩點頭。「那，也許……如果他們看到你不是……」

喬許亞注視著面前的兩名黑人，觀察了好一會兒。「很好，」最後他說道，「那麼，我明天下午就和你們一起用餐，記得替我留個位子。」

「哎，雷要劈在我頭上了。」艾伯納．馬許說。

# 第十三章

**蒸汽輪船烈夢號上，紐奧良，一八五七年八月**

喬許亞穿著一身白西裝下樓吃飯，讓托比把他的一身絕活兒都搬了出來。這消息當然很快就傳開，烈夢號的船員幾乎是全體到齊。侍應生個個穿著潔淨熨整的白外套，優雅地從廚房端出一盤又一盤熱騰騰的佳餚。上好的瓷碗盛著甲魚湯、龍蝦沙拉、清蒸餡蟹佐油燜青豆、奶汁焗蠔與烤羊排、水龜、生煎雞柳、彩椒鑲肉拌蕪菁、烤牛肉和酥炸小牛排、馬鈴薯與玉米筍和胡蘿蔔加朝鮮薊跟四季豆的五彩鮮蔬，還有大盤大盤的捲餅和麵包、葡萄酒和烈酒，及城裡買來的新鮮牛奶、十幾碟現攪出來的奶油，甜點則是果子布丁、檸檬派、雪花奶蛋糊和海綿蛋糕配巧克力醬。

艾伯納．馬許從沒吃過這麼豐盛的大餐。「媽的，」他對約克說，「眞希望你常常來吃飯，那我們大概每天都有這麼多好菜可吃。」

話雖如此，喬許亞卻沒吃上幾口。白天的他好像變了一個人，精神有些萎頓，風采也不若平常，明亮的陽光將他的膚色照成不健康的慘白，馬許甚至覺得那上頭撲了一層白石灰粉。不僅如此，約克的動作遲鈍，好似昏昏欲睡，偶爾還會抽搐，完全沒有平日的優雅和力度。最大的不同是那雙眼睛——在那頂寬沿的白帽底下，他的眼神極其疲倦，瞳孔幾乎縮成了針頭大小的黑點，旁邊的灰色虹彩發白變淡，像是茫然失神。

但他確實出現了，也令這世界截然不同。他在大白天走到艙房外頭來，走在寬敞的甲板和樓梯間，在光天化日和眾目睽睽下與船員們一同進餐，使得謠言不攻自破，對夜行的恐懼也都變得荒誕可笑。燦爛雪白的日光灑落喬許亞一身，也洗刷了人們對他的疑慮。

在用餐期間，約克大多沉默，若有人問他問題，他會約略回答幾句，也會不時在其他人閒聊之間穿插些自己的意見。到了上甜點時，只見他推開餐盤，虛弱地放下刀子，並說：「請托比出來一下。」

於是廚子來到餐桌旁，身上還沾著麵粉和油漬。「你不喜歡這些菜色嗎，約克船長？」托比問，「你幾乎都沒吃。」

「菜很好，托比，只是我在這個時段恐怕沒什麼胃口罷了。不過，我來此，想必已經證明了。」

「是的，先生。」托比說，「現在不會有問題了。」

「太好了。」約克說。托比回廚房時，約克轉向馬許：「我決定延後一天再出發，」他說，「明天傍晚再離開這裡，不是今晚。」

「哦，當然好，喬許亞。」馬許說，「再幫我拿一塊派好嗎？」

約克笑著拿給他。

「船長，今晚動身會比明天好，」丹．艾布萊特說道，他一面用牙籤剔牙。「我聞到暴風雨的味道。」

「明天走。」約克說。

艾布萊特聳聳肩。

「托比和賈伯可以留下來。其實——」約克繼續說，「我打算只帶最少的必要人手過去。已經登船的乘客就先到岸上等個幾天，船上也不載任何貨品，這樣船身輕一些，也可以多省幾天航程。我們也只要帶一個瞭望員就行。可以嗎？」

「我會安排。」馬許說著，朝長桌掃了一眼，見一班職員們都好奇地看著喬許亞。

「那麼，明天晚上見。」約克道，「抱歉，我得去休息了。」他站了起來，腳步一個不穩，馬許急忙起身，但約克只是揮揮手。「我沒事，」他說，「我現在要回艙房。在我們準備動身之前，就別來打擾我了。」

「你今晚不下來吃晚飯嗎？」馬許問。

「不了。」約克的目光在餐廳裡上下打量著。「我想，我的確比較喜歡這裡在晚上的樣子。拜倫男爵是對的，白晝太過俗艷了。」

「啥？」馬許道。

「你不記得了？」約克說，「我在新奧本尼的船廠朗誦給你聽過啊。那首詩就像在說烈夢號。『她是美的化身……』」

「……『如同夜晚』。」傑佛接了下去，一手扶了扶眼鏡。艾伯納．馬許驚訝地轉頭去看他，只知道這位總管先生是個下棋和數字的高手，會去看戲，但可從沒聽他朗讀過什麼詩句。

「你知道拜倫！」喬許亞大喜。這一刻的他忽然恢復了活力，就像他原本那樣。

「是啊。」傑佛承認，然後挑起一邊的眉毛，看著約克：「船長，你的意思是，我們在烈夢號上的日子都是美與善的歲月？」他忍不住笑，「哎呀，這在長毛麥可和弗蘭姆先生身上可就是條大新聞了。」

長毛麥可哈哈大笑，弗蘭姆卻大表不平：「嘿，有三個老婆可不表示我做人差啊。你們大家來評評理！」

「你們在說什麼鬼？」艾伯納．馬許插嘴道。大部分的職員和船員也都和他一樣滿臉困惑。

喬許亞露出意味不明的微笑。「傑佛先生講的是那首詩的下半段。」他答道，然後朗誦出那一段詩文：

她的頰如粉、眉如黛，
那般恬靜柔軟，卻情意溢滿，
那微笑動人，丰采燦爛，
訴說著歲月的美與善，
一個平靜而崇高的心靈，
與一份純潔的愛情！

And on that cheek, and o'er that brow,
So soft, so calm, yet eloquent,
The smiles that win, the tints that glow,
But tell of days in goodness spent,
A mind at peace with all below,
A heart whose love is innocent!

「我們純潔嗎，船長？」傑佛又問。

「沒有人是完全純潔的，傑佛先生。」喬許亞應道，「但在我看來，這首詩說的正是夜晚有多美麗，而我們都能在它黑暗的光輝中尋求平靜和崇高。有太多人毫無理由地害怕黑暗。」

「也許吧，」傑佛道，「雖然它有時的確值得害怕。」

「不是。」只這麼說完，喬許亞．約克隨即離席，唐突地拒絕了傑佛的好辯。一見他離開，不少人也跟著離席，回到他們的工作崗位上，但強納森．傑佛仍留在位子上想事情，同時瞪著餐廳的一角。馬許坐回椅子，繼續吃派：「傑佛先生，我實在搞不懂你們在講什麼鬼話。他媽的詩，那種文謅謅的東西到底有什麼好？這個拜倫要是有話想說，幹嘛不直說呢？講得簡單點讓人家聽懂嘛，你說。」

傑佛把視線轉回來，眨了眨眼睛：「抱歉，船長，我剛剛在回想一些事。你說什麼？」

馬許滿口都是派，只好用幾口咖啡把它們沖下肚去，然後把他的問題重複了一次。

「哦，船長，」傑佛諷刺地笑了笑，「『詩』這東西主要是漂亮。那些字兜在一起的排列方式，有韻律性，還有它描述的情景像畫一樣，而且要大聲唸出來才聽得出它的好。詩句都有押韻，藏著音樂，要用聽的才能感覺。」他也抿了幾口咖啡。「你要是不去體會，我也很難向你解釋，不過這跟汽船有點像。」

「我從沒見過什麼詩可以跟汽船一樣好看。」馬許咕噥道。

傑佛露齒一笑。「船長，北極光號爲什麼要在輪室外面畫那麼大的極光圖？她又用不到。沒有彩繪，蹼輪還不是照轉？還有我們的操舵室，包括很多船的操舵室都是，爲什麼要裝潢得那麼氣派呢？

爲什麼每艘蒸汽船都要用上好的木器、地毯和油畫等等來裝飾？我們的煙囪頂就算沒有花也一樣能噴煙，不是嗎？」

馬許打了個飽嗝，皺起眉頭。

「你原本可以把船造得簡樸些，」傑佛下了結論：「可是造得漂亮精緻會讓人看得更舒服，駕駛者也覺得更高興。船長，詩歌也是這個道理。詩人當然可以像我們平常這樣講話，但當他特別按韻律把字詞排成那樣時，就會讓人感覺更有氣勢、更順耳。」

「好吧，也許。」馬許未置可否。

「有一首詩，我確定你也會喜歡。」傑佛又說，「其實也是拜倫寫的。叫作〈西拿基立的毀滅〉（*The Destruction of Sennacherib*）。」

「那是哪裡？」

「是個人名，不是地方。」傑佛糾正他，「那首詩描寫一場戰爭，詩韻押得非常漂亮，極有節奏感，就像〈水牛妞兒〉（譯註）那樣有力。」說著，他站起來拉平外套：「來，我帶你去看。」

馬許把杯中的咖啡喝完，起身隨強納森．傑佛走到位於船尾的圖書室去。當這位大總管忙著在高如樓的書櫃間爬上爬下、四處找書時，馬許心懷感激地躺進一張又大又飽滿的扶手椅裡。「我找到了。」傑佛總算說道，從書堆中抽出一本普通大小的冊子。「我就知道我們一定有拜倫的詩集。」然後他跳著翻頁——中間有幾頁沒被裁開，他便用指甲將紙頁劃開——直到他要找的那一首詩，接著站定，開始朗讀〈西拿基立的毀滅〉。

馬許不得不承認，這首詩的確充滿節奏感，由傑佛讀起來尤其如此。雖然它一點也不像〈水牛妞兒〉，馬許倒挺喜歡的。

「不錯嘛。」傑佛唸完時，馬許大方說道，「雖然結局不怎樣就是了。天殺的傳教狂就是三句不離上帝。」

傑佛大笑：「拜倫可不是傳教狂哦，這一點我很肯定。」他說，「事實上，他的行爲可背德了，至少人們這麼傳。」說到這裡，他想了想，又往下翻頁。

「你這會兒又在找什麼？」

「就是我剛剛本來要回想的一首詩。」傑佛說道，「拜倫還寫了一首關於夜晚的詩，還滿詭異——啊，在這裡。」他快速瀏覽過那一頁，點點頭。「來聽聽這個，船長。這首叫作〈黑暗〉（*Darkness*）。」

我曾有個夢，不完全是夢， I had a dream, which was not all a dream,
夢中艷陽消蔽，群星隱匿 The bright sun was extinguish'd, and the stars
流浪在幽暗太虛之最無垠， Did wander darkling in the eternal space,
無光無跡，塵世若冰 Rayless, and pathless, and the icy Earth

---

譯註：〈水牛妞兒〉（*Buffalo Gals*），美國傳統民謠。

盲目游移在月黑的氣息
朝晨復來去——白晝卻未相依，
人們在憂懼中忘卻熱情
憂懼於荒蕪；而每一顆心
都在祈求光明的自私中冷去……

Swung blind and blackening in the moonless air;
Morn came and went—and came, and brought no day,
And men forgot their passions in the dread
Of this their desolation; and all hearts
Were chill'd into a selfish prayer for light...

傑佛刻意讓朗讀的聲調空洞且帶著陰氣，而這首詩又特別長，不一會兒就令馬許神智茫茫。然而，那些字句確實能打動人心，甚至帶來一股駭人的涼意，在他的腦中徘徊遊走，敲打出人們的各種恐懼：對於絕望，對於徒勞無功的祈禱，對於瘋狂和火葬時的柴堆，還有戰爭、饑荒和人性中的獸性。

……——以鮮血換來的這一餐
淌血而破碎支離
陰鬱吞沒著他；毫不留情；
塵世中只餘一念——唯死而已
迅如電，暗澹卑賤；
饑饉的痛苦以肺腑爲糧，飽啖五體——

...—a meal was brought
With blood, and each sate sullenly apart
Gorging himself in gloom; no Love was left;
All earth was but one thought—and that was Death
Immediate and inglorious; and the pang
Of famine fed upon all entrails—men

而人們死去，屍骨與血肉曝於無名 Died and their bones were tombless as their flesh;
貧瘠貪噬著貧瘠，…… The meagre by the meagre were devour'd,...

傑佛繼續讀著，詩意湧現一波波的災禍邪惡，直到結語：

它們沉眠於無波的深淵—— They slept on the abyss without a surge—
浪濤已逝；海潮停息， The waves were dead; the tides were in their grave,
明月，它們的情人，已然斷氣； The Moon, their mistress, had expired before;
風在凝結的空氣中停滯， The winds were wither'd in the stagnant air,
雲朵也盡悉退避； And the clouds perish'd; Darkness had no need
黑暗無需它們的幫助——她即是寰宇。 Of aid from them—She was the Universe.

他闔上詩集。

「了不起的瘋子，」馬許道，「好像一個發燒的人胡言亂語。」

強納森．傑佛無力地笑了笑。「這首詩裡就沒提到半句上帝。」他嘆道，「我覺得拜倫對黑暗好像有兩種觀點，另一首詩寫得那樣純潔，這一首卻跟純潔完全沾不上邊。不知道約克船長對這一首熟不熟？」

「他當然熟。」馬許起身說，一面伸出手：「那本給我。」

傑佛將冊子遞過去。「對詩集有興趣啦，船長？」

「不關你的事。」馬許沒好氣地應道，將冊子滑進口袋裡。「你辦公室的事都忙完了嗎？」

「當然沒。」傑佛識趣地離開了。

艾伯納·馬許在圖書室裡又站了三、四分鐘，始終抹不去心頭的異樣感——剛才那首詩有一種莫名陰沉的震撼力。他想，也許詩歌就是會這樣。他決定找個空閒時間好好讀一讀，想個清楚。

接著，瑣事不斷，馬許忙了一整個下午，直到傍晚都沒再想起那本詩集的存在。後來卡爾·弗蘭姆想進城到聖查爾斯旅館喝幾杯，馬許決定跟他一起去，結果吃喝聊到快半夜才回船。在艙房裡換衣服時，馬許才又想起拜倫的詩集，便小心拿出來放在床邊桌上，套上睡衣，就著燭光讀了起來。

〈黑暗〉在夜裡讀來似乎更加陰森，特別是斗室隻身外加昏暗燭光，印在紙面的字句雖然不像傑佛朗讀時那樣生動恐怖，仍能大大翻攪著他的思緒。他繼續翻閱，也看到〈西拿基立〉和〈她是美的化身〉等其他詩篇，〈黑暗〉的意境依舊在腦中盤旋不去——在這樣的熱夜裡，艾伯納·馬許的手臂竟起了雞皮疙瘩。

詩集前幾頁印了拜倫的照片。馬許端詳著，覺得他確實長得好看，五官分明而精緻，有點像克里奧人，不難想見女人們為什麼迷戀他——儘管人們都說他有斷袖之癖；當然，也因為他出身上流。拜倫的照片旁印著這些字：

喬治・戈登・拜倫爵士
一七八八——一八二四

艾伯納・馬許又看了一會兒，發現自己竟然羨慕起這位詩人的長相。他這一生從未體驗過美貌，之所以對汽船的外觀和氣派這般要求，或許就是因爲他自己是如此地缺乏美貌：龐大的身軀、坑坑疤疤的臉，配上扁塌的鼻子。同樣地，馬許從來不必爲女人煩惱。早年在河上東奔西跑的走船，到後來長期受聘在別人的蒸汽船上工作，馬許在納契茲山腳和紐奧良也有常光顧的幾個去處，在那裡，行船人可以用公道的價格找到夜裡的樂子；幾年後，熱河郵輪公司發展起來，他也在山丘城、杜比克或聖保羅遇到幾個對象，只要他開口，她們都願意嫁給他——那些身材結實、臉孔扁平、死過丈夫的女人就識貨，知道像他這樣穩定可靠的男人有多好，他名下的船隻就不用說了。但在那場冰災之後，她們的興趣也消退得很快，算了，反正他並沒有多喜歡她們。艾伯納・馬許很少讓自己想到這些事情，但當他想到時，他總是幻想紐奧良那些生著一雙黑眸的克里奧小姐和黑白混血妞兒們，體態纖盈、優雅又高傲，就像他那些可愛的輪船。

馬許悶哼一聲，吹熄了蠟燭，然後試著入睡，卻睡得極不安穩。他的夢境血紅一片，彷彿鬼魅紛擾，有人在他腦中的暗巷不斷低語，呢喃著微弱而駭人的詩句。

……朝晨復來去——白晝卻未相依

……陰鬱杳沒……毫不留情

……人們在憂懼中忘卻熱情，

憂懼於荒蕪。

……被獻上的餐點，

淌血。

……「他是個奇人。」

艾伯納・馬許猛然從床上彈坐起來，眼睛睜得極大，聽見自己的心臟撲通地跳，完全清醒。「媽的。」他喃喃罵道，摸了一根火柴，點起蠟燭，然後又把那本詩集翻開到印著拜倫照片的那一頁。「媽的。」他又罵了一聲。

馬許速速換上衣服，很想找個打手來幫忙，好比長毛麥可那一身肌肉和大鐵棍，或是強納森・傑佛與他的劍杖，但這是他與喬許亞之間的事，他也答應過不對任何人洩露。

他在臉上潑了些水，拿起他的胡桃木手杖，打開房門走上甲板，只恨船上沒有傳教士，要不十字架也好。詩集就在他的衣袋裡。下方的遠岸處有一艘蒸汽船正裝船準備出發，工人們扛著貨物走在棧板上，低聲哼著一首慢板的憂傷小調，那歌聲遠遠傳到馬許耳裡。

站在喬許亞的房門前，艾伯納・馬許舉起手杖，遲疑著要不要敲門，腦中突然充滿疑竇。喬許亞曾下令不要去打擾他，而馬許想對他說的話必定會令他萬分不悅——這整件事實在蠢到了極點，都是那首詩害他作惡夢，也許是他吃壞了東西；然而、可是……

他還站在那兒，皺著眉頭思索，手杖高舉，那扇門忽地就打開了。靜靜地。

房裡黑得像鯨魚肚裡。星星和月亮依著門框投進一方光亮，但在那之外，只有絲絨般的漆黑。隔著門幾步外的前方，有個人影站在那兒，月光照出他的一雙赤腳，其餘的就只映成個模糊的形影。然後影子發出了聲音。

「進來，艾伯納。」喬許亞沙啞地低語。

艾伯納．馬許往前走，跨過門檻。

只見那影子移動，房門突然又關上了，接著是上鎖的聲音。房裡如今是完全黑暗，馬許什麼也看不見。一隻有力的手緊抓住他的手臂，將他往前拉，然後又往後一推，霎時令他心中一慌，但隨即感覺到身後多了一張椅子。

黑暗中傳來沙沙聲響。馬許環顧四周，明知看不見，仍想辨識出個大概，一面聽見自己說：「我沒敲門。」

「對。」喬許亞應道，「我聽見你走近，而且我也在等你，艾伯納。」

「他說過你會來。」另一個聲音說道，來自不同的方向。那是個女人的聲音，語氣輕柔卻帶著苦澀。是維樂麗。

「妳，」馬許大爲震驚。他沒料到有此一著，頓時感到困惑、憤怒又不安，因爲維樂麗的在場會讓事情變得更棘手。「妳在這裡做什麼？」馬許厲聲道。

「或許我也該這麼問你。」她輕柔的嗓音答道，「馬許船長，我在這兒是因爲喬許亞需要我。我可以幫助他，也能做得比你那些空口承諾更多、更有用，不像你和你那些同類，如此多疑，又這樣虛僞——」

「夠了，維樂麗，」喬許亞不讓她說下去。「艾伯納，我不知道你今晚爲什麼會來，但我知道遲早會有這一刻。我該找個笨蛋來當合夥人才對——一個不會有疑問、只會執行命令的人。你實在太精明，對你也許不是一件好事，對我也是。我知道你遲早會識破我在納契茲編出來的那些故事。我也知道你在觀察我們，包括你的小測試。」他咯咯笑了幾聲，卻是粗啞著嗓子強逼出來：「聖水，眞有你的！」

「怎麼……所以你知道？」馬許說。

「對。」

「那該死的小廝。」

「不全怪他，艾伯納。我確實發現他一直盯著我看，但跟他沒多大關係。」喬許亞的笑聲淒愴而恐怖。「不，是那杯水本身。就在我們談完沒幾天，一杯清澈的水就出現在我面前，我會怎麼想？我在河上也待了好一陣子，喝的水從來沒乾淨過，光是沉澱在我杯底的那些沙土都夠開個花園了。」他乾笑一聲，「或是塡我的棺材。」

艾伯納．馬許沒理會最後那一句。「攪勻了和水喝下肚，才是眞正的行船人。」他頓了一會兒，「或者就是個『人』。」

「啊，」喬許亞說，「現在說到重點了。」

然後他沒再出聲，沉默了好一會兒。艙房裡的氣氛令人窒息，黑暗和寂靜壓在心頭。當喬許亞終於開口時，他的聲調冰冷又嚴肅：「所以你是帶了十字架來，還是木樁，艾伯納？」

「我帶來這個。」馬許說著，從口袋掏出那本詩集，朝著他判斷喬許亞所在的方位扔出去。他聽見一個動作，書本在空中翻，繼而被接住、翻動。「拜倫。」喬許亞道，似乎不解。艙房的窗簾遮得如此嚴密，連艾伯納．馬許把自己的手指舉到面前都看不見，喬許亞卻能準確地接住那本書，甚至讀出書上的東西。馬許只覺得雞皮疙瘩又起來了。

「爲什麼是拜倫？」喬許亞問道，「我搞不懂你。是要再來一個測試、十字架，或問我問題，我都料想過，卻沒想到會是拜倫。」

「喬許亞，」馬許道，「你幾歲？」

沉默。

「我滿會看人年紀的，」馬許自顧講下去，「你卻很難猜，因爲那一頭白髮。不過，從你的模樣——你的臉和手——我會猜三十、頂多三十五歲。那本書上寫說他死於三十三年前，你又說你認識他。」

喬許亞嘆了一口氣。「是啊，」他的聲音流露著懊惱，「一個愚蠢的疏忽。當時看見這艘船太令我驚艷，一時忘我了，後來我覺得無所謂，反正你不懂拜倫。我以爲你會忘記。」

「我不是時時腦筋靈光，但我記性不差。」馬許重新抓穩手杖，傾身向前：「喬許亞，我要和你單獨談，叫這女人離開。」

黑暗中傳來維樂麗的冰冷笑聲。馬許沒聽見她移動，但她似乎靠近了點。「這傻瓜膽子很大嘛。」她道。

「維樂麗會在場，艾伯納。」喬許亞說得直率，「你顧忌說出口的一切，我都放心讓她聽見。她就等於是我。」

馬許感到一絲涼意，也覺得孤單。「等於是你，」他沉重地覆誦道。「好啊，那你是什麼？」

「你自己判斷吧。」喬許亞說時，驀地劃亮一根火柴，房間於是不再漆黑。

「噢，天啊。」馬許低吟。

這陣短暫的光亮粗略地映照出喬許亞的模樣：他的嘴唇腫脹破裂，焦黑的皮膚從前額綳緊到面頰，下巴滿是膿皰，包括捏著火柴的那隻手掌也滿是水泡。他的灰眼珠乾裂成兩個凹洞，布著發白的黏液。因爲他笑得猙獰，馬許還聽見乾皮膚脆裂的聲響，灰白的液體就從剛剛裂開的那面臉頰中緩緩流出。有一片皮膚剝落，露出底下新生粉紅色的肉。

然後火柴燒完，黑暗成了視覺上的解脫。

「你說自己是他的夥伴，」維樂麗像在指控，「還說你會幫他，好哇，這就是你給他的幫助——你們這些好猜忌的人卻威脅他；他差點就被你們害死了。他是蒼白之王，你們什麼也不是，他卻爲了贏得你們那不值一文的忠誠而把自己傷害成這個樣子。你滿意了嗎，馬許船長？大概沒有吧，否則你也不會在這裡了。」

「你到底出了什麼事？」馬許問道，無視於維樂麗。

「就在你們的俗艷白晝下待了將近兩個鐘頭，」喬許亞答道。馬許這才明白他放輕語調是因爲痛楚。「我知道要承受多大風險，以前也做過同樣的事，當時也是爲了必要。四個鐘頭大概就夠取我性命，六個鐘頭是必死無疑，可是兩個小時以內，而且又不是直接曝曬在日光下——我知道自己撐得住。這些燒傷只是看起來嚴重，痛也還能忍受，而且很快就會過去，到了明天的這個時候，沒有人會看出一絲痕跡，我的皮膚會復元，水泡都會爆開，死皮會蛻脫。你剛才親眼看見了。」

艾伯納·馬許閉起眼睛，再睜開，眼中所見並沒有不同；黑暗仍舊充斥，青白的火柴光留下的殘像還在他眼前晃動，連同喬許亞那張破爛的顏面。「所以聖不聖水根本就無所謂，是吧？還有鏡子。」馬許說道，「根本全都無關。你們只是不能在白天外出，不能待太久。所以你講那些天殺的吸血鬼故事——吸血鬼是存在的，只是你騙了我。喬許亞，你對我說假話！你不是吸血鬼獵人，你自己就是吸血鬼！你和她，還有那群人，全部都是！」馬許伸出手杖亂戳亂揮，宛如驅逐那些肉眼所不能見的威脅。喉頭一陣乾澀，他聽見維樂麗輕聲笑，而那笑聲又近了些。

「小聲點，艾伯納，」喬許亞冷靜道，「也請原諒我，別對我生氣。是，我對你說了假話。我在我們第一次見面時就警告過你，你若是過度追問，只會得到謊言。是你逼我說謊。我只後悔那些謊言編得不夠好。」

「我到現在都還不敢相信。」艾伯納·馬許憤怒地說，「混帳。我的合夥人是個殺人犯，搞不好比殺人犯更差勁。所以你晚上都在做什麼？去外面找落單的人，喝他的血然後大卸八塊？是啊，然後船就開走了，換個地方。我總算懂了，幾乎每晚就換個城市，這樣才安全是吧？等岸上的人發現你幹的好事，你已經溜了，他們也不知道你溜去哪兒。而且你還不必逃命，有這麼一艘漂亮氣派的大船可以待，有專屬的艙房和一切來供應你，你只管在河上悠哉地盪來盪去。怪不得你這麼想要一艘自己的船，約克船長大人。你他媽的眞該下地獄！」

「閉嘴。」約克的聲調嚴厲已極，竟迫使馬許立刻閉起嘴巴。「放下手杖，免得你打破旁邊的東西——我說放下。」馬許於是鬆手，任由手杖掉到地毯上，再聽見喬許亞說：「很好。」

「他跟其他人一樣，喬許亞。」維樂麗說，「他不懂，他對你也只有恐懼跟仇恨。我們不能讓他活著離開這兒。」

「也許吧。」喬許亞說得不情不願，「我認爲他不僅只於此，但我也可能錯了。你說呢，艾伯納？講話小心點，就當作每個字都關係著你的生死。」

艾伯納・馬許早就氣到顧不了這許多。他心中原本還存著恐懼，如今早已被盛怒取代；原來他一直被矇在鼓裡，當了不知情的幫凶，活像個又醜又蠢的大呆子。沒有人可以對他艾伯納・馬許做這種事，就算不是人也一樣。現在，他的烈夢號女神竟被約克弄成一個漂在河上的惡夢。「我在這條河上闖蕩很久了，」馬許說道，「你別以爲嚇得了我。我頭一次上蒸汽船工作時，就在聖喬酒店裡親眼看到我一個朋友被人刺破肚腸，當時我抓住那個行凶的惡棍，搶走他的刀子，然後打斷那傢伙的背脊。惡斧戰役時我在那兒，也待過內戰時期的堪薩斯，所以沒有哪個天殺的痞子嚇唬得了我！你有種就動手！我起碼是你的兩倍重，而且你被燒爛成這副王八德性，我會扭斷你的狗腦袋。憑你幹下的那些勾當，也許我就該這麼做。」

又一陣沉默之後，喬許亞．約克的笑聲破了出來，既響亮又長久。「啊，艾伯納，」好不容易笑完，他才開口：「你眞是個行船的硬漢。半個夢想家、半個吹牛王，但整個人根本就是傻瓜。你坐在那兒跟瞎子沒兩樣，但你知道我看得有多清楚——單憑窗簾和門縫邊透進來的一絲光線就夠；你臃腫又笨重，但你知道我的力氣多大、多敏捷，應該也知道我的行動可以多麼安靜。」約克說到這裡打住。一個軋壓聲響起，緊接著，他的聲音突然從房間對面的牆邊傳來。「像這樣，」又一陣沉默，「這樣，」聲音來到了背後，「還有這樣。」他又回到原先的位置上。循著他的聲音，馬許一再轉頭，幾乎頭暈了。「我能讓你在不知不覺中流血而死，也可以繼續和你閒聊，然後在你警覺之前就摸黑撕裂你的喉嚨。這些本領，你心裡都有數，居然還可以坐在那兒望著錯誤的方向，吹鬍子瞪眼地誇口恐嚇我。」喬許亞嘆了一口氣。「你有種，艾伯納．馬許。判斷力差，但太有膽量了。」

「你既然想殺我，那就來呀，」馬許道，「我就坐在這兒不走。我也許沒機會贏過日蝕號了，但我這輩子想做的事幾乎都做了，與其為一幫吸血鬼經營船公司，我寧可到紐奧良那些漂亮的大墳墓裡發爛發臭。」

「我問過你是不是迷信，還有信仰問題，」喬許亞道，「你當時否認，可是，聽聽你講吸血鬼的這副口氣，像個無知的外地客。」

「你在胡扯什麼？是你自己告訴我……」

「對對對，棺材裡裝著泥土，沒靈魂的怪物照不到鏡子裡，不能跨越流動的水，還可以變成狼與蝙蝠和霧，但會被一瓣蒜頭嚇跑。艾伯納，你總不會笨到相信這種蠢事吧？先擱下你的恐懼和憤怒，動腦筋想一想！」

這話就像一記當頭棒喝。事實上，喬許亞那嘲弄的口吻令一切聽來更愚蠢可笑。就算約克眞的被太陽光燒傷，也改變不了他喝下聖水的事實，包括他身上佩帶的銀飾和鏡中的倒影。馬許實在迷糊了：「所以怎樣？你現在又要說你不是吸血鬼了嗎？」

「世上沒有那種東西，」喬許亞不疾不徐地說，「就跟卡爾·弗蘭姆講的那些河上怪談一樣。德瑞南懷號的寶藏、拉古奇捷徑的幽靈船，還有一個盡忠職守的舵手死了都還在船上準時値班。鬼故事啊，艾伯納，茶餘飯後的消遣罷了，一個大男人不該當眞的。」

「有一部分是眞的，」馬許頽然駁道，「我的意思是，我知道很多舵手都說他們在經過拉古奇捷徑時見過幽靈船的光，甚至聽見她的測深手們在罵粗話。德瑞南懷號也是，噢，我不相信是詛咒，但她沉船時的確就像弗蘭姆先生講的那樣，去救她的船也都被拖下水了。至於那個死掉的舵手，媽的，我就認識那個人，根本是夢遊而已。對，他的確在熟睡得跟死人一樣時跑去開船，只是事情在河上傳來傳去，越講就越離譜了。」

「你替我講出重點了，艾伯納。你若是拘泥名詞，那麼是的，吸血鬼確實存在，只是關於我們的故事也同樣被渲染得誇張了點。不過是幾年之間，你的夢遊朋友就被說成了一具死屍，要是再過個幾世紀，你想想他會被傳成什麼東西。」

「所以你們到底是啥？若不是吸血鬼的話。」

「我也找不到適當的名詞，」喬許亞道，「在英語，你們或許管我們叫吸血鬼、狼人、巫精、法師、魔術師、惡魔、食屍鬼，別的語言就說是nosferatu、odoroten、upir、loup garou。你們的同胞替我們起了很多名字，指的全都是些可悲的怪物。我不喜歡那些名字，因爲我完全不是那樣的，但我也找不到更貼切的名詞來取代。我們自己都沒有名稱。」

「你們自己的語言……」馬許說道。

「我們沒有語言，而是用人類的語言，冠人類的姓名，向來如此。我們不是人類，但不代表我們就叫作吸血鬼。我們是……是另一個種族。當我們稱呼自己時，通常是借用你們的字彙，你們的語言，但由我們賦與祕密的意義。我們是夜晚的子民，血之子民——或者，說是『人』就行了。」

「那我們呢？」馬許問道，「你們是人，那我們是啥？」

喬許亞．約克遲疑了一下，維樂麗隨即接口：「白天的子民。」她說得極快。

「不，」喬許亞說，「那是我自己的觀點，不是我的族人們常用的字眼。維樂麗，扯謊是過去式了，跟艾伯納說實話吧。」

「他不會喜歡的，」她道，「喬許亞，你要冒險……」

「我知道，」喬許亞說，「還是告訴他吧。」

鉛一般的沉默再度壓頂。然後維樂麗開口：「牲口。」她的聲調極輕，「我們就是這樣稱呼你們的，船長。『牲口』。」

艾伯納．馬許皺起眉頭，握緊了拳頭。

「艾伯納，」喬許亞說，「你一直想聽實話，我也一直試著拖延，不想讓你太早發現。在納契茲之後，我甚至怕自己不得不爲你設計一場意外。我們不敢冒險曝光，你卻是我們的威脅，賽門和凱瑟琳都催我殺了你，至於我較親近的新同伴，像是維樂麗和尙．阿爾登，則傾向找你合作。是的，你若死了，對我的族人和我當然是一大保險，但我打消了那個念頭，因爲我厭倦了死亡，厭倦恐懼，更厭倦兩個種族之間的猜忌。我想過，要是我們彼此都朝合作努力，結果不知如何，但我從不確定你是否值得信任，直到在唐納森維爾的那天晚上；就是那天，維樂麗想讓你調轉船頭，你拒絕了她，證明你的爲人比我心裡指望的更堅定、更忠貞。所以從那之後，我下了決心，我不要殺你，而你若是再來找我，我就對你說出實話，說出所有的眞相，無論好的壞的。你聽不聽？」

「我有選擇嗎？」馬許問。

「沒有。」喬許亞．約克承認。

維樂麗嘆道：「喬許亞，求你再想想吧。不管你多欣賞他，他畢竟是他們之一，他不會了解的。到時他們會帶著削尖的木樁上來這兒，你知道的。」

「我希望不會。」喬許亞說完，對著馬許又說：「她害怕，艾伯納。我現在要做一件從沒做過的新嘗試，而新的事物總是危險的。你聽我說完，別評論我，那我們之間或許能建立起眞正的合夥關係。我要說的這些眞相，從來沒有向你們的任何一個講過……」

「是從沒向我們這些牲口講過吧。」馬許咕噥道，「好啦，我也從沒聽吸血鬼講過話，就算扯平吧。繼續說，老牛在這兒洗耳恭聽。」

# 第十四章

## 黑暗而遙遠的日子

那麼你就仔細聽，艾伯納，但我要先聲明條件：不要插話，不要有任何情緒，別發問也別下你自己的判斷，除非我講完。我還要警告你，我講的事情大多殘忍又恐怖，但你若肯耐心地從頭聽到尾，也許就可以體諒。你剛才說我是殺人犯、吸血鬼，我的確算是，但就你剛才的自白，你也殺過人。你相信你的行爲是受環境所迫所以理由正當，我也一樣。就算不是完全正當，至少也減輕了罪孽。在你譴責我和我的族人之前，先聽完我說的一切。

就從我自己開始，我自己的人生，然後再說我後來的發現。

你問到我的年紀，艾伯納，以我這個種族的成年標準而言，我算是年輕的。一七八五年，我出生在法國的鄉間。我不知道母親是誰，那理由我後來才發現。我父親是個小貴族，那頭銜其實是他在法國社交圈遊走時給自己冠上的。他雖然自稱有東歐血統，但在法國已經待了好幾代，所以擁有相當的社會地位。他十分富有，有一小片土地。爲了掩飾自己的長壽，他在一七六〇年代動了一些手腳，改名並變成自己的兒子，然後繼承了自己的爵位。

所以你算算，我現在大概是七十二歲，我的確曾經有幸與拜倫男爵會面，只不過那是一段時間之後的事。

我父親和我一樣，家中有兩位僕人也是——倒不完全是僕人，比較像是同族的友伴。這三個成年人教我語文、禮儀、關於這世界的種種，包括如何提防他人。以你們的年齡標準而言，當時的我只是個幼童，我學會在白天睡覺，只在夜間外出，學會害怕黎明；我被燙過，知道要怕火。大人們告訴我，我和別人不同，我高人一等，不與別人爲伍，我是他們的主人，而我絕不能把這些事說出去，免得牲口因爲恐懼而殺我。我要假裝自己的作息特異只是喜好使然，還得學習並觀察天主教儀式，甚至在我們自己的禮拜堂裡辦午夜彌撒、領聖餐——哎，我不多說了。你一定明白，艾伯納，我當年只是個小孩。我本來可以學到更多，可以眞正了解我周遭的種種和我們所過的生活；日子若是繼續那樣過下去，我會長成一個不同的人。

誰也沒想到，一七八九年的大革命完全顚覆了我的人生。革命後緊接著恐怖時期，我們被抓走了。因爲我父親的作風低調，因爲那些深夜的禮拜、儀式和鏡子，還有他的夜行習性，使得人們對他起疑，也懷疑他的財富是如何得來。我們的僕人——人類的僕人們——說他是巫師、是撒旦的信徒，是薩德侯爵〔譯註〕，加上我父親又自稱貴族，在當時就是最深重的罪。那兩個同族友伴一向只被視爲奴僕，勉強逃過一劫，但我父親和我被抓了。

儘管當時年幼，我仍清楚記得我們被關的那個牢房。那裡冷而潮濕，都是粗糙的石頭，有一扇鐵門，又大又厚重，連我父親的大力氣都無可奈何。牢房裡都是尿騷味，睡覺時也沒有被子可以蓋，地上只有骯髒散亂的麥稈。牢房有一扇窗，很高，離我們非常遠，斜斜開在一面至少十呎厚的石牆上，窗口小，外層有鐵格子，我想我們應該是被關在一處地牢裡，所以沒有什麼光線可以透進來，但對我們反倒是件好事。

牢裡只有我們父子倆，我父親就告訴我下一步該怎麼做。他不可能從窗戶爬出去，因爲那個通道太窄，可是我能，因爲我的身體還小，也有足夠的力氣可以應付那些鐵條。他叫我離開，給我很多忠告，叫我穿破衣服來掩人耳目，白天躲起來，晚上才去偷食物，囑咐我永遠別對任何人說我有多麼不同，還要我找一個十字架戴起來。他說的話，我有一半聽不懂，而且很快就忘了，但我答應他會做到。他又叫我離開法國，去找那兩個逃走的僕人，也叫我別急著替他平反，說我將來會有足夠的機會復仇，因爲這些人都會死，而我必定會活得比他們久——然後他說了一段令我永生難忘的話：「他們只是無法自制。這整個國家都被腥紅的飢渴主宰了，只有鮮血才能滿足它。這是我們的共業。」我問他什麼是腥紅的飢渴，他只說我很快就會知道，而且絕對不會搞錯。接著，他命令我走，我就擠進石壁的窄縫，往上鑽到窗口。窗外的鐵條已經老舊生鏽，也因爲沒有人爬得了這麼高，所以從沒有換新。我用雙手就捏碎了它。

之後我再也沒見過我父親，一直到拿破崙重建秩序，我才有機會回去打聽他的下落。我的憑空消失就註定了他的下場，因爲那證明他是個貴族兼巫術師。他被送去受審、被判有罪，罪名是使用巫術，在當地的斷頭台身首異處，然後人們燒了他的屍體。

譯註：薩德侯爵（Marquis de Sade），十八世紀的法國貴族，因生平與作品皆驚世駭俗而被認爲是變態敗德的代表人物。

但我當時對這一切都不知情。我逃離監獄和那個鄉下地方，流浪到巴黎，當時局勢正亂，在那裡反而容易求生存。在白天，我找地窖當棲身之處，越暗越好，夜裡就出去偷東西吃。大多是肉。我不怎麼愛吃蔬菜水果。我成了一個高明的賊，動作快，又安靜，而且力大無窮。我的指甲好像一天比一天更尖更硬，甚至可以鑿穿木頭。沒有人注意到我或對我起疑。我說的是標準而文雅的法語，我的英語也很好，略懂簡單的德語；在巴黎，我還學到貧民區的腔調。我尋找那兩個消失的僕人，他們是我僅知的族人，但我一點線索也沒有，只是白費了工夫。

所以，我是在你們之中長大的——混在一群牲口、一群白天的子民之間。我很聰明，善於觀察，不久就明白自己的確與眾不同，而且就像我父親他們所說的，我更傑出。我比周遭的人更強壯，更敏捷，而且——我相信——壽命也更長。陽光是我唯一的弱點。我嚴守著這個祕密。

話說回來，我在巴黎過的是見不得人的生活，卑賤也無趣。我想要更多。我開始偷錢。後來找了一個人教我識字，於是後來我也偷書本，而且是無時無刻地偷。我能屏息藏在黑影中，也能在一眨眼之間攀上高牆，行動又靜得像隻貓。追捕我的人可能以為我化成了一團霧；在他們的眼中看來，一定就是那樣吧。

拿破崙戰爭開打時，我小心躲過軍隊，因為我知道他們會害我曝露在陽光下，但我偷偷跟在行軍的隊伍後面，然後用這種方式走遍了歐洲，看到許多燒殺擄掠。皇帝的腳步到哪兒，哪兒就有我偷搶的地方。

到了一八〇五年，我在奧地利遇上一個大機會。在一條夜路上，我碰巧遇到一個富有的維也納商人，那人想在法國軍隊進攻前逃難，所以把他所有的錢換成了金子或銀子帶在身上，數量非常可觀。我跟蹤他到下榻的旅店，打算等他睡熟後再溜進房裡大撈一筆。沒想到，那人沒有睡熟，戰爭令他像個驚弓之鳥，所以他早就知道我圖謀不軌，備妥了武器在等我。他把手槍藏在被子下，然後掏出來對我開槍。

驚嚇和疼痛令我震撼，槍擊的威力把我整個人掀在地板上。子彈神準地打中我的胃，血流如注。但就在突然間，血流變緩了，痛楚也減輕了。我就爬起來。我想我當時看起來一定很可怕，臉色蒼白，全身是血。就在那一刻，有股奇怪的感覺湧進腦中，是我從來沒有過的感覺。我看見月光從窗戶照進來，聽見那個商人在吼叫，等我回神時，我已經撲在他的身上。我想讓他別出聲，想用手捂住他的嘴，可是……有別的東西控制了我。我的雙手伸過去，指甲——已經非常鋒利、非常硬了。我挖開了他的喉嚨，聽見他被自己的血嗆咳。

我站在那兒發抖，看著黑色的血從他身上湧出，他的身體在蒼涼的月光下翻扭。他就要死了。我不是沒見過人死，在巴黎、在戰爭中，我見得可多了，可這次完全不同。這人是「我」殺的。我的心裡好像被一股強烈的熱情給填滿了，當下只感覺到……慾望。我在偷來的書裡常讀到那種慾望，淫慾和肉慾，知道那是男人傳宗接代的衝動。我看過裸體的女人、男人，也看過男女交媾，卻一點也沒有被打動。書裡描寫的情慾總是難以自制，像火一樣，而我總是無法體會，但在這一刻我卻領悟了。鮮血奔流，這腦滿腸肥的有錢人將死在我的手裡，他發出的聲音、在床板上亂踢的腿，好像激發了我體內深處的某種獸性。我的雙手沾滿了他的血，那樣滾燙的暗沉色澤，從他的喉頭噴出來時還冒著熱氣，於是我探過去嚐了一口。那味道令我瘋狂，渾身都熱了起來，我猛然把臉埋進他的頸子，用我的牙齒撕咬，大口大口地把血吸進嘴裡，狼吞虎嚥。他不再扭動，我也飽足了。接著門打開來，一群人拿著小刀步槍衝了進來，我看見他們，當下不知所措。我那模樣一定也嚇壞他們了。趁他們還沒採取行動，我從窗戶逃進夜裡，還有點神智，臨走時抓了商人的錢袋才跑。那些錢只是零頭，但已經夠多了。

那天晚上，我跑了好久、好遠，跑到一間廢棄農舍的地窖躲了一整天。

當時我二十歲，對夜晚的子民而言，還只是個孩子，但即將進入成年期。晚上在地窖醒來時，我滿身是乾掉的血，手裡還抓著錢袋，腦中想起父親的話。我終於知道腥紅飢渴是怎麼回事了，確實只有鮮血才能滿足它。我就得到了滿足，而且覺得自己此生從沒這般強壯、健康過，但也在同時，我覺得噁心又驚恐。我是在你們這一族裡長大的，自然而然地，我的觀念和想法都和你們一樣。我不是禽獸，不是妖魔啊。就從那一天之後，我努力改變自己的生活方式，想避免同樣的事再度發生。我不再偷錢，改偷衣飾，儘量找最高級的下手。我往西方走，遠離紛爭，接著再往北，白天在旅館租房間，每晚僱馬車載我到不同的城鎮，最後終於到了英國；在那個烽火連天的年代，眞是不容易。我改了姓名，決定讓自己做個紳士。我有了錢，其他的可以慢慢摸索。

這趟旅程花了我將近一個月。就在抵達倫敦的第三天晚上，我覺得好怪、好虛弱。在那之前，我從來沒生過病。又過了一個晚上，情況更糟，而且一天比一天不妙；到最後，我知道自己是怎麼了——是腥紅的飢渴籠罩了我。我憤怒極了，氣得大叫，叫人特製了一份大餐，用上等的肥牛生切成肉排，想藉此滿足我的渴望。我吃完肉排，逼自己鎮靜下來，結果一點用也沒有。不到一個鐘頭，我已經在街上了。我找到一條小巷，在那兒等，第一個經過的是個年輕女子。一半的我仰慕她的美麗，而那仰慕像火苗般燙在我的心上；另一半的我只是餓了。我幾乎把她的脖子扯斷，不過那樣至少結束得很快。然後，我哭了。

連著幾個月，我好絕望。從我讀過的書裡，我知道自己會變成什麼德性。我學過那些字眼。這二十年來，我一直認為自己是優越的，現在卻發現我根本只是頭不正常的野獸，是個沒有靈魂的怪物。我同時也迷惘，不知道自己算是吸血鬼還是狼人，我父親或我都沒有改變形體的能力，但這種腥紅的飢渴又是每個月降臨一次，像是依循著月亮的週期——雖然它未必準確地發生在滿月的晚上。我讀過，跟月亮有關的這個部分是狼人的特質之一。那陣子我讀了好多相關書籍，試著了解自己。和狼人傳說相同的是，我常從喉嚨下手，飢渴感最嚴重的時候也會吃一點肉；沒那種飢渴時，我看起來完全就像個正常人，這也符合傳說中的狼人形象。但在另一方面，銀製品對我沒用，烏頭草也是。我的外形不會改變，不會長毛，我也像吸血鬼那樣只能在夜間外出，眞正渴望的好像也是鮮血而非生肉。但我睡床鋪，不是棺材，流動的水也跨過不知幾百次了，那根本不是難事。我當然不是個死人，也不怕任何宗教類的物品。有一次，為了釐清疑慮，我把受害者的屍體搬到荒郊野外，等著看他會不會爬起來變成狼人或吸血鬼，結果屍體什麼動靜也沒有，過了一會兒還發臭，於是我把他埋了。

你應該能想像我有多害怕。我不是人類，也不是傳說中那些怪物。然後我認定書本裡的知識都沒有用，我得靠自己去發掘眞相。

一個月又一個月，腥紅的飢渴定期來控制我，我就得經歷那可怕的瘋狂和喜悅，艾伯納。我竟要靠奪取生命來存活，而且永遠都有下一次、再下一次，一次又一次，我實在很不情願，卻不得不任由另一個我主宰。我屠殺年輕的、純眞的、貌美的，專挑這些人下手，他們似乎隱含著光芒，比年老和不健康的人更能勾起我的渴望；悲慘的是，也在同時，符合這些條件的人又令我愛慕，令我欣賞。

我絕望地想改變自己。平常時，我的意志力十足堅定，但在飢渴籠罩時又變得不堪一擊。我把希望轉向宗教，在感覺到飢渴即將來臨時跑進一間教堂，向一個好心來應門的神父告解，坦承一切。神父雖然不相信我說的話，但他願意坐下來陪我禱告。十字架項鍊掛在我的頸間，我跪在祭壇前，熱切地祈禱，身旁環繞著聖潔的燭光和莊嚴的神像，我置身在上帝的屋宅裡，一旁還有祂在地上的大臣，感覺無比安全。不到三個鐘頭之後，我轉身撲向神父，當場殺了他，就在上帝的殿堂裡。他的屍體在第二天被發現，引起小小的騷動。

接著，我想找出理由。既然宗教因素無關緊要，那麼答案也許不在超自然事物中。我不再殺人，改殺動物；我從一個醫生的辦公室偷走人血，也闖進葬儀社去偷剛死的屍體。這些做法都有幫助，可以緩解我的飢渴，卻不能使症狀不再發生，而其中最主要的滿足感來自於殺死活生生的動物，趁熱喝血。生活成了這副德性，你瞧，我的一生都要跟血分不開了。

在這同時，我也保護自己。我在英國多次搬遷，這樣才不會讓我的受害者集中出現在同一個地區。我儘量把屍體埋好。漸漸地，我開始在獵殺時動腦筋，我需要金錢，所以就挑選富有的獵物。我變得越來越有錢，錢又滾錢，骯髒的本錢接著帶來乾淨、清白的錢，在英國的生活也開始如魚得水。

我又一次改變姓名，做紳士裝扮，在蘇格蘭的濕地買了一間遠離人煙的獨棟房子，那兒比較不會有人注意我的行爲，同時僱了幾個老實的僕人。我每個月赴外地洽公，都會在外過夜，而我的獵物都不住在我家附近，所以僕人們從不起疑。

最後，我想到一個點子。我的僕人中有個漂亮的年輕女孩，她和我漸漸親近起來，對我似乎別有情意，不僅是主僕之份，我也有所回應。她是個誠實、開朗且聰慧的女孩，只是沒讀什麼書。我開始把她當成朋友，也是她讓我有了主意。我原本就常想著把自己鍊住或關起來，用這種方式熬到飢渴的症狀過去，只是苦於無法實行。要是我把鑰匙放在拿得到的地方，我一定會開鎖來釋放自己；若把鑰匙丟掉，我豈不是要永遠被鎖在那兒？不，我需要一個幫手，但我一直謹記父親的警告，從沒有對人說過我的祕密。

如今我決定冒險。我解僱其他僕人，遣散他們，不另僱人，同時在家裡隔了一間房，四面都是極厚的石牆，沒有窗戶，加上一道鐵門，仿照我和父親當年被關的那座地牢。我在門外加了三道大栓，從裡面是絕對打不開的。這小牢完工後，我把那位漂亮的小女僕找來，交代她怎麼做。我對她還沒有信任到敢說出全部的實情。我也怕啊，艾伯納，怕她知情後會告發我，或是立刻逃走，那麼不只是眼前的這個機會消失，連同我的房產和至今建立起來的生活都將化爲泡影。所以我只告訴她，我每個月都會短暫地發瘋，就像癲癇那樣，在那段期間，我會進到那間特製的小房，她得幫我拴上大門，整整關三天三夜；我會帶食物和水進去，包括幾隻活雞好用來消解。

她聽了既震驚又擔憂，而且相當困惑，但最後還是同意照我的話去做。我想，這是她愛我的方式，出於關心，她願意爲我做任何事。然後我進了小房，她隨即把門鎖上。

然後飢渴的症狀開始了。那感覺很恐怖。儘管沒有窗戶，我仍然知道白天和夜晚的分別；白天時，我照樣睡，當夜晚來臨，模糊的恐慌開始。我在頭一晚就殺光了活雞，啃咬牠們，我命令女僕開門，她忠心地拒絕了我。我吼叫著辱罵她，後來更是發瘋的狂叫，那叫聲在小牢裡聽來就像野獸一樣。我往牆上猛撞，使勁敲門，敲到拳頭都流血，還吸我自己的血。我想挖穿石壁鑽出去，但沒有成功。

到了第三天，我的腦筋清楚了，就好像飢渴的狂熱已經破除。症頭已經開始往下坡走，我又變回我自己。我能感覺飢渴正在淡去。於是我把女僕叫到門邊來，告訴她癲癇已經發作完畢，她可以放我出去了。她沒有答應，說我叮囑的日子是整整三天三夜，而我確實是這麼交代的。我笑著承認，但也說自己確實已經捱過了症頭，要等到下個月才會再犯，而她仍然不肯開門。這次我沒有遷怒於她，只說自己明白，誇讚她忠於命令，接著便要求她在門外陪我聊天，因爲我一個人在牢裡很寂寞。她答應了。我們差不多聊了一個鐘頭，我的口氣冷靜，言詞有條理，甚至很風趣，與前一晚截然不同，她也很快就確定我聽起來已經恢復以往。我告訴她，她是個好女孩，工作認眞又踏實，不停褒揚她的優點，訴說我對她的感情。最後我甚至說，等我重獲自由，希望她能嫁給我。

艾伯納，她開了門，看起來好快樂啊。她是那樣地快樂而有朝氣，充滿生命之美。她跑過來吻我，我也伸手抱住她，我們親吻了好幾次，然後我的唇往下探到她的頸間，接著找到了動脈，然後咬開。我……我享用她的血肉……好久好久。我實在太渴，她的生命又是那樣甜美。等我放開她，她跌跌撞撞地退開，雖然還活著，卻已瀕死。她臉色好蒼白，流著血，看著我——她那眼神。艾伯納，那雙眼神啊。

在我幹下的惡行之中，就屬那一件最可怕了。她永遠都會跟著我；她的眼神。

我陷入空前的絕望。我想自殺。我買了一把銀製小刀，刀柄有十字架圖案——你看，我心裡仍存有一絲宗教意識。我切開自己的手腕，躺在溫水裡等死，傷口卻癒合了。我學古羅馬人拔劍自殺，傷口也癒合了。每天嘗試不同的方式，我卻了解到自己的能力：我的傷口恢復得快，只會有短暫的痛楚，我的血液也凝結得快，無論傷口多大，都不會血流不止。不管我是什麼怪物，這樣的身體能力都令人驚奇。

我最後想到的自殺方法，就是將自己鍊在屋外。我趁夜用兩條鐵鍊銬住自己的手臂，把鑰匙丟得老遠，非常非常遠，然後靜待黎明。陽光比我記憶中還要毒，把我曬成了焦炭，也把我曬瞎了，眼中的景物都是一片模糊。我的皮膚著了火，我想我曾慘叫，也知道自己閉起眼睛。就這樣，我在太陽底下待了幾個小時，一步步接近死亡，而我的心中只有罪惡感，此外什麼念頭也沒有。

不知爲什麼，在那份自毀的狂熱中，我突然決定活下去。爲什麼？我也說不上來。我感覺自己應該一向是喜愛生命的才對，包括我自己的和別人的，而這也是健康、美麗和青春如此吸引我的原因。我厭棄自己，是因爲我爲這世界帶來的是死亡，而這一次的受害者將是我自己。我想，我不可能用更多鮮血來洗刷自己的罪業，或以爲死了就一了百了。我要贖罪，就必須活著，重新爲這世界帶來生命、美麗和希望才對。然後我想起那兩個消失的僕人，他們是我在這世上的族人，不管是吸血鬼、狼人或巫妖魔法師，他們都還在這世上的某處過著夜行的生活。他們是如何應付這種飢渴的呢？我真希望找到他們。我不敢相信人類，但我可以完全相信自己的同類，一起克服這種邪念。我可以向他們學習。

所以我想，我不要死。

鐵鍊又牢又實，那是我親自挑選的，免得自己掙脫逃跑了死不成。可是現在，我發現自己湧出前所未有的力量，甚至比飢渴降臨時的蠻力更驚人，所以我決心掙脫，想把鐵鍊拉出牆外，可是我拉了又拉，死命地扯，鐵鍊繃得極緊，但它的基座硬是紋風不動。我在陽光底下曬了好幾個小時，連自己是如何維持意識的都不確定，那時全身的皮肉已經焦得像黑炭，痛楚越來越刻骨，幾乎麻痺了知覺，但我繼續對付那兩條鐵鍊。

好不容易，其中一條鬆脫了。是左手的。將那條鐵鍊固定在牆上的環座整個連石頭脫了下來。我還沒有完全掙脫，但已經虛弱得接近死亡，眼前也出現奇怪的影像。我明白自己就快昏了過去，而且一旦往地上倒，我就不可能再爬起來了，永遠不可能。我開始做垂死的掙扎，右手的鐵鍊卻牢牢定在那兒，我彷彿掙扎了好久好久。

那條鍊子就是不肯鬆動，但我還是逃脫了，逃回陰冷黑暗又安全的地窖去，足足躺了一個星期，不停作夢，忍受著全身燒灼的疼痛，同時也一天天康復。艾伯納，你知道我是怎麼掙脫的嗎？我咬斷了自己的右手腕，把手掌留在那兒。

當我恢復意識，已是一星期後的事了。我看見自己的右掌已經長出來，很軟很小，沒有完全成形，而且會疼。非常疼。不久，皮膚漸漸變硬，然後手掌才長大，半硬的皮膚就綳裂，流出黏膩的白色液體。等那些液體都乾掉、剝落之後，底下長出更結實的新肉。這樣的過程一共三次，耗費三個星期，完全結束時，你根本就看不出那隻手掌發生過什麼事。連我自己都很訝異。

那是一八一二年，我人生的轉捩點。

等我恢復體力，我發現自己已經振作起來，在這場磨難中重新找到了目標——我要改變我和族人的生活方式，不要再被這種我父親所謂的共業所束縛；我要讓我們有能力回報這世界，因為我們曾從它吸取過生命和美麗。要做到這些事，我得先找出其他族人，目前所知的就是那兩名僕人。只不過，要找他們實在太難了，因爲當時的英國和法國正在打仗，兩國之間連貿易往來都斷絕了。於是我耐著性子等，我知道自己有的是時間，而這趟尋人之旅也不會只是三、兩天的事。

我一面等待時機，一面研究醫學。我對我們這一族毫無所知，僅有的史證都只是傳說，可是你們的種族卻有很多事值得我探索和學習；我們雖然如此相似，卻又如此不相同。我努力去交醫師朋友，結識一名當時的外科權威，包括幾個知名醫學院的學會成員。我讀各種醫學典籍，從古到今都有，同時也鑽研化學、生物學、解剖學，甚至是鍊金術，努力尋找線索。我籌建了一間私人實驗室，就在那間可悲的厚牆小牢房裡，並且從那時候起，把每一個受害者——我仍得每個月殺人——帶回去做研究。你知道嗎？我多想找到一個同族的屍體啊。艾伯納，我好想找出兩者的不同！

在我開始研究的第二年，我從自己的左手切下一截指頭來分析。我知道它還會長出來。

小小的一段指節固然不足以解答我心中成千上百的問題，但那疼痛是值得的。不論是骨骼、筋肉和血液，全都和人類明顯不同。我的血色比較淡，肉色也是，血中比起人類的血液少了某些元素；相對地，同樣的元素卻是我的骨頭裡含有較多，所以我的骨骼比人類更強韌，也更有彈性。此外就是氧，普利士力和拉瓦錫發現的神奇氣體，我把兩邊的血液和肌肉組織拿來比較，發現我的氧含量所佔的比例高出許多許多。

我不知道這些現象是怎麼形成的，但這個發現讓我開始熱衷於建立理論。在我看來，也許是血中缺乏的那些元素促使我想喝別人的血，所以就在那個月的飢渴來臨前後，我分別抽出自己的血液，比較兩者的不同——血液中的成分竟然改變了！我似乎把受害者的血液轉給我自己，讓我的血變濃、成分變多。接著我就每天替自己抽血，觀察它一天天變稀。我認爲，當血液中的平衡比例降低到一定程度時，腥紅飢渴的症狀就會發生。

這個假設仍留下許多未解的問題。爲什麼動物的血不足以平撫這種飢渴？死人的血爲什麼也不行？是不是因爲死亡造成血液中的某些成分喪失？爲什麼這種飢渴一直到我二十歲的時候才發生？那我在二十歲之前又是怎麼過來的？我仍然不知道答案，也不知怎麼去找尋答案，但眼前至少有了一絲希望，有了起點。下一步，我開始調製解藥。

這過程不知該從何說起，太漫長了；無止盡的實驗、研究。我用人血，用動物的血，用各種金屬和化學藥劑去調合，也試過把血煮熟、烘乾，或跟很多東西混在一起喝：苦艾、白蘭地、令人作嘔的防腐藥劑、藥草、鹽和鐵素等等，做出上千種配方，卻沒有一種達到我要的效果。其中兩次，我吐到胃腸都在絞，直到我把喝下去的東西全嘔光了才停止。我想我起碼用上幾百種藥劑、幾百罐血液，但腥紅的飢渴仍舊定期來逼我出外獵殺。這時候的我在下手時已經沒有罪惡感，因爲我知道這是爲了探索解答，讓我終將克服這種獸性。艾伯納，我不再絕望了。

終於，在一八一五年，我找到了答案。

在我調配的藥劑裡，有幾種的效果稍微明顯一些，所以我繼續研究，加強配方，改善它的效果，耐心去精製和嘗試，也一步步接近我想要的成果。喏，我最後調製出來的配方是用大量綿羊血爲基底，加入高濃度的酒精以保持它的成分穩定。我這麼說是籠統了些。事實上，那裡面還加了很多鴉片酊，用來鎮靜神經、緩和視覺，另外還有鉀鹽、鐵質和苦艾，以及多種藥草和傳統化學劑。光是這個階段就花了我三年的時間啊。在一八一五年的某個夏夜，就像先前試驗那些藥劑一樣，我在預期的飢渴發生前喝下了它。當晚，飢渴的症狀沒有出現。

第二天晚上，我覺得那股躁熱又要冒起來了，那是飢渴的前兆，於是我又倒了一杯，慢慢喝完，心裡其實也怕這成果又將是一場空，結果那股躁熱竟然退下去了。那天晚上我也不感到飢渴，也沒有出去殺人。

我馬上趕工，調製大量藥劑。我無法每次都拿捏到最精準的分量，只要配方比例稍有不對，藥水就沒效果。這過程又是一段痛苦煎熬。艾伯納，你已經見識過我的成果，就是那瓶特製的私釀酒，它也就此成了我從不離身的寶貝。艾伯納，在那種勝利的激動感中，我想，這一定是我的族人從未達到過的成就吧。我爲我的同胞開啓了新紀元，對你們人類而言也是。我們都將無懼於黑暗，爲獵殺、躲藏和絕望劃上句號，從此不再有血腥及墮落的夜晚。艾伯納，我征服了腥紅的飢渴！

我現在知道自己有多幸運了。我的認知粗淺且有限，以為我們兩族之間的差異只在於血液，後來才知道這想法是錯的。當初我覺得是過量的氧造成我們在飢渴時的行為失控，如今我認為氧正是我們的力量來源，也是這種自癒力的成因。我在一八一五年了解到的認知，在今天看來已經成了無稽之談，不過沒有關係，因為我的成果很有意義。

我在那之後還殺過人，艾伯納，我不會否認，但都是以人類的方式，人道的理由。而且，自從一八一五在蘇格蘭的那一夜之後，我就再也沒嚐過鮮血，也不再感覺到腥紅的飢渴了。

我並沒有就此停止求知，從來都沒有。在我看來，知識是一種美，我欣賞所有的美，況且我對自己和族人還有好多不了解。只不過，隨著我的偉大發現，我的疑問重心改變了，我開始尋找其他族人。一開始，我僱人和寫信幫忙找，後來局勢和平了，我就自己去歐洲遊歷，我也是因此知道我父親的下場。更重要的是，在古老的鄉間史料中，我找到了他的出身——或者至少是他自己宣稱的出生地。我循著資料找到萊茵省，經過普魯士和波蘭。波蘭竟然還有極少數人知道他，大多是從他們的高祖父之輩聽來，而且都是私下口耳相傳，因為他令人懼怕。有人說他原本是個條頓騎士，也有人叫我更往東去，到烏拉爾山區。這些線索都沒什麼差別；條頓騎士都死絕了幾個世紀，而烏拉爾山脈那樣廣大，我不想盲目地在那兒亂找。

走到死巷子後，我決定冒個險。我戴著顯眼的銀戒指和十字架，一方面也想藉此混淆別人的觀感或猜疑，然後就公然打聽吸血鬼、狼人等類似的傳說。有人聽了覺得好笑、嘲弄我，有些人拔腿就跑，根本不理我，不過大多數人都很樂意對我這個頭腦簡單的英國佬講故事，因為一個鄉野傳奇就能換到一杯酒或一頓飯，我則藉著他們的故事摸索方向。這並不容易，光是這樣摸索也要花上好幾年的時間。我學了波蘭語、保加利亞語，還有一點俄語。我要讀十幾種語言的報紙，找尋凶殺案的新聞，看看是否很像是腥紅飢渴。中途有兩次，我不得不轉回英國，一來是調配藥水，二來是露個臉，免得人家以爲我死掉。

然後終於，他們找到我了。

我當時在喀爾巴阡山脈，一個簡陋的鄉下旅館裡。我一直在四處問問題，當地人自然把我的事傳開了。那天我覺得又累又沮喪，也開始覺得飢渴的徵兆快要出現，所以我提早回旅館的房間去。坐在溫暖的爐火前，我一面喝著藥水，突然聽見噹啷聲，原以爲是風雪打在凍結了的窗子上，結果轉過頭一看——房裡沒點燈，不過爐火很亮——我看到窗子向外敞開，襯著夜色、風雪和星光，有個男人的影子就在窗前，一動也不動。他進屋時輕巧得像一隻貓，落地時也沒發出任何聲響，寒冷的冬風吹在他身旁劈啪作響。他的膚色很暗，但他的眼睛在燃燒，艾伯納，那眞的是燃燒。然後他輕輕關上窗戶，用不標準的英語低聲對我說：「英國佬，你對吸血鬼很好奇啊。」

那一刻眞是驚心動魄，艾伯納。也許是窗外的寒意吹進房裡才讓我發抖，但我想應該不是。我見到這個陌生人時，心情就和你的同胞們看我一樣——當我抓住他們，準備吸取他們的生命時，就是那樣；黑暗、熾熱的眼神，還有恐怖，一個長著利牙的黑影，移動得精準優雅，用一種不祥的語調輕聲說話。我才從椅子站起來，他就向前走到光亮處。我看見他的指甲。那是爪子，將近五吋長，尖端又黑又利。然後我抬頭看著他的臉，那竟是我在童年時見過的一張臉；我再仔細看時，也想起了他的名字。於是我說：「賽門。」

他停下腳步。我們的眼神相對。

你直視過我的眼睛，艾伯納，那麼我想，你一定見過那眼神中的力量，也許那裡面還有其他的，也許是更黑暗的。我們每一個族人都有那樣的眼神。麥斯默寫到動物的磁力，認爲那是全生物都蘊含的奇特力量，只是某些物種的磁力特別強，對另外某些物種特別見效。我自己就在人類身上見識過這種力量。在戰時，兩個指揮官叫手下的士兵去走同一條危險的路線，擺明了要他們送死，其中一個指揮官會被自己的部隊反叛而殺死，另一個在同樣的情況下說同樣的話，卻能讓他的部隊乖乖服從命令。拿破崙可能就有這樣的力量，我想。但在我們族裡，絕大多數人都是天生如此，那種力量藏在我們的聲音裡，眼神裡尤其明顯。我們是獵人，可以用眼神擄獲獵物，令他們順從，有時甚至可以叫他們自相殘殺。

我當時對這些事都不懂，只知道賽門的眼中有一股熱力，有狂暴也有猜疑。我能感到他體內正因飢渴而燃燒，那種感應竟也隱約喚起我深埋已久的血慾，像是一種召喚，逼我想起它的美好。我開始害怕，卻無法移開我的視線，他也一樣。我們面對面瞪著，不發一語，慢慢挪步，隱約像在互繞圈子，始終四目相對。我手上原本拿著杯子，這時也鬆手摔在地上，碎掉了。

我不知道這樣過了多久，最後是賽門先低下頭去，這段過程就結束了。然後他做了一件讓我震驚的怪事：他跪在我面前，在自己的手腕割破一條血管，讓血流出來，然後恭敬地舉起手，接著用法語說：「血之領主。」

奔流的鮮血就近在眼前，喚醒了我喉嚨裡的乾渴。我伸手去抓他的手臂，渾身發抖，準備彎下腰去。就在那一刻，我猛然記起了自己。我打了他一巴掌，跳了開來。藥水瓶就放在暖爐旁的桌上，我倒了兩杯，自己喝乾一杯，將另一杯塞到他手裡，命令他喝下去。他一直盯著我看，不明就裡，但還是照做了。我是血之領主，我的話就是律令。

那才只是開始。就在一八二六年的喀爾巴阡山。

賽門本來是我父親的兩個跟隨者之一，而我父親就是他們的血之領主。我父親死後，賽門出來領導，因爲他比別人更強壯。第二天晚上，他帶我到他住的地方，那是一間舒適的大廳，埋在一座舊山寨的廢墟裡。我在那兒見到了其他人：一個女人，我認得她就是當年的另一名僕人；另外還有兩個同族的人，就是你現在叫他們史密斯和布朗的那兩人。賽門一直是他們的主人，現在改成我，更好的是，我爲他們帶來了自由，他們不再受腥紅飢渴的約束。

於是我們喝酒，共度許多夜晚。從他們口中，我才開始了解我們的歷史，以及夜之一族的生活方式。

我們是一支古老的民族，艾伯納。你們這一族在炎熱的南方建立城市之前，我的祖先們已經在北歐橫掃了黑暗的冬天，大肆殺戮。族裡的故事說，我們來自於烏拉爾，又或許是俄羅斯大草原，幾世紀以來陸續往西方和南方分布。我們比波蘭人還早在波蘭定居，也比日耳曼蠻族更早在黑森林潛行，比韃靼人更早征服俄羅斯，也比諾夫哥羅德公國還古老。當我說「古老」，可不是幾百年而已，而是幾千年。幾個千年都在寒冷與黑暗中度過。在故事裡，當時的我們都是野蠻人，是衣不蔽體的野獸，夜行性的動物，機伶、致命，且來去自如。我們活得比其他野獸還要久，幾乎殺不死，是萬物的主宰，所有生著兩條腿或四條腿的，都因懼怕我們而逃開。白天我們睡在山洞裡，一大群人睡在一起，好幾個家庭擠在一起；到了晚上，我們就掌管大地。

接著，你們這種族從南方崛起，進到我們的世界——白天的子民，與我們如此相似，卻又如此不同。你們體弱，我們可以輕易殺死你們，從中得到樂趣，因為我們在你們身上找到美，而我們這一族的人向來耽溺於美麗。也許這就是我們彼此的相似之處，反而讓我的族人們迷戀吧。長達好幾個世紀，你們都只是我們的獵物。

隨著時間演進，情勢有了改變。我們這一族雖然極為長壽，人口卻不多。不知為什麼，我們缺少婚配的衝動，但你們人類卻會定期受那種衝動主宰，就像腥紅飢渴主宰我們那樣。我問起我的母親時，賽門告訴我，只有在女性也處於狂熱狀態時，我們族裡的男性才會興起慾望，而那種機會少之又少——最常發生的機會便是兩性一起完成同一樁殺戮時。就算有交配的行為，女人也很少懷孕，而他們也認為這是好事，因為懷孕往往意味著女性的死亡。賽門說，我的母親就是我殺的，因為我撕裂她的子宮才得以出世，而這種內在的傷害非常致命，就連我們天生的恢復力都無濟於事。我們這一族幾乎都是用這種方式來到世界上的。我們的人生在鮮血與死亡中開始，我們也仰賴這二者存活。

這其中有一定的公道。若你相信神，那就是神的旨意，要不就是自然的力量，或者你都不信，那也無所謂。我們也許可以活上幾千年，要是像你們一樣繁衍後代，這世界已經被我們這一族的人給擠滿了。你們這一族的人拚命生，又快又多，簡直像蒼蠅一樣，卻也像蒼蠅一樣短命又脆弱，一點小傷或小病就會死；同樣的小傷、小病痛，我們的同胞可以不當一回事。

難怪我們起初小看了你們。可是你們繁衍得快，建立城市，學習力驚人。你們有頭腦，而我們雖然也有，卻從來沒有必要用到，因爲我們太強壯了。你們這一族把火帶進了這個世界，包括軍隊、弓和槍，也帶來服裝、藝術、寫作和語言。文明啊，艾伯納。歷經文明洗禮的你們不再是獵物，反過來開始獵殺我們，用火燄和木樁殺死我們，在白晝時襲擊我們的洞穴。我們的人口原本就不多，自此逐漸減少。在對抗你們的過程中，我的族人們死的死、逃的逃，但無論逃到哪裡，你們這一族的腳步總是隨後跟到。到最後，我們不得不逼自己改變——從你們身上學習。

服裝和火，武器和語言，我們全都學到了。你看，我們原本沒有屬於自己的這些東西，所以都是向你們借的。我們也學到組織和紀律，開始思考、籌謀，最終完全融入你們的群體，在你們所建造的世界陰影裡遊走，假裝成你們的同類，然後在夜晚偷偷摸摸地出來獵殺，用你們的血止我們的渴，繼而在白天躲藏，逃避你們的恐懼和仇恨。這就是我這一族的故事，夜之子民所走過的大半歷史。

我從賽門口中聽到這個故事，而他是從一群已經作古的人們口中聽來的。在我找到的這群人之中，賽門是最年長的，他說他已經將近六百歲。

在此同時，我也聽到其他傳說，有些只是祖先們的口傳歷史，最遠可以追溯到開天闢地之初。就連在那些傳說裡，我也見到你們這一族的蹤影，因爲你們的基督教經典裡竟記載著我們這一族的神話。布朗曾經僞裝成傳教士，他把《創世紀》一節節讀給我聽，關於亞當、夏娃和他們的孩子，也就是該隱和亞伯，最早的兩個男人，世間僅有的兄弟。就在該隱殺死亞伯之後，該隱出走到北方，自我放逐，與一個來自挪得之地的女子結婚。我覺得矛盾，假使他們是這世上僅有的人，那麼，那名女子的出身地在哪裡呢？《創世紀》沒有解釋，布朗卻有。他說，挪得是白晝與黑夜的大地，而那女子就是我們這一族的母親，活在這人世間的我們全都是她和該隱的子嗣，因此我們也繼承了該隱的血脈，不像你們之中某些人所想的，以爲我們與黑人有血緣關係。該隱殺了弟弟之後躲起來，也使得我們必須殺死自己的遠親，並且在太陽升起時躲藏，因爲太陽就是神的臉。我們保留的長壽特質，其實也和你們的聖經章初所描述的人類一樣，只是我們的生命受到詛咒，也得把這一生都花在恐懼與黑暗上。他告訴我，我們一族有很多人都這麼相信。其他人則信仰不同的神話，有些甚至認同他們所聽說的吸血鬼怪譚，相信自己是永生不死的邪靈。

我聽著老祖宗們的故事，知道他們掙扎求生、受到迫害，還有後來的四處遷徙。史密斯告訴我，在一千多年前，波羅的海的一處岸邊曾經發生過大戰，我族的數百人趁夜突襲上千人的部落，當太陽升起時，滿地都是屍體，血流成河，這就使我想起拜倫的〈西拿基立〉一詩。賽門提過古拜占庭的輝煌，我們有許多支族曾在那裡生活，繁榮了好幾個世紀，那是個豐饒且絕於世外的城都，直到十字軍東征之前，那裡都沒有被外人發現；十字軍破城後，把許多族人送上火刑台，可能是因爲他們都佩掛著十字徽，使得人類誤以爲我們害怕十字架和基督的象徵吧。很多人都對我講過這個古城的傳奇，每個人都說它是祖先打造的夜之城，用鐵和黑色大理石築起，祕密地建在亞洲的心臟地帶，傍著一條地底的河流，以及一處從未被陽光照過的內海，又說那城市的歷史遠比羅馬或吾珥還要久遠，雄偉又恢宏。但在同時，他們也承認自己先前講過的這幾段歷史之間有明顯的矛盾，像是赤身露體地奔跑在冬林與月光下之類的。根據神話，我們因爲某種罪孽而被逐出自己的城市，被人遺忘地流浪且迷失了數千年之久，可是那座古城還在，而且將來會有一個君王降臨於世，成爲史上最偉大的血之領主，那人會召集散落在各地的同胞，然後帶領我們回到那座沒有太陽的濱海夜城。

艾伯納，在我所聽過的傳奇故事中，就屬這個故事對我的影響力最大。我懷疑世上是否眞有那樣龐大的地底城，懷疑它是否曾經存在、現在是否還在。但不論如何，這所有的口傳故事都證明我們這一族的人並不是傳說中那樣邪惡、空虛的吸血鬼。我們沒有藝術、沒有文學，甚至沒有自己的語言——而這故事卻顯示我們有能力懷抱夢想、有能力去想像。我以爲我們從不曾親手建造過什麼，不曾創造過什麼，只是偷了你們的外表，寄生在你們的城市，甚至用你們的生命、血肉和活力餵飽我們自己——但我們以往是有能力創造的，我們曾經被賦與機會，所以先人們才流傳下這麼一個夜之城的故事。腥紅的飢渴曾經是個詛咒，加諸在我的族人身上，令我們成爲你們的敵人，也剝奪我同胞所有的尊嚴與抱負。那眞眞切切是該隱的烙印啊。

艾伯納，我們曾有過偉大的領袖，在過去的歲月裡，這個血之領主的形象不斷在想像中變得具體。我們確實擁有過自己的凱薩大帝，我們的所羅門王，我們的祭司王約翰；而現在，你看，同胞在等待我們的救世主，我們的基督。

縮在陰森荒廢的城堡裡，聽著風聲在外面呼呼作響，賽門和其他人喝著我的藥酒，講故事給我聽，同時也用熱切而期盼的眼神觀察我，而我當然也知道他們會怎麼想。他們個個都比我大上好幾百歲，我卻比他們都強壯些，又是個血之領主。我帶來的靈藥能夠消弭腥紅飢渴；我看起來像是半個普通人。艾伯納，他們把我看作是傳說中的領導者，那專屬於我們的君王。我不忍心拒絕他們。從那一刻起，我知道這是我的宿命，我要帶領族人離開黑暗。

我想做的事太多了，艾伯納，實在太多。你的族人仍然懷著恐懼、迷信與仇恨，所以我的族人們只好躲起來。我見過你們自相殘殺的戰爭，讀過弗勒德·特佩斯（譯註）——順便告訴你，他並不是我們這一族的——讀了他和卡利古拉皇帝等等君王、領主的傳記；看見你們抓老婦人施以火刑，只因爲懷疑她們是我們的一份子；來到紐奧良，我又目睹你們奴役自己的同胞，拿他們當動物一樣鞭打、買賣，就因爲他們的膚色黑。和我們相比，這些黑膚色的人其實更親近你們，與你們的血緣更深啊，你們甚至可以讓他們的婦女生下孩子，但黑夜和白天之間卻不可能有血緣的交流。不，我們一定得繼續躲藏，不讓你們發現，唯有這樣才能保護我們自己。然而，我們如今解脫了腥紅飢渴，將來有一天，我希望我們能大方出現在你們面前，而你們——這個科學和學問的民族，也能有所開悟，願意接納我們。艾伯納，我們在好多事物上可以互相幫助！我們可以教你們歷史，你們可以從我們身上學到如何治癒自己，如何長壽。至於我們，一切才剛剛開始。我擊敗了腥紅飢渴，若能得到幫助，我希望將來還能夠戰勝陽光，那我們就可以在白天外出了。而你們的外科醫學又可以幫我們解決婦女生育的問題，讓分娩不再意味著死亡。

我的族人可以發揮無限的創造力和貢獻。聽著賽門的故事，我漸漸明白，我可以讓我們成爲這世上的偉人之一，但我要先找到他們，後續才能開始。

這項任務並不容易。賽門說，在他年輕的時候，我們族裡有將近一千人，分布在歐洲各地，從烏拉爾到不列顛都有。傳說又說，有些人往南遷居到非洲，或是往東到了蒙古和中國，但沒有人能證明這些足跡。在歐洲定居的這一千人裡，大部分死於戰亂和巫師迫害，要不就是因疏忽而被追殺身亡。賽門猜測，我們大概還剩下一百多個，也許更少。族裡一向缺乏生育，仍然存活的都逃散隱居了。

所以我們開始找尋同胞，至今已找了十年，我就省略中間的細節吧，免得你聽了無聊。在俄羅斯的教堂裡，我們找到你見過的那些書，那是我們的一個族人親手所寫，也是族裡所知僅有的文字著作。我花了一些時間解讀。書裡的故事很悲傷，講的是一個大約五十人的血族村落，那些人遇上的災難、戰爭和遷徙，以及他們的死亡。他們都不在這個世上了，早在我出生的幾個世紀之前，那村落的最後三個人被釘上十字架燒死了。在德蘭斯瓦尼亞山區，我們找到一座洞穴裡的城寨，當時已是燒光了的空殼，那兒有兩具骨骸，肋骨插著已經腐爛的木樁，頭顱都掛在桿子上。我把那兩具遺骨看了個仔細，只是沒找到活下來的人。在的里雅斯特，我們發現有一家人從未在白天外出，別人都私下說他們看起來特別蒼白；是啊，他們是白子。到了布達佩斯，我們遇到一個女富豪，性格殘忍又變態，喜歡鞭打僕人，用吸血蛭和利器讓他們流血，還用他們的血保養自己的肌膚，結果她竟是你們這一族的。我承認，她實在太令我作嘔，所以我親手殺了她。她的行爲根本就不是被腥紅飢渴所迫，完全是因爲天性邪惡而已，這一點令我怒不可遏。到最後，我們一無所獲，只好回到我在蘇格蘭的家。

好幾年過去，我們這一群的女士，也就是賽門的伴侶兼我童年時的那位僕人，她在一八四〇年死

譯註：弗勒德．特佩斯（Vlad Tepes），即德古拉伯爵。

了，直到現在我還找不出她的死因。她還不到五百歲。我解剖了她，發現我們的身體結構和人類有多麼不同。她身上至少有三個器官是我從未在人體中見過的，我只能約略猜測那些器官的功用。她的心臟大小是人類的一倍半，而且她多出一個胃——可能是專門用來消化血液的。我的發現還不只這些，不過都不怎麼重要。

我廣泛地閱讀，學習其他語文，寫些詩文，涉足政治。我們參加過所有頂尖的社交團體，至少是賽門和我。史密斯和布朗——這是你給他們起的名字——對英文沒什麼興趣，所以繼續說他們的語言。賽門和我曾經兩度到歐亞大陸去找同胞，另一次則是我派他去印度，讓他一個人待了三年。

差不多兩年前，我們找到了凱瑟琳，她住在倫敦，近得就在我們的鼻尖兒下。當然，她是我們的族人。最重要的是，她講了一個故事。

她說，大約在一七五〇年時，有一大群族人被趕到法國、巴伐利亞和奧地利，連義大利也有。她提起幾個名字，賽門認識，我們花了好幾年都找不到他們。凱瑟琳告訴我們，就在一七五三年前後，那群人中的好幾個在慕尼黑遭到警察通緝追殺，讓其他人非常害怕，於是他們的血之領主認為歐洲的人口太密集，社會組織也太嚴密，不再是個安全的地方。我們本來都住在山洞和陰暗處，但那種地方似乎越來越少。所以他租了一艘大船，集體從里斯本出海，目的地是新大陸，因為那兒有一望無際的蠻荒密林，還有蠻橫的殖民統治，通常就代表獵物又多又容易獵捕，而且安全有保障。凱瑟琳沒有說我父親這一群人為什麼不在這趟移民的行列裡，而她自己本來也要去搭這艘船的，只是被暴風雨弄壞了馬車，延誤了行程，等她趕到里斯本時，船已經開走了。

當然，我馬上趕到里斯本，調閱那兒所有的船運紀錄，花了好一番工夫終於找到了。就像我推測的，那艘船就此一去不返，再也沒有還租。在海上航行那麼久，他們當然只能靠吃船員過活，一個接一個。問題是，那艘船是否平安抵達新大陸？我沒找到其他紀錄，但找到一個可能性極高的目的地：紐奧良港。就從那裡，經由密西西比河，整個新天地都將爲他們敞開。

之後的事就不用我多說了。我們趕到這裡來。我覺得自己一定會找到他們。照我的想法，要是能有一艘輪船，我既可以享受原有的奢華生活，也可以兼顧尋人行動上的便利和自由。這條河本來就充滿古怪，再多幾樁奇譚也不會引人懷疑，要是有人把我們的豪華汽船和古怪船長當成逸聞傳了開來，那反而是一件好事。我們的故事也許會傳到同胞耳中，他們會來找我，就像賽門當初來找我一樣。所以我去打聽，然後在聖路易認識了你。

我想其他的你都知道了，不然也猜得出來。不過，讓我再說一件事。在新奧本尼，你帶我去看船時，我是眞的感到滿意。烈夢號眞美啊，艾伯納，她就該是這麼美麗的。這麼一件美麗的東西因爲我們而來到這世上，這是我有生以來頭一遭。這是個新的開始。你起的船名讓我有點害怕——在我們族裡，那個字有時也用來代稱腥紅飢渴，不過賽門提醒我，說這樣的名字容易引起族人的注意，讓他們有所聯想。

這就是我的故事，已經接近完整了，而且句句屬實，這是你堅持的。你用你的方式對我坦誠，我也相信你說自己是個不迷信的人。要是我的夢想能夠成眞，總有一天，白晝和黑夜必定能在晨昏交會之際攜手，共同跨越我們之間的恐懼和謊言。在那之前，我們也必定要經歷風險時刻——就讓它是此刻吧，你和我一起。我的夢想和你的夢想，我們的輪船，還有我們兩族共同的未來，吸血鬼和牲口——我就把這一切都交託給你去判斷了，艾伯納。你怎麼說？信任或懼怕？血腥或美酒？朋友或敵人？

# 第十五章

## 蒸汽輪船烈夢號上，紐奧良，一八五七年八月

喬許亞講完故事後，艙房裡一片寂靜，艾伯納．馬許聽見自己沉穩的呼吸聲，還有心臟在胸腔裡的搏動。喬許亞好像講了好幾個鐘頭之久，然而在艙房中完全無從得知外界的時間。外頭或許已經天亮，托比搞不好正在煮早餐，客艙的乘客們可能都在甲板上散步，河岸大概也已經活絡起來了。可是，在喬許亞．約克的艙房裡，夜晚無窮無盡，恆久亙長。

那首怪詩的句子突然在他的腦中浮現時，艾伯納．馬許聽見自己說：「Morn came and went—and came, and brought no day。」

「〈黑暗〉。」喬許亞放輕了語調。

「而你這他媽的一生都活在這其中。」馬許道，「從來沒有早晨啊。老天，喬許亞，你怎麼受得了？」

約克沒有作聲。

「眞難理解，」馬許又說，「這眞是我這輩子聽過最要命的故事。但我要是不相信你，我就是王八。」

「我希望你能相信。」約克道，「現在呢，艾伯納？」

馬許心想，那就是最困難的部分了。「我不知道。」他老實說，「你說你殺了那麼多人，但我還是有點爲你感到難過。我也不知道該不該這麼想。也許我該殺了你，但搞不好也只是那無聊的宗教思想在影響我罷了。或者我該試著幫你。」他哼了一聲，爲這樣的難題感到不高興。「我想，我應該再多聽聽才下決定，因爲你還有些事沒交代清楚啊，喬許亞。你還做過別的事。」

「是？」約克立即應道。

「新馬德里。」艾伯納·馬許定定地說。

「我手上的血。」喬許亞接腔，「我要怎麼說呢，艾伯納？我在新馬德里取了一條性命，但不是你想的那樣。」

「那就說給我聽吧，來。」

「賽門講了很多我族的歷史，包括我們的祕密、習俗和規矩，其中有一項讓我覺得格外不舒服，艾伯納。你的同胞所建立的是個白晝的世界，並不適合我們居住。有的時候，爲了適應，我們之中有人會找你們的人幫忙，用藏在眼神和聲音裡的那種力量去說服你們，展現我們的強悍、特殊的體能來恐嚇你們，或是承諾永生——就是利用你們爲我們編織出來的那一套傳說，騙這個人類做我們的手下，使喚他替我們達成願望。有這樣的手下非常方便，因爲這人可以在白天保護我們，去到我們無法去的地方，身處在普通人之間也不受懷疑。

新馬德里發生過凶殺案，就在我們停船的那座堆木場附近。從報上的消息看來，我覺得很像是我的族人留下的線索，但實際到那兒之後，我找到的卻是——隨便管他叫什麼吧：奴隸、寵物、同夥，總之就是我說的那種手下。他是個很老很老的人，一個混血的禿頭男人，滿臉皺紋，長相也可怕，而且眼珠白濁，臉上曾被燒傷。他的長相非常不雅觀，就連內在也——實在下流卑劣，幾乎是腐敗。我遇上他的時候，他跳起來想用斧頭劈我，但一對上我的視線，他立刻就認出我來了。艾伯納，他當場就知道我是誰了。然後他跪了下來，哭訴著向我膜拜，像一條狗崇拜牠的主人那樣，乞求我實現承諾。那人不停地說：你答應的、你答應的。

最後我叫他住口，他馬上照辦，嚇得縮在一旁。你知道嗎？這就是他曾經長期聽命於血之領主的證明，因爲他被訓練成絕對服從。我要他把之前所過的日子講出來，希望能從中找到族人的下落。

他的故事和我的一樣齷齪。他出生在一個自由黑奴的家庭，住在沼澤地，我猜是紐奧良的某個低下街區吧。他原本靠拉皮條、扒竊爲生，最後殺人劫財，都挑外地來的舢板船員下手。還不到十歲，他已經殺過兩個人。後來他在文森．甘比的手下做事，就是巴拉塔利亞那個最嗜血的海盜。甘比從西班牙奴隸販子那兒偷走奴隸，在紐奧良轉賣，這個老人當年就是替他看管奴隸。他同時也是個巫毒教徒，服侍過我們。

他講到他的血之領主，講他如何收他爲手下，嘲笑他的巫毒教，並且答應教他更偉大、更黑暗的魔術，還承諾讓他成爲我們的一員，只要他服侍得好。說他臉上的疤都會不見，眼睛也會復明，藉著喝鮮血而長生不老。這個人就相信了，然後服侍他將近三十年，主人的每一項命令都照辦。爲了這個承諾，他什麼事都幹過了，也去殺人，也喝了鮮血，吃生肉。

等到最後，他的主人找到一個更好的機會，而這個老人已經年邁體弱，於是成了一個包袱。他已經沒有用處了，於是主人遺棄他。其實殺了他還比較仁慈，但那個人只是把這個手下送走，讓他自生自滅。這種手下是無法違抗血之領主的，就算他知道所謂的承諾只是空話也一樣。這個老人只好徒步流浪，靠打劫和謀殺爲生，沿著河慢慢移動。他也靠抓逃跑奴隸和勞力工作賺過正當錢，不過大多藏身在樹林裡，日夜顛倒地隱居起來，偶爾放膽吃人肉、喝人血，還是相信這麼做可以拾回他的青春和健康。他說他在新馬德里一帶已經住了一年，本來替一個堆木場的人砍樹，因爲那個人老得無法自己砍。他知道堆木場很少有人去，所以……哎，接下來的你就知道了。

艾伯納，你的同胞可以從我們身上學到很多，但不該是他們以往學到的那些。那都是錯的。我同情這個手下，他年紀大了，長相醜陋，而且過得沒有希望，但在同時，我也很生氣，就像我在布達佩斯殺那個女富豪時一樣生氣。在你們的傳說中，我的同胞永遠只有邪惡的一面，你們都說吸血鬼沒有靈魂，沒有高尚品格，沒有希望，無可救藥。我不接受這種說法，艾伯納。我殺過的人不計其數，做過許多駭人聽聞的事，但我不是壞人。我不要選擇壞的那一面。要是一個人沒有選擇，那他的行爲也許就不能用善惡來論斷，而我的族人以往是沒有選擇的。每當腥紅飢渴主宰我們，它便會剝奪我們的理性，逼我們去掠取生命；但是你的族人——艾伯納，你們並沒有這種強迫啊。我在新馬德里遇到的那個……傢伙，他從來沒有感覺過腥紅飢渴。這個手下本來可以做另一種人、走別的人生，而他做的選擇卻是如此。哦，當然，我的族人也要負責，因爲他騙了他的手下，給了他一個根本不會實現的承諾。儘管我知道那中間的理由，但我也恨那個理由。你們之中的一個盟友就可以使一切變得有所不同。我們都懂什麼是恐懼，艾伯納，不管是我們這一族或你們。

我所不懂的是，爲什麼你們總有些人會這樣嚮往黑暗的人生，會貪求這種腥紅飢渴？那個手下的確非常渴望。他求我不要像那個血之領主那樣丟下他，但我不可能給他他所想要的東西；就算可以，我也不願意。所以我給了他我能做的。」

「你撕裂了那傢伙的喉嚨，是吧？」艾伯納．馬許對著黑暗說。

「我就說吧，」維樂麗道。馬許幾乎忘了她的存在，因爲她一直沒有開口。「他根本不懂。你聽他的口氣。」

「我殺了他，」喬許亞承認，「對，親手殺的。他的血流過我的指間，滲進土裡，但沒有沾到我的嘴唇。而且我埋了他的全屍。」

艾伯納．馬許捻著鬍子思索，艙房裡又是一陣空前的沉默。「你說選擇，」馬許開口打破沉默。「你說那是善惡的差別。照現在看來，好像是我該做出選擇了？」

「我們都要爲自己做選擇啊，艾伯納。每天都要。」

「也許是吧。」馬許道，「雖然我不太在乎這種事。喬許亞，你說你需要我的幫助。好，假設我幫助你，那我和那個新馬德里的混帳手下有啥不同？你倒是給我說說看！」

「我絕不會讓你變成——變成那樣。」喬許亞說，「我從來沒這麼想過。艾伯納，等你死了，我還會活上好幾個世紀——我可曾用這種話引誘過你？」

「但你他媽的用一艘輪船讓我上勾啊！」馬許應道，「而且你對我扯的謊話可多了。」

「我說的每句謊話都有一部分是眞的，艾伯納。我說我要結束吸血鬼，指的就是他們的邪性。你聽不出話裡的眞意嗎？我需要你的協助，艾伯納，但我們會是平等的夥伴，而不是血之領主和一個人類手下。」

艾伯納・馬許又想了想：「好吧，就當我相信你吧。也許我應該相信你。但你若想要我做你的夥伴，你也必須信任我。」

「我已經讓你和我這麼親近了，難道還不夠？」

「見鬼，當然不夠。」馬許說道，「是啊，你把事實講給我聽，這會兒要我給個答案。只不過，要是我給錯了答案，我就不能活著走出這個房間了，對不對？就算你不動手，你的美女朋友也會吧。」

「很聰明嘛，馬許船長。」維樂麗的聲音從黑暗中傳來。「我不會對你留情，喬許亞絕不能受到傷害。」

馬許嗤笑道：「看到了沒？那不叫信任。我們在這船上不可能再做夥伴，因爲情勢太不公平了。你可以隨時來殺我，而我得提著腦袋處處小心。依我看，那只是讓我變成奴隸，根本就不是夥伴。而且我只有一個人，你還有你們那群吸血的朋友，有事時他們一定會來幫你。天曉得你們在打什麼鬼主意，你當然不會告訴我，結果你卻說我不能告訴任何人。狗屁。喬許亞，我看你現在就該殺了我。我可不喜歡你講的這種混帳夥伴關係。」

喬許亞・約克思索了好一會兒，然後他說：「很對。我知道你的意思了。你要我怎麼表現我的誠意？」

「首先比方，」馬許說道，「假設我想殺你，我該怎麼做？」

「不！」維樂麗緊張地叫了起來。馬許聽見她走向喬許亞時的腳步聲。「你不能告訴他。你不知道他在打什麼主意啊，喬許亞。他要是沒這個念頭，何必問這種事——」

「爲了讓我們立場公平。」喬許亞柔聲道，「我了解他，維樂麗。這也是我們必須承擔的風險。」她又開始哀求，但喬許亞不讓她說下去，接著逕自轉向馬許：「你可以用火。淹死我也行。或是用槍，要對準頭部。我們的大腦很脆弱，一槍打穿頭骨就可以要我們的命；要是打在心臟上，那我們只會昏倒，等傷好了又會爬起來。傳說倒是有一點正確性。要是你砍下我們的頭，在心臟上打一根木樁，我們一定會死。」說到這裡，他粗聲咯咯笑了起來。「我想你的同胞裡一定有人會這麼做吧。陽光也同樣致命，這一點你已親眼見到了。但其他像銀製品和大蒜之類的，那全是胡說八道。」

艾伯納．馬許重重呼出一口氣，可見他剛才一直屏著氣。「這麼簡單啊。」他說道。

「滿意了嗎？」約克問。

「差不多了，」馬許說，「還有一個。」

一根火柴劃在皮革上，約克的手掌中突然多了一個跳躍的小火苗。他將火柴伸進油燈，黃濛濛的暖光頓時充滿了這間艙房。「喏，」喬許亞揮熄了火柴，「好一點了嗎，艾伯納？有沒有比較公平？合夥關係是要有一點光明的，你不覺得嗎？這樣我們彼此都看得到對方的眼神。」

艾伯納．馬許發現自己正在擠眼睛忍淚。在黑暗中待了這麼久，一點微亮都變得好刺眼。不過房間現在看起來大多了，原有的恐懼和窒息的密閉感也都消融。喬許亞．約克正平靜地端詳著馬許，臉上滿是乾掉的死皮屑。當他微笑時，就有一片小皮屑綳開、剝落。他的嘴唇仍然微腫，眼珠黑黑的，不過那些燒傷和水泡已經消失無蹤，轉變之快實在令人咋舌。「還有別的嗎，艾伯納？」

馬許想了想，直視約克的雙眼：「我不要獨自做這些事。我要告訴……」

「不，」維樂麗站在喬許亞身旁說，「一個就已經夠糟了，我們不能讓他們把這事傳出去。他們會殺了我們的。」

「媽的，小姐，我又不是要在報上登廣告。妳明知道。」

喬許亞十指相觸，謹慎地看著馬許：「你的意思是？」

「只有一個或兩個。」馬許解釋道，「你也知道，我不是船上唯一起疑的人，而且你需要的幫助很可能超出我的能力範圍。放心吧，我只會向我信任的人透露，像是長毛麥可。還有傑佛先生，他實在是天殺的聰明，而且他早就對你很好奇了。其他人倒不必知道。艾布萊特先生太正經又太虔誠，不可能接受這種事，你要是告訴弗蘭姆先生，不出一星期就會傳遍整條河，懷堤．布雷克甚至可能會悶不吭聲地炸掉你這一層樓。傑佛和長毛麥可就不一樣了，他們應該要知情。他們都是好人，你也會用得到他們。」

「用得到？」喬許亞問，「怎麼說？」

「你有沒有想過，萬一你的朋友中有人不喜歡你的藥酒呢？」

喬許亞．約克的和善笑容驀地消失。他站起身，走過房間，替自己倒了一杯——威士忌，純的。當他轉過身時，他的眉頭仍然皺起。「也許有，」他說，「我得好好想想。如果他們眞的可信……我對柏木渡的這趟航程確實有點顧慮。」

這倒是頭一次，維樂麗沒有對馬許的意見表示否定。馬許斜眼打量，只見她緊閉雙唇，眼神中竟有一絲驚懼。「怎麼了？」馬許問道，「你們兩個看起來……怪怪的。」

維樂麗猛然抬起頭：「就是『他』。」她說，「我曾求你把船開回上游，現在要是你們兩個之中有人願意聽，我還會再求一次。『他』就在柏木渡。」

「誰啊？」馬許不解。

「一個血之領主。」喬許亞道，「艾伯納，我知道這些人並不是每個都和我一樣想法。就算是跟了我很久的，呃，賽門確實忠心，史密斯和布朗比較消極，但是凱瑟琳──打從一開始，我就覺得她心裡有股怨懟。我想她還有些黑暗面，或是比較喜歡以前的日子吧。沒搭上那班船，她也許還在懊惱，現在只是不得不順從我的掌控權。我是血之領主，她不能不服從，但她不是心甘情願的。至於其他人，也就是我沿河接上船來的這些──就不確定了。除了維樂麗和尚．阿爾登，其他都不是百分之百信任。還記得你曾經警告過我雷蒙．奧提嘉的事嗎？我對他的疑慮其實和你一樣。維樂麗並不是他的未婚妻，所以他的動機倒不是出於嫉妒，不過的確有問題。在納契茲把雷蒙帶上船之前，我還得征服他，就像我當年在喀爾巴阡山征服賽門那樣；到了卡拉．迪葵和文森．提勃，那又是另外兩場爭鬥。現在他們都跟隨我，因爲他們得服從，這是我族裡的規矩。事實上，我懷疑他們之中的某些人可能正等著看結果──看我們把船開到柏木渡時會發生什麼事，因爲我得和那裡的血之領主當面較勁。

維樂麗講過很多他的事。他很老，艾伯納，比賽門或凱瑟琳都老，也比我們任何一個都老。他的年紀我就猜不出來了。現在他自稱名叫戴蒙．朱利安，不過前一個名字是賈爾斯．拉蒙，也就是新德里堆木場那個手下的主人。聽說他現在有了另一個人類手下——」

「酸比利．提普頓。」維樂麗的聲音帶著厭惡。

「維樂麗很怕這個朱利安，」喬許亞．約克繼續說，「其他人說起他時也帶著恐懼，應該也有一定的忠誠度吧。身爲一個血之領主，他照顧他們，給他們庇護、財富和饗宴。他們都吃奴隸，怪不得要選在南方落腳。」

維樂麗搖起頭來。「別管他了，喬許亞，求求你。就算是爲了我也好。戴蒙不會喜歡你出現的，他不會珍惜你帶來的自由。」

喬許亞面露怒容。「但那裡還有同胞受他的掌控，難道妳要我連他們也遺棄嗎？不行。況且妳也許誤解朱利安了。他已經受腥紅飢渴糾纏了無數個世紀，我可以平撫那種狂熱。」

維樂麗叉起雙臂，紫色的眼中流露怒火：「要是他不會因此被平撫呢？你根本不了解他，喬許亞。」

「他受過教育，有知識，有教養，又喜愛美麗的事物，」約克頑固地說，「這也是妳說過的。」

「他的力量也很強大。」

「有賽門、雷蒙和卡拉，他們現在都跟隨我了。」

「戴蒙不一樣，」維樂麗很堅持，「這是兩回事！」

喬許亞．約克做了個不耐煩的動作。「沒什麼不同。我會掌控他的。」

艾伯納．馬許默默看著他們爭辯，這時才開口說道：「喬許亞說的對。」他對維樂麗說。「媽的，我看過他的眼神，而且我們第一次握手時，他的手勁大到差點沒把我的手掌骨給捏碎了。妳不是還說喬許亞是什麼？什麼王？」

「對，」維樂麗承認，「蒼白之王。」

「哦，如果他是你們的蒼白之王，那他就更有理由贏了，不是嗎？」

維樂麗把目光從馬許移到約克身上，再移回去，氣得發抖。「你們——你們兩個又沒見過他。」她停頓了一會兒，忿忿地將黑色長髮往後攏，然後正面對著馬許說道：「馬許船長，也許我曾經看錯了你。我沒有喬許亞的力量，也沒得到他的信任。將近半個世紀以來，我一直被腥紅飢渴所擺布，拿你的同胞當作獵物。獵人是不可能和自己的獵物交心的，就是不能。你也沒法兒相信他們。這才是我催喬許亞殺死你的理由。這種戒心、這種提防，你這一生都摒除不了，你懂嗎？」

艾伯納．馬許小心地點點頭。

「我現在都還不敢確定，」維樂麗繼續說，「可是喬許亞讓我們看見許多新的事物，我也願意承認你或許是個可信的人。只是或許。」她簡直氣壞了。「但不管我對你的看法是對是錯，我對戴蒙．朱利安的看法都是對的！」

艾伯納．馬許皺著眉頭，不知該說什麼。只見喬許亞輕輕執起維樂麗的手：「妳沒有錯，只是太害怕了。」他安慰道，「但爲了妳，我會在採取行動時加倍提防的。艾伯納，就照你想的去做吧，讓傑佛先生和杜恩先生知道這些事。假使維樂麗是對的，那麼有他們二位的幫助會好些。挑幾個人來加強守望，這趟航程不要帶太多人，我只要最好最可靠的人手，越精簡越好。不要宗教意識太強烈的，也不要膽小怕事，或是行爲魯莽的。其他人就留在岸上。」

「長毛麥可和我會親自挑選。」馬許說。

「我會叫朱利安到船上來和我會面，而且是在我決定的時間，加上你們一班精銳在後頭。你與傑佛和杜恩講的時候要小心，要做對。」然後他看著維樂麗：「滿意了嗎？」

「不。」她說。

喬許亞淺淺一笑：「我只能做到這樣了。」他看回艾伯納・馬許：「艾伯納，我很高興你不是我的敵人。我就快要完成夢想了。克服腥紅飢渴是我的第一場大勝利，而此時此地，我願意當成是你我合力達成的第二場勝利，也是兩族友誼和信任的起點。烈夢號將航越晝與夜之間的界線，在她的所到之處驅逐古老的恐懼。我們會一起成就這番偉業的，朋友。」

這番華麗的辭藻倒不特別吸引馬許，不過喬許亞的熱情確實打動了他，於是他只好擠出一絲笑容：「在我們成就什麼鬼玩意兒之前，要做的事可多了。」馬許說著拾起他的手杖，站起身來。「那我走了。」

「可以。」喬許亞笑著說，「我會休息一下，我們傍晚再碰面吧。確實做好出航的準備工作。我們要早點把這些事情處理完。」

「我會的。」馬許說完，往門口走去。

外面已是白天。在他身後，喬許亞關上房門。

大概九點鐘了，艾伯納．馬許在船長室外想著。這個早上又熱又悶，沉沉的灰雲夾掩著陽光。河上的汽船升起濃煙，低懸在雲下。馬許判斷暴風雨將至，而這念頭令他沮喪，再想到自己根本沒睡多少，此刻更是疲累異常，只不過要做的事太多，他恐怕連個午覺都不敢睡。

他走下主艙區，心想早餐可以補充些精神。他喝了一大壺熱咖啡，叫托比弄了一些肉餅和甜鬆餅佐藍莓。正忙著吃時，強納森．傑佛也走進餐廳，看見他在，便也踱步走來。

「坐下來吃點東西吧。」馬許道，「傑佛先生，我有事想和你好好談一下，但不在這兒。等我忙完，到我房間去談。」

「可以。」傑佛應道，似乎有些心不在焉。「船長，你跑哪去了？我找你找了好幾個鐘頭。你都不在房裡。」

「喬許亞在和我聊。」馬許說，「什麼事……？」

「有人來找你。」傑佛道，「昨晚半夜跑上來的，堅持要見你。」

「我不喜歡這樣等人，好像沒讓人放在眼裡似地。」那名陌生人唐突開口，毫不客氣地拉過一張椅子坐下。馬許根本不知道他幾時進來的。但見那人樣貌很醜，氣色憔悴到極點，長面孔上都是水痘留下的瘢疤，褐髮稀薄黏膩地掛在前額，皮膚也泛著不健康的色澤，頭髮和臉上都是鱗片般的皮屑，好像他整個人在下雪。話說回來，他穿著昂貴的黑絨呢西裝，硬挺的白色襯襟，還戴著瑪瑙戒指。

艾伯納．馬許可不在乎他的長相、口氣，抿起的嘴唇和冰藍色的眼珠子。「你又他媽的是誰啊？」他凶巴巴地說，「你有種打擾我吃早飯，最好他媽的有個好理由，否則我讓你嗆死在外頭。」

這麼開罵竟讓馬許覺得舒坦多了。他常想，要是不能三天兩頭找人罵幾串粗話，那麼當蒸汽船長還有個屁用。

那人臉上的表情動搖了一下，但很快就換上一副嘻皮笑臉的惡相，一雙眼睛直盯著馬許：「我要在你的漂亮小船上買個船位。」

「去你媽的。」馬許道。

「要我叫長毛麥可來料理這傢伙嗎？」傑佛冷冷地問。

那人輕蔑地朝這位總管瞥了一眼，又將視線轉回馬許：「馬許船長，我昨晚是來邀請你的，你和你的合夥人，或至少其中一個，請你們晚上到外面坐坐。這個嘛，現在已經天亮了，那就只好改今晚了。大約日落後一個鐘頭，在聖路易旅館吃晚飯，就你和約克船長。」

「我不認識你，也不打算認識。」馬許說，「我是不會和你去吃晚飯的。況且我們今晚就要開船。」

「我知道，也知道你們要開去哪兒。」

馬許皺起眉頭：「你說啥？」

「可見你不了解黑鬼啊。黑鬼們的謠言工夫可厲害了。至於我，我的耳朵厲害。你不會想把這艘寶貝大船開到那個河灣區去的，你們一定會擱淺，搞不好連船底都會弄破。我可以替你省下這些麻煩。瞧，你們要找的人就在這兒等，所以天黑之後，你就去通知你的主子，聽到沒？告訴他，戴蒙·朱利安在聖路易旅館等他。朱利安先生非常想認識他。」

# 第十六章

**紐奧良，一八五七年八月**

當晚回到聖路易旅館時，酸比利．提普頓可不是只有一點害怕。朱利安不會喜歡他從烈夢號帶回來的消息。而且當朱利安生氣時，不只危險，更令人難以捉摸。

幽暗的豪華套房裡只點了一根小蠟燭。朱利安坐在窗邊的天鵝絨椅子上，黑眼珠映著火光，正品飲著薩澤拉克雞尾酒。屋裡一片沉默，酸比利覺得那些凝視的重量都壓在身上。他在身後關上房門，門閂發出一個小小的硬響聲。「怎麼樣，比利？」戴蒙．朱利安輕聲說道。

「他們不肯來，朱利安先生。」酸比利講得急促。在昏暗的燭光下，他看不見朱利安的反應。

「他說您得自己去找他。」

「他說？」朱利安重複道，「『他』是誰，比利？」

「他，」酸比利說，「就是……另一個血之領主。他說自己是喬許亞．約克，就是雷蒙信上寫的那個。另一個船長姓馬許，長得胖，滿臉肉瘤和鬍鬚，他也不肯來，而且天殺的粗魯。不過我等到天黑，等那個血之領主起床，他們總算帶我去見他了。」

酸比利到現在仍不禁膽寒。想起約克那雙灰色的眼睛——灰色的眼睛直探他的心底，又發現了他的窩囊與一無是處。被那樣難堪輕蔑的眼神注視，讓比利立刻扭頭避開。

「說來聽聽，比利，」戴蒙・朱利安說，「他長什麼樣子？這個叫喬許亞・約克的另一個血之領主。」

「他是……」比利思索著用詞，「他……很白。我的意思是，他的皮膚眞是蒼白的，頭髮好像也沒顏色；他甚至穿白色的衣服，像個鬼。還有銀子，他戴了一大堆銀飾，朱利安先生。他走路的樣子……就像那些死克里奧人，高傲又擺譜的。但他……他就像您，朱利安先生。他的眼神……」

「蒼涼而強悍。」辛西亞在房間遠處的一角喃喃道：「帶著征服腥紅飢渴的美酒。就是他嗎，戴蒙？一定是他，故事一定是眞的。維樂麗一直相信這個故事，而我總是嘲笑她，但這一定就是了。他會把我們團結起來，帶我們回到失落的城市，黑暗之都，而那裡才是我們自己的王國。這是眞的，對不對？他是領主中的領主，我們企盼已久的君王。」她看著朱利安，想聽他回答。

戴蒙・朱利安抿了一口雞尾酒，邪邪笑了起來。「君王，」他沉吟道，「那麼，這位君王向你說了什麼，比利？告訴我們。」

「他叫你們都到那艘船上去，明天天黑以後，到船上去吃晚飯。他說他和馬許是不會來這裡的，也不會如您要求單獨前來。馬許還說，若是他們來找你，一定是和大夥兒一起。」

「這君王倒很膽小啊。」朱利安評道。

「讓他死！」酸比利突然脫口說道，「去那該死的小船上殺了他，讓他們死光光！他大錯特錯啊，朱利安先生。他的眼神就像那些討厭的克里奧人，他看我的樣子好像在看一隻臭蟲，好像我是小角色，但他明知道我是您派去的。他自以爲勝過您。還有其他的討厭鬼，那長肉瘤的船長和自以爲瀟灑的總管，全都一副清高樣。讓我刺死他，讓他們的血流滿那身好衣服。您一定要去殺他，一定要去！」

待酸比利罵完，房裡陷入沉默。朱利安凝視著窗外的夜景。窗戶開得很大，夜風慵懶吹拂著布簾，街上的嘈雜似乎也隨之起伏飄揚。朱利安眼神陰沉，籠罩著陰霾，凝視著遠方的燈光。

終於，他轉過頭來，眼眸中再次映入燭火搖曳的光芒，精瘦的臉龐則投影出野性的陰影。「那藥汁，比利。」他提示道。

「他逼他們每個人都喝。」酸比利道，向後靠在門上，同時掏出腰後的小刀，拿在手裡把玩，這麼做才讓他覺得自在些。他一面拿刀摳出指甲縫裡的髒污，一面開始描述：「卡拉說那不是血，裡面還有別的東西。其他人則說喝了會抑制飢渴。我走遍那條船，與雷蒙、尙和約葛談過，還有好幾個人，他們都這麼說。尙對那玩意兒讚不絕口，說它有多讓人放鬆，就看您相不相信了。」

「尙啊。」朱利安的口氣很輕蔑。

「這麼說來，那是眞的了。」辛西亞說，「他連飢渴都能征服。」

「還有呢，」酸比利補充，「雷蒙說約克霸佔了維樂麗。」

客廳裡的靜謐突然緊繃。科特皺起眉頭，蜜雪兒則別過頭望向他處，而辛西亞則低頭喝起飲料；他們都偷偷打量朱利安。人人都知道維樂麗——美麗的維樂麗，她曾是朱利安的專寵。只見朱利安一臉憂思。「維樂麗？」他開口道，蒼白修長的手指在椅臂上輕拍著。「我明白了。」

酸比利．提普頓用刀尖剔起牙來。他早就盤算過維樂麗這一著棋。戴蒙．朱利安對維樂麗自有一番想法和安排，不喜歡任人干擾。關於這一點，比利問過爲什麼要讓雷蒙和維樂麗一同離開，當時朱利安曾對比利和盤托出，口氣還帶著狡猾與促狹：「雷蒙年輕又強壯，他制得了她。他們互相作伴，卻是孤伶伶地面對彼此和飢渴。你不覺得這一幕看起來挺浪漫的嗎？不到一年，或是兩年、五年，維樂麗就會有孩子。我敢和你打賭。」說完之後，朱利安還笑得悅耳又深沉。但是現在，他可沒有笑。

「那我們要怎麼做，戴蒙？」科特問道，「要赴約嗎？」

「當然了，爲什麼不去？」朱利安應道，「一個君王這麼親切的邀請，我們怎能拒絕？你難道不想嚐嚐他特製的飲料？」他環視眾人，但他們都不敢吭聲。「唉，」朱利安又說，「你的熱情到哪兒去了？尚都說它是瓊漿玉液了，維樂麗也臣服，那還用說嗎？比鮮血還甜的美酒，充滿生命的醇釀。想想他會給我們帶來的詳和。」他微笑起來，等著聽他們的回應，但沒有人出聲。片刻沉默後，朱利安聳聳肩，並且說：「好吧，要是我們更喜歡別的飲品，希望這位君王不要瞧不起我們。」

「他會逼你們喝的，」酸比利道，「不管你們喜不喜歡。」

「戴蒙，」辛西亞說，「你會……你會拒絕他嗎？你不能拒絕啊。我們一定得去。我們得照他的命令去做。」

朱利安緩緩轉過頭去看著她。「妳眞這麼想？」他問道，嘴角微揚。

「是的，」辛西亞囁嚅，迴避他的注視。「我們必須這麼做。他是血之領主。」

「辛西亞，」戴蒙．朱利安說道，「看著我。」

極不情願地，辛西亞勉強抬起頭，直到她的雙眼與朱利安相對。「不，」她啜泣起來，「求求你。噢，求求你。」

戴蒙．朱利安沒有說話。辛西亞則繼續與他相望，直到她滑下椅子，跪在地毯上顫抖。辛西亞纖細的手腕上掛著一只鑲金的紫晶鐲，她將鐲子推開，同時張開嘴唇，像要開口講話。然後她舉起手腕，將嘴唇貼了上去，鮮血隨即流了出來。

朱利安坐著沒動，等她爬過來，向他伸長手臂，這才從容執起她的手，吮飲了又長又久。等他放手時，辛西亞連跪也跪不穩了。她跌坐在地上，再爬起來，仍舊顫抖著。「血之領主，」她道，同時向朱利安鞠躬，「血之領主。」

戴蒙．朱利安的嘴唇艷紅濕潤，還有一小滴血從嘴角流過下頷。他拿出手帕，仔細擦淨，然後摺好，接著問道：「那輪船大嗎，比利？」

酸比利摺起小刀，微微一笑。辛西亞腕上的傷口，朱利安下巴的血，讓他產生熱切而興奮的感覺。他知道朱利安會給船上那些殺千刀的一頓教訓。「比我所見過的任何輪船都要大，」他答道，「而且漂亮得很。銀飾、鏡子和大理石，到處都是彩色玻璃和地毯。您會喜歡她的，朱利安先生。」

「一艘輪船。」戴蒙．朱利安笑了。「眞奇怪，我怎麼從沒把腦筋動到河上去？那好處是這麼明顯。」

「這麼說，我們要去赴約了？」科特道。

「對，」朱利安說，「噢，當然要去，人家都來召喚我們了。對方可是血之領主，是君王啊。」說著，他仰頭大笑起來，繼而咆哮道：「君王！」然後狂笑不止，又高聲喊了一句：「君王！」

於是，一個接一個，其他人也跟著大笑。

朱利安突然起身，驀地斂起所有的表情，哄笑聲立即靜下。「我們得帶個禮物去。」他開口道，「承蒙皇族召見，怎麼可以不帶禮物。」他轉向酸比利：「比利，你明天到摩洛街去，我要請你帶個東西回來。一個小禮物，送給我們的蒼白之王。」

# 第十七章

**蒸汽輪船烈夢號上，紐奧良，一八五七年八月**

好像有一半的汽船都打算在下午離開紐奧良，艾伯納．馬許想著。他站在頂層甲板上，看著她們駛向港外。

按習俗，往上游的蒸汽船都將在五點鐘左右離港，所以在三點鐘時，引擎工會生起燃爐的火，開始準備蒸汽。他們把松香和脂松餵進飢腸轆轆的鐵胃裡，再用木材和煤炭爲船隻生起一炷炷黑煙，從花尖的煙囪竄上天空，揚成黑色的送別之旗。堤防邊這一大排汽船足足有四哩長，再過一會兒，她們的煙柱就會在上空集結，繞成一大片黑雲，綿延好幾百呎；煤煙從雲中穿出，挾帶著滾燙紅黑的火星，然後隨風飄揚。黑雲愈見密布，但船兒們仍繼續送出蒸煙，直到太陽都被這層棺罩覆掩，低猥地爬遍這城市的臉。

從馬許所站的角度看去，彷彿紐奧良城即將失火，而所有的汽船都在趕著逃命。這感覺使他惴惴不安，懷疑是別的船長都聽到了風聲，唯獨他沒有聽到，同時老覺得烈夢號也該開始爲開船做準備。他很想離開。頂著紐奧良通商的財力和名氣，馬許卻渴望回到河上：上密西西比的茂林、密蘇里那吃船像吃人不吐骨頭似的野泥地，還有狹窄、淤塞而令人手忙腳亂的伊利諾。烈夢號在俄亥俄河的首航彷彿成了一段純樸而美好的往日，那不過是兩個月前的事，卻已像十分遙遠的從前。打從他們離開聖路易往下游走，事情就越來越不對勁，越往南走，情況甚至越糟。「喬許亞說的對，」馬許眺望著紐奧良，一面自言自語。「這兒有股腐爛味。」天氣太熱、太潮濕、太多蟲子，在在都讓人覺得這鬼地方活像受了詛咒——也許事情眞是如此，好比這兒的奴隸風氣就是一例，只是馬許說不上來。在這陰沉的午後，他只知道自己直想叫懷提給鍋爐點火，把弗蘭姆或艾布萊特叫進操舵室，好讓他馬上把烈夢號開走，遠離這亂糟糟的河港，讓她清淨地回到上游去。就是現在，日落之前，在「他們」抵達以前。

艾伯納·馬許迫切地想喊出這些命令，甚至覺得那些字眼就在舌尖，帶著苦澀和難以形容的滋味。面對今晚，他心中有一種迷信般的恐懼，儘管他不是個迷信的人，而他也一再這麼告訴自己，但同樣地，他可不盲目——這天空熱得令人窒息，西邊正有一場暴風雨在醞釀，龐然凶狠，一如丹·艾布萊特幾天前就嗅到的。眼前的蒸汽船正在離港，一艘接著一艘，馬許看著船隻遠去，消失在波光粼粼的河浪間，感到越來越孤寂，好像那些船都從他心裡載走了一些東西：一片勇氣、一份確信、一個夢想，或是一小撮希望，然後離他遠去。馬許逼自己想，紐奧良每天都有大批船隻離港，今天也沒什麼不同。就像這八月的天氣，每一天都是一樣炎熱、多煙而懶散，人人拖著腳步，等著吸一口清涼的空氣，或是新鮮、乾淨的雨水，好把天空這一身髒污洗去。

但在心底的另一處，一個更古老而深層的角落，他知道他們等待的不是清新潔淨，也不會爲心靈帶來紓解，而是潮濕、蚊蟲和恐懼。

就在樓下，長毛麥可在吼他的搬運工，用他的黑鐵棍做勢嚇他們，來自岸邊的噪音、其他船隻的鈴聲和汽笛聲淹擾過他的話語。堆積如山的貨物在河堤等著，恐怕有上千噸，那是烈夢號的最大載貨量，但只有不到四分之一的貨搬進了主甲板，若要搬完剩下的貨，只怕還要好幾個小時。就算馬許想立即開船，他也做不到，因爲他不可能把這麼多貨留在岸邊等。長毛麥可和傑佛等人一定會以爲他瘋了。

他眞希望自己能將事情告訴他們，像他原本打算的那樣，然後與他們一起籌劃，無奈時間不夠。事情一件件接連著來，而入夜後，這個戴蒙·朱利安又要上船來吃晚飯。馬許實在來不及和長毛麥可或強納森·傑佛好好談，也沒時間解釋或說服什麼，甚至處理他們心中必然的疑慮和不解。因此，等到今晚，艾伯納·馬許將會單獨——或至少是他和喬許亞——在餐聽面對他們，面對那群夜行的傢伙。當然，馬許知道喬許亞·約克和其他人不同。喬許亞也說一切都不會有問題，又有他那瓶特製私釀，還有滿腹動聽的辭藻和夢想，但艾伯納·馬許的腦裡只有憂慮。

烈夢號裡一片寧靜，幾乎像是被遺棄了。喬許亞令所有人都下船，因爲他要儘可能讓這頓晚餐不公開。艾伯納·馬許不大喜歡這種方式，只是喬許亞·約克頑固得很，當他打定主意時，誰都爭不贏他。主艙區的交誼廳裡已經擺好了餐桌，還沒有點燈，而窗外有黑煙和蒸汽遮蔽，使得天窗灑下的光線也流露著倦意，看在馬許的眼裡，就像黃昏已經降臨。地毯看起來近乎黑色，鏡子裡映滿暗影，在長形的黑色大理石吧檯後，有個男子在擦杯子，但就連他的身影也是模糊的。儘管看不清楚，馬許還是向他點頭致意，然後走向輪室後側的廚房。在廚房門後，那兒卻是一團活絡；幾個廚房小廝正在大銅鍋邊攪湯，或用平底鍋煎雞肉，侍應生則在一旁笑鬧著。馬許聞得到從大烤爐裡飄出的派香味，令人垂涎，但他繼續往前走。托比正在右舷的廚房，身旁堆了好幾個鐵籠子，裡面關滿了雞鴨和乳鴿等等，咕咕嘎嘎地吵死人。馬許走進時，托比正在殺雞，手肘邊堆著三隻無頭的雞，第四隻正躺在他面前的砧板上，有一下沒一下地掙扎著。「啊唷，馬許船長，」托比抬起頭來笑著招呼，然後手起刀落，穩穩一剁，鮮血隨即噴出。托比放開那隻無頭雞時，牠的翅膀竟瘋狂拍擊起來。托比將染滿了雞血的手掌在圍裙上擦了擦，一面問道：「你找我？」

「我只是想告訴你，今晚，等晚餐結束，我要你下船去。」馬許道，「你在船上服務得很好，可以放個假。把你的廚房小廝和那些侍應生都帶下去，懂不懂？你聽清楚了嗎？」

「當然當然，船長。」托比咧嘴一笑。「我一定會啦。你們晚點要舉行舞會，是不是？」

「這你不用管，」馬許道，「只要記得，活兒幹完了就下船去吧。」他鐵青著臉孔，轉身要走，卻有個念頭讓他轉回身去。「托比。」他道。

「是？」

「你知道我從來不喜歡什麼奴隸這回事，雖然我也沒怎麼反對過就是了。都是那些廢奴主義者鬼吼鬼叫，活像個傳教狂討人厭，要不然我早就反對了。只不過，我一直在想，搞不好那些人是對的，因爲我們不應該……就是不應該利用別的人種，好像他們不是人。你懂我的意思嗎？這些事遲早都得結束，最好能和平落幕，不過就算要打仗流血，也還是得結束，你懂嗎？也許這就是那些廢奴主義者成天在吼的東西。你想要和人家理性溝通，當然沒問題，但萬一行不通，你還是得把槍子兒準備好。這種事情，不對就是不對，就是不該繼續下去。」

托比看著他，顯然不明就裡，雙手仍漫不經心地在圍裙上擦著，而且是一再反覆地擦著。「船長，」托比放輕了聲音，「你在講廢奴的事。這裡是奴隸國家啊，船長。你講這種話會被人殺的。」

「也許會，可是對的就是對的，托比，我就是這個意思。」

「馬許船長，你對老托比很好，給我自由和很多東西，又讓我替你煮飯。你都有對我好。」

艾伯納·馬許點點頭。「托比，你去給我找一把廚刀。別聲張，聽到沒？找一把好用的，利一點的，我想想，最好能貼著藏在我的靴子裡。你能給我一把刀嗎？」

「好的，馬許船長。」托比微微瞇起眼睛，「好。」然後他跑出去照辦。

在接下來的幾個小時裡，艾伯納·馬許走起路來都有點怪怪的，因爲他的高筒靴裡藏了一把長刀。然而，當夜幕低垂時，他已經習慣了刀鋒貼在小腿上的感覺，幾乎忘了它的存在。

就在日落前，暴風雨來了。大部分的蒸汽船已經早早開向上游，其餘的都在紐奧良港找了個地方躲避。狂風大作，可怕的轟隆聲就像蒸汽船的鍋爐爆炸那樣震撼，空中還有閃電劈過，雨水尖叫著驟落。馬許站在下甲板外圍的走道上，倚著扶欄，聽著雨聲敲打，看岸上的人們東奔西跑，沉思著佇立良久，忽然發覺喬許亞·約克來到了身邊。「下雨了，喬許亞。」馬許道，用手杖指著外頭。「也許那個朱利安不想淋雨，今晚不會來了。」

喬許亞·約克神情嚴肅，不同於以往。「他會來的，」他只這麼說，「他會來的。」

然後——他的確來了。

不久，暴風停歇，雨還在下，但雨勢已經減緩許多，幾乎只像是濃霧。艾伯納·馬許仍站在下甲板，看見一行人走過雨漉漉、空蕩蕩的河堤，即使隔得這麼遠，他仍知道是他們來了。他們邁步的姿態，優雅而帶著掠奪性，充滿懾人的美。唯獨其中一人特別不同。那人神氣活現地學著那種滑步，好像自以爲可以成爲他們的一員，卻畫虎不成反類犬。等他們走近時，馬許看出那人就是酸比利．提普頓。他的動作笨拙，像在懷裡抱著什麼東西。

艾伯納．馬許轉往交誼聽，見其他人都已在桌旁就位：賽門和凱瑟琳，史密斯和布朗，雷蒙、尙和維樂麗，還有所有喬許亞沿河找來的人。他們正輕聲交談，見馬許走進便沉默下來。「他們來了。」馬許道。

喬許亞．約克從主位站起身，走出去準備迎接他們。艾伯納．馬許則步向吧檯，爲自己倒了一杯威士忌，一口喝乾，然後又倒了一杯灌下，這才走回餐桌。喬許亞堅持要馬許與他一起坐在桌首，在他的左手邊，右手邊則準備留給戴蒙．朱利安。馬許沉重地坐下，看著對桌的空位，眉頭深鎖。

然後，那一行人走了進來。

馬許察覺，走進廳來的只有那四個夜行的傢伙。酸比利被留在外頭，倒還挺適合他的。一行人中有兩名女士，兩名男士。高大的白面男子皺著眉頭，忙著甩去外衣上的濕氣；至於另一名——馬許當下就知道是他。看不出年紀的光滑臉龐襯著黑色鬈髮，一身暗色的酒紅西裝，配上絲襯衫前襟的那排飾褶，烘托出動爵般的氣質。他戴著一只鑲藍寶石的金戒指，藍寶石有方糖那麼大；黑背心的單釦是一顆發亮的黑鑽石，外層罩著黃金織成的網子。他走過長廳，繞過餐桌，然後停下腳步，走到喬許亞的桌位，站在椅子後，目光巡向桌旁的每一張臉孔。

他們都起立了。

隨他一起來的那三人先起立，接著雷蒙．奧提嘉，然後是卡拉，再來才是其他人，三三兩兩地，維樂麗是最後一個。廳中的每個人都起立，只有艾伯納．馬許還坐著。戴蒙．朱利安做了個迷人、溫暖的微笑：「能和各位重聚眞好。」他道，然後特別看著凱瑟琳，「親愛的，我們多久沒見了？好多年了啊。」

他那張禿鷹般的臉孔笑起來眞是猙獰，馬許心想，一面決定用自己的方式來主導。「坐，」他不客氣地對戴蒙．朱利安大聲說道，甚至伸手拉他的袖子：「我餓了，而且我們也等夠久了。」

「是啊。」喬許亞打破了場中的魔咒，於是眾人都就座。不料，朱利安竟坐了喬許亞的位子。

「你坐在我的位子上了。」喬許亞站在朱利安身旁說道，聲調緊繃而斷然。「先生，這個位子才是你的。勞駕了。」約克作勢比著，兩眼盯著戴蒙．朱利安。馬許抬頭一瞥，在喬許亞的臉上看見那股力量、冰冷的警戒，還有決心。

戴蒙．朱利安微微一笑。「啊，」他柔聲說，略略聳肩。「對不起。」然後逕自起身，移往另一個位子，卻是一眼也不和喬許亞對望。

喬許亞硬挺挺地坐了下來，手指的動作流露出不耐煩。一個侍應生匆匆走來，將一支酒瓶端上來擺在約克的桌前。約克接著吩咐那名年輕人：「麻煩你離開餐廳。」

那酒瓶上沒有標籤。在水晶燈和銀器反射的璀燦光芒下，瓶中物顯得闇沉而危險。事情開始了。

「你知道這是什麼。」喬許亞．約克平聲向戴蒙．朱利安說道。

「對。」

約克伸出手，取走了朱利安的酒杯，爲他斟了一滿杯，然後放在他面前。「喝吧。」他命令道。

約克注視著朱利安，而朱利安瞪著杯子，嘴角浮著淡淡的笑意，彷彿在參與某個祕密遊戲。交誼廳裡一片沉默。遠方，馬許聽見一艘汽船正哀叫著穿過雨中，而這一刻彷彿無窮無盡。

戴蒙·朱利安拿起杯子，喝了下去，慢慢地一口氣喝完。就這一個動作，餐廳裡的緊張氣氛彷彿也被他喝光了。喬許亞微笑起來，艾伯納·馬許悶哼一聲，長桌盡頭的其他人則開始交換目光，顯得不解而困惑。約克另外倒了三杯，交給朱利安的三名同伴。見他們也喝了下去，餐桌上開始出現竊竊低語。

戴蒙·朱利安笑著望向馬許：「您的船實在太令我印象深刻，馬許船長。」他親切地道，「希望餐點也一樣精彩。」

「餐點更棒。」他朗聲說道，總算覺得舒坦一些。侍應生們開始上菜，眾人隨即開動，大約吃了一個小時。這些夜行傢伙都有極佳的餐桌禮儀，而且他們的胃口就像健壯的行船人一樣好，見到好菜上桌，猶如綑工們聽見大副喝令「上貨！」時那樣振奮。只有朱利安除外。他吃得慢，幾乎是秀氣，常常停下來喝酒，還動不動就莫名微笑。馬許都吃光了第三盤，朱利安的盤裡卻還是半滿的。他們聊的都是些輕鬆而無關緊要的話題，餐桌遠處的則像在低聲激辯，讓馬許聽不出他們在說些什麼。在近處，喬許亞·約克和戴蒙·朱利安淨聊些暴風雨、熱天氣、河況和烈夢號的事情。除非是聊到船，其他的艾伯納·馬許沒什麼興趣，寧可專心吃東西。

最後，咖啡和白蘭地端了上來，然後侍應生全都消失，偌大的交誼廳裡只剩下艾伯納．馬許和這一群夜行佬。馬許小口喝著白蘭地，驀地聽見自己的啜飲聲，這才發覺廳中的交談都已經停了下來。

「我們終於相聚。」喬許亞說道，語調祥和，「對我們夜晚的子民而言，這是個全新的開始。對活在白天的人而言，或許也是個新的黎明。」說到這裡，他微微一笑。「當然，對我們來說，用新的日落來比喻可能會更貼切。聽著，各位，我要向你們說明我的計畫。」然後喬許亞站起身來，開始熱切地演說。

艾伯納．馬許不確定他講了多久，不過都是他之前聽過的：擺脫腥紅飢渴，終結恐懼，白天與黑夜的互信，還有夥伴之間的成就，以及偉大的新時代。喬許亞滔滔不絕，言辭流暢，充滿激情，過程中不時引述詩歌和名言。馬許觀察起其他人的表情，見眾人都靜靜望著喬許亞，但各人的反應不同。賽門似乎有些緊張，目光不停在約克和朱利安身上來回打量；尚．阿爾登聽得出神，彷彿滿心崇拜；其他人卻是冷著臉，沒有表情，讀不出他們的心思。雷蒙．奧提嘉狡猾地微笑，大個子科特仍皺著眉頭，維樂麗顯得心慌，而凱瑟琳——她那張長扁臉竟露出一絲厭惡，看得馬許心頭一驚。

然後他望向隔桌對坐的戴蒙．朱利安，發現朱利安也在盯著他。他的眼珠子很黑，像上等的煤塊一樣堅硬發亮。在他的眼神中，馬許看見的是圈套，無止盡的圈套，還有一個深淵，等著吞噬這所有的陷阱。他硬是別開視線，不願意再和朱利安互瞪，好像他當時在墾拓客棧傻傻地想瞪贏約克那樣。朱利安微笑，抬眼瞥向喬許亞，抿著冷掉的咖啡，繼續聆聽。艾伯納．馬許不喜歡這副笑容，也不喜歡他眼中的深沉。突然間，他又覺得害怕了。

喬許亞終於講完，坐了下來。

「輪船是個好主意，」朱利安愉悅地說，聲音迴盪在餐廳裡。「你的飲品也許有它的功效，偶爾可以喝一喝。至於其他的，親愛的喬許亞，你得忘了。」他的聲調迷人，笑得輕鬆又開朗。

有人的呼吸突然急促起來，但沒有人敢講話。艾伯納·馬許挺直了脊背，喬許亞則皺起眉頭。「抱歉，我沒聽懂。」他說。

朱利安擺擺手，像是表示厭倦。「親愛的喬許亞，你的故事讓我感傷。」他道，「你從小被養在牲口之中，所以你的想法也變得和他們一樣了。當然，這不是你的錯。不久你就會明白，會爲你眞正的天性而慶賀。牲口們腐化了你，因爲你長期生活在這群渺小的動物之中，被他們用微不足道的道德、空洞的宗教和卑微的夢想給塡滿了。」

「你說什麼？」喬許亞的聲音裡透著怒意。

朱利安沒有直接回答，卻是轉向馬許：「馬許船長，你剛才吃的烤牛肉也曾是個有生命的動物。請你試想，要是那頭走獸能說話，牠會願意被你吃掉嗎？」說這話時，他那熾烈的黑眼珠直勾勾盯著馬許，要求馬許答覆。

「我……媽的，不會……可是……」

「但你還是吃了牠，是不是？」朱利安輕聲笑道，「船長，你當然是吃了，不用感到羞恥。」

「我有什麼好羞恥的，」馬許強硬地說，「那不過是頭牛。」

「是啊，當然是，」朱利安道，「而且牲口就是牲口。」他又看回喬許亞·約克：「只不過，牛或許有不同的觀點，但那不該是這位船長要傷神的事。他是個比牛要高一等的生物，殺牛吃牛，這是他的天性，而牛也應該被殺、被吃掉。喬許亞，你看，生命就是這麼簡單。

你的錯只因爲你在牲口的世界長大，他們當然教你別去吃他們。你說到邪惡，這個觀念又是從哪兒學來的呢？當然，這是牲口告訴你的。所謂善惡，那是牲口們掛在嘴上說的，空洞無比，只爲了保有他們那不值一文的生命。他們從生到死都活在對我們的畏忌中，因爲我們是他們的天敵，比他們優越。我們甚至威嚇他們的夢想，所以他們尋求謊言的慰藉，發明了一個神，說祂的力量凌駕於我們，然後莫名其妙地相信十字架和聖水可以使我們屈服。

你得明白，親愛的喬許亞，這世上沒有善惡，只有強與弱、主與奴。你因他們的道德而滿腔狂熱，還懷著罪惡與羞恥心，實在太愚蠢了。這都是他們說的，不是我們啊。你宣揚所謂新的開始，那我們又開啓了什麼？開始變成牲口？開始學著被他們的太陽曬，學著去工作，向牲口的神跪拜？不，他們是動物，天生比我們低等，是我們偉大而美麗的獵物。這才是道理。」

「不，」喬許亞．約克說道，將椅子向後推，在長桌首位站起身來，宛如一個身形頎長的蒼白巨人。「他們懂得思考，有夢想，而且他們建立起這個世界，朱利安。你錯了，我們其實是表親，是錢幣的兩面。他們不是獵物。你看看他們所成就的一切！他們爲這世界帶來美麗，但我們創造了什麼？什麼也沒有。腥紅的飢渴一直是我們的罪孽啊。」

戴蒙．朱利安嘆道：「啊，可憐的喬許亞，」他停一停，抿了一口白蘭地。「只管讓牲口去創造生命、美麗——隨你怎麼稱呼，而我們接管、利用就行了。我們之間就該如此。我們是主子，主子是不用勞動的。讓他們去做衣服，我們來穿；讓他們去造輪船，我們來搭乘；讓他們夢想永生，我們延續他們的夢想，暢飲他們的生命，品嚐他們的鮮血。我們是這地球的君主，這也是我們的傳承和宿命。欣賞你的天性吧，喬許亞，別想去改變它。眞正了解我們的牲口都羨慕我們，若他們能夠選擇，他們任何一個都會想變成我們的。」說到這裡，朱利安的笑容中出現惡意：「你有沒有想過，耶穌基督爲什麼要他的追隨者喝他的血以求得永生呢？」他咯咯笑起來，「因爲他們迫切想像我們一樣，就像黑人夢想變成白人啊。瞧他們多離譜，爲了假扮主人，他們甚至奴役自己的同類。」

「像你一樣，朱利安，」喬許亞·約克語帶威嚇地說道，「你主宰我們的族人，這行爲又算什麼呢？你說他們也是主子，但也逼他們受你扭曲的意志奴役，不是嗎？」

「我們之中也有強弱之分啊，親愛的喬許亞。」戴蒙·朱利安道，「強者就該領導，這很合理。」說著，朱利安放下酒杯，看向長桌的盡頭處說道：「科特，召比利來。」

「是，戴蒙。」大個兒說道，起身離席。

「你去哪裡？」喬許亞問道。科特沒有理他，逕自大步走出廳外，任十幾面鏡子映過他昂然的身影。

「你假扮牲口太久了，喬許亞。」朱利安說，「我來教你做主人的意義。」

艾伯納·馬許全身發冷，滿心驚懼。廳中的每一雙眼睛都睜睜地看著在桌首上演的這齣戲碼。喬許亞·約克站在那兒，居高臨下地直視坐著的戴蒙·朱利安，但不知怎地，情勢的主控權竟不在他手中。喬許亞那灰眼珠裡的強悍和熱情就像一個男子漢——一個人所應該擁有的，但馬許猜想，朱利安根本就不是人。

科特很快就回來了。酸比利一定是在廳外某處候著，就像個奴隸等待他的主子召喚。只見科特回到座位，酸比利‧提普頓則踱步到長桌的主位旁，懷中抱著某樣東西，眼神中有一股詭異的興奮。

戴蒙‧朱利安單手將餐盤推向一旁，在餐桌上清出一塊空位，酸比利遂將懷中的東西放下——就在喬許亞‧約克的面前，竟是一個褐色的小嬰兒。

「搞什麼鬼！」馬許咆哮道，同時猛然起身，怒目看著他們。

「坐好，嘴巴給我閉緊點，兄弟。」酸比利冷冷地說。馬許才剛要扭頭去看，便覺一個冰涼鋒利的東西輕輕抵在頸側。「你敢開口，我就讓你見血。」酸比利道，「見到熱呼呼的鮮血時，你想他們會怎麼樣啊？」

處在盛怒和恐懼之間，艾伯納‧馬許發抖，直挺挺坐了下來。比利的刀子抵得用力了點，馬許隨即感覺到一股微溫的細流鑽進衣領。「好，」比利低聲說，「非常好。」

喬許亞‧約克朝馬許和酸比利速速一瞥，隨即將注意力轉回朱利安身上。「我認爲這種做法令人憎惡，」他的語調冷酷：「朱利安，我不知道你爲什麼帶這個孩子來，但我不喜歡。馬上停止這場遊戲，叫你的手下把他的刀子拿開。」

「啊，」朱利安說，「要是我不願意呢？」

「你會願意，」喬許亞道，「我是血之領主。」

「你是嗎？」朱利安輕快地問道。

「是。我不喜歡用你那種方式強迫人，朱利安，但若情勢需要，我就會用。」

「啊，」朱利安微笑著站起身。像一頭睡醒的黑暗之貓，他伸了個懶腰，然後把手伸過餐桌，向酸比利說道：「比利，把你的刀子給我。」

「那他怎麼辦？」酸比利問。

「馬許船長會乖乖坐好的。」朱利安說，「拿來。」

比利將小刀遞了出去，刀柄在前。

「很好。」喬許亞說。

但他得到的，僅止於此。

那個嬰兒體型特別小，骨瘦如柴，全身褐色且沒穿任何衣物，這時剛好發出一個咯咯聲，微弱地動了幾下。接著戴蒙·朱利安做了一件馬許此生所見過最恐怖的事——只見他傾身向前，精準而迅速地放下酸比利的小刀，一刀便劃斷了那個嬰兒的右手腕。

嬰兒開始號哭。鮮血狂噴，飛濺在水晶杯、銀器和精美的亞麻桌巾上。那個小生命的四肢微微抽搐起來，鮮血在桌上聚成了池。朱利安用刀尖戳起那小得不可能再小的斷掌——幾乎只有馬許的腳拇趾那般大——舉起來，在喬許亞·約克面前晃動著血滴，語氣裡全無方才的輕快：「喝下去。」

約克揮掌將刀子摔開。小刀從朱利安的手中飛脫，帶著那只小手掌，飛落在六呎外的地毯上。喬許亞面色如土，彎身用兩根強而有力的手指捏住嬰兒的斷腕並施壓，出血立刻停止。「給我一條繩子。」他要求道。

沒人有動作。嬰兒仍在哭叫。

「要讓他安靜，有個更簡單的方法。」朱利安說時，用自己蒼白堅實的手掌壓住那孩子的嘴，卻也同時罩覆住小嬰兒的整張臉。哭聲立刻變小。朱利安開始使勁壓。

「放開他！」約克叫道。

「看著我，」朱利安說，「看著我，血之領主。」

站在桌前的兩人視線相遇，各有一隻手或牽或壓在那褐色的小人兒身上。

艾伯納．馬許坐在那兒，只覺晴天霹靂，反胃、憤怒，還有一股衝動，但不知爲什麼，他竟然動不了。就像廳中的其他人，眼睜睜地瞪著約克和朱利安進行這場奇特而沉默的意志之爭。

喬許亞．約克在顫抖。他的雙唇因憤怒而緊閉，頸間筋脈暴突，灰色的眼中激盪著冰冷和震服。他站在那兒，像一個著了魔的人，一個穿著白色、藍色和銀色衣裳的蒼白狂怒之神。馬許心想，沒有任何事物能夠反抗那樣傾洩而出的意志和力量。不可能的。

然後他望向戴蒙．朱利安。

那雙眼睛主宰了他的表情——冷而黑、惡意而毫無寬容。艾伯納．馬許凝視太久，驀地竟覺得頭暈。他聽見有人在遠處尖叫，嘴裡出現溫暖的血味。同時，他看見所有的面具：戴蒙．朱利安、賈爾斯．拉蒙、吉伯特．達昆、菲立浦．肯恩、瑟吉．艾力克索夫，還有另外上千個人消失；每一副面具之下都有另一副，一副比一副更古老也更恐怖；層層相疊，每一層都更殘忍。最底層的那一副毫無魅力，沒有笑容，沒有花言巧語，也沒有豪奢的服飾或珠寶，全與人性無關，甚至完全不屬於人性，只是飢渴、狂熱、紅色，血色腥紅，遠古且貪得無饜，原始而無人性，卻十足強悍。那東西棲息在恐懼中，呼吸恐懼，也飲用它，而且古老至極，甚至比人類和所有的文明都來得早，比森林與河流都久遠，也比夢想更古老。

艾伯納．馬許眨眨眼，看著對桌的那頭動物——一頭高大英俊、一身酒紅，一丁點兒人性都不存在的野獸，那張臉龐的線條所刻劃的即是恐怖；而那雙眼睛已不再是黑色的，而是赭色的，血紅的，散發著燃自內在的火燄，腥紅而飢渴。

喬許亞．約克放開了嬰兒的斷腕，鮮血倏然噴出，不一會兒，大廳中只聽見那恐怖的血流聲。

仍有幾分昏沉的艾伯納．馬許從靴子抽出長刀，號叫著衝出座位，瘋狂使勁揮砍。酸比利想從後面攫住他，但馬許的力氣太大也太猛烈，他反手將比利甩向一旁，蹬上桌子直朝戴蒙．朱利安撲去。朱利安及時把視線從喬許亞．約克的雙眼移開，同時微微後退，然而廚刀只差一吋就要劃到他的眼睛，刀鋒遂在他的右頰下切出一道又長又深的傷口。鮮血隨即湧出，朱利安低低咆哮了一聲。

緊接著，有人冷不防從背後扯住他，將他拖下餐桌，飛快地拎起來向外扔了出去，彷彿體重有三百磅的馬許只是個小孩。馬許重重摔在地上，撞得他疼痛異常，但他努力翻滾，隨即站起身來。

他看見出手扔他的是喬許亞，而且此刻已站在他的面前，離他極近。那雙蒼白的雙手顫抖，灰眼中充滿恐懼。「快逃，艾伯納。」喬許亞說，「下船去。快跑。」

就在喬許亞的身後，餐桌邊的眾人全都起身了。一張張白皙的臉孔，若有意圖的眼神與凝視，蒼白的手急切地伸出。凱瑟琳在微笑，就像她在喬許亞房門口逮到馬許時一樣，而老賽門渾身震顫，就連史密斯和布朗都在移向馬許，緩慢地，腳步輕飄地，他們的眼神也不再友善，嘴唇更是濕潤的。那些人全都朝這兒走來，戴蒙．朱利安也滑步走過桌旁，近乎無聲；他下巴上的血跡已乾，臉頰上的傷口幾乎就在馬許的注視下癒合。艾伯納．馬許低頭看自己的手，發現刀子已不在手中，於是他往後退，一步一步地，一直靠到那面鑲了鏡的廳門。

「艾伯納，逃啊。」喬許亞．約克又說了一次。

馬許笨拙地打開門，倒退著走出交誼廳，然後看見喬許亞轉過身去，挺身站在廳門和那群夜行的吸血鬼之間——擋下了朱利安、凱瑟琳，和所有其餘的眾人。

在馬許拔腿狂奔之前，那就是他最後所見的景象。

# 第十八章

**蒸汽輪船烈夢號上，密西西比河，一八五七年八月**

次日，當太陽在紐奧良上空升起，將河霧轉成了緋紅，昭告這熾熱的一天即將開始時，艾伯納．馬許在河堤等著。

前一晚，他跑了很長的一段路，發狂般闖進老廣場，連連絆跤，撞倒好幾個閒逛的路人，在滿城的煤氣燈光中跑得上氣不接下氣。他這輩子從未那樣跑過。跑到最後，他發現沒有人追上來，於是找了一家昏暗且煙霧瀰漫的酒店，狠灌三杯純威士忌好止住雙手的顫抖，然後捱到將近黎明時分，開始往烈夢號的方向走去。艾伯納．馬許這一生從未比此刻更感到惱怒或羞愧。他竟任那幫人迫使他逃離自己的船，任他們拿刀抵著脖子，還當著他的面殺死一個嬰兒。他想，那些人膽敢對他艾伯納．馬許做出這種事，他絕不會放過他們；白人也好，印地安人也好，殺千刀的吸血鬼也一樣！他在心裡暗暗起誓，他要戴蒙．朱利安後悔到死。白晝已經降臨，獵人就要變成獵物了。

馬許走近河岸地時，碼頭區已經人聲鼎沸。烈夢號旁邊多了一艘大型外輪船，如今正忙著卸貨；小販推車叫賣點心和冰品，也有旅館來的載客車已經提早在港外候著。令馬許吃驚的是，烈夢號的蒸汽竟已升起，黑煙從煙囪湧出，還有一群雜工在將最後一批貨搬上船。他心中一警，加快了腳步，高聲向其中一人喊道：「喂，那邊那個你！等一下！」

那名黑人細工是個大塊頭，禿得發亮的頭上缺了一隻耳朵，聽見馬許叫喊，他便轉過頭去回應，右肩還扛著一只木桶。「是，船長。」

「這裡是怎麼回事？」馬許問道，「爲什麼燒蒸汽了？我並沒有下令。」

細工皺眉道：「我只知道要搬東西，船長，不知道別的。」

馬許咒罵一聲，只好讓他走。就在這時，長毛麥可．杜恩踱著大步走下條板梯，手裡拎著那根黑鐵棍，馬許立刻喚他：「麥可！」

長毛麥可一見他就皺眉，表情又驚又怒：「早，船長。你眞的把這船賣啦？」

「啥？」

「約克船長說你把你那一半賣給他了，還說你不和我們一道走了。我是凌晨回來的，就我和幾個小子。然後約克那傢伙說你和他都覺得兩個船長太多了，所以他買下了你那一半。之後他又叫懷堤弄蒸汽，是他下令的，就到現在。實際情形到底是怎樣啊，船長？」

馬許大皺眉頭。見搬運工好奇地聚在四周，於是拉著長毛麥可的手臂，將他從階梯拖到主甲板上：「我沒時間講故事了，」見四下沒人，他急急地說，「所以別一直問我問題，聽到沒？照我的話去做就好。」

長毛麥可點點頭，一面在他結實的大手掌上拍著那根重鐵棍：「麻煩事？」

「多少人回來了？」馬許問道。

「幾乎全回來了，還有一些乘客。乘客不多就是了。」

「我們不等其他人了。」馬許說，「船上的人越少越好。你去找弗蘭姆和艾布萊特，隨便哪一個都行，叫他們到操舵室去，馬上開船。馬上，聽到沒？我現在去找傑佛先生，你找到舵手後再到總管辦公室和我碰面。別告訴任何人。」

長毛麥可濃密的黑短鬚後現出一抹獰笑：「我們要幹嘛？便宜買回這艘船嗎？」

「不是。」艾伯納．馬許說，「不，我們要去殺一個人。我說的可不是喬許亞。馬上去！然後到總管辦公室找我。」

結果，強納森．傑佛不在辦公室裡，馬許隨即轉到這位總管的寢室去搥門，傑佛果然睡眼惺忪地開門走出來。「馬許船長，」傑佛忍著呵欠說道，「約克船長說你賣掉了船權。我覺得不合理，只是到處找不到你，所以也不知該怎麼辦。進來吧。」

「把昨晚的事告訴我。」馬許進了他的艙房，然後問道。

傑佛又打了個呵欠。「抱歉，船長。」他一面說，「我沒什麼睡。」然後走向五斗櫃上的水盆，在臉上潑了些水，摸到眼鏡，再回來面對馬許，看起來清醒了些。「呃，讓我想一下。我們本來都在聖查爾斯，想在那裡住一晚，讓你們好好招待客人。」說到這兒，他的眉毛嘲諷地揚了揚。「傑克．埃里跟我在一起，還有卡爾．弗蘭姆、懷堤和他手下幾個鐵工，還有……哎，我們那群有一大團。弗蘭姆先生的學徒也在。艾布萊特先生也和我們一塊兒晚餐，但他吃完晚餐就上樓去睡，其他人就留下來喝酒聊天。我們都有訂房間，不過就在我們解散回房不久……應該是凌晨兩點或三點鐘吧……雷蒙．奧提嘉和賽門，還有那個酸比利．提普頓跑來帶我們回船上，他們說約克船長急著找我們。」傑佛聳著肩膀，「然後我們就回來啦。約克船長在交誼廳裡等，對大夥兒說他買下了你的船權，還說我們今早就要出發。有些人還在城裡，所以我們派了幾個人出去找，順便通知乘客們。我想現在大部分的船員都在船上了吧。託運的貨我都點收了，也簽過了，所以想補個眠。好啦，到底發生了什麼事？」

馬許忿忿哼了一聲。「我時間不多，況且你一定不會相信。你昨晚在交誼廳有沒有看到什麼怪事？」

「沒有啊，」傑佛道，又揚起一邊的眉毛。「我該看到嗎？」

「有可能。」馬許說。

「晚宴的場地都收乾淨了。」傑佛說道，「這倒很怪，侍應生明明都在岸上。」

「我猜是酸比利清理的，」馬許道，「但那無所謂。朱利安當時在場嗎？」

「在，還有幾個我沒見過的人。約克船長叫我爲他們安排艙房。那個戴蒙・朱利安眞是個怪人，他和約克船長簡直寸步不離。那人倒是彬彬有禮，撇開那條傷疤，長得也算好看。」

「你說你安排艙房給他們？」

「對，」傑佛說，「約克船長本來要讓朱利安住你的寢室，但我不同意，畢竟房裡都是你的私人物品。所以我堅持要他住交誼廳外的頭等客艙，等我有機會和你談過再重新安排。這一點朱利安同意，所以就沒什麼問題了。」

艾伯納・馬許冷笑道：「很好。還有酸比利，他人呢？」

「他住朱利安的隔壁房。」傑佛答道，「但我懷疑他沒待在裡頭。我最後一次看到他時，他在主艙區一帶鬼鬼祟祟，一副這船是他擁有的樣子，手裡還玩著那把刀。我們還吵了一下。你不會相信他幹了什麼事──他對著你那些漂亮的雕花廊柱射飛刀，好像那是老枯樹。我叫他住手，否則我就要長毛麥可把他當飛刀射，他是住手了，但卻挑釁地瞪著我。那傢伙會是個麻煩人物。」

「你認爲他還在主艙區那兒？」

「這個嘛，我剛才都在睡覺，但我最後是在主艙區看到他沒錯。好像在椅子上打盹。」

「你去換衣服，」艾伯納．馬許吩咐道，「動作快。我們在你的辦公室碰頭。」

「遵命，船長。」傑佛說道，一臉的不解。

「記得帶你的劍杖來。」走出房門時，馬許又這麼叮嚀。

不到十分鐘，他和傑佛與長毛麥可在總管辦公室會合。「坐下來閉嘴聽我說，」馬許道，「這事聽起來很離譜，但你們兩個和我認識多年，也他媽的了解我是怎樣的人，我也不會像弗蘭姆先生那樣到處講鬼故事。天殺的，我發誓這件事千眞萬確，要是有半句假話，老天讓我被腳下的鍋爐炸死。」艾伯納．馬許做了個深呼吸，然後單刀直入地道出事情原委。他一口氣把故事講完，中間只停頓一次，因爲他聽見船笛響起，腳下的甲板開始震動。

「繼續講，」長毛麥可說，「是往上游走，照你吩咐的。」

「好。」馬許說道，然後繼續講故事。烈夢號則在這時反轉她的蹼輪，倒出紐奧良碼頭，在純淨熾熱的陽光下重返密西西比河道。

馬許講完時，強納森・傑佛顯得若有所思：「好吧，很吸引人。也許我們該叫警察來處理。」

長毛麥可隨即嗤之以鼻：「上了河，誰管你。你應該知道才對。」說著，他掂了掂手中的鐵棍。

艾伯納・馬許同意他的看法：「這是我的船，我才不要讓局外人來處理，傑佛先生。」

這就是河上的江湖之道。誰鬧事，誰就吃棍子；誰惹麻煩，誰就被扔下河，或讓蹼輪去絞爛。老惡水的祕密是絕不外揚的。

「尤其別找紐奧良的警察。他們才不會管一個黑奴小孩死在哪裡，況且屍體又不在我們手上。那幫條子也是一群惡棍，他們更不會相信我們。就算相信，他們能怎樣？帶著手槍和棍棒來，又對付不了朱利安那群人。」

「所以我們要自己解決？」傑佛問道，「怎麼做？」

「我把手下的人集合起來，然後殺了他們。」長毛麥可主動提議。

「不，」艾伯納・馬許說，「依我盤算，喬許亞掌控得了其他人，因爲他之前就是這麼幹的。他的想法跟做法都對，昨晚本來也想阻止那場禍事，偏偏朱利安比他強。我們只要趁天黑前把朱利安解決掉就行了。」

「不難哪。」長毛麥可說。

艾伯納・馬許皺了皺眉頭：「我不敢說，這可不像故事裡講的。他們在白天只是睡著，並不是無能爲力，而且要是被人吵醒，他們照樣強得可怕，動作也快得可怕，很難傷到他們，所以我們必須做得對才行。我估計我們三個就夠應付了，不必把其他人捲進來。萬一出了什麼差錯，我們就在天黑前把所有人趕下這艘船，然後開到上游的荒郊野外，這麼一來，要是我們得連朱利安以外的人都要殺，那幫夜行佬就沒地方可逃了。雖然我不認爲事情會演變到這個地步就是了。」說著，馬許看著傑佛，「你有朱利安那間房的備份鑰匙嗎？」

「在我的保險櫃裡。」總管用劍杖指著那口黑色的鐵箱。

「好。」馬許道。「麥可，你用那棍子可以打得多重？」

長毛麥可微微一笑，重重地將鐵棍打在自己的掌中，發出令人滿意的巨響。「你要我打得多重，船長？」

「我要你打碎他該死的腦袋。」馬許道，「而且你得一擊就打到碎，只有一次機會，沒有第二次。你要是只打斷他的鼻梁，他下一秒就跳起來撕裂你的喉嚨。」

「好，」長毛麥可道，「就一擊。」

艾伯納．馬許點點頭，心知這粗壯的大副說到做到。「那麼，還有一件事，就是那個酸比利，他是朱利安的看門狗。他現在可能還在椅子上打盹，但要是看見我們到朱利安的房門口，我賭他會馬上跳起來。所以我們不能讓他發現。主甲板那兒有兩扇門，要是比利在交誼廳裡，我們就從步道過去；要是他人在外頭，我們就改走交誼廳。在我們採取行動之前，得先確定比利在哪。傑佛先生，這件事就交給你。你去找酸比利，然後回來告訴我們，接著再去確定他沒有到處閒晃。要是他聽見什麼聲音或往朱利安的房間走，我要你用那把劍杖戳進他發酸的小肚皮裡，聽到了嗎？」

「瞭解。」總管冷冷地說，扶了一下眼鏡。

艾伯納．馬許停頓片刻，嚴正地注視著他的兩位盟友：一個是身材修長且衣著瀟灑的公子哥兒總管，戴著他的金邊眼鏡，穿著釦式套鞋，一張緊閉的嘴和一頭梳理得油亮仔細的頭髮；一個是魁梧高大而衣衫邋遢的粗獷大副，臉皮粗糙，舉止也粗鄙，睜著一雙綠眼珠，眼中滿是鬥志。這樣的搭檔很是奇怪，艾伯納．馬許心想，他們卻是最難纏的一對。於是他哼了一聲，滿意地說：「好啦，還等什麼？」他反問道，「傑佛先生，你先去找酸比利在哪。」

總管立刻起身：「遵命。」

他不到五分鐘就回來了。「他的確在主艙區，坐在那兒吃早飯。一定是汽笛聲吵醒了他。他在吃蛋和肉餅，喝一大杯咖啡，而且就坐在看得到朱利安房門的地方。」

「很好。」馬許道，「傑佛先生，你也去吃個早飯吧？」

傑佛微笑道：「我想我的確突然有了胃口。」

「不過，鑰匙先拿來。」

傑佛點點頭，彎身去開保險箱。拿著鑰匙，馬許等了十分鐘，讓那位總管有時間走回交誼廳，然後起身做了個深呼吸。他的心臟跳得猛烈。「來吧。」他對長毛麥可．杜恩說，一面打開辦公室的門。

房門外是個豔陽天，馬許認爲這是個好兆頭。一如往常，烈夢號輕鬆地逆流而上，在水面上攪動出兩道白色的泡沫。她現在一定是開在時速十八哩上，馬許想著，優雅得就像個克里奥人。他發現自己很想知道她開到納契茲要花多少時間，而且突然好想站在她的操舵室裡，看著他最喜歡的這條河。

艾伯納．馬許喉頭一緊，趕緊把眼淚眨回去，覺得自己眞沒有男子氣概。

「船長？」長毛麥可狐疑起來。

艾伯納．馬許咬了咬牙。「沒事，」他說，「只是……他媽的……走吧。」他重重邁開步，手中緊握著那支鑰匙，緊到連指節都發白了。

來到客艙外，馬許停下來觀望四周。走道幾乎是空的，只有一位女士站在扶欄旁，卻在離他們極遠的船尾處，此外就是一個穿著白衫和軟帽的傢伙，坐在一把斜靠在大廳門上的椅子上，離他們也有十幾間房那麼遠，而那兩個人似乎都不怎麼留意馬許與長毛麥可。馬許小心地插進鑰匙，「記得我交代的，」他向大副低語，「要快，要安靜。一棍子。」

長毛麥可點點頭，馬許隨即轉動鑰匙。門板彈開，馬許推進。

屋裡密閉且無光，窗簾關得嚴密，就像那些夜行佬喜歡的那樣，但藉著門口透進的光，他們看見一個蒼白的形體伏在被單下，隨即潛進房裡。儘管兩人都是壯漢，卻是儘可能的輕手輕腳。馬許停下來反手關門，長毛麥可則繼續往前走，手中三呎長的鐵棍高舉過頂——漸暗的微光中，馬許看見床上的形體動了一下，翻身轉向聲音和光線的來源，也幾乎就在同時，長毛麥可跨了兩大步向前，鐵棒劃出一個弧形，朝蒼白的頭顱直直落下。只在頃刻之間。

然後房門完全關上，最後的一絲光線熄滅，在伸手不見五指的漆黑中，艾伯納．馬許聽見一記重捶，好像屠夫在桌台上剁肉時的聲響，同時另外有個類似蛋殼破掉的聲音，馬許隨即屏息。

房裡一片死寂，他什麼也看不見。黑暗中傳來一聲低沉卻輕快的笑聲，馬許只覺得冷汗爬滿全身。「麥可。」他輕聲道，一面摸索著火柴。

「在，船長。」大副的聲音響起：「一棍搞定。」然後又笑了幾聲。

艾伯納·馬許在牆上劃燃火柴，眼睛眨巴。長毛麥可站在床邊，手中的鐵棍末端是濕的，再看床鋪上是一片紅色的肉糊，那兒有一半的頭骨已經難以辨識，血跡也在被單上暈了開來；枕頭、牆上和長毛麥可的衣服上都濺沾到一些頭髮和深色的東西。「死了嗎？」馬許問道，突然擔心被搗碎的頭骨會自動拼回去，蒼白的屍體會坐起來對他們微笑。

「我沒看過比這更死的。」長毛麥可說。

「要確定，」艾伯納·馬許命令他，「他媽的一定要確定。」

長毛麥可高高聳起肩膀，隨之舉起還在淌血的鐵棍，再度往枕頭上的那堆頭骨掄去——第二下、三下、四下。到第四下時，那團東西已經不能算是頭顱了。長毛麥可·杜恩是個可怕的大力士。

火柴燙到馬許的手指，他便吹熄它。「走吧。」他粗聲說。

「那『他』怎麼辦？」長毛麥可問道。

馬許拉開房門。陽光和大河就在他的面前，他只覺得可喜可賀，心頭一鬆。「先擺著，」馬許說，「留在黑暗裡。等傍晚之後再扔下河。」大副跟著走出房外後，馬許鎖上房門，覺得想吐。他走到主甲板扶欄邊，將龐大的身軀靠在欄杆上，忍著不嘔出來。不管朱利安吸不吸血，他們剛才對他所做的事都同樣駭人聽聞。

「要我幫忙嗎，船長？」

「不用。」馬許努力站直身子。早晨的氣溫已經很高，黃澄澄的陽光狠狠打在河面上。馬許已是滿身大汗。「我沒睡飽，」他勉強擠出笑容，「事實上，我根本沒睡。熬夜很要命，我們剛才做的事也夠不像話了。」

長毛麥可聳聳肩。看樣子，砸爛一顆人頭好像對他沒什麼影響。「去睡吧。」他道。

「不，」馬許說，「不行。我得去找喬許亞，把這件事告訴他。他得知道，這樣才好準備對付其他人。」

突然間，艾伯納·馬許發現自己不知道喬許亞·約克的反應會是如何——他的一個同胞慘死在他們的棍棒下；雖然，經過昨晚的事，他覺得喬許亞應該不會太在意，但還是不怎麼確定——畢竟他不是眞正了解這些夜行的傢伙們，不懂他們的觀念。朱利安是個嬰兒殺手兼吸血鬼，好吧，其他人以前也好不到哪兒去，就連喬許亞也是。而且戴蒙·朱利安後來成了喬許亞的血之領主，等於是吸血鬼之王；要是你殺了某個人的國王，就算那國王可惡透頂，那人難道會無動於衷嗎？想起喬許亞在憤怒時散發出的冰冷力量，連帶想到自己上次吵醒喬許亞時的事情，馬許突然又覺得不太想去吵醒他了。

「也許我就等等吧，」馬許聽見自己說，「先睡一下。」

長毛麥可點點頭。

「但我還是得第一個去找喬許亞。」馬許堅持。這會兒他的確覺得自己不舒服了：噁心、焦躁、疲倦。他得去躺幾個鐘頭才行。「我不能去吵他。」他舔了舔嘴唇，覺得它乾燥得像砂紙似的。「你去告訴傑佛，把剛才的事情告訴他，然後你們之中有一個要在太陽下山前來找我。一定要提前，聽見沒？至少要一個小時以上，好讓我跟喬許亞講清楚。我會叫醒他，跟他討論怎麼處理其他的夜行佬。然後你們……你派一個手下去盯緊酸比利……我們也得解決他。」

長毛麥克微笑道：「扔進河裡就好了。」

「也許吧，」馬許道，「也許。我現在要去休息了，但你們得確保我在天黑前起床。別給我等到天黑才來叫我，懂不懂？」

「懂。」

就這樣，艾伯納．馬許疲倦地走上頂層甲板，每踏上一步都覺得更噁心又更累。站在自己的房間門口，他的心中突然竄過一絲恐懼——儘管傑佛先生不同意，但萬一這房裡正躺著一個吸血鬼呢？然而，當他把房門推得大開，讓光線一股腦兒照進去時，房裡一個人影也沒有。馬許搖搖晃晃地走進去，拉開窗簾，打開窗戶，讓更多的光線和空氣進來，接著頹然坐在床上，脫去汗濕了的衣服。他甚至懶得換上睡衣了。艙房裡悶熱得要死，馬許卻累得顧不了這許多。睡意幾乎是立刻就擄獲了他。

# 第十九章

**蒸汽輪船烈夢號上，密西西比河，一八五七年八月**

猛烈的敲門聲響了好久，才將艾伯納．馬許從深沉而無夢的睡眠中喚起。他昏昏沉沉地驚醒，坐了起來，喊道：「等一下！」然後拖著腳步下床，像一頭剛從冬眠中醒來的赤裸大熊，而且心情不太好。直到他在臉上潑了些水，才想起自己忘了什麼；瞪著昏暗的小艙房，看著角落的灰影，還有窗外那片陰沉的天空——「去他媽的混帳王八蛋！天殺的！」馬許氣得大罵，在乾淨衣服堆裡扯出一條長褲，踏著重步猛然拉開門：「讓我睡這麼久是什麼意思？」馬許對著強納森．傑佛吼道，「我他媽說要在日落前一小時叫醒我的！」

「離日落確實還有一小時啊，」傑佛道，「烏雲密布，天色才會這麼暗。艾布萊特先生說，又有一場暴風雨要來了。」總管走進房裡，順手帶上房門。「我帶了這個給你，」說著，他遞出那根胡桃木手杖：「我在主艙區找到的，船長。」

馬許接過手杖，緩過一口氣：「昨晚弄丟的。」他把手杖靠在牆邊，再次瞄向窗外，皺起了眉頭。從河面望去，西邊的地平線正有一大團黑雲朝這兒湧來，好像一面龐然的黑暗之牆，正準備來壓扁他們。落日則不見蹤影，看得他一點兒也不喜歡。「我最好上去找喬許亞。」說著，他抽出襯衫，開始穿衣服。

傑佛倚在他的劍杖上，問道：「要我陪你嗎？」

「我應該親自去告訴喬許亞。」馬許一面打領帶，一面瞄著鏡子。「雖然我也不怎麼想就是了。不然你陪我上去，在門外等好了。喬許亞也許會想找你商量。」

馬許其實有所保留。萬一喬許亞．約克不樂見戴蒙．朱利安的下場，他希望這位總管別離他太遠。

「好吧。」傑佛說。

馬許抖肩套上船長制服，抓過他的手杖：「走吧，傑佛先生。天色已經太暗了。」

烈夢號輕快地吐著蒸汽，她的旗子在強風中劈啪作響，煙囱不斷吐出黑煙。陰鬱的天空透著詭異的紫色，密西西比河的水黑得像是墨汁。馬許垮著臉大步邁向喬許亞．約克的艙房，傑佛就走在他旁邊。這一次，他直接提起手杖敲了三聲響門，不像上回那樣猶豫了：「喬許亞，讓我進去。我們得談談。」稍等一會兒，他又敲了兩下，房門於是緩緩打開，現出屋裡的一片寧靜與漆黑。「等我。」馬許對傑佛說完，就走進房裡關上門。「先別生氣，喬許亞，」他對著黑暗說道，覺得腸胃都繃得好緊。「我也不願意打擾你，但這事很重要，而且現在也快天黑了。」黑暗中，他聽得見呼吸聲，卻沒有任何回應。「媽的，」馬許皺眉罵道，「爲什麼我們總要這樣黑不拉嘰地講話啊，喬許亞？這樣我他媽的不舒服。你點個蠟燭好不好？」

「不好。」那口氣傲慢、低沉而流暢。同時，也不是喬許亞的聲音。

艾伯納．馬許退了一步。「噢，我的老天爺，不。」他的聲音沙啞，發抖的手摸到身後的門，猛然拉開，在適應過漆黑後，屋外沉紫的天光立刻讓他看清了船長室內的情景——喬許亞癱躺在床上，蒼白而赤裸，雙眼緊閉，一條手臂在床邊懸垂及地，腕上有一塊怵目驚心的黑，看起來像是瘀傷或乾掉的血塊，而戴蒙·朱利安正微笑著朝他走來，俄然如死神。「我們明明殺了你。」馬許不敢置信地吼著，踉蹌跌倒在房門外，正巧坐在強納森·傑佛的腳邊。

朱利安在門邊停下，昨夜被馬許劃開的那道傷口，如今只像是一道貓兒的抓痕。除此之外，他全身上下毫髮無傷；他的外套和背心已脫去，裡層那件起縐的絲質襯衫竟也沒有一點髒污或破損。「進來啊，船長，」朱利安平靜地說，「別跑嘛。進來聊聊。」

「你死了。麥可打爛了你的頭。」馬許說著，只覺得話語都堵在喉間。他不去看朱利安的眼睛。現在還是白天，他想，屋外是安全的。在日落前，只要他不去看那雙眼睛，不進到那間艙房，朱利安就碰不到他。

「死了？」朱利安又笑道，「啊，另一間房啊。可憐的尙，他是這麼地相信喬許亞，結果看看你對他做了什麼好事。你說你們打爛了他的頭，是嗎？」

艾伯納·馬許重新站起來。「你們互換了房間，」他沙啞地說，「你這殺千刀的惡魔。你叫他睡你的床。」

「喬許亞和我有好多話要聊，」朱利安答道，同時招招手：「來吧，船長，我等得煩了。來和我們一起喝酒吧。」

「你下地獄去燒死吧！」馬許大吼，「也許我們今早沒殺到你，但你還沒走。傑佛，下樓去找長毛麥可跟他那幫小子，十幾個應該夠。」

「不，」戴蒙·朱利安說，「你不會這麼做的。」

馬許惡狠狠地揮動著手杖：「哦，會，我會。你要阻止我嗎？」

朱利安抬眼瞥去，天空已是一片紫中帶黑的暮光，彷彿這蒼穹也遭受到無情的搥打。「對。」他說著，隨即從幽暗中走了出來。

艾伯納·馬許的心頭驟然湧現一股惡寒，手掌中滿是濕黏的汗水。「走開！」他舉著手杖說著，一面向後退，只見戴蒙·朱利安依舊笑著前進。馬許絕望地想著，外頭太暗了。

但聽見一個金屬擦過木頭的輕響，強納森·傑佛箭步擋在馬許面前，手中的劍杖已經出鞘，鋼刃正閃動著凜冽而危險的鋒芒。「去找人幫忙，船長，」傑佛冷靜地說，用另一隻手扶了扶眼鏡：「我來絆住朱利安先生。」話才說完，他已經輕盈地揮劍挑去，以純熟的擊劍步向朱利安進攻——原來那是一把雙刃西洋劍。戴蒙·朱利安在千鈞一髮之際及時退後，銳利的劍尖和他的嘴唇只有幾吋之差。

「讓開。」朱利安陰陰地說。

強納森·傑佛不發一語，仍舊以擊劍的姿勢步步推進，迫使朱利安退往船長室的房門，緊接著使出一記迅雷不及掩耳的刺擊，但仍然比不上朱利安的速度。只見他滑步向後，剛好避過劍鋒，後腳同時踏進艙房裡，聽見傑佛不耐煩地嘖了一聲，戴蒙·朱利安也還回以一聲咆哮似的大笑；說時遲那時快，那雙白皙的手伸展了十指往上揚，傑佛也在同時再度提劍刺去。

頃刻間，朱利安伸出雙手，撲了過去。

艾伯納．馬許看得一清二楚。傑佛的刺擊確確實實，朱利安也沒有試著迴避。長劍沒入朱利安的下腹，令他蒼白的臉頓時扭曲，喉間逸出一個痛苦的悶哼，卻沒有就此停下動作。眼見長劍從敵人的背後穿出，敵人卻繼續前進，震驚不已的總管還來不及退開，便被朱利安用雙掌覆住頸子。伴隨著一個恐怖的嗆聲，傑佛的雙眼向外暴突，就在他掙扎著想脫身時，臉上的金邊眼鏡彈落到甲板上。

馬許飛身撲上去，用自己的手杖死命打在朱利安的肩頸部，被一把長劍刺穿的朱利安卻像是不痛不癢，雙手野蠻地反扭，接著是一個斷木般的啪嚓聲，傑佛再也沒動靜了。

艾伯納．馬許大叫一聲，揮動著手杖，卯足全力向朱利安劈去。這一劈正中他的額心，令他一時踉蹌，隨即鬆了手，傑佛便像個斷了線的傀儡般落下，頭部被扭成了奇怪的角度，看起來像是反轉在後。

艾伯納．馬許倉促地退開。

朱利安摸摸眉心，好像在衡量馬許那一劈的後果。見他沒有流血，馬許心中一沉。儘管他的力氣大，卻不像長毛麥可．杜恩那樣，而且胡桃木杖也不是實鐵。戴蒙．朱利安把傑佛的手從劍柄上踢開，抽搐且笨拙地將已然濕滑的劍鋒抽出體外。他的襯衫血濕一片，走動時都黏在身上，又見他將長劍往旁邊扔出去——幾乎像是隨手一彈。長劍轉了幾圈，飛向河中央，消失在漆黑的湍流中。

朱利安繼續往前走，跌跌撞撞地，在甲板上留下血淋淋的腳印。他往馬許走來。

馬許往後退，一面盲目地慌亂想道：自己殺不死他，一切已無濟於事。喬許亞和他的夢想，長毛麥可和他的鐵棍棒，傑佛先生和他的劍杖，全都撂不倒這戴蒙．朱利安。馬許慌亂地退到樓下，開始狂奔，氣喘吁吁地來到船尾，打算從艙梯逃下走道，那兒叫得到人，比較安全。他看見天色已暗，急急奔下艙梯，才踏了三步就緊抓住扶手，讓自己停下來。

酸比利．提普頓和四個人正朝他走來。

艾伯納．馬許轉身往回爬，想著：只要衝過去搖鈴就好，搖鈴呼救……然而朱利安已經走下頂層甲板，擋住他的去路。馬許在那兒呆住了，心中充滿絕望；被困在朱利安和那些人之間，他無路可逃，手裡只有這根沒用的爛棍子，根本無法傷害他們，搏鬥也毫無意義了，乾脆放棄吧。朱利安正在步步逼近，嘴角只剩一絲殘暴的笑意，馬許覺得自己看見的只有那張蒼白的臉孔——就那張臉，走下艙梯，牙齒外露，眼中有狂熱與飢渴的光芒，血紅、古老而無敵。要是馬許流得出眼淚，這會兒也許會啜泣。他發現自己的腿像是生了根，就連手杖都變得好沉重。

就在這時，從上游的方向轉來另一艘外輪汽船，艾伯納．馬許原不可能注意到，但是舵手看見了，所以拉響了汽笛通知對方，示意烈夢號將在會船時取左舷河道。這陣刺耳的聲音將馬許從麻痺中驚醒，他抬頭看去，見到那艘往下游開的船頂燈火，那熊熊噴發的紅煙，那些高聳的煙囪，還有籠罩在煙囪上的低垂黑幕，以及遠方打雷時的微光；還有這條河，這漆黑無垠的長河，是他的家、他的事業、他的知己兼最差勁的敵人，也是他心愛的淑女們共同的伴侶——儘管它總是善變又凶殘。這滾滾長流從不停歇，不問世事，也不在乎戴蒙．朱利安和他的同族如何；對大河而言，他們不算什麼，他們終將離世，被人遺忘，但這條老惡水會永遠翻滾著浪花，切出新的河道，淹沒城鎮作物，也同時滋養著人類與田地，也將繼續咬碎一艘又一艘的蒸汽船。

艾伯納・馬許走向輪室上方的甲板。朱利安跟在後頭，喚了一聲「船長」，那聲音扭曲，但依然誘人。馬許不理他，也不知自己從哪兒來的力量，從甲板外往下攀到輪室頂端。在他的腳下，碩偉的蹼輪正在轉動，他能感覺到那股震動傳來，聽得見鏘鏗鏘鏗的聲響。他小心翼翼地往船尾走，不想失足讓蹼輪把他拖下水絞爛了。他探下去看，天色已近全黑，河水也一樣的黑，任由烈夢號攪得它像是沸騰一般。燃爐的火燄映在水面上，更令它像是煮沸了的血。艾伯納・馬許怔怔凝視著腳下。越來越多的血，他想，天殺的血，擺脫不掉，註定擺脫不掉了。船身拍擊在水面的聲響，聽在他耳裡就像轟雷。

酸比利・提普頓這時也跳上輪室頂端，靈巧地走了過來：「朱利安先生要找你呢，胖子。」他說道，取出他的小刀，微笑起來。那笑容的確非常嚇人。「過來吧，我看你還能往哪裡走。」

「那又不是血，」馬許高聲說道：「不過是天殺的河水罷了。」

依舊緊抓著手杖，馬許深吸了一口氣，朝船外縱身躍去。落在水面的那一刻，酸比利的咒罵聲還在他耳邊響著。

# 第二十章

**蒸汽輪船烈夢號上，密西西比河，一八五七年八月**

當酸比利從輪室上跳下來時，看見雷蒙和艾盟正一左一右地扶著戴蒙・朱利安。朱利安看起來好像剛屠了一頭豬，渾身衣服都被血染濕了。「你讓他逃了，比利。」他冷冷地說，那口氣令酸比利緊張。

「他已經完蛋了。」比利堅持道，「那些蹼輪會把他吸進去絞爛的，要不也會淹死。你該看看那個大肚子濺起的水花。以後不必再看到他那些肉瘤了。」酸比利邊講邊打量四周，一點也不喜歡眼前所看到的景象：朱利安渾身是血，血跡隨腳印從頂層甲板一路連到往樓下的階梯這兒來，而那個公子哥兒總管的嘴裡還在冒血。

「要是你讓我失望，比利，你就永遠也無法變成我們了。」朱利安說，「看在你自己的份上，他非死不可，懂嗎？」

「是。」比利道，「朱利安先生，發生了什麼事？」

「他們攻擊我，比利。他們要攻擊我們。根據我們好心的船長說，他們把尙給殺了，打爛了他的頭。我記得他就是用這個詞。」他微微笑，「馬許和這不幸的總管，還有一個叫作麥可的人，這三人要爲這件事負責任。」

「長毛麥可·杜恩。」雷蒙·奧提嘉說道，「他是烈夢號的大副，戴蒙。個頭高大，又笨又粗俗。他的工作就是負責打罵黑人。」

「啊，」朱利安應道，「可以放開了。」他對雷蒙和艾盟說，「我現在感覺好點了，我站得住。」

天色更暗了。他們站在黑影中。「戴蒙，」文森警告道，「守衛會在晚餐時換班，船員會走到他們的寢室去。我們最好下船，否則他們會發現的。」說時，他看著那片血跡和屍體。

「不，」朱利安說，「比利會清理的。是不是，比利？」

「是，」酸比利道，「我會把總管扔下去找他的船長。」

「那就快動手吧，比利，不要光說不做。」朱利安的笑意冰冷。「然後到約克的房間來。我們會先回去。我得換衣服。」

酸比利·提普頓只花了二十分鐘就把頂層甲板的死亡現場清乾淨了。他做得十分匆促，因爲他明白有太多人會在這個時段從房裡走出來散步，或上樓梯來乘涼。夜色成了完全的掩護。比利吃力地把傑佛的屍體拖到甲板邊，推進河裡——這總管竟比他所想的還要重。看著夜晚和著河水吞沒了他，濺起的水花倒不像馬許那樣大，水花聲也幾乎都被蹼輪聲蓋過。正當酸比利脫下自己的襯衫，準備開始擦拭甲板上的血時，幸運突然降臨在他身上——暴風雨正式降臨。雷聲在耳邊轟隆作響，閃電劈在河上，雨水傾盆而下。乾淨而冰冷的雨滴搗在他的身上，也洗去了大部分的血跡。

走進喬許亞·約克的艙房時，酸比利像個落湯雞，他手中的襯衫也成了一個淌水的布球。「好了。」他說。

戴蒙．朱利安坐在一張皮椅上，已經換上新的衣服，手裡端著一杯飲料，看來就像平常一樣的強壯健康。雷蒙站在書桌旁，艾盟坐了另一張椅子，文森坐在桌面，科特則坐在書桌前的椅子上，而喬許亞．約克坐在床上，低頭看著他的腳。他的膚色灰白如土，酸比利心想，看起來活像一條被鞭打過的野狗。

「啊，比利，」朱利安道，「要是沒有你，我們該怎麼辦啊。」

酸比利點點頭，然後說道：「朱利安先生，我剛才在外面時一直想，」他說，「依我盤算，我們有兩個選擇。這輪船有一艘小艇，用來探路之類的，我們可以搭小艇離開這兒。或者，既然遇上了暴風雨，我們乾脆就等舵手停船，然後趁那時下到岸上去。這兒離莎拉灣不遠，也許舵手會把船停靠到那兒去。」

「我對莎拉灣沒有興趣，比利。我不想離開這麼棒的輪船。烈夢號現在是我們的了，你說是嗎，喬許亞？」

喬許亞．約克抬起頭來，聲音微弱得幾乎聽不見：「是的。」

「可是這樣太危險了，」酸比利堅持道，「船長和總管都不見了，人們會怎麼想？船員馬上就會發現他們失蹤，然後他們全都會起疑的。眞的馬上就會。」

「他說的對，戴蒙。」雷蒙插嘴道，「我是在納契茲上船來的。乘客也許來來去去，但船員們都是固定的。我們待在這兒會有危險。對他們而言，我們的行爲怪異又可疑，若再發現馬許和傑佛失蹤，他們一定會先盯上我們。」

「加上這個大副，」比利補充道，「既然馬許找他幫過忙，他一定知道這一切啊，朱利安先生。」

「那就殺了他，比利。」

酸比利·提普頓嚥了一口口水，心裡發慌：「呃，朱利安先生，假設我殺了他，恐怕也沒用。大家一樣會發現他失蹤，而且他手底下有好多人，有一整批黑鬼、不講話的德國佬和大塊頭瑞典人，但我們還不到二十個。而且白天又只有我一人。我們一定得離開這條船，越快越好。我們拚不過這麼多船員，就算可以，我一個人也肯定鬥不了他們那麼多人。我們非走不可。」

「我們要留下來，好讓他們懼怕我們，比利。既然你想當主人，想法怎還可以跟奴隸一樣呢？我們不走。」

「那麼，當他們發現馬許和傑佛死了，我們該怎麼辦？」文森問道。

「還有那大副呢？他可是個威脅。」科特也說。

戴蒙·朱利安笑著注視酸比利。「啊，」他抿了一口飲料，「這些小問題，我們就讓比利去處理就好了。比利會讓我們見識到他有多聰明的，你說是吧，比利？」

「我？」酸比利·提普頓嘴巴開開的，「我不知道……」

「你做不到嗎，比利？」

「做得到，」比利馬上應道，「可以。」

「不要再殺人了。我來解決這個問題吧。」喬許亞·約克說道，語氣裡流露著一絲堅毅。「我還是這艘船的船長。讓我去解僱杜恩先生吧，我可以解僱你們所擔心的任何一個船員，把他們趕出烈夢號。已經死太多人了。」

「有嗎？」朱利安問道。

「開除他們也沒用，」酸比利對約克說，「他們只會起疑，然後吵著要見馬許船長。」

「對，」雷蒙同意，然後補充道：「他們不會跟著約克的。」他對朱利安說，「他們不信任他。在決定把船開到下河灣區時，約克甚至得在大白天出來讓他們看見，那幫人才同意開船呢。現在馬許死了，傑佛也死了，他管不住他們的。」

酸比利·提普頓吃驚地看向喬許亞·約克，眼神中有了新的尊敬。「你眞那麼做？」他脫口而出，「在白天外出？」若是日暮或日出之際，其他人或許會在外頭短暫逗留，但比利從沒見過他們任何一個敢在太陽高掛時走到屋外，包括朱利安。

喬許亞·約克冷冷看了他一眼，沒有回答。

「親愛的喬許亞就是愛扮成牲口，」朱利安忍不住笑道：「說不定他還希望自己曬黑一點，皮膚粗一點呢。」

其他人客氣地笑了起來。

這時，酸比利突然有了個點子。他抓抓頭，也擠出一絲笑容：「不用解僱他們，」他對著朱利安說，「我有個主意，讓他們自己逃跑就好。我知道怎麼做。」

「很好，比利。我們還眞不能沒有你呢。」

「您能不能叫他照我的話去做？」比利問道，草草扳過拇指比向約克。

「只要能保護我的同胞，我就做。」喬許亞．約克說道，「同樣地，也要能保護我的船員。不必強迫我。」

「哎呀呀，」酸比利道，「眞窩心。」這麼一來，事情比他盤算的要容易多了。朱利安一定會大大滿意。「我得去換一件衣服，你也穿上衣服吧，約克船長先生。然後我們一起去做點兒『保護工作』。」

「對，」朱利安柔聲道，手中的玻璃杯向約克舉了舉。「到時科特會陪你一道去，以防萬一。」

半小時後，酸比利帶著喬許亞．約克和科特下樓到主甲板。雨勢更大了，烈夢號已經停靠在莎拉灣的港口中，與十幾艘較小的汽船一起拴在碼頭上。交誼廳裡正是晚餐時間，朱利安和其他人混在用餐的人群中一起吃飯。不過船長的位子是空的，遲早會有人問起。幸運的是，長毛麥可正在主甲板上對著搬運工們吼叫，忙著將一些貨物和幾打木材運上船來。在計畫開始進行前，酸比利在樓上留神打量著他——杜恩會是這計畫中最危險的一號人物。

「先處理屍體。」酸比利說著，將他們直接帶往尙．阿爾登陳屍的艙房。科特伸手一轉，將門鎖扳斷，然後比利帶頭走進，點亮了油燈。檢視過床鋪上的慘狀後，酸比利．提普頓吹了一聲口哨。

「哎呀呀，」他對約克說，「你那些朋友把尙老兄打得眞慘，他的腦子有一半在床單上，一半上了牆壁呢。」

約克的灰眼珠投射出滿滿的憎惡。「要動手就快。」他說，「你八成想叫我們把屍體丟進河裡，是吧。」

「才怪。」酸比利道，「我們要燒了這具屍體，船長，就在你的燃爐裡燒。而且不是偷偷摸摸地下樓，是光明正大地從交誼廳走過去，再從主艙梯下。」

「爲什麼，比利？」約克冷冷地問。

「照做就是了！」酸比利罵道，「而且你要喊我提普頓先生，船長！」

他們將尙的屍體用床單包起，這樣就沒人看得出來了。約克走過去幫科特抬屍，卻被酸比利趕開。「一個船東還幫著抬死人，看起來太不正常了。你只要和我們走在一起，裝得很擔心就好。」

約克的滿臉愁容根本毋須假裝。他們打開通往交誼廳的門，走了進去，由比利和科特一前一後抬著裹了被單的死屍。廳中的餐桌半滿。有人驚悚地倒抽了一口氣，所有的談話聲也都頓時靜止。

「要我幫忙嗎，約克船長？」一個蓄著白短髭的矮個子男人問道，他身上的背心還沾著許多油漬。「那是什麼？誰死了嗎？」

「別靠近！」見那人邁步走來，酸比利大喊。

「照他的話做，懷堤。」約克道。

那人於是停下腳步。「哦，好，可是……」

「只不過是個死人，」酸比利說道，「死在他的客房裡，是傑佛先生發現的。這人在紐奧良上船，當時一定已經病了。傑佛先生聽見他呻吟時，這人正在發燒。」

正在用餐的人全都緊張起來，有個人甚至立刻白了臉色，逃也似地奪門而出。酸比利努力忍著不笑出來。

「那傑佛先生呢？」舵手艾布萊特問道。他的外表依舊修剪得清爽整齊。

「他回房去了，」比利立刻接腔，「他不太舒服。馬許陪他去。傑佛先生的臉色有點發黃，我想是難免吧，看見一個人死，心裡當然不舒服。」

這番話引起的作用果眞如酸比利所預期，尤其是當艾盟照著比利的指示，對著隔桌而坐的文森竊竊私語——雖然是咬耳朵，卻故意用旁人聽得到的音量——講了一句「老銅強」，那兩人隨即起身離座，把吃了一半的晚餐留在桌上。

「才不是老銅強！」比利高聲說道，還得刻意提高音量，因爲廳中的人們已開始交頭接耳，而且有半數正準備起身。「總之，我們得快點燒了這具屍體。走吧走吧。」他連聲催促，然後與科特繼續往主艙梯移動。喬許亞・約克讓他們先走，雙手上舉，設法擋下蜂湧而至的害怕與問題。乘客和船員們紛紛讓路，沒有人敢接近科特和比利，以及他們手上的布包。

主甲板上只有幾個模樣骯髒的外國人，都是甲板站位的乘客，此外就是些雜工來來去去，忙著搬箱子和柴薪。燃爐已經熄火，不過還是熱的，當他們將裹了布的屍體塞進去時，爐門還燙到酸比利的手指，痛得他直咒罵。喬許亞・約克走下來找到他們時，他還在甩手。

「他們要下船了，」約克說道，蒼白的臉顯得有些困惑。「幾乎所有的乘客都去打包行李了，還有一半的船員來向我要薪水。鐵工、清潔婦、侍應生，連傑克・埃里都來了，他是副技師呢。我眞不懂。」

「因爲老銅強已經登上了你的輪船啊，」酸比利・提普頓道，「至少他們是這麼『以爲』的。」

喬許亞・約克皺起眉頭：「老銅強？」

酸比利微微一笑。「就是黃熱病啊，船長。可見你從沒去過紐奧良。那兒曾經流行這個病。告訴你吧，這下子不會有人敢繼續待在這艘船上了，而且他們也不會敢來看這具屍體，或甚至去找傑佛和馬許講話。這種病很容易傳染，而且速度很快，一旦染上了，你會全身發黃、吐黑水，還會燒得像在地獄裡頭烤，然後就翹辮子。喏，我讓他們以爲船上爆發了這個熱病。所以我們得趕緊燒了尙老兄的屍首，好讓他們誤以爲眞。」

重新點起燃爐，花了他們大約十分鐘，最後才找到一個塊頭極大的瑞典爐工來幫忙，不過過程還算順利。酸比利觀察工人的眼神，看著他緊張地在爐裡塞木柴，一完事立刻溜得不見人影，讓他忍不住微笑。宣告尙永離人世的爐火不久就燒旺了。酸比利看著他冒煙，一會兒便覺得乏味，於是轉過身去，注意到旁邊擺著幾桶豬油。「拿來賽船用，是嗎？」他問喬許亞・約克。

約克點點頭。

酸比利啐了一口。「在我們下游，蒸汽船才不用這麼貴的玩意兒賽船，只要塞一個肥滋滋的黑鬼進爐子就行了。瞧，我也懂些輪船的東西。只可惜我們不能把尙留起來賽船用。」

這話引得科特微笑，但喬許亞・約克只是怒目瞪著。酸比利不喜歡那表情，一點兒也不喜歡。但就在他開口反擊之前，他等待的那個聲音出現了。

「你！」

頂著六呎之軀，長毛麥可·杜恩昂首闊步地從艄樓走來，頭上那頂寬沿的黑呢帽淌著水滴，黑鬍鬚間也都是小水珠，衣服褲子都濕答答地黏在身上；一雙小眼睛像堅硬的綠色大理石，手裡握著那根註冊商標的大鐵棍——一面走，一面在另一手的掌上拍著，充滿威嚇意味。在他身後，起碼一打的甲板雜工、爐工和搬運工人們跟著走來，大塊頭瑞典人也在，還有一個塊頭比他更大的獨耳黑鬼、一個精瘦結實的黑白混血兒，拎著寬四吋厚二呎的大木板；還有好幾個拿著小刀的傢伙。大副邊走邊嚷嚷：「這回又是搞什麼東西？什麼鬼熱病？我們船上可沒有黃熱病！」

「就照我說的做。」酸比利壓低了聲音催促約克，然後退離燃爐邊。

喬許亞·約克跨前一步，站到大副面前，並且舉起手說道：「停下來，杜恩先生。我現在解僱你。從現在起，你不再是烈夢號的大副。」

杜恩瞄了他一眼，眼神充滿不信任。「你開除我？」他說著，面容猙獰起來。「媽的，你敢開除我。」

「我是船公司的老闆，也是這船的船長。」

「你？告訴你，我只聽馬許船長的命令。他叫我滾蛋，我就滾蛋，要不然我待定了。你少向我扯什麼謊，什麼買下了他的鬼船權，我今早已經知道這全是你胡扯！」他向前重踏一步，「現在你給我閃一邊去，船長。我有話要問這位酸比利先生。」

「杜恩先生，這船上眞的有病，我是爲了你的安全著想才解僱你的。」聽見此言，酸比利忍不住想，喬許亞．約克的謊話未免也說得太眞摯了點。「提普頓先生會是新的大副。他已經跟病源接觸過了。」

「就憑他？」鐵棍兒又在大副的手掌上拍了一下。「他算哪門子行船人。」

「我幹過監工，」比利說時，重新移步向前。「我懂得應付黑鬼。」

長毛麥可．杜恩當場大笑。

一股寒意從酸比利的腳底竄起。若問這世上有哪件事是他無法忍受的，那就是被人嘲笑。因此，當場他決定不要把杜恩嚇跑了——殺了他才更好。「你後面跟著一幫黑鬼和白人渣，」他對這位大副說，「看起來倒像你沒膽一個人來找我。」

杜恩的綠眼睛立刻瞇了起來，鐵棍拍在手掌的勁道也更重了。兩個快步，杜恩走上前，站在燃爐的熊熊火光旁，渾身散發著煉獄般的氣息，毫不避諱地往爐中正在燃燒的屍體探看去。看了一會兒，他轉頭轉向比利：「裡面只有他，算你走運。要是裡面是船長或傑佛，我會在殺了你之前先打碎你全身的骨頭。現在我直接拿你的狗命就好。」

「不。」喬許亞．約克說道，再次挺身擋住這位大副。「離開我的船。你已經被解僱了。」

長毛麥可．杜恩把他推開。「船長，這件事你別管。公平決鬥，就我和他。要是他打敗我，他就是大副，但要是我這一棍敲進他的腦袋裡，我們就去找馬許船長，看看是誰留在這艘船上。」

酸比利伸手到腰後，拔出他的小刀。

喬許亞・約克絕望地看著其他工人，只見他們全都退開成一圈，開始鼓譟吶喊，為長毛麥可助威。科特一派從容地走上前去，把約克拉到一旁，不讓他插手干涉。

映著燃爐的火光，長毛麥可・杜恩看起來眞像是一頭剛從地獄逃出來的野獸：騰騰蒸汽從他身上冒起來，皮膚映得紅通通的，頭髮上的水滴將乾，鐵棍一下又一下重擊在手掌上，劈啪聲十足響亮。「我跟拿刀的小鬼們幹過架，」他微笑著大步走近，每說一句，鐵棍就在掌心一拍。「一大群骯髒的小混混。」啪。「我也被刀子割傷過，」啪。「刀傷會收口，酸比利。」又一聲啪。「腦袋打爆，那可是兩回事了。」啪。啪。啪。

比利一步步後退，直到他的背撞到條板箱。刀子在他手中鬆鬆握著。長毛麥可見他已無路可退，便咧嘴一笑，高高舉起鐵棍，然後咆哮一聲，向前衝了出去。

酸比利擲出手中的刀子，任它劃破空氣，朝長毛麥可的頷下直去，穿過了那把絡腮鬍——他跪在地上，鮮血從口中湧出，然後仆倒在甲板上。

「哎呀呀。」酸比利舉步跨過屍體，在頭上踢了一腳，然後向眾人微笑：那群黑鬼和外國人們，還有科特，但最主要是笑給喬許亞・約克看。「哎呀呀，」他又說了一次，「猜猜我是怎麼當上大副的。」

# 第二十一章

**聖路易，一八五七年九月**

艾伯納．馬許重步踏進熱河郵輪公司在松樹街的辦公室，隨手轟然甩上門。「她在哪裡？」馬許大步走過辦公室，一手支在經辦員的辦公桌上，低頭瞪著那個嚇呆了的年輕人。有隻蒼蠅繞著他的頭嗡嗡飛，馬許煩躁地將牠揮開。「我說她在哪裡？」

經辦員是個穿著條紋襯衫的瘦子，頭上戴著一只綠色的無頂遮陽帽，此時顯得異常慌張。「唔，」經辦員有些結巴，「唷，馬許船長，呃，眞是榮幸，我眞沒想到，我是說，我們都沒想到您會來，眞是，船長先生，完全沒想到。是不是烈夢號回來啦，船長？」

艾伯納．馬許厭惡地哼了一聲，挺直腰桿，用他的手杖在木地板上重重一戳：「格林先生，你他媽的少在那兒口齒不清了。給我仔細聽好！我問你，她在哪裡？想清楚，你覺得我是在問啥，格林先生？」

經辦員嚥了一口唾沫：「我不曉得，船長。」

「烈夢號！」馬許臉紅脖子粗地大罵，「我要知道她在哪裡！我知道她沒沉船，我有眼睛。但我在這天殺的整條河上都沒見到她。她是不是回來又出港？她是不是開到聖保羅或密蘇里了？你他媽是被雷劈呆了啊？快講！別那副死樣子。我那該死的輪船跑哪兒去了？」

「我不知道，船長。」格林說道，「我的意思是，要是『您』沒把她帶回來，那我也不知她的下落了。打從您七月帶她往下游走，她就沒再來過聖路易了。但我們聽說……我們……」

「說啊？怎樣？」

「熱病啊，先生。我們聽說烈夢號在莎拉灣時鬧了黃熱病，死了一狗票人。眞是一大票啊。我們聽說名單中有您和傑佛先生，是啊，聽說您也中獎了。所以我才沒料到……呃，因爲船上的人都死得差不多了，我們就猜她可能已經被燒掉了，船長。我是說，輪船可能燒了。」經辦員摘下遮陽帽，抓抓他的頭。「我猜您捱過了熱病，是吧，船長？我眞替您感到高興。不過……要是烈夢號沒跟您在一起，那她在哪裡？您確定您不是搭著她回來嗎？也許您忘了？我聽說熱病也可能害人健忘呢。」

艾伯納．馬許皺起眉頭：「見鬼！我可沒有得熱病，格林先生。我是搭公主號回來的。對，我病了一個禮拜，但不是因爲熱病，而是得了風寒。我摔在他媽的河裡差點淹死，那就是我跟烈夢號失散的原因。現在我打算去找她，你聽懂沒？」他又哼了一聲，「你從哪聽到這些該死的瘟疫謠言的？」

「船員啊，船長，就是那些在莎拉灣下船的人。有些人到聖路易時來過這兒，哦，大約一個禮拜前吧。有幾個來問艾麗瑞諾號上的職缺，不過她現在不缺人手，所以我就叫他們走了。希望我沒做錯。當然，您當時不在，傑佛先生也不在，我又以爲您兩位都死了，所以沒有人告訴我該怎麼處理。」

「那個無所謂了，」馬許說道。這個消息倒令他精神一振。要是朱利安和他那一幫人接管了馬許的船，至少有一部分船員已經平安脫身。「有誰來過？」

「呃，我見到傑克．埃里，那個副技師，還有幾個侍應生，你的幾個鐵工——山姆．克萊恩和山姆．湯普森。另外還有幾個。」

「有誰還在本地？」

格林聳了聳肩。「我沒僱他們，他們就去找別家船公司了，船長。我不知道。」

「媽的。」馬許道。

「等等！」經辦員豎起一根手指頭，「我知道了！艾布萊特先生，那個舵手，就是他向我說熱病的消息。他大概四天前來過，而且他不是來要工作的——你也知道，他都在下游跑，所以不適合到艾麗瑞諾去。他說他想在大一點的船上找工作，至少要是大型外輪汽船，在找到之前，他說他都會住在墾拓客棧。」

「艾布萊特，嗯。」馬許沉吟。「那卡爾．弗蘭姆呢？你有見到他嗎？」要是這兩個舵手都離開了烈夢號，那船的下落應該就不難找了。沒有合格的舵手，她不可能移動半步。

只見格林搖搖頭：「沒有。沒見到弗蘭姆先生。」

馬許心中一沉。如果卡爾．弗蘭姆還在船上，烈夢號就有可能在河上的任何一地。她這會兒也可能在無數支流中的任一條上，或甚至已經開回紐奧良去了。「我現在先去找丹．艾布萊特，」他對經辦員說，「趁這段時間，我要你寫幾封信，寫給每家船公司經辦員、舵手，總之是你在這條河認識的所有人，一路給我寫到紐奧良，向他們打聽烈夢號的事。一定有人見過她。一艘像那樣的蒸汽船不可能就這麼平空消失。聽著，你今天下午就給我寫好，然後到碼頭找最快的商船寄出去。我一定要找到我的船。」

「是，先生。」經辦員應道，立刻取出一疊紙和一支鋼筆，在墨池裡浸了浸，動筆寫了起來。

墾拓客棧的櫃檯服務員向馬許頷首致意。「呀，原來是馬許船長，」那職員說，「我已經聽說你的不幸了，眞可怕，老銅強實在邪惡得很哪。見到你康復眞好，船長，我眞心爲你感到高興。」

「不必了，」馬許不悅地說道，「丹．艾布萊特住哪間房？」

艾布萊特正在擦他的靴子。見到馬許時，他的態度並不熱絡，只是禮貌地點頭問候，讓馬許進房，接著仍坐回老位子，將一隻手臂伸進靴筒繼續擦靴，好像他從未起身應門。

艾伯納．馬許沉重地坐下，單刀直入地開口：「你爲什麼下船？」

「熱病，船長。」艾布萊特短短朝馬許看了一會兒，又回頭去幹他的活兒，沒再說話。

「講得詳細點，艾布萊特先生。我當時不在那兒。」

丹．艾布萊特皺了皺眉頭：「你不在？我聽說是你和傑佛先生最早發現病人的。」

「那消息不對。快告訴我。」

於是艾布萊特邊擦靴邊講述整件事情的經過；暴風雨、晚餐、喬許亞帶著酸比利．提普頓和另一人走過交誼廳，然後乘客和船員紛紛下船。他講得極其簡要。當他講完，兩隻靴子也亮晶晶，他便將它們套在腳上。

「全走光了？」馬許問。

「沒有，」艾布萊特答道，「有些人沒走，都是些不了解熱病有多恐怖的人。」

「有誰？」

艾布萊特聳了聳肩：「約克船長。他的朋友。長毛麥可。還有爐工和搬運工之類的，但我想他們是因爲怕長毛麥可才不敢逃吧，特別是那兒又是蓄奴區。懷堤．布雷克也許有留下來。我當時以爲你和傑佛也是。」

「傑佛先生死了。」馬許道。

「卡爾．弗蘭姆呢？」馬許又問。

艾布萊特沒說話。

「我不確定。」

「你們是搭檔。」

「我們兩個不一樣。我沒看見他。我不知道啊，船長。」

馬許皺起了眉頭。：「你領了薪水之後呢？」

「我在莎拉灣過了一天，然後搭皮船長的納契茲號，先到了納契茲，在那兒等了一個禮拜，沒聽到河上傳來任何消息，就搭勞伯福克號到聖路易來了。」

「烈夢號後來沒消息？」

「我只知道她走了。」

「走了？」

「開走了吧，我想。熱病爆發的第二天，我一早醒來，她已經不在莎拉灣了。」

「船上沒人手也能開？」

「剩下的那些起碼還能開走她。」艾布萊特說。

「她會去哪？」

艾布萊特聳肩道：「我在納契茲號上也沒看見，但也可能是我走眼了沒看到。搞不好她往下游去了。」

「你他媽還眞是幫了個大忙哦，艾布萊特先生。」馬許說道。

艾布萊特說：「我不知道，我也沒法兒告訴你。他們也可能把她燒掉了。熱病哪。我覺得她眞不該起這個名字的，觸霉頭。」

艾伯納·馬許越聽越不耐煩。「她才沒被燒掉，」他說，「她一定還在河上，我要去找她。她也沒有走霉運。」

「我是她的舵手，船長，我親眼見過的。暴風雨、霧、船期延誤，然後鬧熱病，那條船被詛咒了啊。換作我是你，我會放棄她。船上沒信神，對你很不好。」說到這裡，他站起身。「對了，我倒有些東西要還給你。」他取來兩本書，交給馬許。「從船上的圖書室拿來的。」他解釋道，「在紐奧良的時候，我跟約克船長下棋，聊到我喜歡詩歌，他就拿這些書給我，結果我離開時不小心一起帶下船來。」

艾伯納·馬許把那兩本書翻過來看。都是詩集。一本是拜倫的，另一本是雪萊的。正是他需要的，他自嘲地想。他的船不見了，消失在河上，留下的竟然只是兩本該死的詩集。「你留著吧。」他對丹．艾布萊特說。

艾布萊特搖搖頭：「我不想要。我喜歡的不是這種詩，船長。這兩個人都悖德。船上擺著這種書，難怪你的船要出事。」

艾伯納．馬許將書滑進衣袋裡，站起身，蹙眉說道：「我不想再聽這種話了，艾布萊特先生。我不要聽人家那樣講我的船。她跟這河上的任一艘船一樣棒，而且她才沒有受詛咒，更不是這種詛咒。烈夢號之所以厲害……」

「好吧，那她就是吧。」丹．艾布萊特打斷他，也站起身。「我得去找工作了。」他邊說邊示意馬許往門口走，馬許便讓他帶著。但就在走出房門之際，這短小精悍的舵手開口了：「馬許船長，讓她去吧。」

「啥？」

「那艘船。」艾布萊特道，「她會害你的。你知道，我總能提前聞到暴風雨要來的氣味。」

「對。」馬許說道。說到暴風雨，艾布萊特的鼻子實在靈敏，勝過馬許所知的任何一個人。

「我有時也會聞到別的東西。」這舵手說，「別去找她了，船長。忘了她吧。我本來以為你死了，但你沒有，你應該慶幸才是。找烈夢號不會為你帶來喜悅的，船長。」

艾伯納．馬許瞪著他：「你竟敢這麼說。你握過她的舵輪，帶她開過大半條河，你竟然還敢這麼說。」

艾布萊特不發一語。

「算了，我不會聽你的。」馬許道，「那是我的船，艾布萊特先生，而且有一天，我會親自駕著她，你聽著，我要讓她跟日蝕號比，然後……然後……」馬許氣得滿臉通紅，發現自己說不出話來。他講不下去了。

「驕傲會招致罪過的，船長。讓她去吧。」丹·艾布萊特說完關上房門，留馬許在走廊上。

艾伯納·馬許在墾拓客棧的餐廳角落桌獨自吃著午飯。艾布萊特的話其實令他大爲震撼，因爲那跟他待在公主號上時的種種想法不謀而合。他吃了一份薄荷醬佐羔羊肉、蕪菁青豆泥，還有三份甜涼粉，卻都沒能讓他的心情鎭靜下來。喝咖啡時，馬許又忍不住懷疑，也許艾布萊特沒說錯。他現在已平安回到聖路易，一切就像他還沒在這間餐廳遇見喬許亞·約克之前那樣；郵輪公司仍是他的，他手上還有艾麗瑞諾號，銀行裡也還有一點錢。他一向是跑上游的，跑下游線到紐奧良本來就是個大錯誤——在那個蓄奴的鬼地方，那個專鬧熱病的南方，他的夢想就這麼變成了一場惡夢。但一切都結束了，他的船也不見了，他的確可以當這一切從未發生過。這世上從沒有一艘叫作烈夢號的蒸汽輪船，也沒有名叫喬許亞·約克和戴蒙·朱利安或酸比利·提普頓的人。喬許亞不知是從哪兒冒出來的，反正現在他又不見了。烈夢號不曾在四月出廠，至少就馬許現在看來，她彷彿也完全不存在。那些什麼晚上吸血的、瓶子裡的怪液體，一個腦筋正常的人不可能相信那種鬼話。艾伯納·馬許想著，那一切全都是過去的狂熱夢想，現在熱度已退，他大可在聖路易這兒繼續過他原本的生活。

馬許又點了一些咖啡。喝著熱咖啡時，他又想，那幫人會繼續殺戮，繼續喝血，沒人阻擋得了他們。「反正是擋不了的。」他喃喃自語道。他已經盡力了，他、喬許亞和長毛麥可，還有可憐的老傑佛。傑佛再也不能揚眉毛，再也不能下棋了。他們沒有人從中得到好處。報案也沒有用，起碼不能拿什麼吸血鬼偷了他的船之類的鬼故事去講，他們只會相信黃熱病那一段，然後認定馬許精神異常，搞不好還會把他關起來。

艾伯納．馬許付完帳，往公司的方向走回去。碼頭區一片擁擠忙亂，頭頂是蔚藍無雲的天空，陽光把河水照得清澈透亮，空氣中還有一股熟悉的氣味，一絲煤煙和蒸汽的味道。他聽見船隻在河上交會時鳴響的汽笛，一艘外輪汽船搖著黃銅大鈴。大副們都在吼叫，綑工們搬貨時都在哼歌。艾伯納．馬許站定腳步，看著、聽著——這原是他的人生，其他的確實只是一場過往的狂熱之夢。喬許亞說吸血鬼殺人殺了幾千年，那麼他艾伯納．馬許怎麼可能改變得了？況且朱利安也可能是對的。殺戮就是他們的天性，就像馬許天生是個行船人，如此而已，不是個鬥士。約克和傑佛的行爲就像個鬥士，結果他們都付出了代價。

當馬許踏進辦公室，他決定要把丹．艾布萊特的話聽進去。他會忘掉烈夢號，忘掉這一切。他要好好經營公司，也許再賺一些錢，過幾年就造一艘更大的船。

格林正在辦公室裡忙東忙西。「我寫了二十封信，船長。」他對馬許說，「全照你吩咐的寄出去了。」

「很好。」馬許道，沉沉坐進椅子裡。詩集在他的口袋裡卡著，他差點把它們坐扁。抽出詩集，馬許隨意翻了幾頁，瀏覽了幾篇，接著就擺到一旁。詩歌就詩歌吧，馬許嘆了一口氣。「把這兩本書收好，格林先生。」他交代道，「我以後要看。」

「是，船長。」格林應道，隨即走過來取走書本。這時，他瞥見別的東西，於是拿起來交給馬許。「哦，我差點忘了這個。」他遞出一個大包裹，外面用紙和繩子綑好，上面還黏著一張收據。「大概三個禮拜前，一個小個子送來的。他說你本來要親自去取件，可是一直都沒有出現。我跟他說你還在烈夢號上跑航程，就幫你收了，也付錢給他。希望我沒做錯。」

艾伯納．馬許低頭看著包裹，皺皺眉頭，粗魯地剝掉繩子和包裝紙，露出一個紙箱。打開盒蓋，裡面是一件全新的船長外套，白得像上游河域的冬雪那般純淨無瑕，銀色雙排釦閃閃發亮，而且每一顆天殺的釦子上都刻著烈夢號，字體昂揚又生動。他取出外套，任盒子落在地上。突然間，終於，淚水湧了出來。

「出去！」馬許大吼。經辦員只朝他的臉看了一眼，立刻依言離開。艾伯納．馬許站起來，穿上白色的外套，銀鈕釦全部扣好──它的剪裁合身得不得了，比他原本穿的那件藍外套還要棒，棒太多了。辦公室裡沒有鏡子，所以他看不見自己的模樣，但在他的想像裡，穿上這制服看起來就像喬許亞．約克，看起來上品、世故且大器堂皇。這布料眞是白得雪亮，他想。

「我看起來就像烈夢號的船長！」馬許高聲說，說給自己聽。他將手杖用力在地板上一搗，感覺血液往臉上衝，回憶在瞬間翻天覆地湧來。他站在那兒，想著她在新奧本尼薄霧中的模樣，想起那些明鏡的光，想起她那一身銀色行頭，想起她的汽笛聲和引擎聲是多麼狂野，又是多麼響如雷鳴；想起她是怎麼將南方號拋得遠遠地，怎樣呑掉與瑪麗凱之間的差距。他也想起船上的人們：弗蘭姆和他那些瘋狂的故事，懷堤．布雷克身上的油漬，托比殺雞，長毛麥可對甲板工和搬運工們罵個不停，傑佛愛下棋，丹．艾布萊特做了他幾百次的手下敗將。然後馬許心想，要是艾布萊特那麼聰明，爲什麼他從沒在棋局上贏過傑佛？

然後馬許想起了喬許亞，那印象最是鮮明：喬許亞的一身白衣，喬許亞啜飲著他的私釀，喬許亞坐在黑暗中大談夢想。灰色的眼珠、強而有力的手和詩歌。「我們都要爲自己做選擇」——回憶如此低語著。朝晨復來去，白晝卻未相依。

「格林！」艾伯納．馬許卯足了勁兒大喊。

門打開了，經辦員緊張地探進頭來。

「我要我的船，」馬許說，「她在哪兒？」

格林吞了一口口水。「船長，就像我說的，烈夢號已——」

「不是那個『她』！」馬許說著，拿起手杖重重一戳，「我說的是另一艘船！我的另一艘船呢？我現在要用她！」

# 第二十二章

蒸汽輪船艾麗瑞諾號上，密西西比河，一八五七年十月

在一個初秋的涼爽夜晚，艾伯納．馬許和艾麗瑞諾號終於離開聖路易，往下游去尋找烈夢號的蹤跡。馬許原想早幾個禮拜出發，只是要做的事太多了。首先，他得等艾麗瑞諾跑完船程，從伊利諾回來，全船檢查一次，好確定她可以跑低水位，同時新聘兩個密西西比河段的舵手。除此之外，馬許還得處理幾件索賠案，都是拓荒者和託運貨物的業主申請的；他們在紐奧良下了運往聖路易的委託單，結果烈夢號竟然失蹤了，讓這些人火冒三丈。船隻在託運航程中失蹤，馬許原本也可以堅持要他們分擔他的損失，但他一向以公平自許，所以他賠了一半的貨款給他們。最難過的就是跟傑佛先生的家人交代——馬許實在無法說出事實眞相，以至最後還是扯到了黃熱病上頭。其他船員的兄弟子女或甚至配偶們也都跑來找馬許，問了一大堆他答不出來的問題，而馬許又要應付政府督察和舵手工會派來的一個調查員，再加上結帳和文書作業，還有行前的諸多準備工作，讓他的這個月過得既挫折又煩擾，出發的日期也一延再延。

但是馬許一直盯著烈夢號的動靜。得知格林寄出的信件全都沒有下文，他就寄了更多。只要有時間，他就去拜訪進港的輪船，問他們有關烈夢號、喬許亞．約克、卡爾．弗蘭姆、懷堤．布雷克和長毛麥可．杜恩，還有托比．朗亞的消息。他僱了幾個偵探，叫他們到下游去打聽，不定期給他們指

示。他也從喬許亞身上學到一招，就是訂購所有河域的大小報紙；每天晚上，他翻遍船運專欄、廣告、輪船進出各港都的消息，就連辛辛那堤、紐奧良和聖保羅都不放過。他比以往更常到墾拓客棧，連同其他行船人愛去的地方，成天在那兒問問題。

而他還是一點線索也沒問出來。烈夢號就這麼憑空從河上消失了，沒有人再見過她，也沒有人再和懷堤．布雷克或長毛麥可或弗蘭姆先生講過話，甚至沒有人再聽說過她的一丁點兒消息。報紙的進出港船隻名單也沒再出現過她的名字。

「實在是說不通，」出發前的一星期，馬許對艾麗瑞諾號的高級船員們抱怨，「她有三百六十呎長，又是全新的，速度快得直教每個行船人瞪大眼睛。像那樣的一艘船怎麼可能不引人注目。」

「除非她沉了，」卡特．葛羅夫猜測。他是艾麗瑞諾號的大副，矮小精瘦。「有好些地方的水位深得可以淹沒一個鎮。可能沉船了，船上的人全都遇難。」

「不會的，」馬許頑固地說。他沒有把整件事全說給他們聽，因爲他料想他們不可能相信；這批人從沒有上過那艘船，不可能相信他的故事。「不，她沒有沉。她一定還在河上的某一處躲我。但我一定會找到她的。」

「怎麼找？」尤爾杰問道。他是艾麗瑞諾號的船長。

「河這麼長，」馬許坦承，「又有許多大大小小的支流、河灣，還有截河道、滑運道和一些髮夾彎，有太多地方可以把一艘輪船藏得好好的，讓人不容易發現她。但這河也沒有長到讓人完全找不出來。我們就一段一段跑，一路打聽，要是開到了紐奧良仍沒有消息，那我們就轉到俄亥俄、密蘇里和伊利諾去繼續追查，包括耶珠河和紅河，所有可能的地方都要去。」

「那要花好一段時間呢。」尤爾杰說。

「是又怎樣？」尤爾杰聳聳肩，其他人則換上一副擔憂的神情。艾伯納．馬許臉色一沉，沒好氣地罵道：「花多少時間不用你操心，你只管把我的船準備好，聽到了嗎？」

「是，船長。」尤爾杰老實應道。他是個高個兒的駝背老人，有一副沉著的嗓音，身形削瘦，打從有蒸汽船就在船上工作了，所以這世上大概沒什麼事驚動得了他，就像他講話的口氣一樣。

出發的當天，艾伯納．馬許穿上他那件銀鈕釦的白色外套，仍覺得莫名合身。他到墾拓客棧吃了一頓豐盛的晚餐——因為艾麗瑞諾號上的餐飲不怎麼好，那廚子的手藝根本只配替托比洗煎鍋——然後走下碼頭。

艾麗瑞諾號的蒸汽已經升起，但她看起來還是不怎麼樣。她是一艘上游船，造得比較窄小且低，適合較平淺的水流。她還不到烈夢號的四分之一長，約是後者的一半寬，滿載也只有一百五十噸的載運量，後者卻可以載上一千噸。同時，艾麗瑞諾號只有兩層甲板，當然也不像烈夢號那樣連頂層甲板都有兩層，所以船員只能擠在主甲板艙的前半區；反正她也很少有客艙的生意可接。一具高壓式大鍋爐負責驅動尾輪，就這麼簡單，此外乏善可陳。現在的她近乎空艙，所以馬許可以看見鍋爐的模樣。塗白的無紋木柱撐著上層甲板，看起來一點也不牢靠，歷經風吹日曬的步道上有雨篷遮蔽，雨篷則由方柱支起，不是圓柱，也同樣完全沒有紋飾或彩繪，看起來就像一道籬柵。船尾輪室是一個很大的方木箱，裡面的尾輪看起來也一樣抱歉，經年累月的使用，上頭的紅漆已褪色斑駁，其他地方的漆彩也差不多。操舵室只是一間有玻璃窗的爛木屋罷了，矮胖的煙囪是用道道地地的黑鐵做成，樸素至極。艾麗瑞諾號老態龍鍾地坐在水裡，看起來憔悴得可怕，還有一點傾斜，好像就快要翻覆了。

她實在不足以對抗龐大又剽悍的烈夢號，太不夠格了，然而她卻是馬許此刻僅有的全部。艾伯納．馬許在心中省思，她得扛起這一趟艱苦的使命。他走上船，梯子已經有不計其數的靴子踏過，磨損得好嚴重。卡特．葛羅夫在艄樓跟他會合：「全都準備好了，船長。」

「叫舵手開船吧。」馬許說。於是葛羅夫高吼著下令，艾麗瑞諾號隨即拉響汽笛。馬許心想，這聲音聽來哀怨又薄弱，帶著絕望的勇敢。他蹬上陡而窄的階梯，前往主艙。主艙勉強只有四十呎長，昏暗又有侷促感，光禿禿的地毯有許多污斑，艙門上的風景畫也已經陳舊褪色，而整間屋裡散發著一股食物腐敗的酸味，還有油煙和人的汗味，裡頭也悶熱得很，唯一的天窗早就髒到幾乎透不進光線了。馬許走進去時，尤爾杰正和下了班的舵手在圓桌邊喝黑咖啡。「我的豬油搬上船了？」馬許問道。

尤爾杰點點頭。

「我看船上好像沒什麼其他東西。」馬許又說。

尤爾杰皺起眉頭：「我想你比較喜歡這樣，船長。裝得多，我們船速就慢，停下來買柴火的次數也會變多。」

艾伯納．馬許想了想，點頭表示同意。「很好，」他道，「有道理。我其他的包裹送來了嗎？」

「在你的房間。」尤爾杰答道。

於是馬許離開主艙，走到他的寢室。他在床邊坐下，聽著床下的木板軋軋作響，一面打開包裹，取出步槍和子彈。他仔細檢視它，在手上掂了掂，也舉起來瞄準。手感不錯。一般的手槍或步槍也許傷不了夜行佬，但這玩意兒可又另當別論，是他找聖路易最好的製槍師傅，完全依照馬許的要求而特地打造的。這是一把水牛槍，槍管短而寬，呈八角形，是專門設計來讓人坐在馬背上射擊，也能令一頭暴衝的水牛立刻停下。隨槍寄來的五十顆特製子彈也是馬許訂做的，遠比那位師傅以前做過的子彈都要大。「乖乖，」那人曾經抱怨過，「這種子彈會把你的獵物轟成碎渣的。」艾伯納·馬許當時只是點點頭。步槍的價值不在於它的射擊精確度，尤其是在馬許的手中。在近距離下，這把槍足以將戴蒙·朱利安臉上那個笑容整個兒抹去，同時外帶打爆他那顆該死的腦袋，這就夠了。馬許小心地裝填子彈，將它掛在床旁的牆上，以便他可以馬上坐起來抓在手裡。做完這些，他就躺下去睡了。

尋船之旅就這麼開始了。日復一日，艾麗瑞諾號往下游開去，穿過雨霧、陽光和烏雲，在每個城鎮、津渡和堆木場停下來問一、兩個問題。艾伯納·馬許總是坐在上層甲板，在裂開的老船鈴旁擺一張木頭椅子，一坐就是幾個小時，緊盯著河上，有時甚至連吃飯都在那裡解決。當他非得睡覺不可時，尤爾杰、卡特·葛羅夫或見習總管就去接他的班，毫不間斷地守著。每當見到木筏、小艇或其他輪船經過，馬許總會大喊：「喂！你們有沒有看見一艘叫作烈夢號的船？」然而，縱使對方好心答覆，他得到的答覆也總是如此：「沒有，船長。我們都沒看到。」就跟他們沿著河岸問到的結果一樣。這條河到處都是蒸汽船，無論白天夜晚、無論大小、無論往上游下游，甚至是半沉沒地躺在河岸邊，卻沒有一艘是烈夢號。

艾麗瑞諾號是這條大河中的一艘小慢船，慢得足以令大多數行船人都感到難爲情，沿途的一再停靠和打聽又更加拖慢她的腳步。一座又一座的河鎮經過，一處又一處的堆木場經過，日以繼夜地看著森林和房舍及其他汽船漂過，看著小島和沙洲被拋在船後，任舵手靈巧地避開樹枝和浮木，不斷南下，航在她從未履經的河道上。他們在聖傑尼耶夫、開普吉拉多和庫洛斯諾只是停靠一下就走，在希克曼和新馬德里待得稍久一點；卡路瑟維爾被大霧籠罩，但他們仍把它找了出來。奧西奧拉的靜謐，曼菲斯的吵雜。赫倫納。玫瑰谷。阿肯色。拿破崙。格林維爾。神湖城。

十月一個刮大風的早晨，當艾麗瑞諾號駛入偉克斯堡時，碼頭邊已有兩個男人在那兒等待。艾伯納·馬許叫大部分的船員上岸，只留下尤爾杰船長和葛羅夫大副，與他一起在主艙區接待兩位來客。其中一人是個高個子，臉上紅鬍蓬亂，頭禿得像鴿子蛋，穿著一套黑絨呢西裝；另一人是個高瘦的黑人，衣著整齊，眼神銳利。馬許請他們坐下，招待他們喝咖啡。「怎麼樣？」馬許問道，「她在哪裡？」

禿子吹著他的咖啡，臉色略沉：「不知道。」

「我付錢是叫你們找我的船。」馬許道。

「找不到了，馬許船長。」那黑人說，「我告訴你，我和漢克都找遍了。」

「我們倒也不是一無所獲，」禿子道，「只是我們沒實際逮到她罷了。」

「好吧，」艾伯納．馬許說，「說說你們發現了啥。」

黑人從外套內側抽出一張紙，將它展開：「你那艘船鬧黃熱病之後，所有的乘客和大部分船員都在莎拉灣下船，第二天一早，船就開走了。大家都說她是往上游開。之後我們找到幾個堆木場的黑鬼，都發誓說烈夢號向他們買過木柴。他們也可能胡扯，但我想沒有那個必要啦。所以，知道那艘船往哪裡去之後，我們沿途找到不少人，都說他們親眼看到她路過，或是覺得自己曾看過她。」

「只是她居然沒有出現在納契茲。」他的搭檔插話，「那裡應該……多少？八……八到十個小時的航程吧。」

「不用那麼久，」艾伯納．馬許道，「烈夢號的速度快得很。」

「不管有多快，反正她就在莎拉灣和納契茲之間消失了。」

「紅河就在那一帶分支出去。」馬許又說。

黑人點點頭：「但那艘船也沒在雪瑞夫港和亞歷山大出現過。我們曾到那一帶的堆木場去查，沒有人記得見過什麼烈夢號的。」

「他媽的。」馬許說。

「搞不好眞的沉了。」卡特．葛羅夫猜道。

「還不只這些。」禿子偵探呑了一口咖啡後說道，「你的船沒在納契茲出現，但你要找的人卻在那兒出現過。」

「繼續說。」馬許道。

「我們在銀街花了很多時間，到處打聽。」禿子說，「有個叫雷蒙・奧提嘉的，銀街那兒有人認得他，而他就在你給我們的名單上。他在九月的某天晚上曾回到納契茲，當時曾到納契茲山崗去拜訪一個富翁，也在納契茲山腳跑了很多地方。有四個人跟他一起，其中一個就符合你形容的這個酸比利・提普頓。他們在當地待了一個星期，幹了些有趣的事，像是僱人。僱了不少，各色人種都有，但不是什麼大角色。你也知道在那種地方能僱到怎樣的貨色。」

艾伯納・馬許當然清楚。酸比利・提普頓嚇跑了馬許的船員，用這幫凶神惡煞去取代他們。「都是行船人？」他問道。

禿子點點頭：「不只。這個提普頓還跑到叉子路去。」

「那是個大型的奴隸市場。」黑人搭檔說。

「他買了一狗票奴隸，全用金幣付帳。」禿子從口袋裡掏出一枚價值二十元的金幣，擺在圓桌上。「就像這樣的。他們也在納契茲採購了一些雜物，也用這玩意兒付錢。」

「什麼樣的雜物？」馬許問。

「奴隸販子用的，」黑人道，「腳鐐、手銬、鐵鍊、鎚子。」

「還有一些油漆。」另一人接口。

眞相突然在他腦中整個明朗開來。艾伯納・馬許爆出一聲咒罵：「上帝老天爺！」他的大拳頭重重敲在桌上，連咖啡杯都跳了起來。「油漆！難怪沒人見到她。殺千刀的！他們比我想得更聰明，我還他媽的笨到沒看出來！」

「我們想的和你一樣，」禿子說，「他們把她重新上漆，改了名字。」

「那麼有名的一艘船，怎麼可能用那點油漆塗改呢？」尤爾杰不同意。

「是不夠，」艾伯納．馬許說，「但她也還不出名啊。去他的，我們就跑這一趟去下游，根本還沒機會把她開回來，有幾個人認得出她？又有幾個人聽過她的名字？況且河上幾乎每天都有新的船出廠。你把輪室外面的名字換掉，隨便幾處上個新顏色，那就是一艘新船啦。」

「可是烈夢號那麼大，」尤爾杰說，「而且又快。你說的啊。」

「河上也多的是大船，」馬許道，「哦，也是，除了日蝕號以外，她幾乎比所有的船都大，可是誰會這麼認眞去比較？再說到船速，去他的，要開慢一點還不容易嗎？那樣還比較不引人注目呢。」馬許氣極了，他知道那幫人會怎麼做；減慢她的航速，不讓她發揮本領，這樣才可以避人耳目。不知怎地，他覺得他們在褻瀆她。

「問題是，」禿子說，「他們要把船改成什麼名字，那就不是我們打聽得到的了，而且這下子找起船來更不容易。我們可以到河上的每一條船去看，找你這份名單上的人，只是……」他聳聳肩。

「不用了。」艾伯納．馬許說，「這下子，我找她會比較容易。就算他們把整艘船都重新漆過，也絕不至於弄到讓我認不出來。我們走了這麼遠，就繼續走下去，一路到紐奧良。」馬許捻著鬍子沉吟，然後轉向大副：「葛羅夫先生，去把那幾個舵手找來。他們都是跑下游的，應該對常跑那一帶的船隻很熟，記得拿我存起來的那些報紙去問他們，要他們查查上頭有沒有陌生名字。」

「馬上辦，船長。」葛羅夫說道。

艾伯納・馬許回頭對偵探們說：「兩位，我大概用不到你們了。」說著，他站起身來。「但要是你們恰巧見到那艘船，你們都知道怎麼聯絡我。我一定會重重酬謝。現在，請你們隨我到總管室來吧，我來付清餘款。」

當天下午，他們把船繫在偉克斯堡。馬許剛吃完晚餐——一盤炸雞，炸得半生不熟，配一些爛糊糊的馬鈴薯——便見卡特・葛羅夫走來，拉過一張椅子，手裡拿著一張紙。「他們兩個幾乎花了一整天，船長。不過已經弄好了。」葛羅夫說道，「還眞他媽的多。起碼有三十個名字是他們兩個都沒見過的。我也去翻了報紙看廣告，把那些大小不符的船都先刪掉了，還包括船東的名字之類的。有些名字我也認得，而且我知道有些只是尾輪船，這又刪了不少。」

「剩下幾個？」

「只剩四個。」葛羅夫說，「四艘都是大型的外輪汽船，而且沒人聽說過。」他將那張紙遞給艾伯納・馬許，上面用大寫體工工整整寫著四個名字，從上到下，一個名字一行。

B・謝勒德（B. SCHROEDER）

女王城（QUEEN CITY）

奧西曼大帝（OZYMANDIAS）

F・D・賀金吉（F.D. HECKINGER）

馬許朝那張紙注視了很久，皺著眉頭，總覺得其中似乎有某種意義，但他就是想破了腦袋也想不出個所以然。

「會在這裡面嗎，船長？」

「不會是謝勒德號，」馬許突然開口，「她跟烈夢號是一起從新奧本尼出廠的。」說著，他抓了抓頭。

「那最後這個呢？」葛羅夫指著第四個名字，「船長，你看這縮寫，說不定就代表烈夢號。」

「有可能。」馬許應道，接著大聲唸出那三個名字：「F．D．賀金吉。女王城。Ozy……」那一串字母讀起來特別拗口，幸好他不用自己拼。「Ozy-man-dee-us，奧西曼大帝。」

就在同時，艾伯納．馬許的腦中靈光乍現——在那縝密且從不忘記任何事的慢腦子裡，答案忽然蹦了出來，就像一塊浮木被河水托起來；就是這個難唸的字。他不久前才在某本書上看過，當時還讓他苦思了一會兒。「等一等。」他對葛羅夫說道，然後起身往寢室走去。那些書都放在房裡五斗櫃的抽屜最底層。

「那是啥？」馬許回來時，葛羅夫問道。

「狗屁詩集。」馬許答。他快速地翻閱拜倫，沒見到那個字，於是再翻開雪萊，馬上就找到了。他很快地瀏覽過詩文，將身子斜靠在椅子上，皺起眉頭，然後又看了一遍。

「馬許船長？」葛羅夫喚道。

「聽聽這個。」馬許說完，大聲朗讀出那首詩：

吾乃奧西曼大帝，萬王之王：
看我豐功偉業，締造絕望！
舉目所及皆徒然，腐朽之外唯有空曠
是那龐然廢墟，裸裎而無際涯
獨見沙塵掩覆，孤絕於遠方

My name is Ozymandias, king of kings:
Look on my works, ye Mighty, and despair!
Nothing beside remains, Round the decay
Of that colossal wreck, boundless and bare
The lone and level sands stretch far away.

「這是什麼？」

「一首詩，」艾伯納．馬許說，「狗屁詩。」

「那詩又是什麼意思？」

「意思是，」馬許闔上書本說道，「喬許亞覺得過意不去，覺得自己被擊敗了。好啦，這其中的道理你不會明白的，葛羅夫先生，重點是，我們要找的船現在改名叫奧西曼大帝號了。」

只見葛羅夫取出另一張紙條，「我還從報上抄了這些。」他解釋道，一面辨識著自己的字跡：「我看看，那個奧……奧西什麼的，現在爲納契茲通商服務。船東名叫J．安東尼。」

「安東尼？」馬許一怔，「媽的，喬許亞的中間名就是安通。你剛才說納契茲？」

「跑納契茲到紐奧良，船長。」

「我們今晚在這裡過夜，明天一早，就黎明吧，我們就往納契茲去。聽到了沒，葛羅夫先生？我不想浪費白天的一分一秒。太陽一出來，我就要看到蒸汽，出發的工作都要準備好。」

可憐的喬許亞也許已一無所有，只剩絕望，不過艾伯納·馬許手上有的可比他多了，眼前就有這麼一大筆帳等著要討。而且等他擺平這些狗屁倒灶的事，戴蒙·朱利安會被他轟得連一塊碴都不剩，比那首詩裡的什麼爛石像還要光禿禿。

# 第二十三章

**蒸汽輪船艾麗瑞諾號上，密西西比河，一八五七年十月**

艾伯納．馬許那一晚都沒睡。他在上層甲板的夜色裡坐了好幾個小時，背對著偉克斯堡的燈火凝視河面。在涼爽而寧靜的午夜裡，河水像一面黑玻璃，偶爾有艘船駛進視野，拖著煙霧和點點火星闖來，打破這片祥和，但一等船隻在岸邊繫妥或離港，船笛聲遠去，一切就復原了；月亮會變回浮在水上的一枚銀幣，馬許也能再次聽見疲倦的艾麗瑞諾號咯吱咯吱響，偶爾甚至有腳步聲或一小段歌曲從岸上傳來。不論是什麼聲音，永遠都有這河的各種聲響伴隨著，有那無盡湍急的水流，推擠著他的小船，想把她帶走，帶往南方，更南方，帶到那群夜行佬和烈夢號正等待的地方。

馬許也搞不懂，只覺得心裡好像被黑夜的美麗給塡滿。都是喬許亞那個咬文嚼字的英國佬害的。他翹起椅腳，斜靠在老船鈴上，望著星空、月亮與河面，覺得這也許是最後一刻的和平。明天之後，或再過幾天，他們一定會找到烈夢號，然後夏天的那個惡夢會再度開始。

同時，他滿腦子都是預兆，無數的回憶和影像，不停看見強納森．傑佛和他的劍杖，那麼地過度自信，但在朱利安主動迎向劍鋒時，卻又是那麼無能爲力。他聽見總管的頸子在被朱利安扭斷時發出的聲音，想起傑佛的眼鏡落下時的情景，想起金框眼鏡閃著光，撞在甲板上的小小聲響卻是那樣駭人。他下意識抓緊了手杖。就在這漆黑的河面上，馬許彷彿也看見別的情景：刀尖上的小手掌，淌著血滴；朱利安喝下喬許亞的黑藥水；就在那間客艙裡，長毛麥可的鐵棍擊打出帶水的啪嚓聲響。艾伯納·馬許忽然害怕起來，從不曾這麼害怕過。爲了趕走這些幽魂般的夢魘，他努力換上自己的想像，想像他握著水牛槍站在船長室門口，聽見槍聲咆哮，感受它強大的後座力，並且看見戴蒙·朱利安的蒼白微笑和黑鬈髮迸成碎片，像顆從高處墜落的西瓜。

可是，莫名地，即使那張臉孔消逝，槍口的煙也熄滅，那雙眼睛仍在那兒凝視著，引誘著，喚起他心裡的某些情緒：憤怒、憎恨，還有更黑暗深沉的感覺。那雙眼睛黑得像地獄，血紅的裂罅就像這條長河般無止盡，呼喚著他，翻攪他自己的慾念，他自己的腥紅飢渴。它們漂蕩在面前，艾伯納·馬許睜著眼睛瞪著，深深看進那片溫暖的黑，看見他要的答案，也看見結束那一切的辦法；一個比劍杖、木樁或水牛槍都還要好的辦法。

就是火。河面上，烈夢號正在燃燒。艾伯納·馬許完全感受得到。驚天動地的咆吼驟響，彷彿撕裂他的耳朵，比任何雷聲都令人驚動。火燄、如巨浪般的黑煙，到處是跳動著火舌的木板和煤塊，炙人的蒸汽狂然噴發，白色的死亡之雲籠罩著整艘船，牆壁向外炸開，化成了火球或半熟的屍體高高彈出，煙囪裂開、坍塌、慘叫，然後船身傾斜，終至下沉，在滋滋聲中冒煙，焦炭也似的死屍面朝下地浮在殘骸之間，碩大的船輪解體，最後只看見燒黑的木頭和煙囪扭曲地從水面伸出。在這個夢境中，當她的鍋爐爆炸時，她身上的名字仍是烈夢號。

這並不難，艾伯納·馬許心知肚明，只要一份寄往紐奧良的託運單，他們絕不會起疑。就幾桶炸藥，粗心地被擺在主甲板上，就在燒得通紅的燃爐邊，還有那一排性子躁烈的特大號高壓鍋爐。他有辦法安排，而那將是朱利安和那些夜行佬的末日。一段保險絲，一個定時器，這都不難。

艾伯納．馬許閉上眼睛。當他再次睜開時，燃燒的輪船已消失，慘叫聲和鍋爐的爆炸聲也褪去，黑夜又恢復平靜。「不行，」他大聲對自己說，「喬許亞還在船上。喬許亞。」而且還有其他人——他希望他們還在：懷堤．布雷克、卡爾．弗蘭姆、長毛麥可．杜恩和那幫工人們，當然還有他的寶貝淑女，他的烈夢號。馬許的腦中竄過一幅景象，在一個像今晚一樣的黑夜裡，在一處寧靜的彎道上，兩艘很大的豪華輪船正並肩賽跑，煙跡被她們的速度拉成了水平，火光為她們的排煙管加冠，而她們的船輪正瘋狂轉動著。兩艘船不停前進，其中一艘漸漸領先，並且越來越超前，直到她們之間出現了一艘小船的間隔，然後差距持續拉大，直到兩艘船都駛出視線之外。馬許看見她們的名字，看見領先的那一艘是烈夢號，她的旗幟飛揚，航行得又穩又輕盈，後頭跟著日蝕號，儘管落後卻依然耀眼。我一定要讓這一刻成真，艾伯納．馬許對自己說。

艾麗瑞諾號的船員大多已在午夜前回到船上。馬許看著他們零零落落從街區走出來，聽見卡特．葛羅夫在月光下粗聲喝令著添木柴的指示。幾個鐘頭後，煙囪中嬝嬝升起了第一縷煙。離黎明還有一個多鐘頭。也差不多在那個時候，尤爾杰和葛羅夫出現在上層甲板，拎著他們自己的椅子和一壺咖啡前來。他們默默地在馬許旁邊放下椅子，替他倒了一杯咖啡。那咖啡是熱的，沒加糖和奶。他懷著感激喝了幾口。

「好啦，馬許船長，」靜了一會兒，尤爾杰開了口。他那張長臉悶悶的，帶著倦意。「該把事情眞相告訴我們了，你不覺得嗎？」

「自從我們回到聖路易，」卡特·葛羅夫插嘴道，「你就滿嘴嚷嚷著要找回你的船。明天，也許明天，我們就會找到她了，但之後呢？你什麼都沒對我們說啊，船長。我猜你不會想找警察來解決這事情，那又是爲什麼？不是有人偷了你的船嗎？」

「我不找警察的原因，就和我不告訴你們的原因一樣，葛羅夫先生。他們連一個字都不會相信的。」

「可是船員都很好奇，」葛羅夫道，「我也是。」

「他們不必管這麼多。」馬許說，「我是這艘船的船東，不是嗎？你們替我工作，他們也一樣。照我的話去做就好了。」

「馬許船長，」尤爾杰又說，「這老姑娘和我一起在河上待了好些年。打從你有第二條船——我想是叫作尼可皮瑞號，是在五二年進的；之後，你就把這姑娘給了我，我一路照料她到今天，你也一直沒解僱我。唉，要是你想開除我，只管對我說就是了。但我若繼續做你的船長，那你就該告訴我，我現在究竟是要把我的船開去做什麼。我該有這個權利才是。」

「我把事情告訴強納森·傑佛，」馬許說著，彷彿又見到那副眼鏡的小小金光。「結果把他給害死了。長毛麥可也一樣，而我不知道他現在是不是還活著。」

卡特·葛羅夫靜靜地傾身向前，替馬許再斟滿牛溫的咖啡。「船長，單從這一點聽來，你也不確定麥可是不是還活著，不過重點不在這裡。你同樣不確定船上的其他人啊，懷堤·布雷克，還有另外那個舵手，他們現在都還留在烈夢號上。你也把事情告訴過他們嗎？」

「沒有。」馬許承認。

「那就說不通了。」葛羅夫道。

「如果往下游走會遇上危險，我們也有權知道。」尤爾杰說。

艾伯納．馬許想了想，發覺自己確實理虧。「你們說的對，」他承認，「但你們不可能相信的，而且我也不可能讓你們走。我需要這艘船。」

「我們才不會走，」葛羅夫說道，「你只管說就是了。」

於是艾伯納．馬許嘆了一口氣，又把整個故事講了一遍。當他講完，他看著他們的表情，見兩人都是一臉警戒、擔心和不確定。

「的確難以置信。」尤爾杰說。

「我相信。」葛羅夫說，「這件事不會比鬼魂更難相信。我自己就看過鬼，媽的，幾十次了。」

「馬許船長，」尤爾杰又說，「你講的都是要怎麼找烈夢號，但很少講你找到她之後的事。你有沒有計畫？」

馬許想到火、鍋爐的吼聲和爆炸，敵人們的慘叫。他把那些念頭推到一旁：「我要搶回我的船。你看過我的槍。一旦我轟掉朱利安的腦袋，我想喬許亞就可以接手處理了。」

「你說你之前試過，當時有傑佛和杜恩幫你，而烈夢號跟船員們當時都還在你的掌控之下。可是現在，如果那兩個偵探的消息沒錯，船上都是些奴隸跟強盜了。你上了船，不可能不被認出來的。到時你要怎麼接近朱利安？」

其實馬許並沒有仔細想過這點。如今尤爾杰提出了這個問題，顯然他是不可能孤身拎著一把水牛槍大剌剌走上船去了。如果他能以乘客的身分登船……但尤爾杰說得對，那實在太難了。就算他剃光了鬍子、頭髮，他艾伯納．馬許這張臉也太好認。「我們就硬闖。」猶豫片刻後，馬許說道，「我會領著艾麗瑞諾號整批船員衝上船去。朱利安和酸比利大概以為我死了，我們就去嚇嚇他們。當然，這事兒在白天進行，這次我不要再放過白天的每個機會了。那幫夜行佬都沒有見過艾麗瑞諾號，我想也只有喬許亞聽過這個名字。我們就跟在她旁邊跑，不管她停靠在哪裡，只要有一個太陽最大最亮的早上，我就帶著願意跟來的人一起攻進去。人渣歸人渣，不管酸比利在納契茲僱到什麼垃圾，我就不信他們敢拿臉皮對著我們的刀槍。也許我們得先料理酸比利，反正在那之後就沒人擋得了我們了。這次我一定會看個清楚，確定是那該死的朱利安，然後才打爆他的頭。」他攤了攤手，「滿意嗎？」

「聽來不錯。」葛羅夫這麼說，但尤爾杰顯得更加狐疑了。無奈兩人都沒有更好的建議，於是在短暫的討論之後，他們只好同意他的計畫。沒過多久，黎明拂上偉克斯堡的小丘與山壁，艾麗瑞諾號也升起了她的蒸汽。艾伯納．馬許站起來舒展身子，完全覺得自己就像個整晚沒睡的人。「帶她出港吧！」見舵手走過他們，準備進到那小而簡陋的操舵室時，馬許高聲對他說道。「納契茲！」

甲板工人解開了船纜，艾麗瑞諾號隨即離岸。當紅色與灰色的影子在東岸的大地上互相追逐，而西天的雲彩開始染上玫瑰色時，這艘小小的尾輪船反轉蹼輪，將自己推上了河道。

最初的兩個鐘頭，他們走得很順，經過瓦林頓、艱時埠和大海灣。三、四艘較大的輪船超過他們，但那都是意料中事；艾麗瑞諾號原不是爲了賽船而造的，她能跑得這麼順，艾伯納．馬許已十分滿意，所以他在樓下待了三十分鐘，檢查和清理槍枝，確定子彈上膛，還快快吃完了早餐的鬆餅、藍莓和煎蛋。船開到聖約瑟和羅德尼中間時，烏雲開始覆蓋天空，而這情景是馬許最討厭的。不到一會兒，小暴風來襲，偏偏雷不夠大，雨也不夠急，馬許心想，連隻蒼蠅都影響不了。不過舵手還是很小心，將船停在一處堆木場等了大約一小時，這段時間裡，馬許則不停在船上走來走去。換作是弗蘭姆或艾布萊特，他們會在這樣的天氣下繼續開，但你總不能指望這樣一艘小船能聘到多高明的舵手。雨水雖然又冷又灰，但在雨停了之後，天空中竟出現一道漂亮的彩虹；這就是馬許最喜歡的了。而且，在天黑之前，他們還有足夠的時間可以趕到納契茲。

再次啓程的十五分鐘後，艾麗瑞諾號確確實實地開上了沙洲。

那眞是個愚蠢又令人沮喪的疏忽。舵手太年輕了，大概才剛學徒結業，本來想彌補剛才因避風而損失的時間，所以冒險走了一條捷徑，而不是留在大幅向東彎的主河道上。若是在一、兩個月前，這麼走或許很聰明，但現在水位太低，就算是艾麗瑞諾號這樣的小船也會擱淺。

艾伯納．馬許大發脾氣，又罵又跺腳，特別是發現他們沒法兒直接倒船離開沙洲時。卡特．葛羅夫跟工人們找出絞盤和撐竿，將它們架起來，結果又下了幾陣雨，把狀況變得更棘手。渾身濕透又氣喘吁吁地忙了四個半小時後，舵手重新啓動尾輪，艾麗瑞諾號在四濺的泥沙中向前衝，抖動得好像要碎成片片了，最後總算浮到水面上。她的汽笛爲了勝利而呼喊。

他們在這條截河道上謹愼地又爬了半個小時，水位沒再令他們受困。河水漲了點，水流重新托起艾麗瑞諾號，也爲她加速。她像支冒煙的箭一般竄向下游，可惜方才損失的時間已再難彌補。

那座城市的山崖在遠方的視野中乍現時，艾伯納．馬許正坐在舵手室裡褪色的黃沙發上。他放下咖啡杯，站到舵手身後，而那舵手正忙著會船。馬許沒怎麼注意他，只顧著將眼睛盯在遠處的泊船區；就在納契茲山腳的碼頭邊，二十多艘蒸汽船正簇擁鼓譟著。

她就在那兒，一如他早已預料到的。

馬許一眼就認出了她。她是港中最大的船，比停在她身旁的那一艘還要長五十呎以上，而且她的煙囪也是最高的。當艾麗瑞諾號開近時，馬許看見他們並沒有替她改變得太多。她仍然以藍色、白色和銀色為主調，只是兩側的輪室被他們漆成了俗氣的大紅色，活像納契茲妓女的嘴唇。沿著輪室的弧度，她的名字用黃色油漆大寫成彎彎的一行：奧西曼大帝，寫得十分粗糙。馬許板起臉來。「看見那艘大傢伙沒？」他指著那兒，對舵手說，「你把船儘量開近點，知道嗎？」

「是的，船長。」

馬許厭惡地望向前方的城鎮。夜影已在城街中增長，河水泛著日暮時的霞紅與金光。加上今天是個多雲的天氣，雲太多了。他們在堆木場跟截河道耽擱了太多時間，他想，而且十月的日落也來得比夏天早一點。

尤爾杰走進操舵室，步向他，直接講出他的意見：「馬許船長，你今晚不能去。太晚了，再過不到一小時就天黑了。等明天吧。」

「你把我當成哪門子蠢貨？」馬許說道，拿起手杖在甲板上沮喪地一戳。「我當然要等。我犯過一次他媽的錯，可不會再犯一次。」

尤爾杰開始講別的事，不過馬許都沒專心聽，眼睛仍盯著碼頭邊那艘大輪船。「見鬼。」他突然說。

「怎麼了？」

馬許用手杖指了指：「煙。該死的那幫人，他們把她的蒸汽升起來了！她一定是要走了。」

「別急，」尤爾杰警告道，「如果她要走，那就讓她走，我們一定可以在下游某處逮著她。」

「他們一定是在晚上才讓她跑，白天停港。」馬許急急道，「我早該想到的。諾曼先生！」他轉向舵手說道，「你不要進港了。繼續往下游走，在你看到的第一座堆木場停下來，一等那艘船開過，你就跟上去，能跟多緊就跟多緊。她的速度比艾麗瑞諾快得太多，所以你不必擔心跟丟，只管往下游開就行了。」

「你說了算，船長。」舵手答完，便用雙手輪流轉動老舊的木舵輪，艾麗瑞諾號立刻調轉船頭，重新回到河道上。

當烈夢號果然如預期般航經艾麗瑞諾號旁時，他們已經在堆木場等了九十分鐘，而且最後的二十分鐘已是完全的黑夜。看見她開近，馬許忍不住微微發抖。在順流的水勢中，她那龐大的外輪轉得極其暢順、雍容而安靜，竟然讓他聯想起戴蒙·朱利安走路的樣子。她幾乎半暗，只有放了燃爐的主甲板透出隱隱紅光，下甲板區的客艙窗也只有少數幾扇亮著燈，頂層甲板則是一片漆黑，操舵室也一樣。馬許彷彿看見那兒站著一個孤伶伶的身影，面對著舵輪，無奈太遠了看不清。星月的光芒蒼白地映照在她的銀白漆彩上，令紅色的輪室顯得淫穢可憎。就在同時，下游的遠處出現另一艘輪船的燈光，正朝著她來，於是她們在夜裡互相呼喚。馬許原以為自己不管到哪兒都認得出她的哨笛聲，但在此刻聽來，那笛聲竟帶著冰冷的哀傷，像在憂鬱地號啕著痛苦與絕望，而那是他從未聽過的。

「保持距離，」他向舵手吩咐，「但要跟住。」接著，一個甲板工解開了艾麗瑞諾與堆木場之間繫著的纜繩，爐工餵她吞下一大團瀝青和松木節，這艘小船隨即低哼著竄上河道，朝前方那個頭高大又狂妄的表妹追了過去。一、兩分鐘後，剛才那艘開往上游的陌生汽船與烈夢號會船，接著也將與艾麗瑞諾號交會，所以她低沉且短促地發出三聲嗚響，艾麗瑞諾號便也回應她。只不過，和烈夢號狂野的尖嘯相比，小瑞諾的聲音既薄弱又無力，令馬許不禁發窘。

他原以為烈夢號會在幾分鐘內就甩開他們，結果不是如此。艾麗瑞諾在她的尾波裡整整跑了兩個鐘頭，雖然在彎道處跟丟過六、七次，但總是可以在幾分鐘之內重新瞥見她的身影。兩艘汽船之間的距離只是逐漸拉寬，微小得幾乎難以發覺。「我們是全速在跑，或者近乎全速，」馬許對尤爾杰船長說，「他們卻只是用漂的。除非他們在紅河轉向，否則我猜他們會到莎拉灣才停下，我們就在那兒逮住她。」他微微一笑，「很合適，不是嗎？」

有十八個大鍋爐和這麼大一副船殼要驅動，烈夢號比她身後的那個小影子要吃下更多的木柴。為了補給柴火，她多次在堆木場停靠，每次都讓艾麗瑞諾號一下子拉近距離，儘管馬許已經小心地叫舵手減速四分之一也沒用。而艾麗瑞諾只補給了一次，就是在主甲板幾乎全空時，買了二十綑新伐的山毛櫸。等她重新回到河上，烈夢號的光已經成了水平面盡頭隱隱泛紅的一小團微亮，馬許叫人在燃爐裡加了一桶豬油，小瑞諾立刻急起拉回差距。

來到紅河河口附近，兩船之間不多不少就相距一哩。馬許帶了一壺新煮的咖啡到操舵室，也替舵手倒了一杯並幫著讓他喝。就在這時，舵手斜眼望向前方說道：「你來看一下，船長，水流好像把她衝到旁邊去了。那一帶應該不必打橫的。」

馬許放下杯子，定睛望去。烈夢號好像突然變近了，他想，而且舵手說的對，他這會兒都可以看見她的大半部左舷了。也許是純粹順應支流的力道，但一個正規的舵手不會容許這種事發生。「她只是在調整角度，繞過樹枝或沙洲吧。」馬許如是說，口氣卻不怎麼有把握。就在他的注視下，那艘外輪汽船的角度越來越偏，幾乎是整個側面都對著他們了，他甚至可以藉著月光讀出輪室上的字母。她看起來好像在原地漂著，黑煙和火星卻不斷從她的煙囪熊熊吐出，顯然正催加著動力——搖搖擺擺地，她的船頭竟晃進視野裡來。

「該死，」馬許大叫，覺得渾身發冷，好像又一次摔進河裡。「她在轉向！去他媽的王八蛋！她在轉向！」

「我該怎麼做，船長？」舵手問道。

艾伯納．馬許沒有回答，兩眼盯著烈夢號，心中湧起了恐懼。像艾麗瑞諾號這樣的一艘小尾輪船只能用兩種方式轉向，但兩種都很笨拙。若是河道夠寬，她可以繞一個大U字形，但那要有足夠的空間和推進力；另一種就是停下來、倒轉蹼輪，後退，轉個角度，再停下，然後重複這步驟直到船頭調轉爲止。不論哪一種方式都很花時間，馬許也不知道他們還來不來得及掉頭。外輪汽船的機動性好得要命，只消停住一側的輪子，讓另一側的繼續轉動，她就能轉得像個芭蕾舞伶那樣靈巧細緻。如今艾伯納．馬許已能看見烈夢號的艄樓，看見她的階梯在月光下斜豎著，竟像兩根白森森的長牙齒——而且在茫茫夜色中，主甲板和下甲板的前端還聚集了好些帶著蒼白面孔的人影。烈夢號陰森地從前方向他們逼近，越來越巨大，越來越令人畏懼。她現在幾乎已轉向完畢，而艾麗瑞諾號還在一個勁兒地拍著水划向她，嘩啦嘩啦嘩啦地，划向那些白蛆蟲般的臉孔，划向那船上的黑暗，還有那雙熾熱火紅的眼睛。

「你他媽白痴啊！」馬許吼了起來，「停船！後退啊，天殺的，轉向！你沒長眼啊？他們掉頭來追我們了！」

舵手質疑地瞥了他一眼，隨即停下蹼輪，開始轉向，只不過馬許看出為時已晚。他們不可能來得及轉向了，就算可以，烈夢號也必將在短短幾分鐘之內壓上來——等到兩艘船都要與逆流對抗，那才將真正展現她的實力。馬許猛然攫住舵手的手臂：「不！繼續衝，加快速度！跟他們打圈子。媽的，再加點豬油，快啊！在他們撞上我們之前，我們要加速衝過去，你聽見沒？」

不知不覺中，烈夢號已直直朝他們而來，燃煙熊熊，兩層甲板上爬滿了那幫夜行佬。現在馬許甚至數得出那兒站了多少人。見舵手伸手要去拉汽笛，馬許再度抓住他的手臂說：「不要！」

「會撞船的！」舵手道，「船長，我們得告訴他們要走哪邊水道啊。」

「讓他們去猜！」馬許說，「去你的，這是我們唯一的機會了！叫他們快加豬油！」

航過映著月色的黑河水，烈夢號昂揚著勝利的長嘯。艾伯納．馬許想著，那聲音聽起來真像一頭邪魔化身的狼，號叫著追殺牠的獵物。

# 第二十四章

## 蒸汽輪船奧西曼大帝號上，密西西比河，一八五七年十月

「哎呀呀，」酸比利．提普頓說，「他直接找上門來。怎麼這麼客氣？」

「你確定那是馬許嗎，比利？」戴蒙．朱利安問道。

「您自己看看。」酸比利說著，將望遠鏡遞給朱利安。「就在那間破舊的操舵室裡。沒有人像他那麼肥又長肉瘤了。幸好我警覺得早。我就覺得奇怪，那艘船怎麼一直跟著我們。」

朱利安放下望遠鏡。「沒錯，」他微笑道，「比利，我們怎能沒有你啊。」微笑驟逝。「可是，比利，船長掉進河裡時，你拍著胸脯保證他死了。我想你還記得吧，是不是？」

酸比利警惕地看著他：「這一次不會失手了，朱利安先生。」

「啊，」朱利安說，「是啊。舵手，等我們會船時，我要我們的距離在一呎以內，你聽懂了嗎，舵手？」

喬許亞．約克抬眼朝遠方短暫望去，雙手仍穩穩掌住黑銀相間的舵輪。隔著操舵室裡的漆黑，他冰冷的視線與朱利安相遇，隨即兀然垂下眼去：「那就近距離會船。」說時，他的語調空洞。

在舵手室後方的長沙發上，卡爾．弗蘭姆驚醒了。他虛弱地坐直身子，然後走過來站在約克身後，以矇朧且無生氣的眼神眺向河面。看見弗蘭姆的行動遲緩而不穩，像個醉鬼或孱弱的老頭，比

利心想，這模樣很難讓人想起他當初有多難纏。當然，戴蒙．朱利安把這位首席舵手照料得夠服貼了——那一天，這位瘦皮猴老兄嘻嘻哈哈地回到船上，還沒意識到情勢已變，便拿自己的三個老婆開了一些愚蠢的玩笑話，剛好被戴蒙．朱利安聽見，令朱利安覺得好笑。所以他後來才跟弗蘭姆說：「既然你再也見不到她們，你可以在我們船上擁有三個新妻子。畢竟，一個舵手是可以有些特權的。」所以現在是辛西亞、維樂麗和卡拉輪流跟他在一起，小心地不喝過量，但也夠定量了。身為船上唯一有執照的舵手，朱利安不可能讓弗蘭姆死掉，儘管大半時間都是約克在掌舵，但弗蘭姆再也高傲不起來，再也不能惹麻煩了。現在的弗蘭姆幾乎不說話，走路的腳步也一拖一拖地，原本就很瘦的他更成了皮包骨，全身都看得見齒痕和傷疤，而且眼神像個發熱病的人。

看見那艘矮胖的小尾輪趨近，弗蘭姆眨了眨眼，幾乎有點兒振奮起來，甚至露出一絲微笑。「近距離，」他喃喃道，「她當然想要近距離。」

朱利安看著他：「弗蘭姆先生，你的意思是？」

「沒啥，」弗蘭姆道，「只是猜她正有意直接撞上來罷了。」他歪嘴一笑，「我打賭，老馬許船長八成在那艘小破船的甲板上堆滿炸藥。這是行船人的老把戲。」

朱利安立刻扭頭看回河上。尾輪汽船仍筆直地追著烈夢號跑，火煙噴發得猛烈，好像全不當一回事。

「他在說謊，」酸比利道，「他成天胡說八道。」

「看她衝得多猛啊。」弗蘭姆應道。這是真的。從小船身後濺起的洶湧水花看來，她簡直像是惡虎撲羊。

「弗蘭姆先生說的對，」喬許亞．約克說道，一面轉動巨大的舵輪，一手接一手，動作流暢而從容。烈夢號猛然一擺，將她的船頭晃向左側，一眨眼後，便見對向衝來的尾輪船急轉向右，大大拉開了兩船的間距。他們都看見小船側那一排已褪色的方字母：艾麗瑞諾號。

「你才他媽的在耍把戲！」酸比利叫道，「他故意讓他們開過去！」

朱利安冷冷地說：「船上沒炸藥。給我把船開近一點。」約克倒也立刻把舵輪轉回來，只是為時已晚；馬許的船看準了機會，以驚人的速度撲向前，排煙管嘶嘶作響地擠出蒸汽，竄成高而直的白柱。烈夢號立刻回應，退回船頭，可是艾麗瑞諾號已經從右舷三十碼外竄過他們，安全地順流離去。就在她遠離之際，一個槍聲從那兒傳出，即使在烈夢號如雷鳴般的引擎和蹼輪的吵鬧聲中，那聲槍響依然清晰，但她看來沒事。

無視於弗蘭姆的歪嘴冷笑，戴蒙．朱利安轉向喬許亞．約克：「喬許亞，你給我逮到他們，否則我叫比利把你的寶貝酒瓶全掃進河裡，要你和我們一起飢渴。你聽懂了沒？」

「是。」約克說。他讓兩側的外輪一齊停下，然後使左舷蹼輪慢速向前轉，右舷向後轉。在水勢的協助下，烈夢號重新動了起來。艾麗瑞諾號已經衝得很遠，裝在船尾的小蹼輪正瘋狂踢水，煙囪中不斷噴出火星和火舌。

「很好。」戴蒙．朱利安說完，轉向酸比利：「比利，我要去我的艙房了。」朱利安花了很多時間待在他的房裡，卻只是點一支小蠟燭，隻身坐在黑暗中，啜飲著白蘭地，好像在那兒發呆。他越來越不管船務，把事情都丟給比利，就像他讓比利經營農場，而他自己只是坐在圖書室的漆黑與塵埃中。「你留在這兒，」朱利安繼續交代，「看我們的舵手有沒有照我的話去做。逮到那艘小船時，把馬許船長帶來見我。」

「其他人呢？」比利不確定地問。

朱利安微微一笑：「我相信你知道該怎麼處理。」

朱利安離開後，酸比利回頭繼續觀望河況，見艾麗瑞諾號已加速向下游跑開。等到烈夢號轉向完畢時，兩者之間已有好幾百碼的距離，不過，這樣的狀況當然不會持續太久。烈夢號發揮了她好幾個月沒有施展的實力，全速轉動起兩個蹼輪，燃爐咆哮，甲板因引擎的怒吼而震動。烈夢號好像張大了嘴在吞河水，兩船的間距就在比利的注視下不斷拉近。馬許很快就要提著頭來見朱利安了，酸比利．提普頓對那一刻巴望得不得了。

就在此時，喬許亞．約克放緩了右舷的輪速，開始打舵。

「嘿！」比利不滿地叫道，「這是在做什麼？你在放他們逃走啊！」他掏出小刀，在約克的身後揮舞。「搞什麼東西？」

「在橫過河道，提普頓先生。」約克淡淡答道。

「你給我把船輪轉回去。別以爲我看不出來，馬許就沒有這樣過河道，而且他跑得更前面了。」見約克沒理會命令，比利更火大了。「我叫你轉回去。」

「就在剛才，我們過了一個小河灣，」約克道，「標記就是在河口有一棵死掉的白楊木。見到那個記號，我就得打橫偏離航道，否則水深不足就要害我們沉船了。前面馬上就有一處暗礁，只是你現在從水面上看不出來，要是我們剛才仍維持航道，那塊暗礁就會撕裂我們的船底。我說的沒錯吧，弗蘭姆先生？」

「我自己都不可能說得這麼好。」

酸比利狐疑地說：「我不相信你們，」他怒目瞪著兩人，氣得拿小刀亂揮。「馬許的船就沒有打橫，他也沒有觸礁，至少我看得出來。你敢讓他逃掉試試！」正這麼說時，艾麗瑞諾號已經又拉開了一百呎，只是她現在的角度有點兒偏右舷。

「有些大副就是這樣。」卡爾．弗蘭姆語帶輕蔑，「媽的，我們在追的那艘小尾輪船根本就不吃水。下足大雨後，她搞不好還可以直接游進紐奧良城，晃蕩大半天也未必發覺自己已經離開了河道。」

「艾伯納可不笨，」約克說，「他的舵手也一樣。他們都知道現在那座暗礁的深度剛好不會構成妨礙，卻會害我們觸礁。我們最好會傻傻地跟上去，然後在這兒擱淺到天亮。現在你懂了嗎，提普頓先生？」

酸比利皺起眉頭，忽然覺得自己像個傻瓜，正把小刀拿開時，卻聽見卡爾．弗蘭姆咯咯笑了兩聲。酸比利立刻罵道：「閉嘴，否則我叫你的情婦們上來。」罵完這兩句，換他自己竊笑。

艾麗瑞諾號已經跑得很前面，不過空中仍見得到她的煙，也看得見她的光就映在遠方的樹叢邊。酸比利沒再吭聲，只是凝視著那些光。

「你爲什麼那麼在意艾伯納逃不逃跑？」約克平靜地問道，「這個船長可曾做過什麼傷害你的事，提普頓先生？」

「那團肉瘤，我才不在意，」比利冷漠地說，「只是朱利安要抓他。我只是照辦。」

「要是沒了你，他該怎麼辦啊。」喬許亞・約克說這句話時的口氣讓酸比利感到不舒服，但他還來不及反駁，便聽見約克又接著道：「他在利用你啊，比利。少了你，他就一事無成了。你爲他設想，替他辦事，在白天保護他。是你成就了現在的他。」

「對啊，」比利驕傲地說。他知道自己有多麼重要，也喜歡這個狀態。來到船上後，一切甚至比從前更加理想，他眞喜歡做大副。不論是他買來的黑鬼，還是他僱來的白人渣，他們都喚他「提普頓先生」，而且會趕著去完成他交代的命令，既不必吼也不必瞪他們。一開始還有些白人船員不聽話，直到酸比利把其中一個開腸剖肚地塞進燃爐，從此他們就對他畢恭畢敬了。黑鬼們則一點兒也不麻煩，只是靠港時要小心，比利就把他們全銬在主甲板上，從此也不怕他們逃跑了。這比在農場當黑奴監工要好多了。黑奴監工只是個白種人渣，人人都瞧不起，但在河上，蒸汽船的大副就是一號人物，是個主管，旁人可得對他禮貌些。

「朱利安給你的承諾只是個謊言，」約克說，「你不可能變成我們的一員啊，比利。我們是不同的種族，在生理結構上就不同，我們的血肉都不同。不管他說什麼，他都不可能讓你轉變的。」

「你一定以爲我是呆子，是吧？」比利說，「我不必聽朱利安的。我聽過吸血鬼的故事，我知道吸血鬼可以讓普通人變成吸血鬼。你以前一定也和我一樣，約克，你否認也沒用。只不過你很弱，我卻不是。你怕了嗎？」一定是這樣的，比利心想。約克想叫他背叛朱利安，朱利安就不會改造他，否則一旦他也成爲他們的一員，他就會比約克還強大，搞不好還跟朱利安一樣強壯。「我嚇著你了是吧，喬許？你自以爲了不起，但你等著瞧吧，等朱利安改造我，我會叫你爬著來見我。我倒想知道你的血嚐起來是什麼滋味。朱利安知道，是不是？」

約克沒搭腔，但酸比利知道自己戳中了要害。從登船那一晚起，戴蒙．朱利安起碼叫約克獻血了十幾次；事實上，在那之後，朱利安就沒再喝過別人的血。「因爲你是那麼美麗啊，親愛的喬許亞。」他總是笑著這麼說，遞出一個空杯叫約克裝滿，似乎以逼約克屈服爲樂。

「他總是笑你，」過了一會兒，約克又說，「每天、每晚都是。不管你多有用，他還是會拿你開玩笑，蔑視你，認爲你長得又醜又可笑。對他而言，你只是個畜生，等他找到更強壯的野獸願意侍候他時，他會把你像垃圾一樣趕走。到那時，你已經老朽不堪，卻還會相信他的謊話，像隻狗一樣對他搖尾乞憐。」

「我又不是個奴才！」比利說道，「閉嘴！朱利安才不會說謊！」

「那就去問他打算什麼時候才要改造你，問他要怎麼完成這個奇蹟，要怎麼讓你的膚色變淺，改變你的身體，還有教你在黑暗中看東西。要是你認爲朱利安不會說謊，提普頓先生，那就去問他，然後仔細聽吧。聽聽他和你講話時口氣裡的嘲弄。」

酸比利．提普頓心中激動。他大可拿刀子在喬許亞．約克寬廣的背後捅一刀，但約克根本不會理他，而且朱利安也不會高興。「好吧，」他說，「也許我就去問問他。他的年紀比你大，約克，你不懂的他都懂。我現在就去問問他。」

卡爾·弗蘭姆又咯咯發笑，甚至連約克都略帶揶揄地與他相視微笑，然後又道：「那你還等什麼？去問啊。」酸比利就走下樓去了。

戴蒙·朱利安現在佔了喬許亞·約克的寢室。比利禮貌地敲了敲艙房的門，聽見慵懶的聲音說：「進來，比利。」於是他打開門走了進去。屋裡很黑，但他感覺到朱利安就坐在幾呎外。「抓到馬許船長了嗎？」朱利安問道。

「他還在逃，」比利回答，「但很快就會追上了，朱利安先生。」

「啊。那你爲什麼會在這裡呢，比利？我叫你要跟喬許亞在一起。」

「我有些事得問問您。」酸比利說道，便把喬許亞·約克剛才說過的話覆述了一次。他說完後，房裡是一片死寂。

「可憐的比利，」朱利安一會兒後才搭腔，「經歷這些日子，你心裡起疑了，是嗎？你要是起疑，就永遠也不可能完成這種改變了，比利。親愛的喬許亞之所以受盡折磨，也就是因爲這一點。是他心中的懷疑害他變成這不三不四的樣子，一半是主子，一半卻是牲口。你了解嗎？你得有耐心。」

「我想早點開始，」酸比利堅持，「已經過好幾年了，朱利安先生。現在我們得到這艘船，一切也比從前順利多了。我想成爲你們的一員。您答應過我的。」

「我的確答應過。」戴蒙·朱利安輕聲笑了起來，「好吧，比利，事情總要有個開始，是不是？你對我如此盡心盡力，既然你的心意這麼迫切，我怎麼能拒絕你呢？你這個人如此聰明，我可不想失去你啊。」

酸比利幾乎不相信自己的耳朵。「您的意思是，您要開始改造我了？」喬許亞・約克剛剛還用那種口氣說話，這下子看他怎麼後悔。比利胡亂地想。

「當然啊，比利。我說到做到。」

「什麼時候？」

「這種變化並不是一夜之間就能完成，比利。要過個幾年吧。」

「幾年？」酸比利不禁氣餒。在他聽到的那些故事裡，這種事不需要「幾年」的。

「恐怕是。就像你從少年長大成人，也不是一天一夜就長成，要從奴隸變成主人，也得慢慢轉變。我們會餵養你的，比利，你會從鮮血中得到力量、美麗和敏捷，而你喝下的生命會流過你的血管，直到你重生成夜晚的一份子。這個過程不可能太快，但一定會完成。我可以向你保證。你將會得到永恆的生命，得到主宰的地位和力量，腥紅飢渴會填滿你。我們就儘快開始吧。」

「多快？」

「首先，你得喝血，比利。所以我們得找個犧牲者才行。」他大笑起來，然後突然說道，「就馬許船長吧。比利，他就夠你用了。等我們逮到他的船，你就把他帶來，不要傷他。我不會碰他，讓他歸你一人用，比利。我們把他綁在他的豪華大廳裡，你就每晚去喝他的血，像他那樣的男人一定有很多血，可以撐很久，足夠你完成這段蛻變。是的，你就從馬許船長開始吧。比利，抓住他，爲了我，也爲了你自己。」

# 第二十五章

## 蒸汽輪船艾麗瑞諾號上，密西西比河，一八五七年十月

列夢號忙著橫過河中道時，艾伯納．馬許正在艾麗瑞諾號的操舵室裡觀望。他用手杖敲地出氣，滿口咒罵，心底卻不確定自己該失望還是放心。馬許知道，要是烈夢號眞的被那塊暗礁扯破了船底，他大概會心痛得要死；可是反過來，現在他的好姑娘還在後頭追，要是眞被她逮到了艾麗瑞諾號，那麼戴蒙．朱利安絕對會直接挖出他的心臟讓他死。不論是哪一種結果，馬許似乎都是輸家。艾麗瑞諾號也要過河道了，舵手開始打舵，馬許皺著眉頭站在那兒想。就在身後的那片夜色中，烈夢號昂揚著蒸汽航越漆黑，那情景實在令人畏懼。馬許打造她是爲了贏過日蝕號，爲了成爲河上最快的蒸汽輪船；如今他竟要從她的魔掌下逃出生天，憑藉的還是這河上最老舊的爛船之一。「不管她死活了！」他大聲說道，轉向舵手：「就當作是賽船，」他說，「看我們逃不逃得掉。」

舵手看著馬許，好像覺得他瘋了。也許他是瘋了。

艾伯納．馬許下到主甲板，看看能否幫什麼忙。卡特．葛羅夫和首席技師達克．特尼已經在那兒發號施令。甲板艙滿是高溫，燃爐咆哮著劈啪作響，每當爐工扔進新的柴火，火舌就湧出來舔舐。葛羅夫把他的爐工全叫下來幫忙，此刻全都汗流浹背地忙著拿櫸木和松節沾豬油，去餵那一爐橙紅炙人的血盆大口。葛羅夫拎著一桶威士忌和一個大銅杓，輪流在手下們之間走動，好讓他們能在最短時間

內都嚐一小口解解渴。汗水流過他赤裸的胸膛，幾乎成了一條小溪，就像那些爐工們，他的臉也因這可怕的高熱而發紅。很難想像他們是如何忍受這樣的環境，但燃爐始終燒得穩定，火勢從未減弱過。

達克·特尼正在看鍋爐上的壓力計，馬許也探頭看去。壓力正在飆高。技師轉頭看著他：「我上船這四年來從沒飆到這麼高，」他得用吼的才能蓋過燃爐、蒸汽和引擎撞擊的各種聲響。馬許試著把手伸過去，結果立刻抽了回來。鍋爐燙得不得了。「船長，保險栓怎麼辦？」特尼問道。

「把它敲回去。」馬許也吼道，「老兄，我們需要蒸汽。」

特尼皺著眉頭照辦了。馬許繼續看著壓力計，見指針穩定上升。排氣管立刻傳來蒸汽的尖聲慘叫，但效果的確明顯：引擎抖得劇烈，簡直像要把自己甩碎了，蹼輪飛速轉動，大概也有好幾年沒這樣起勁了；嘩啦嘩啦嘩啦嘩啦嘩啦，浪花飛濺，整艘船都在震動。

副技師和鐵工們正圍著引擎跳來跳去，忙著上油和潤滑劑，保持機心運作順暢。他們看起來就像一群泡過焦油的小黑猴，動作也快得像猴子。他們不得不快。要替活動個不停的零件上油可不是件容易的事，特別是小瑞諾的這具老引擎——又「活動」成這副德性。

「再快點！」葛羅夫喊道，「豬油加快點！」只見一個紅髮的大個子踉蹌地退後，遠離爐口，然後跪了下去，像是被熱昏了，卻有另一個爐工立刻上前來遞補他的位子。葛羅夫趕緊走過去，倒了一杓威士忌在大個子頭上，那人便立刻張開眼來，眨了眨濕潤的眼睛，並且張開嘴巴，於是大副又倒了一杓在他嘴裡。不到一分鐘，紅髮大個子重新站了起來，繼續拿松節去沾豬油。

忍著高溫，技師的表情近乎猙獰，他打開排氣管讓灼燙的蒸汽逸出，好讓鍋爐的壓力稍稍下降。

然後它又開始蓄汽。有些管子上的銲接劑已經熔化到流散，但旁邊隨時有人等著修補裂開的部分。馬許整個人像是泡在汗水和蒸汽裡，燃爐的火勢又旺得足以烤乾他，而他周圍的每個人都在奔跑、吼叫、傳遞柴火和豬油，急著餵那口燃爐和安撫鍋爐引擎。引擎和蹼輪敲打出撼人的噪音，燃爐跳動的紅光染透了甲板上每一個人。這是個悶熱的煉獄，充斥了噪音、碰撞、焦煙、蒸汽和危險。船身抖動、嗆咳，哆嗦得像一個快要倒地而死的人，而她依然前進，但此時此刻的馬許已經不知道能做什麼或說什麼才能讓她跑得更快了。

他懷著感激走出甲板艙，遠離可怕的高溫，來到艄樓，全身裡裡外外、從頭到腳濕得像剛從河裡爬出來。夜風吹來，剎那間讓他感受到美妙的涼意。他看見前方河中有一座小島，島後的西岸有光。他們正快速朝那兒開去。「媽的，」馬許自言自語，「每小時起碼有二十哩。混帳，搞不好我們開到三十哩了。」他拉高了嗓門說道，幾乎是用吼的，彷彿這人聲的雷鳴可以讓事情成眞。天候好的時候，艾麗瑞諾號是一艘時速八哩的小船；當然，現在還要加上順流的水勢。

馬許重步踩上階梯，走過主艙區，到上層甲板去看看後方的狀況。矮胖的煙囪正四處胡亂噴發著火星和帶著火燄的餘燼，達克・特尼送出的蒸汽則正好高到不致於把他們轟上西天；馬許腳下的這片甲板一點兒也不安分，活像什麼生物的皮膚。蹼輪轉得之快，激起的水花都成了一面牆，簡直像倒流的瀑布。

烈夢號跟在後頭，通體漆黑，只有高聳的黑煙囪將火和煙送進月光下的半邊天。在馬許下樓的這段時間裡，她好像又逼近了二十碼。

尤爾杰船長走到馬許身旁說道：「我們跑不贏她的。」他的口氣仍是那樣淡然而帶著倦意。

「我們得要更多蒸汽！還有溫度！」

「蹼輪沒法兒轉得更快了，馬許船長。只要達克抓錯了時間打個噴嚏，那口鍋爐就會把我們全炸死。這引擎也是七年的老傢伙，再這麼抖下去，連骨頭都會散的，而且豬油又用得這麼凶，一等用完就只能燒木頭了。這是個老姑娘啊，船長。你已經讓她跳舞跳得像新婚之夜，但她不可能更賣力了。」

「媽的。」馬許說著，回頭望向尾輪。烈夢號還在逼近。「媽的。」他又說了一次。他知道尤爾杰說的沒錯。馬許瞥向前方，他們正航向那座河中小島，主河道是向東彎的，西側分流則是一條捷徑，只是小得多。在這個距離下，就連馬許都看得出那條分流有多窄，岸旁的枝葉又是多麼茂盛而囂張。他走回操舵室，吩咐舵手：「走捷徑。」

舵手回頭瞄他，表情中有一半是震驚。在河上，這種事都是由舵手決定的，船長也許偶爾會給個建議，但不會下命令。「不，先生。」舵手答道，口氣裡可沒少一絲怒意：「看那河岸，馬許船長。水位在降低啊。我知道這條捷徑，在這個季節是不可能過船的。要是我真的開過去，我們會在這條船上一直待到春天汛期來臨爲止。」

「也許是，」馬許道，「但如果我們走不過那條路，烈夢號也一樣走不過，到時她只能繞路，我們就可以擺脫她了。在這個節骨眼上，擺脫她可比天殺的擱淺或觸礁還重要，你聽見沒？」

舵手大皺眉頭：「船長，輪不到你來叫我怎麼開。我要維護我自己的名譽。我在這河上從沒撞過任何一艘小船，也不打算在今晚毀掉這紀錄。我們要留在主河道上。」

艾伯納・馬許覺得自己氣到漲紅了臉。他轉回頭去，見烈夢號就在後方頂多三百呎，而且還在快速接近中。「你他媽的傻瓜，」馬許說，「現在是這河上最重要的一場賽船，我竟然找了個白痴舵手。在那邊掌舵的如果是弗蘭姆先生，或者換一個懂得操她的大副，人家早就逮著我們啦！現在那群豬玀搞不好是拿白楊木在餵她！」他邊說邊拿手杖朝烈夢號猛比，「你自己看，看她跑得有多慢！除非我們擺脫她，否則她馬上就會撞上來。你聽懂了沒？給我開到他媽的捷徑上去！」

「我可以跟工會投訴你。」那舵手僵澀地說。

「我可以把你扔進河裡。」艾伯納・馬許接口道，恐嚇地向他靠近。

「派小艇出去吧，船長。」舵手只好建議，「先探個路，看看怎麼過。」

艾伯納・馬許厭惡地哼了一聲，隨即罵道：「他媽的，滾一邊去！」他粗魯地推開舵手，害得那人絆倒，然後自己抓過舵輪，硬是將它往右舷猛打，艾麗瑞諾號乖乖將船頭甩去，讓倒在地上的舵手氣得咒罵。

馬許沒理他，專心掌起舵來，直到汽船駛過那座小島的潮高界，船身磨擦到西岸河底的那一刻，他才瞥向後方，看著烈夢號——相距不到二百呎了——減速，停下，彷彿不情不願地往後退；一會兒再往後看去時，她的船頭已經偏向東方。緊接著，馬許沒空再看她了，因爲艾麗瑞諾號重重地撞上某樣東西，聽聲音像是一大段木頭，撞得馬許牙關一闔，差點沒咬斷自己的舌頭，還得抓緊舵輪才能避免跌飛出去。才剛爬起來的舵手也因此又摔倒，哀叫了一聲。剛才的速度令汽船往那個障礙物頂衝去，馬許在剎那間瞥見它：一株大而黑、半淹沒在水中的樹。另一陣震耳欲聾的碰撞聲隨之而來，船身抖動得厲害，像被某個發了瘋的巨人給捉住，木板碎裂時聲音更教人心驚，因爲尾輪開始猛烈地拍打那樹幹。

「王八蛋！」舵手大罵，再次爬起來。「舵輪給我！」

「很樂意。」艾伯納．馬許說著讓開。這時的艾麗瑞諾號已經壓過該死的樹，正瘋狂地朝著淺灘衝去，依舊顫抖著繼續壓過一個又一個的沙洲，也一次又一次減慢速度。舵手急切地搖響機艙的鈴，「停船！」他叫道，「停掉蹼輪！」

蹼輪轉了最後幾下，悠悠地呻吟著停了下來，同時有兩道又長又高的白蒸汽從排氣管衝出。艾麗瑞諾號的方向開始亂擺，船身也搖晃，而且舵輪變得極爲鬆動。「船舵沒了。」舵手邊轉邊埋怨。就在這時，他們撞到另一個沙洲。

這一次，艾麗瑞諾號眞的停止了。

同樣地，艾伯納．馬許也眞的咬到了舌頭。他跌跌撞撞地往前倒，撞在舵輪上，一面聽見樓下有人哀號。他爬起來，吐了滿口鮮血，痛得要死。幸好他沒把舌頭咬斷。

「王八蛋！」舵手氣壞了，「你看！你看吧。」

艾麗瑞諾號不只沒了船舵，也失去了半邊蹼輪。輪身仍連接在船上，卻已經扭曲變形，而且有半數木槳碎裂或不翼而飛。又一股蒸汽釋出，船身接著便陷在泥沙中，往右傾斜。

「早就說過我們不可能跑這條捷徑。」舵手說，「我說過，這個季節沒河水，這裡只會有沙地和斷枝。現在這樣可不是我害的。我可不會讓任何人把這件事怪到我頭上！」

「閉上你的鳥嘴。」艾伯納．馬許看著船尾說道。河道在樹叢與枝葉間依稀可見，看起來倒是空的。也許烈夢號已經走了。也許。「過那個彎道要多久？」馬許問舵手。

「王八蛋，你還問個屁？除非春汛，否則我們現在根本不可能出去了，而且你的蹼輪和舵都要換新才行。」

「我說彎道，」馬許不死心，「要多久才能走完？」

舵手呸了一口。「三十分鐘啦。要是她像剛才那樣猛撞，也許二十分鐘，但那又怎樣？我告訴你——」

沒等他說完，艾伯納．馬許猛然拉開操舵室的門，吼著呼喚尤爾杰船長。他喊了三次，等了足足五分鐘，尤爾杰才出現。「抱歉，船長，」老先生說，「我都在主甲板。愛爾蘭湯米和大個兒約翰森被燙傷了，傷得相當嚴重。」說到這裡，他看見半毀的蹼輪，頓時沮喪起來。「噢，可憐的姑娘。」他喃喃道。

「哪根管子爆了？」馬許問道。

「很多管子，」尤爾杰直言，一面把視線從船尾的慘狀移回來。「到處都是蒸汽。要不是達克及時打開排氣管，情況可能會更糟。剛才那一撞，很多管路都鬆脫了。」

馬許心頭一沉，心知大勢已去。現在，就算他們有辦法讓船身脫離這片沙洲，換一副新舵，或是用剩下那半副蹼輪駛出這條障礙多、水又淺的捷徑——這些事做起來都不容易——他們還得應付那些爆開的蒸汽管，搞不好還有鍋爐的危險。馬許忍不住大聲咒罵了一長串粗話。

「船長，」尤爾杰道，「我們沒法再照你的計畫去追船，但至少大夥兒現在都安全了。烈夢號會走主河道去繞彎，也會以爲我們抄在前頭，所以他們會往下游追。」

「不，」馬許說，「船長，我要你們拿擔架抬那些燙傷的人下船，走那片樹林，」他用手杖指著河岸方向，中間隔著十呎左右的淺灘。「就近找個城鎮。」

「往下游二哩就有。」舵手插嘴道。

馬許對他點點頭。「很好，那就由你帶路。我要你們通通下船，而且走快一點。」他想起傑佛的眼鏡落在地上，想起那道小小的金光一閃。不行，艾伯納．馬許心想，自己不能再連累他人。「找個醫生去看他們。你們不會有事的，我想。他們要的是我，不是你們。」

「你不和我們一起走？」尤爾杰問。

「我帶著槍，」艾伯納．馬許說道，「而且我有一種感覺。我要在這兒等。」

「我要是跑了，他們會跟來的。只要他們抓到我，你們就不會有事。我想應該是這樣。」

「和我們一起走吧。」

「要是他們沒來——」

「那我就在天亮之後去追你們。」馬許不耐煩地拿手杖在地上一戳，「我到底還是不是這兒的船長？少跟我爭，照我的話去做就是了！我要你們通通給我滾下船去，聽見了沒？」

「馬許船長，」尤爾杰說，「至少讓我和卡特幫你吧。」

「不要。給我滾。」

「船長——」

「走！」馬許漲紅了臉吼道，「快走！」

尤爾杰臉色發白，只好依言把驚呆了的舵手拖出操舵室。在他們匆忙下樓時，馬許又朝船後瞥了一眼——還是沒動靜——接著也下樓走進自己的房間。他從牆上取下那把槍，檢查後上膛，也把那一盒特製子彈裝進白外套的口袋裡。帶著武器，艾伯納．馬許回到上層甲板，在他的老位子嚴陣以待，因爲他可以從那兒盯著河況。依照他的揣測，那幫人要是夠聰明，他們應該知道水位會怎麼變化，也判斷得出艾麗瑞諾號能否通過這條捷徑，包括船速會有多慢，所以等他們繞過彎道，就會發現小瑞諾號落後了；於是烈夢號會等在匯流處，而船上的人——或者那群夜行佬——將在那兒放下小艇，逆流划進這條捷徑來，料想小瑞諾號被卡在這裡動彈不得。是啊，現實的確已是這般情況。

從這方向望去的河道只有一點點，仍是沒半點動靜。他繼續坐著等，打了一個冷顫，隨時等著小艇出現在樹叢後方，等著看見那些靜靜的黑影子和蒼白的臉龐。他再次檢視手中的槍，希望尤爾杰他們走得夠快。

船員們離開約十五分鐘後，河面上仍然平靜。

夜裡的雜音不少。水聲在船底輕拍著，風吹動樹梢，也有動物在林間跑跳。馬許的指頭扣在扳機上，謹慎地起身往上游打量，見那兒一樣毫無動靜。「也許他們沒那麼聰明。」他無聲地喃喃道。

從眼角的餘光，馬許瞥見島上有個白色的東西，立刻機警地轉頭看去，同時把槍舉到肩上。結果只是他多心。那兒只有黑漆漆的樹影和厚厚淤積的泥地，隔著二十碼的淺水，也沒傳來什麼聲音。艾伯納．馬許吃力地呼吸著。萬一他們不派小艇出來呢？他想。萬一他們直接上岸去追蹤足跡呢？

在他的腳下，艾麗瑞諾號發出軋軋聲響，更令馬許心神不寧。他告訴自己要鎮定，只不過是船身卡在沙地裡。但他心底的另一個部分卻在竊竊私語，說那聲響可能是那幫人摸黑溜上船來了，也許就在他看著河況時，他們已經跑進主甲板艙——他知道朱利安走起路來有多安靜——這會兒說不定就在四處搜尋，等一下就從樓梯口跑上來了。

馬許把椅子轉向，好讓自己面對樓梯口。貼在槍身上的手掌不停冒汗，濕濕黏黏地，他就在褲腿上擦了擦。

飄忽忽地，輕柔的低語聲從樓梯間傳來。

他們就在樓下，馬許心想，就在那兒謀劃著如何對付他。上層甲板沒路可逃，他一個人被困在這兒。反正都沒差了。他也曾找過幫手，結果還是一樣。馬許起身往樓梯口走去，藉著月光往下方的漆黑看去，手裡緊抓著槍，眨了眨眼睛，等著有東西現出身影來。他儘最大的努力等了很久很久，豎著耳朵聽那些模糊的低語，心臟狂跳得就像小瑞諾那年邁疲乏的引擎。艾伯納．馬許想著，他們就是要他聽見，要他害怕。他們一定會像鬼魅般潛進船艙來，動作敏捷又安靜，讓他無法捉摸，這樣就可以嚇著他。「我知道你們在下面。」他喊出聲音，「上來啊，朱利安，我有東西要給你。」一面喊著，他架起了槍。

無聲。

「去你媽的！」馬許吼道。

樓梯下端有個東西在動，一個飛快的人影，蒼白而迅速。馬許立刻抬高槍口，卻還來不及瞄準，那個人影就一閃而逝。他咒罵著往下走了兩階，然後停下腳步，心裡又想，這一定是他們的計謀。他們想把他騙下樓，騙到走道、陰暗的艙房和骯髒的交誼廳去；留在上層甲板，他至少可以掌握他們的動態，至少可以看見他們從樓梯飄上來，或從船側攀上來。他絕不能下樓。一旦下了樓，他就任由他們宰割了。

「船長。」一個溫柔的嗓音喚道，「馬許船長。」

馬許舉起槍桿，瞇著眼瞄準。

「別開槍，船長。是我。只有我而已。」

聲音的主人走到樓梯下端，走進馬許的視野。

維樂麗。

馬許遲疑了。她正抬頭對著他微笑，一頭黑髮映著月光。她穿著長褲和男用襯衫，前襟完全敞開。她的肌膚柔軟白皙，一雙眼睛勾住了馬許，閃爍著紫色的光芒，深沉、美麗無邊，彷彿任人暢意徜徉。「過來吧，船長。」維樂麗喚道，「只有我一個人。是喬許亞叫我來的。下樓來吧，這樣才好講話。」在她的眼神召喚下，馬許往下走了兩階，看見維樂麗伸出了雙臂。

就在這時，艾麗瑞諾號突然哀號著往右一晃。馬許失足跌倒，脛骨被台階撞到，痛得他連眼淚都冒出來。聽見一陣隱約的笑聲在樓下飄移，維樂麗的笑容幽幽消逝。馬許滿口咒罵著，猛將槍舉到肩頭就開了火，後座力幾乎撞掉他的肩膀，也把他仰掀在台階上。維樂麗不見了，像個鬼魂般消失。馬許站了起來，在口袋裡摸索著另一個彈匣，同時退回樓上。「什麼喬許亞，見鬼！」他對著樓下的漆黑大罵，「根本是朱利安叫妳來的！去他的！」

就在他踏到上層甲板的那一刻，馬許感覺有個硬物斜抵在他的肩胛骨下。「哎呀呀，」有個聲音在他背後說道，「這不是馬許船長嘛？」

馬許只好鬆手，任槍摔在甲板上，其他人這才陸續現身。維樂麗是最後一個出現的，而且她不願正視馬許。艾伯納·馬許衝著她一個勁兒地劈頭痛罵，從頭詛咒到腳，甚至罵她是個陰險背叛的娼婦。終於，她怨恨地瞥了他一眼，眼神中滿是責難，語帶苦澀地說：「你覺得我有選擇嗎？」

馬許停止了他的漫天謾罵，卻不是因爲她這番話，而是她的那雙眼神——在那兩泓紫羅蘭的深潭裡，雖僅一閃而過，卻讓馬許看見了羞愧和恐懼……以及飢渴。

「走。」酸比利·提普頓說。

「去你的。」艾伯納·馬許應道。

# 第二十六章

**蒸汽輪船奧西曼大帝號上，密西西比河，一八五七年十月**

艾伯納・馬許原以爲眼前會是一片漆黑，但當酸比利將他推進船長室時，房裡卻有油燈散發的柔和光芒。這間房裡的灰塵比馬許記憶中要多了些，不過大部分擺設都還像喬許亞以前安排的那樣。酸比利關上房門後，讓馬許和戴蒙・朱利安對坐。馬許沉著一張臉，緊抓著他的胡桃木手杖——水牛槍被比利扔進河裡去了，但他讓馬許帶著手杖。「你想殺我就試試看，」馬許道，「我可沒心情和你玩遊戲。」

戴蒙・朱利安微微一笑。「殺你？唉，船長啊！我還打算請你吃晚飯呢。」

在房裡的兩張大皮椅之間，一只銀托盤放在小圓桌上。朱利安揭起托盤的蓋子，露出下面的一碟嫩煎雞肉與青菜，旁邊圍著白蘿蔔和洋蔥，還有一片綴著起司的蘋果派。「這兒也有紅酒。請坐啊，船長。」

馬許看著食物，嗅了嗅，心中突然篤定下來：「托比還活著。」

「當然啦。」朱利安道，「你坐下吧？」

馬許警戒地往前走，猜不出朱利安在打什麼主意。但他想了一下，決定不管三七二十一了。也許食物裡下了毒，但仔細想想又沒道理，因爲他們不必如此大費周章殺他。於是他坐了下來，拿起一片雞胸肉。雞肉還是熱的。他貪婪地咬了一大口，想起自己有多久沒吃到如此像樣的一頓好菜。也許他等會兒就要死了，但起碼是吃撐了才死。

戴蒙．朱利安穿著一件棕色西裝與金色背心，蒼白的臉上掛著逗趣的微笑。「要酒嗎，船長？」他看著馬許吃飯，全程只說了這句話，接著便斟滿兩只玻璃杯，自己也優雅地啜飲起來。

當艾伯納．馬許連甜派都掃了個精光，全身放鬆地向後倒在椅子裡，這才擠了擠眉心，感嘆道：「一頓好飯菜。」然後又說，「好了，朱利安，爲什麼我會在這裡？」

「船長，你那天晚上倉促離開，我本想告訴你，我只是想和你談一談。你卻選擇不相信我。」

「我他媽當然不相信你。」馬許道，「直到現在都是。不過我現在不想談這回事了，你要講什麼就講吧。」

「你很有膽子，馬許船長，而且又堅強。我欣賞你。」

「可別說你用得著我。」

朱利安笑了起來。他的笑聲動聽得像音樂，伴隨著一雙黑眸閃亮。「眞有趣，」他道，「這麼擺譜。」

「我不知道你幹嘛這樣拍馬屁，不過你不會得到什麼好處的。就算拿全世界的嫩雞來餵我，也不可能讓我忘記你對那個嬰兒做了什麼事，還有對傑佛先生。」

「你好像忘了傑佛拿劍刺穿我，」朱利安道，「那可不是鬧著玩兒的。」

「那個嬰兒可沒拿劍。」

「一個奴隸，」朱利安語調輕盈，「依你們國家的法律，那不過是個所有物。再依你們同胞的作爲，那又是個低等的人。我讓那個生命免於奴役啊，船長。」

「下地獄去吧你。」馬許罵道，「那只是個小嬰兒，你卻拿他的手當雞頭在砍，還捏碎了他的腦袋。那小鬼又對你做了什麼嗎？」

「是沒有。」朱利安說，「可是尙・阿爾登也沒有加害於你或你的同胞，你和大副卻趁他睡著時打碎了他的頭。」

「我們以爲他是你。」

「啊。」朱利安又微笑了。「那就是個誤會囉？不過，不管你的行爲有沒有正當理由，你都殺了一個無辜的人，我看你倒也沒什麼罪惡感。」

「他哪是什麼無辜的人。他和你們是一伙的，是個吸血鬼。」

朱利安皺起了眉頭：「拜託。我和喬許亞一樣不喜歡那個字眼。」

馬許聳了聳肩。

「馬許船長，你辯駁說自己有正當理由，」朱利安說，「卻判定我的作爲邪惡，就因爲我和你一樣不感到內疚——同樣是在非我族類的物種身上取走一條性命。當然，你保護了你的同胞，甚至庇護那些黑皮膚的同類。你瞧，我就是敬佩這一點。你了解自己，知道自己的地位與天性，也知道那該是怎麼回事。你和我，我們在這方面其實很像呢。」

「我才不像你。」馬許說。

「啊，但你的確像啊！我們都接納自己的天性，不會試著擺脫自己，或者想變成我們不可能變成的個性。我鄙視軟弱，鄙視那些討厭自己到必須假裝成別人的人。你也有同樣的感覺。」

「我沒有。」

「沒有？那你爲什麼那麼討厭酸比利？」

「他人品卑劣。」

「他當然是！」朱利安笑得更開了，「可憐的比利就是軟弱，但他又渴望變得強壯。只要能成爲我們之一，他什麼事都願意做。眞的是任何事。還有很多人也像他一樣，我見過，太多了。他們很有用處，大多時候是看了有趣，不過完全不令人欽佩。馬許船長，你鄙視比利，因爲他畫虎類犬地模仿我們，殘害你們的同類。親愛的喬許亞就給人這種感覺，從比利身上就可以看見他的影子，只是他自己不知道罷了。」

「喬許亞跟比利．提普頓才不像。」馬許朗聲道，「比利這人他媽的狡詐。喬許亞做的某些事情也許不光明正大，但他會努力補償，而且他想幫助你們。」

「他想讓我們變得像你們一樣。馬許船長，你的國家現在正爲了奴隸制的爭議而嚴重分裂，而這種奴隸制是依人種而分的。假設你有能力結束這個局面，有辦法在一夜之間讓這片土地上的每個白種人都變得跟煤炭一樣黑，你會去做嗎？」

艾伯納．馬許皺了皺眉頭。他不太喜歡把膚色變黑這個想法，但是猜得出朱利安有此一問的用意，而他一點兒也不想中計，所以乾脆不回答。

戴蒙．朱利安抿了一口酒，揚起嘴角說道：「啊，你看，就算是你們的廢奴主義者都承認黑種人比較下等。他們受不了黑奴假裝成白種人，如果有個白人想喝藥水使自己變黑，他們也一樣會厭惡吧。馬許船長，我之所以傷害那個奴隸的小孩，並不是出於惡意，只是爲了打動喬許亞，那個親愛的喬許亞。他有他的美，但他令我作嘔。

你就不同了。你眞的以爲我在八月的那天晚上會傷害你？哦，也許眞的會，因爲我當時又痛又憤怒。你要知道，美麗一向吸引我，可是馬許船長，你的形貌一點也不美。」他笑了幾聲，「說不定你是我所見過最醜的人呢：滿面油光，渾身脂肪，毛髮粗糙又長著肉瘤，而且散發著汗臭味，有一副塌鼻子和豬一般的眼睛，牙齒既髒又橫七豎八，若要說能喚起我的飢渴，你甚至連比利都不如。然而，你有一股強悍，而且你非常勇敢，清楚你自身所處的態勢。這些特質都是我欣賞的。還有，你懂得經營輪船。船長啊，我們不應該彼此爲敵。加入我，爲我經營烈夢號——」他又微微一笑，「或是這東西現在的這個名字。比利說要換個船名，喬許亞就不知從哪兒找來了這個字。你要是喜歡，以後大可把它改回去。」

「要說『她』。」馬許道。

朱利安微微皺眉。

「你看待船要像看待女士，不是『東西』。」馬許說。

「噢。」戴蒙．朱利安說。

「現在是比利．提普頓在管這艘船，是不是？」

朱利安聳肩道：「比利只是個工頭，不是行船人。我可以丟下比利。你希望我那麼做嗎，船長？要是你加入我，我可以把比利那條命當作給你的第一個獎賞，看看是我替你動手，或者讓你親自動手。你知道，他殺了你的大副。」

「長毛麥可？」馬許說著，心中一寒。

「對，」朱利安答道，「幾個星期後，他又殺了你的技師。比利逮到他對鍋爐動手腳，好讓它們爆炸。你想替你的人報仇嗎？那都在你的權力之內。」朱利安熱切地傾身向前，那雙黑眼睛閃爍著興奮的神色。「你也可以擁有別的東西。財富也行，我對財富不感興趣的。我所有的錢都可以任你處理。」

「都是你從喬許亞那兒偷來的。」

「血之領主接受的饋贈可多了。」朱利安微笑道，「我也可以提供女人給你。我和你的同胞們一起生活了很多年，我知道你們的情慾、你們的飢渴。船長，你有多久沒有女人了？你喜歡維樂麗嗎？她可以是你的。她比你族裡任何一個女子都還要可愛，而且她不會老，不會變醜，至少在你這一生中都是這麼青春。你可以擁有她，其他人也一樣，他們都不會傷害你。你還喜歡什麼？美食？托比還活著。只要你想，你可以叫他一天煮個六、七頓給你吃。

你是個務實的人，船長。你沒有感染到你們這一族錯誤的宗教觀念。想想我開出的條件吧。你會有能力懲罰你的敵人、保護你的朋友，痛快吃飽，金錢跟女人，只要你來做這件你最迫切渴望的事——就是來跑這艘船，你的烈夢號。」

艾伯納·馬許嗤之以鼻：「她已經不是我的了。你早就壞了她的名聲。」

「你自己去看一看。事情有那麼糟嗎？我們現在定期往返納契茲和紐奧良，船上的設備都費心維修，上百個乘客搭過我們的船，他們根本就沒注意到有任何不對勁。少數幾個人失蹤，大多是發生在岸上，在我們拜訪過的城鎮裡，比利說那樣比較安全。只有極少數是死在你的船上，因爲那些美貌和青春的太難得一見。每天死在紐奧良的奴隸比這還多呢，但你也不積極反對奴隸制啊。艾伯納，這世界充滿了邪惡。我並不是要求你寬恕或參與，你只要跑你的船，顧好你自己的事業就行。我們需要你的專長。比利總是把乘客弄跑，害我們每一趟都賠錢，而喬許亞的資金也不是無盡的。來，艾伯納，助我一臂之力，點頭吧。你想要的。我可以從你的眼中感覺到，你很想要回這艘船，這是你心裡的飢渴，是一種熱情。既然如此，就接受它吧。善惡不過是愚蠢的謊言，只是無稽之談，是用來困擾那些老實人的。我了解你，艾伯納，你想要的我都能給。加入我，爲我做事，與我聯手，然後我們一起跑贏日蝕號。」他那雙黑眼眸中彷彿有火燄在旋繞，而且深不可測，卻又直探進馬許的心底——密密地貼觸，不潔卻誘人地呼喚著、一再呼喚著。朱利安伸出一隻手，艾伯納·馬許也準備伸出手去相應。

朱利安的笑容是那樣和藹，他說的話又極有道理。他又不是在要求馬許做什麼恐怖的事，只是要他跑船，幫著保護他和他的朋友們。媽的，自己不就保護了喬許亞嗎？喬許亞不也是個吸血鬼嗎？船上也許會有些死傷，但回想五四年時，甜蜜熱河號曾有個男的被勒死，後來的尼可皮瑞號也有兩個賭徒被槍殺，而這兩條人命都不是他的錯，他當時也只要負責把船務搞好就行，人當然不是他親手殺的。一個人必須保護他的朋友，卻不是全世界，所以他得讓酸比利得到他應得的下場。一切聽起來都很棒，這交易根本是棒透了。朱利安的黑眼珠裡現在正充滿渴望，就像那一晚在堤岸邊的喬許亞……

……然後艾伯納．馬許突然放下手。「喬許亞，」他朗聲說，「沒錯。你還沒打倒他，對吧？你讓他吃鞭子，但他還活著，而你也無法逼他喝血，你根本就改變不了他。這就是原因。」一面說著，馬許覺得血液都衝到臉上。「你才不關心這艘船能賺多少錢。就算她明天沉船，你也不會緊張，你只會換個地方待而已。還有酸比利，也許你現在想趕他走了，所以才改來利用我，反正管你是或不是，都是因爲喬許亞。假如我加入你，就等於打破他僅有的最後底線，證明你是對的。喬許亞信任我，而你要我加入只是爲了打擊他，你知道這一招有效。」朱利安的手仍然伸在那兒，那蒼白而修長的指間柔和地閃著戒指的光芒。「去你媽的！」馬許咆哮起來，激動地揮動著手杖，「去你媽的！」

戴蒙．朱利安的笑容凝結在嘴唇上，表情也流露出殘忍；除了黑暗、悠久歲月和古老的邪念以外，那眼神中再無其他。他站起身來，居高臨下地俯視著艾伯納．馬許，一把搶走他正在揮舞的那根手杖，就這麼空手折了它，彷彿那只是一根火柴棒。朱利安將斷杖扔向一旁，碎片散落在牆角的地毯上。「你本來可以做一個打敗日蝕號的船長，讓人們銘記在心，」朱利安的口氣裡透著冰冷的惡意，「可惜現在，你要死了。這過程會很漫長的，馬許船長。你太醜，我不要，我要把你賜給比利，好教導他怎麼品嚐鮮血。也許親愛的喬許亞會來分一杯，那對他身體好。」他冷冷一笑，「至於你的輪船，馬許船長，不用擔心。等你死後，我會好好待『她』，讓這河上沒有人忘得了你的烈夢號。」

# 第二十七章

蒸汽輪船奧西曼大帝號上，密西西比河，一八五七年十月

艾伯納・馬許被帶出船長室時，正是黎明破曉時刻。灰濛的晨霧凝在河面上，籠罩著纏繞在船上的扶欄，也在廊柱之間遊走，彷彿有生命的物體，卻在隨即降臨的朝陽下消散無蹤。戴蒙・朱利安看見東方隱現一抹霞紅，便將馬許推出門外。「帶船長到他的艙房去，比利，」他交代道，「好好安頓他，直到天黑。馬許船長，仁慈的你一定願意和我們共進晚餐，對吧？」他微微一笑：「我知道你會的。」

那些人就在房外等。酸比利穿著一件黑西裝和格子背心，坐在頂層甲板的一張椅子上，翹起椅腳靠著牆，正在用小刀清理指甲縫。當房門打開時，他馬上起立，輕鬆地拋著小刀：「是，朱利安先生。」他一面說，一面用那雙冰藍色的眼睛盯著馬許。

比利的身邊有兩個跟班。幫忙把馬許從艾麗瑞諾號抓回來的夜行佬已經回到自己的房間，所以比利把他自己那幫惡棍給叫了來。等朱利安關上房門，那兩人便走上前。其中一個是蓄著褐色短髭的年輕胖子，褲帶插著一根橡木棍。另一個是個巨人，而且是馬許這輩子所見過最醜的東西。那人搞不好有七呎高，腦袋卻非常非常小，一對斜視的眼睛，木製假牙，而且完全沒有鼻子。艾伯納・馬許一直瞪著他看。

「別盯著缺鼻仔看，」酸比利道，「那樣不禮貌，船長。」缺鼻仔好像同意這番話，於是抓住馬許的手臂硬往後扭，扭得他發疼。「一條鱷魚咬掉了他的鼻子，」酸比利又說，「又不是他的錯。缺鼻仔，你現在要牢牢抓緊馬許船長哦。馬許船長愛跳河，我們不想讓他再跳了。」說著，比利大步走來，將他的小刀戳向馬許的胃，剛好夠讓馬許感覺到刺痛感。「你的泳技倒比我想像得更好嘛，船長。一定是這一圈肥油的功勞吧。」那小刀忽地一扭，削去外套上的一顆銀鈕釦。鈕釦掉到甲板上，繞著小圈滾呀滾，直到酸比利一腳踩住它。「船長，今天可沒得游泳了。我們要去找個地方讓你躺著休息一下。你還會有自己的艙房。也別想溜出房外。也許那些晚上的傢伙們都睡了，我和缺鼻仔可會整天醒著守在你房門外。來吧。」比利懶洋洋地拋著刀子，一面領頭走向船尾。缺鼻仔押著馬許走在中間，年輕的胖子則走在最後。

在頂層甲板轉彎時，他們差點兒和托比．朗亞撞了個滿懷。

「托比！」馬許驚呼，想往前走，卻被缺鼻仔扭了回來，痛得他悶哼。

酸比利．提普頓也停下腳步，癟嘴罵道：「你在這兒做啥，黑鬼？」

托比沒有看他，只是站在那兒，身上穿著一件破舊的褐色西裝，雙手扣在背後，頭低低的，一隻腳緊張地在地板上磨。

「我說，你在這兒做啥，黑鬼？」酸比利惡狠狠地說，「你怎麼沒被銬在廚房裡？給我個答案，否則我會讓你後悔一輩子。」

「你銬他！」馬許吼了出來。

聽到他的聲音，托比．朗亞這才抬起頭來，並且點頭道：「比利先生說我又變成奴隸，不管我是否得到自由證。我們不工作時，他都把我們用鐵鍊綁在一起。」

酸比利．提普頓伸到腰後拔出刀子。「你是怎麼逃出來的？」他厲聲問道。

「是我替他鬆綁的，提普頓先生。」聽見一個聲音在上方說道，眾人都抬頭看去。只見喬許亞．約克就站在頂層甲板，一身白衣在朝陽中十分耀眼，肩上的灰斗篷隨風飄揚。「現在，」約克注視著他們，「麻煩你們放了馬許船長。」

「現在是白天啊。」年輕的壯漢用他的橡木棍指著太陽說著，聲音裡帶了點驚恐。

「你少插手，」酸比利．提普頓對約克說。他使勁地扭過脖子去看這名半路殺出的程咬金，那姿勢十分笨拙。「敢玩把戲，我就告訴朱利安先生。」

喬許亞．約克微笑了。「眞的嗎？」說著，他瞥向太陽。朝日已經清晰可見，掩在紅橙相間的雲彩中，像一隻冒火的黃眼珠。「你猜他會不會來呢？」

酸比利緊張地舔了一圈嘴唇：「你嚇不著我的，」他掂了掂手中的小刀說，「現在是白天，你又只有一個人。」

「他才不是。」托比．朗亞說道，同時把雙手從背後亮了出來：一把剁刀，加上一把很大的鋸齒切肉刀。酸比利．提普頓瞪大了眼睛，退了一步。

艾伯納．馬許向身後一瞥，見缺鼻仔還在斜眼看著喬許亞，押他的手勁似乎鬆了點。馬許看準了機會，使出渾身的力氣往後一頂，猛然把那個龐然大物撞得四腳朝天，他自己也倒下去壓在他身上——被這足足有三百磅的重量壓在胸口，巨人發出咕嚕悶哼，吐出一大口臭氣，活像被砲彈打中肚子。說時遲那時快，艾伯納．馬許一掙脫手臂就往旁邊翻滾，忽又聽見一個唰刺聲，竟是一把小刀射在甲板上，離他的臉只有一吋。馬許緊張地嚥了一口口水，然後冷笑起來，抽出小刀並站起身。

帶著短棍的人本來往前跑了兩步，這會兒開始後退了。沒有人知道喬許亞是何時躍下的，只見他轉瞬間已落在那人後方，擋下了橡木棍的一擊，然後，那名胖大的年輕人已經不省人事倒在地上。馬許甚至連那一棍是怎麼擊出的都沒看見。

「別找我！」酸比利邊叫邊退離托比，卻正好退向馬許。馬許一把抓住他，用力推著他撞到門上。「別殺我！」比利哀叫道。馬許橫臂死摁著他的脖子，另一手拿小刀抵在他皮包骨般的肋骨間，就在心臟的位置。他那雙冰藍色的眼睛睜得又大又驚慌，又從喉間擠出聲音：「別殺！」

「為什麼不？」

「艾伯納！」喬許亞警告道。

馬許往身後瞥去時，剛好見到缺鼻仔猛然跳起，在一聲野獸般的號叫中向前撲來。出乎意料地，托比的動作遠比馬許所想的更迅速；才見時，那巨人已雙膝跪倒，被自己的血噎著——大廚手上那把尖刀早一步劃過了那人的喉頭，一刀切斷了他的氣管。鮮血狂湧，缺鼻仔伸手捂著頸子，頹然倒地。

「你不必那樣，托比。」喬許亞．約克平靜地說，「我阻止得了他。」

手中握著剁刀和血淋淋的尖刀，和善的老廚子只是略皺眉頭。「我沒你好心，約克船長。」托比說完，轉向馬許和酸比利：「馬許船長，給他剖開肚子，看他有沒有心肝。」他催促道，「我敢說比利先生都沒有。」

「不，艾伯納，殺一個人已經夠了。」

他們兩人的聲音同時傳進艾伯納・馬許的耳中。馬許推推手中的小刀，刺進比利的衣服，讓一絲血流出來。「你喜歡那樣吧？」馬許問道，看著汗水從比利稀疏的前髮流到眉間。「你就喜歡拿刀子那樣玩，不是嗎？」

比利噎著答不出話來，馬許便稍稍鬆手，讓他能夠講話。「別殺我！」比利的聲音薄弱又刺耳，「不是我，是朱利安，那些事都是他逼我的。要是我不聽他的，他就會殺我！」

「他殺了長毛麥可，還有懷堤也是，」托比說，「還有一堆其他的夥計。他把一個人燒死在燃爐裡，你可以聽到那可憐的人一直慘叫。然後說我又變奴隸了，我就拿自由證給他看，結果被他撕掉，還燒掉了。給他吃刀子，船長。」

「他在說謊！都是死黑鬼的謊話！」

「艾伯納，」喬許亞又開口了，「放了他吧。你拿了他的武器，現在他傷不了人了。要是你就這麼殺了他，那麼你也沒比他好到哪裡去，而且一會兒我們就要離開，萬一被人質疑，他還幫得上忙。我們還得設法弄小艇呢。」

「小艇。」艾伯納・馬許哼了一聲，「去他的小艇。我可是來搶回汽船的。」他對酸比利微笑，「我想，我們的比利應該可以帶路去找朱利安。」

酸比利吞了一口口水。馬許在手臂下感覺到他的喉結在移動。

「如果你要去攻擊朱利安，那麼你自己去。」喬許亞說道，「我不會幫你。」

馬許轉過頭去，震驚地看著約克：「他幹了這麼多壞事，你還……」

不知怎地，喬許亞突然顯得極度衰弱又疲乏。「我沒辦法，」他低聲說道，「他太強大了，艾伯納。他是血之領主，他主宰我。就算是我現在做的這些事，其實都違背了我族所有的歷史啊。他逼我獻了十幾次締結的誓約，逼我用我的鮮血去餵養他，而每一次的屈服都令我……更脆弱，更受他的奴役。艾伯納，請你體諒，我實在做不到。他會用那些眼神看我，在我還來不及走開前，我就會變成他的傀儡，到時候恐怕是你死在我的手下，而不是朱利安。」

「那就由我和托比動手。」馬許說道。

「艾伯納，你根本不會有機會的。聽我的，我們可以趁現在逃。我冒了很大的風險來救你，別辜負這機會。」

看著無助的比利，馬許想了一會兒。搞不好喬許亞是對的，反正他的水牛槍也沒了，一時也找不到其他東西去傷害朱利安，托比的那兩把刀顯然不夠格，而馬許也不想赤手空拳地跟朱利安硬幹。

「走就走，」他最後說，「但先等我殺了這傢伙。」

酸比利啜泣起來：「不。放了我吧，我會幫你們的。」那張麻子臉頓時汗淚不分。「你們都有好日子過，有這麼多好東西，還有漂亮的船，可是我沒得選擇，我一生什麼都沒有，沒家庭也沒錢，只能供人家使喚。」

「天底下只有你一個人出身貧寒嗎？」馬許說道，「這才不是藉口，你會走到今天這一步，根本都是你他媽自己做的選擇。」說著，他的手抖了起來。他很想就這麼把刀鋒送進去，卻莫名下不了手。「去你媽的。」馬許恨恨地罵了一句，放開了比利的脖子，往後退開，比利隨即雙膝一軟，跪倒在地上。「來吧，你得保我們平安弄到小艇。」

托比厭惡地一哼，酸比利立刻警戒地瞄向他：「叫那天殺的黑鬼廚子離我遠一點！那把菜刀！別靠近我！」

「你少囉嗦，給我站起來！」馬許說著，一面朝喬許亞看去，見他正將手掌橫擱在眉前，便問：「你還好吧？」

「太陽。」約克疲倦地說，「我們得快點。」

「其他人呢？」馬許問，「卡爾·弗蘭姆呢？他還活著嗎？」

喬許亞點頭道：「對，還有不少人都在，但我們時間不多，不可能全都放走。在這兒花的時間已經比我預期的還久了。」

艾伯納·馬許皺起眉頭。「好吧，」他道，「但我一定得帶弗蘭姆先生走。他和你是這船上僅有的舵手，只要我把你們兩個都帶走，船就會困在這兒，直到我們有辦法回來爲止。」

喬許亞點頭同意。「他被人看守著。比利，現在是誰在陪弗蘭姆？」

才剛勉強爬起來的酸比利老實答道：「維樂麗。」馬許隨即想起那雙懷著心機的紫色眼眸，想起被它們拖進黑暗深淵的感覺。

「好，那就快。」喬許亞說著，立刻帶他們前去。一路上，馬許隨時盯著酸比利，而托比則將他的武器掩藏在西裝的襟領和口袋中。弗蘭姆的寢室在頂層甲板區，卻在較遠的另一頭，看得見窗簾緊閉，門窗也都上了鎖。喬許亞只是單掌一擊，門鎖立刻碎裂，接著他便推門入內，馬許也押著酸比利擠進屋裡。

弗蘭姆衣衫整齊地俯臥在床上，看起來好像死了。但在他身旁，一個蒼白的人影坐了起來，惱怒地瞪著他們。「是誰……喬許亞？」她馬上走下床，身上披著寬鬆的睡袍。「大白天的，你要做什麼？」

「要他。」喬許亞道。

「現在是白天呀。」維樂麗堅持道，視線轉向馬許和酸比利。「你們在做什麼？」

「要離開。」喬許亞·約克替他們回答，「而弗蘭姆先生要和我們一起走。」

叮囑托比看住比利後，馬許轉身走向床鋪。卡爾·弗蘭姆一動也不動，任憑馬許將他翻過身，也絲毫沒有醒來的跡象。他的頸子上有幾處傷口，襯衣和下巴有些乾掉的血漬，不過仍在呼吸。

「飢渴主宰了我，」維樂麗小聲地說，一面把眼神從馬許轉到約克身上。「在那場獵殺後……我沒有選擇……戴蒙就把他給了我。」

「他還活著嗎？」喬許亞問道。

「對。」馬許回答，「不過我們得揹他了。」他起身打了個手勢：「托比，比利，你們把他抬到小艇去。」

「喬許亞，求求你……」維樂麗哀求道。她穿著睡袍站在那兒，顯得既無助又害怕，臉上全無在艾麗瑞諾號時的神情，也很難想像她吸弗蘭姆的血時的樣子。「等戴蒙發現他不見了，他會處罰我。求你不要。」

喬許亞遲疑著：「我們非帶他走不可，維樂麗。」

「那就連我一起帶走吧！」她說，「拜託。」

「現在是白天啊。」

「要是你能冒這個險，我也可以。我夠強壯，而且我不怕。」

「太危險了。」喬許亞仍堅持。

「你若是把我留下來，戴蒙會認定是我幫你們逃走的。」維樂麗又道，「他一樣會處罰我。難道我受的懲罰還不夠嗎？他恨我呀，喬許亞……因爲我愛你，所以他恨我。救救我吧。我不想要……這種飢渴，我不要了！拜託你，喬許亞，讓我和你們一起走！」

艾伯納．馬許看得出她的恐懼。突然間，她看起來一點也不像個吸血鬼了，只像個尋常的女子，一個乞求救贖的人類女子。「讓她跟來吧，喬許亞。」

「好吧，妳快換衣服。」喬許亞只好答應，「動作快。去穿弗蘭姆先生的衣服。他的衣服比較厚重，比較能遮蓋妳的皮膚。」

「是。」她應道，隨即褪下睡袍，露出苗條有致的白皙身軀、高聳堅挺的雙峰，還有健壯的雙腿。她從抽屜裡抽出一件男用襯衫，很快地穿起、扣妥，不到一分鐘，她已經著裝完畢：長褲、長靴、背心和外套，加上一頂寬沿軟帽，雖然每一件都太寬鬆，但好像不怎麼妨礙活動。

「來吧。」馬許粗著嗓子說。

比利與托比一前一後地抬著弗蘭姆，匆匆趕往階梯。弗蘭姆仍然不省人事，而且他的靴子一路在甲板上蹭刮著。馬許走在他們後頭，一手按著腰帶上的小刀，身後跟著維樂麗和喬許亞。

交誼廳裡滿是乘客，有幾個好奇地看著他們，但沒人說什麼。走下主甲板時，地上躺了好幾個呼呼大睡的甲板工，他們還得抬腳跨過去。那些工人，馬許一個也不認識。就在他們接近小艇時，有幾個人走了過來，其中一人開口問道：「你們要去哪？」

「不關你的事，」酸比利道，「我們要帶弗蘭姆去看醫生。他好像有點不舒服。來，你們兩個過來幫我吧，把他抬進小艇去。」

其中一人猶豫了一會兒，兩眼朝維樂麗和喬許亞打量，顯然這是他頭一次在白天見到他們。「朱利安知道這件事嗎？」那人問道。

就在這時，馬許看見主甲板的其他人都往這兒看來了。他握緊外套下的小刀，只要酸比利敢說錯一個字，他準備隨時割斷他的喉嚨。

「提姆，你懷疑我？」比利冷冷地問，「你最好想想鱷魚喬治的下場。你他媽現在馬上給我滾過來，照我的話做！」

那個叫提姆的人馬上畏怯地服從，旁邊的三人也趕緊衝過來幫忙，不一會兒就把小艇降到船邊的水面上，也把卡爾．弗蘭姆抬了下去。喬許亞幫忙維樂麗走進小艇，托比跟著跳下。這時的船邊已經圍了一排好奇的工人。艾伯納．馬許貼近酸比利身旁，在他的耳邊壓低了聲音：「到目前爲止，你做得的確不錯。現在給我進小艇去。」

酸比利看著他：「你說你會放過我。」

「我騙你的，」馬許說道，「你要陪我們直到完全離開這兒。」

酸比利向後一退。「不，」他說，「你一定會殺我。」然後他拉開了嗓門高喊：「攔住他們！剛才我被押著！他們想逃跑！攔住他們！」酸比利轉身一溜，一下就逃出馬許的攻擊範圍。馬許立刻咒罵著拋出小刀，只是爲時已晚。甲板上的工人們全都圍過來了，其中好幾個還拔出他們的刀子。「殺了他！」酸比利大叫著，「去找朱利安，找人來！殺了他！」

扯過小艇與輪船之間的纜繩，馬許俐落地將它割斷，然後朝著比利嚷嚷不休的大嘴巴擲出那把小刀，可惜這一擲十分差勁，完全沒有射中，只是讓酸比利爲了閃躲而分神罷了。有個人抓住了馬許的外衣，馬許立刻朝那人臉上揮出一拳，將他推出去撞倒另一個人。這時，小艇已經自主地順流遠離，馬許衝到船邊，想在它漂得太遠前跳上去，聽見喬許亞大叫著要他趕快，他的脖子卻被人一拐子勾了回去，馬許憤怒地向後猛踢，但那人怎麼也不鬆手。眼看水流已將小艇越送越遠；喬許亞仍在叫喊，而馬許正想著自己這次玩完了時——耳畔倏地響過一個颼颼聲，竟然是托比．朗亞那該死的剁刀飛過。馬許只知道自己的耳朵被刀鋒削去了一小片肉，頸子間的胳膊隨即一鬆，還有血液噴濺在肩膀上。他奮力往前撲，朝小艇的方向躍去，俯身落在兩船間距的一半處。肚子著水的那一撞把他肺裡的氣全擠了出來，河水又冰冷得令他渾身一震。他吞了一大口河水跟泥沙，手腳並用地划出水面，驚見小艇正快速往下游漂，馬上踢水朝它游去。一個石塊或小刀什麼的在他的頭旁邊激起水花，也有其他東西落在大約一碼的前方，所幸托比已經卸下船槳，讓小艇的速度減慢，馬許不一會兒就游到了。他伸出一隻手臂掛在船緣，想要直接爬進小艇內，卻弄得差點兒沒翻船，不過喬許亞抓住了他，輕輕一提，馬許還沒搞清楚狀況時，就發現自己躺在小艇裡咳水了。等他可以坐起來時，他們已經離烈夢號二十碼遠，正隨著穩定的水流迅速遠離。酸比利．提普頓不知從哪兒拿來手槍在開火，不過他什麼也沒打中。

「他媽的，」馬許說，「我眞該殺了他，喬許亞。」

「要是你殺了他，我們就逃不出來了。」

馬許皺起了眉頭。「見鬼。也許吧。但也許他眞的該死。」他環顧小艇。托比在搖槳，看起來非常吃力，於是馬許拿了另一支槳。卡爾．弗蘭姆還沒甦醒，馬許不禁懷疑維樂麗到底吸走他多少血。這個維樂麗現在看起來也不怎麼好，縮在弗蘭姆的衣服裡直發抖，曾經白皙的臉龐已經隱隱地呈現粉紅，那雙紫色的大眼睛看起來也變得又小又昏沉，流露出痛苦的眼神。把木槳伸進水裡時，馬許忍不住擔心，不知道他們能不能順利脫逃。他拉槳向後，手臂痠痛，耳朵在流血，而陽光明亮又耀眼。

# 第二十八章

## 密西西比河上，一八五七年十月

艾伯納·馬許已經有二十多年沒用槳划這種探路用的小艇了。雖然是順流，但現在只有他和托比在搖槳，感覺更是吃力。不到半個鐘頭，他的手臂和背部都抗議了，但馬許只能悶悶地咕噥幾聲，繼續努力划。烈夢號已不在視野之內，不過太陽也接近日正當中，而且這河好像變得非常寬，看起來好像還要一哩才能橫渡。

「好痛。」維樂麗說。

喬許亞·約克應道：「把妳自己蓋好。」

「我在起火，」她又說，「我從沒想過曬太陽會是這樣。」她抬眼看了看太陽，立刻像電擊般地低下頭去。瞥見她的臉上一片赤紅，馬許心中大驚。

喬許亞·約克於是朝她移去，忽又停下，好像抓不到平衡感。他舉起一隻手擋在眉前，慢慢地深吸一口氣，才小心翼翼地挪近去。「坐在我的陰影下，」他說，「把妳的帽子拉低一點。」

維樂麗蜷縮在船底，其實該說是喬許亞的腿上。他把手伸下去，以一種莫名溫柔的動作豎起她的外套衣領，然後把手放在她的腦後。

划著划著，馬許發覺河岸的景觀變了，林木都經過砍伐或修剪，取而代之的是大片開墾的田地，而且顯然是有人細心耕種的，看起來就像一望無際的平原。平原間處處可見希臘莊園式的氣派豪邸，一座座圓頂俯視著寬廣而平穩的河。再往西岸前方看去，有一堆甘蔗渣在悶燒，帶酸味兒的灰色煙霧從那兒散出來——那一堆甘蔗渣幾乎有一棟房子那樣高，燃煙瀰漫在河面上，只是看不到火燄。「也許我們該靠岸，」他對喬許亞說，「這一帶到處都是農場。」

聽見馬許說話，喬許亞才睜開了眼睛：「不，我們離得不夠遠。比利可能會徒步上岸來找，而且等天黑之後……」他沒再說下去。

艾伯納・馬許不怎麼認同，但還是繼續搖槳。喬許亞又閉上眼睛，並且把他的白色寬沿帽拉得更低。

接下來的一個多小時都在沉默中渡過，唯一的聲響是木槳拍在水面上，還有偶爾飛來的一隻小鳥啼唱。托比・朗亞和艾伯納・馬許繼續往下游划，喬許亞和維樂麗則縮著身子擠在一塊兒，好像兩個相擁而眠的人，卡爾・弗蘭姆則仍舊在毯子下一動也不動。太陽高掛空中，這是個涼爽、多風且晴朗的好天氣，而馬許爲兩旁農場上成堆成堆的蔗渣煙心懷感激，因爲它們是這對夜行佬此刻唯一的遮蔭。

維樂麗一度哭喊，彷彿疼痛難當。喬許亞睜開眼睛，彎下身輕撫她的長髮，對她細語。維樂麗轉爲啜泣，氣若游絲地說：「我以爲你就是蒼白之王，喬許亞。我以爲你會改變一切，帶我們回去。」她說話時渾身打顫。「那座城。黑暗之都，我父親說過。那座城眞的在嗎，喬許亞？」

「安靜，」喬許亞・約克說，「別說了，妳會更衰弱的。」

「可是它眞的在嗎？我以爲你會帶領我們回家，親愛的喬許亞。我一直這樣夢想著，眞的。我好厭倦這一切。我以爲你是來拯救我們的。」

「靜下來。」喬許亞試著讓語氣堅定有力，裡頭卻有一股悲傷與疲倦。

「蒼白之王，」她喃喃道，「來救我們。我以爲你會來救我們。」

喬許亞．約克在她因水泡而腫脹的嘴唇上輕吻，苦澀地說：「我也以爲是。」然後他把手指頭輕按在她的嘴上，讓她安靜，自己也再度閉上眼睛。

艾伯納．馬許搖著槳，看著河水流過兩旁，陽光無情灑落，因爲一陣風把河面上的煙塵都吹散了。有個炭屑跑進他的眼裡，讓他咒罵著揉了老半天，直到那隻眼睛又紅又腫才止住淚水。在那之前，他覺得全身都在劇痛。

順流划了兩個小時後，喬許亞出聲了。「你知道嗎？他瘋了。」他仍沒睜開眼睛，只用帶著濃濃痛楚的聲音說著，「眞的。他喝我的血，夜復一夜。蒼白之王，對，我想過，也以爲我就是……可是朱利安征服了我，一次又一次，而我屈服了。他的眼睛，艾伯納，你看過他的眼睛。黑暗，太黑暗了，而且蒼老。我以爲他是邪惡的，強壯而聰明，但我發現事實並非如此。朱利安根本不……艾伯納，他根本就瘋了。他以前曾是那樣沒錯，只不過現在……就好像他在沉眠。偶爾，他會醒來，只是片刻，讓人了解他原本的性格或面貌。艾伯納，你就看過，那天他們來晚餐時，你看到朱利安是多麼地挑釁、機警，可是大部分時間裡……艾伯納，他對船務根本就沒有興趣，對這條河、包括身旁的人事物也都一樣。都是酸比利在主持一切，想方設法地保護我的同胞們安全。朱利安很少發號施令，就算有，他下的命令也都是隨性，甚至很愚蠢。他不看書、不聊天、不下棋，他吃東西時也很冷漠，我甚至不覺得他吃得出味道。自從接管烈夢號之後，朱利安就像掉進一個漆黑的夢裡。他大部分時間都待在自己的房裡，關在黑暗中，獨自一人。監視著整艘船和我們的人其實是比利，不是朱利安。

一開始，我以爲是他性格邪惡，以爲他是個黑暗之王，帶領他的子民走向毀滅，可是這些日子看著他……他已經陷於毀滅、空洞、貧乏。他之所以吃喝你同胞的生命，是因爲他沒有自己的生命，甚至沒有一個眞正屬於自己的名字。我曾經好奇，他花那麼多時間獨坐在夜晚和黑暗裡，不知他心裡在想些什麼，但我現在明白，他根本是完全不思考。或許他也有夢想。如果眞的有，我想他在夢想著死亡，夢想一個終局。他把自己關在那間黑漆漆的空艙房裡，好像把那兒當作墳墓，只有鮮血的氣味才會把他引出來。而他所做的事……不只是魯莽而已。他常常在尋求破壞和發現，我相信他想要的一定是個結束，或是休息。他實在太老了，他對此生一定厭倦透頂。」

「他向我提了一筆交易。」艾伯納．馬許搖著槳邊應道，接著就把他和戴蒙．朱利安的對談講了一遍。

「你說對了一半，艾伯納。」待馬許說完，喬許亞接口說道。「對，他是想腐化你，當作是對我的嘲諷，但他的動機不僅止於此。你對他會口是心非，嘴上答應心裡卻不願意；你可能會對他說假話，等著找機會殺死他。我想朱利安心裡清楚，把你帶到船上，就像在拿他自己的生死開玩笑。」

馬許嗤鼻：「他要是那麼想死，大可以合作一點。」

喬許亞睜開了眼睛。那雙眼睛變得好小，而且褪了色。「當危機眞正逼近時，他心裡的獸性才會醒來……那是一頭老練的野獸，沒有思想，而且對這世間感到疲乏；可是，當獸性甦醒時，卻會為了求生而絕望地掙扎……艾伯納，牠很強悍，而且飽經歷練。」喬許亞笑得脆弱苦澀，「自從那天晚上以後……一切全走樣之後……我一遍又一遍自問，事情究竟是怎麼演變成這樣的。朱利安明明喝下一整杯的……我的藥酒……應該足夠遏止腥紅的飢渴才對……我不懂……以前都有效的，從來不曾出錯，唯獨在朱利安身上，藥酒克制不了……剋不了那頭野獸。我本來以為那是因為他的力量太強大，邪性太重。後來……後來，有一天晚上，他看出我眼中的疑問，就笑著告訴了我。艾伯納，你還記得……我曾對你說過我的故事……我小時候根本就不會飢渴。你記得嗎？」

「記得啊。」

喬許亞虛弱地點頭。他臉上的皮膚全都繃緊而發紅，看起來好像布滿擦傷。「朱利安活了很久很久。艾伯納，他太老了，以至於飢渴……他已經好久不曾感覺飢渴……恐怕有幾百年、幾千年……都沒……這就是藥酒……無法產生效用的原因。我從沒聽說過這種事，我們之中也沒有人知道。原來飢渴也是有期限的，而且你可以活得比它還久……他不會飢渴……卻還是飽食人類血肉，那是他故意的，就因為他在那天晚上講的那些道理，你應該記得，就是有關強弱、主人奴隸等等的。有時我覺得……他心中的人性早就空了，只剩一張面具……現在的他只是一頭年歲悠久的野獸，古老得甚至失去了鮮血的味覺，然而牠並沒有停止獵殺，因為獵殺是牠唯一記得的事，就只有這件事而已……那頭野獸就僅是如此。艾伯納，在你們的傳說中……你們說吸血鬼是活死人，不死族。我想朱利安……朱利安就符合這個事實。即使飢渴已經消失，他還是不會死，冷酷、空洞，卻不死。」

聽到他拿「不死」一詞來形容戴蒙·朱利安，艾伯納·馬許很不想認同，但就在他打算更正這個說法時，卻見維樂麗突然跳起來坐直身子，嚇得馬許不由自主地縮了縮，當場愣在那兒。在那頂寬沿軟帽下，維樂麗的臉已經皮開肉綻，腫泡不堪，看得見許多黑紫色的雜斑，就像帶血的瘀青。她的嘴唇龜裂，但她又失神地咧嘴笑，讓那些傷口更大了；那一排又長又白的牙齒，完全翻白的雙眼，令她看來更充滿瘋狂的氣息。「好痛！」她尖叫著，高舉著紅得像龍蝦螯般的雙爪，想擋住陽光，緊接著眼光一掃，投向癱睡中的卡爾·弗蘭姆，冷不防就撲了過去——張牙舞爪地。

「不要！」喬許亞·約克呼喊，跳起來撲到她身上，在她的牙齒咬上弗蘭姆的喉頭前，及時將她扯到一旁。維樂麗瘋狂掙扎，尖聲狂叫，但被喬許亞制住。她的牙關一再咬合，直到她咬破自己的嘴唇，鮮血伴隨著唾沫淌下。她的狠勁極強，但喬許亞·約克的力氣比她大多了，她終於頹然躺下，用一雙已經瞎了的白眼瞪著太陽。

喬許亞將她摟在懷裡，神情絕望。「艾伯納，」他喚道，「測深索，最下端。我昨晚藏在那兒的，趁他們出去抓你時。麻煩你，艾伯納。」

馬許停下槳，伸手去翻那堆三十三呎長的繩子。繩索末端繫著一根灌滿了鉛的管子，是用來測量河水深度的。就在那堆繩子底下，馬許摸到那個沒有標籤的酒瓶；那正是喬許亞要的。瓶裡的液體還有七分滿。他將瓶子遞給約克，約克隨即拔出木塞，將瓶口擠進維樂麗的嘴裡。藥酒溢出她腫脹而破爛的嘴唇，大多從她的下巴流滲到衣服上，但喬許亞仍設法讓她喝進一點。看起來好像有用。只見維樂麗突然貪婪地吸吮起來，像個嬰兒在吸著奶頭。「慢慢來。」喬許亞·約克對她說。

艾伯納・馬許推開繩子，皺著眉頭問道：「就這一瓶？」

喬許亞・約克點點頭。如今看來，喬許亞都已是一張十足被燙爛的臉了，就像馬許以前用過的某位二副；那人離蒸汽管太近，管子爆開時便被蒸汽灼傷了臉，當場冒出滿臉水泡和爛皮。「朱利安把我的藥酒鎖在他的房裡，每次只給我一瓶。我不敢違抗他，因爲他經常笑著說要把它們全處分掉。」他從維樂麗的嘴邊移開瓶口時，瓶中只剩下三成滿。「我以爲……本來以爲帶這樣就夠了，夠撐到我回去補做。沒想到維樂麗會跟著我們來。」說時，他自己的手也在發顫，只見他嘆了一口氣，也仰頭灌了很長的一大口。

「好痛。」維樂麗抽抽噎噎地說。她已鎮靜下來，縮著身子發抖。

喬許亞・約克把瓶子交給馬許。「你保管，艾伯納，」他說，「得靠這一瓶撐下去。我們要省著點喝。」

這時，托比・朗亞也已停下手上的槳，靜靜地看著身後這一幕。小船在河波間順流漂蕩，只有卡爾・弗蘭姆在毯子裡微微動了一下。馬許望見前方有道升起的蒸汽，於是重拾木槳：「托比，我們去靠船。」他說道，「來，我去叫那艘船停下來救我們，得把他們兩個弄進艙房才行。」

「是，船長。」托比說。

扶著額頭，喬許亞身子一縮，無力地說：「不行。不，艾伯納，你不該去。會起疑的。」他想站起身，卻暈眩地跌坐回去。「好燙。」他呻吟著，「不，聽我的。別去那艘船，艾伯納。繼續走，到城鎮去，要去城裡，等到天黑……艾伯納？」

「去你的。」艾伯納．馬許罵道，「你們跑出來已經快四個鐘頭了，看看你自己，看看她。現在還不到正午，你們就這副德性了，再不進屋，你們會被烤成脆餅。」

「不行，」約克仍說，「他們會問很多問題啊，艾伯納，你不能……」

「閉上你的鳥嘴。」馬許拉動木槳，決定把背痛丟在一旁。小艇開始橫向前進。那艘輪船正朝他們駛來，信號旗隨風飛揚，不少乘客在外側的走廊上散步。隨著她駛近，馬許看出她是紐奧良郵輪公司旗下的一艘中型外輪汽船，名爲H．E．愛德華號。他朝那兒揮動木槳，隔著河水喊叫，見甲板上的乘客們也朝他揮手並指指點點。但在同時，愛德華號發出一個急躁的短笛聲，馬許遂往她的旁邊看去，發現更遠的下游有個小白點。他的心一沉——他們在賽船，不可能停下來的。

愛德華號以全速通過他們旁邊，蹼輪拍打出洶湧的波浪，令小艇起伏得像在激流中穿梭。艾伯納．馬許對著她的背影大聲叫罵，氣憤地揮舞著木槳。第二艘船不久也接近了，而且速度更快，煙囪不停噴著火星。他們被丟在寬廣的河道正中間，兩旁只有空曠的田野，頭頂著大太陽，還有一小片稀薄的灰霧，是來自下游方向的蔗渣燃煙。「登陸吧，」馬許對托比說完，兩人便往西岸划去。船身一觸淺，他立刻跳出船外，奮力將小艇拽向陸地，雙腿因而深陷泥中至膝。環視四周，他忍不住暗罵，這該死的河岸竟然沒半點遮蔭，連棵樹也沒有。「下船來，」馬許朝著托比喊道，「我們得把他們弄到岸上，把船翻過來當蓋子，讓他們躲太陽！」見托比點頭，兩人便先把弗蘭姆抬上岸，再來是維樂麗。當馬許抓著脅下將她抬起時，她哆嗦得像在抽搐，整張臉更是焦爛到連他都不敢去碰，怕那些皮肉一抓就掉。

最後回去接喬許亞時，喬許亞已經走出船外。「我來幫忙，」說著，他靠在小船的另一側，準備推它。「這很重。」

馬許向托比點點頭，於是三人合力把船身推離水面。做起來實在吃力，艾伯納・馬許卯足了全力去推，岸邊的泥沙又是那樣濕滑，很難施力。要不是喬許亞，他和托比恐怕推不動。好不容易推過濕地，來到較乾的土地上，再翻過船身就容易多了。馬許火速將維樂麗拖進船下，接著扭過頭去說：「你也進來，喬許亞。」只見托比在照料弗蘭姆，正用手掬了河水餵他喝，而喬許亞則不見蹤影。拖著兩隻沾滿濕泥的褲管，馬許皺著眉頭繞過小艇，咆哮起來：「喬許亞！你他媽跑哪……」

此刻，喬許亞・約克已經癱倒在河岸上，燒紅的手緊抓著泥沙。「天殺的！」馬許吼道，「托比！」

托比立刻跑過來，合力把約克拉到船影下。他緊閉雙眼。馬許掏出那個酒瓶，在他的嘴裡灌了一些。「喝下去，喬許亞，喝下去。媽的，喝啊。」總算，約克開始吞嚥，大口大口地，直到喝光了瓶子。艾伯納・馬許倒握著酒瓶，忍不住苦惱，移開瓶子時，最後一滴落在他泥濘不堪的靴子上。「去他的。」馬許啐道，將空瓶拋進河裡。「陪著他們，托比，」他接著吩咐，「我去找人來幫忙。這附近一定有人。」

「是，馬許船長。」托比答應。

馬許大步跑過田園。甘蔗已經採收完畢，四周只剩一片空曠，但就在不遠處，馬許看見一柱薄煙升起。他朝那兒走去，巴望那兒是一戶人家，而不是只在燒蔗渣。無奈這希望落空了。但就在走過那座火堆不久，他看見一群奴隸正在田裡工作，立刻高喊著跑向他們。那些人把馬許帶到農場的主屋，他就對監工編了一個鍋爐爆炸的沉船故事，並說自己和少數倖存者乘著探路小艇逃出來。那人點點頭，把地主給請了下來。「有幾個人燒傷得很嚴重，」馬許對地主說，「我們得快點趕去。」幾分鐘之後，他們全都坐上一輛馬車，由兩匹馬拉著奔過田園。

就在他們趕到時，卡爾．弗蘭姆已能站起來，只是仍顯得昏沉又虛弱。艾伯納．馬許從馬車上跳下來，朝翻過來的小艇打手勢。「動作快，」他對前來幫忙救人的人們說，「我們把燒傷的人蓋在小艇下面。快把他們搬到車裡。」然後他跑向弗蘭姆。「你現在怎樣，弗蘭姆先生？」

弗蘭姆無力地咧嘴一笑。「我好多了，船長。」他道，「但也比以前差多了。」

有兩個男人正將喬許亞．約克抬向馬車。喬許亞一動也不動，那身白西裝滿是污泥和酒漬。在此同時，另一名男子——就是地主最小的兒子，剛從小艇下爬出來，神情憂慮，一面在褲子上抹著手。「馬許船長，」那人說，「船底下這個女人已經被燒死了。」

# 第二十九章

## 葛雷農場，路易西安那，一八五七年十月

兩名男僕把喬許亞．約克從馬車後座抬出來，登上弧形的大階梯，直接將他送進樓上的臥房。

「選個暗一點的！」艾伯納．馬許對他們叫道，「記得窗簾一定要拉上，聽到沒？我他媽不要房裡有一點陽光！」

這時，地主和兒子們多叫了幾個奴隸，準備到屋外處理維樂麗的屍體。馬許見托比用肩膀架著弗蘭姆走來，便對這位舵手說：「你得塞點東西進肚子，弗蘭姆先生。」

舵手點點頭。

「然後記著，我們都在艾麗瑞諾號上，她的鍋爐爆炸，船上的人全死光了，只有我們逃出來。她完全沉到河底，在離這兒很遠的上游，那一帶水位最深。你就只知道這些，聽懂沒？其他的讓我來說。」

「這可比我知道的多了。」弗蘭姆道，「那我到底是怎麼來到這裡的？」

「這就不用你擔心了，只要記得我剛才說的就好。」馬許隨即轉身上樓，讓托比扶著弗蘭姆去椅子上坐。

馬許進房時，他們已經將喬許亞放在一張有帷幕的大床上，正忙著脫下他身上的衣物。喬許亞的

臉和手燙得最嚴重，就連衣服底下的皮膚都發紅了。眾人脫下他的靴子時，他衰弱地動了一下，而且發出呻吟。其中一個奴隸搖頭道：「老天，這個人燙得好慘。」

馬許沉著臉走向窗邊。窗戶全都敞開著。他把窗子全都關上，也拉上百葉窗。「給我弄條毯子什麼的來，」他要求道，「掛在這裡。這兒他媽的太亮了。床邊那些布也都給我放下來。」他用輪船船長的口氣講話，威嚴得不容許任何爭辯。

儘可能讓房間暗下來之後，一個削瘦的黑人婦女進房來用藥草、創傷膏和冷毛巾等替約克敷傷，艾伯納．馬許這才離開。在樓下，這座農場的地主埃隆．葛雷——一個行事坦率、面無表情的瘦長臉——與他的兩個兒子和卡爾．弗蘭姆都坐在餐桌邊。食物的香味讓馬許意識到自己有多久沒吃飯了，他覺得好餓。「務必一起吃啊，船長。」葛雷說。馬許當然高興地拉開椅子，讓他們爲自己添滿一整盤的炸雞、玉米麵包、甜豆和馬鈴薯。

關於疑問，喬許亞說對了。馬許一面狼吞虎嚥一面想。葛雷父子問了上百個問題，馬許則儘量回答。就在馬許吃第二盤時，弗蘭姆告了歉，請人帶他去臥房了——這可憐的舵手看起來還是憔悴得很。馬許回答的問題越多，心裡越不舒坦。他天生不會說謊，不像他認識的某些行船人，而且還越說越顯得破綻百出。當然，馬許還是撐過了這一頓飯，只是當他吃完飯後甜點時，他覺得葛雷和他的長子看他的眼神似有一絲狐疑。

「你的黑鬼沒受傷。」離開餐桌時，葛雷的次子對馬許說，「羅伯特已經去請穆爾醫生來看另外兩個人了。莎莉會同時照料他們。船長，你不用擔心。你可能也想休息一下，畢竟經歷了這麼慘的事，又失去了你的船和那麼多朋友。」

「是啊，」這個提議頓時令艾伯納．馬許感到無比疲倦。算起來，他已經將近三十個鐘頭沒闔眼了。「眞是太感謝了。」他說。

「帶他去休息吧，吉姆。」地主說，「對了，船長，羅伯特這趟也會順便找殯葬業的人來，替那個不幸的女子辦後事。眞是悲劇啊，最大的悲劇。您說她叫什麼名字？」

「維樂麗，」馬許頓了一下。老實說，他完全想不起她姓什麼，只好胡謅：「維樂麗．約克。」

「我們會替她安排正式的基督教葬禮，」葛雷說，「還是您要把她帶回她的家鄉？」

「沒有，」馬許說，「不用了。」

「那好。吉姆，帶馬許船長上樓吧。就讓他住在他那個燒傷的可憐朋友隔壁房。」

「是的，父親。」

馬許根本不在乎他們安排什麼房間。他睡得像隻死豬。

再醒來時，天已經黑了。

馬許在床鋪上坐起來，只覺得全身僵硬。划槳的代價來了。他一動，渾身關節就軋軋叫，雙肩抽痛得可怕，手臂上的每一寸都像被人用橡木棍痛打過。他呻吟著慢慢挪到床邊，忍著每一步的痠痛，赤腳走下床去打開窗子，好讓夜風送進一點涼意。窗外是一個小露台，望下去就是苦楝樹林和田地，在月光下顯得格外寂寥空曠。遠處，馬許還看得出一小片蔗渣煙布下的薄霧，遮著極其稀微的點點閃爍之光，那兒就是河面。

馬許打了個冷顫，關上窗戶，走回床鋪。房裡已經涼了下來，所以他把毯子裹在身上睡。月光在房裡到處刻下陰影和明暗對比，家具擺設看起來陌生又詭異，在這微光中更像是怪物。馬許睡不著。他發現自己在想著戴蒙·朱利安和烈夢號，擔心她是否還停在原地沒開走。他也想到維樂麗。當他們把她從小艇下拖出來時，馬許曾仔細端詳過她——她已完全不像生前那樣賞心悅目了。沒有人會聯想到這位女子曾是多麼美麗、白皙、優雅而風情萬種，還有那雙紫色的大眼睛。艾伯納·馬許為她感到惋惜，一面又覺得矛盾，因為不過前一晚，他還想過要用水牛槍殺死她。這世界亂了，他想，事情竟可以在一天之內有這麼大的轉變，真是亂了。

終於，他再度入睡。

「艾伯納。」一聲輕語驚擾了他的睡夢。「艾伯納，」那聲音又喚道，「讓我進去。」

艾伯納·馬許兀地坐直了身子。喬許亞·約克正站在窗外的露台上，用一隻蒼白而布滿疤痕的手敲著玻璃。

「等等。」馬許說。外面的天還是黑的，屋裡一片靜闃。見馬許啪噠啪噠地走來開窗，喬許亞微微一笑。他那張臉上滿是裂傷、皺起的疤和死皮屑，身上穿著那套令人神傷的白色西裝——如今已是又皺又髒。直到他跨進房裡，馬許才想起那瓶喝乾了的藥酒，當下立刻往後退步：「喬許亞·你沒……你沒在飢渴吧？」

「沒有，」喬許亞·約克答道。夜風吹起他的灰斗篷，在敞開的陽台門上沙沙作響。「我不打算破門而入。別害怕，艾伯納。」

「你好多了。」馬許看著他說。約克的嘴唇仍然乾裂，雙眼還是凹陷成深紫色的坑洞，但已經好很多了。正午時的他看起來像個死人。

「對。」喬許亞說，「艾伯納，我是來道別的。」

「什麼？」馬許瞪大了眼睛，「你不能走。」

「我非走不可，艾伯納。這農場裡的人都看到我了，我也隱約記得有醫生來看我。我到了明天就會康復，你想他們會怎麼說？」

「那等他們送早餐時發現你不見了，又會怎麼說？」馬許反問。

「他們當然會覺得奇怪，但總是好交代些。艾伯納，你可以表現得跟他們一樣震驚，就說我一定是發燒時夢遊。沒有人會找到我的。」

「維樂麗死了。」馬許說。

「嗯。」喬許亞應道，「外面有輛馬車載著棺材，我猜是給她的。」他嘆了一口氣，搖搖頭。「我辜負了她，辜負了我的同胞。我們不該帶她走的。」

「她做了她的選擇啊，」馬許說，「至少她擺脫了他，得到自由。」

「自由。」喬許亞．約克苦澀地說，「這就是我爲同胞們帶來的自由？多可悲的禮物。曾有一段時間，在戴蒙．朱利安進入我的人生之前，我大膽地夢想著和維樂麗將來能做情人，而且不是用我們族人的那種方式，不要經過鮮血的洗禮，而是透過溫柔與愛激發的熱情，還有彼此自發的慾望。我們也聊過這一點。」他的嘴唇因自責而抿緊，「她信任我，我卻害死了她。」

「眞糟。」馬許道，「到最後，她說她愛你。她本來不必和我們一起逃，但那是她的意願。你也說過，我們都得做選擇。我認爲她的選擇是對的。那美人眞是個了不起的烈女。」

喬許亞．約克微微顫抖。「她是美的化身，如同夜晚。」他的口氣非常平靜，兩眼垂視著自己握緊的拳頭。「有時我自問，世上究竟有沒有片刻是屬於我們這一族的。艾伯納，我們的夜晚總是充滿血腥和恐怖，白晝卻又是這樣無情。」

「你打算上哪去？」馬許問道。

喬許亞的臉色有些猙獰：「回去。」

馬許皺眉道：「你不能回去。」

「我沒有別的選擇。」

「你才剛從那兒逃出來啊。」馬許急躁地說，「我們費那麼大工夫才逃出生天，你不能就這樣跑回去。先找個地方等等，躲在樹林裡或哪個小鎮。我會想辦法離開這裡，然後我們會合，訂個計畫去把那艘船搶回來。」

「又要再來一次？」喬許亞搖搖頭，「艾伯納，有個故事，我從沒跟你說過。那事情發生在很久以前，就在我到英國的第一個月，當時腥紅飢渴仍會定期找上我，逼我到外面去尋求鮮血。有天晚上，我抵抗不了飢渴，失去了理智，就在午夜的街道上狩獵，發現一對男女正急著趕去某個地方。我一向習慣找這樣的獵物下手，但爲了安全，總刻意選擇落單的路人，只不過那次的飢渴太強烈，而且那位婦人又非常美麗——我遠遠看也看得出她的美。當下我就像飛蛾撲火，甚至顧不了要一次對付兩個人。我從黑暗中出其不意地攻擊，先解決那個男人，撕開了他的喉頭，然後把他推開，也看見他倒在地上。那人又高又胖。我把女人抱在懷裡，低頭咬她的頸子，動作很輕很輕。我用眼神定住她、迷惑她，就在我剛嚐到第一口溫熱、甜美的鮮血時，後面突然有人把我拉開。那是她的男伴，原來我並沒有完全殺死他。他的頸子很肥，都是肌肉和脂肪，所以我撕掉的只是外層的皮肉，他還站得起來。他從頭到尾都沒說話，只是掄著兩個拳頭不停打我，姿勢像個拳擊手，而且有一拳正中我的臉上。他的力氣非常大，那一拳打得我眼冒金星，也把我的眼角打破皮了。我一時分了神，而且被那樣子從獵物身邊拉開，感覺竟有一股不舒服、暈眩和迷失。那男人又揍了我一拳，但我反手把他打飛了，看到他臉上多了一道很長的傷口，一隻眼睛也幾乎被打得要掉出來。我轉回身，把嘴按上敞開的傷口，結果他又衝上來撲到我身上。我使勁扳開他的手，把他從我身上硬甩出去，又精準地一踢，把他的一條腿骨也踢斷了，他又倒下去。這次我盯著看，卻看他又爬了起來，只是痛苦得很，動作也遲緩，但還是舉著拳頭向我走來。我又打倒他兩次，那兩次他又爬起來了，最後我只好扭斷他的脖子，讓他斷氣，我才去殺他的女伴。

從那之後，我始終忘不了那個人。他一定知道我不是個普通的人類，也一定知道，儘管他自己那麼強壯，卻不能與我的力量、速度和狠勁匹敵。我被飢渴的狂熱迷昏了頭，也被那位女伴的美麗迷惑，失手沒殺死他。他本來可以保住性命，他大可以逃跑，或是去求援，甚至可以花點時間去找個武器來攻擊我，但是他沒有。他看見他的女伴被我抱著，看見我弄傷她，滿腦子只想著要用那雙愚蠢的拳頭來對付我。事後，當我能夠反省時，我發現自己竟仰慕他的強悍，包括那股瘋狂的勇氣，而他對他的女伴一定也有很深的愛情。

可是艾伯納，不論如何，他太愚蠢了。結果他救不了女伴，也救不了自己。你讓我想起那個人，艾伯納。朱利安把烈夢號從你手中搶走，你就一心一意只想著要把她搶回來，所以不管他幾次打倒你，你總是一再站起來，想用你自己的力量正面對付他。要是你繼續這樣攻擊他，遲早會落到再也站不起來的下場。艾伯納，放棄吧！」

「你在胡說八道啥？」馬許語帶憤怒，「這會兒應該是朱利安跟他那群吸血鬼該擔心才對。那天殺的輪船沒了舵手，看她能上哪兒去。」

「我能駕駛她。」喬許亞．約克說。

「你願意？」

「對。」

憤怒和背叛令馬許作嘔。「爲什麼？」他怒道，「喬許亞，你跟他們又不一樣！」

「要是我不回到船上，我就會變得跟他們一樣。」約克陰沉地說，「我要是再不喝藥酒，飢渴就會主宰我，而我壓抑了這麼多年，這一次來得一定格外猛烈。到時候，我會大開殺戒，會喝鮮血，會變得像朱利安一樣。下次我若在夜裡再踏進這房間，就不會是來找你講話了。」

「那你就回去！回去拿你的酒！但不要開船，等我趕過去再說。」

「等你帶著拿了武器的人，還有削尖的木樁和你們心裡的仇恨？你來是爲了殺戮。我不會允許的。」

「你他媽到底是站在哪一邊？」

「我的同胞這一邊。」

「就是朱利安那邊。」馬許呸道。

「不是。」喬許亞．約克嘆道，「聽著，艾伯納，也請你試著去體會。朱利安是血之領主，是他在控制其他人。有些人個性像他，好比凱瑟琳、雷蒙等等，他們腐敗、邪惡，所以是自願跟隨他的，但不是所有人都像他們一樣。你也看到維樂麗，聽她今天在小船上講的話了，可見我並不孤單啊。我們這一族和你們其實沒有相差那麼多，就像你們之中有好人和壞人，我們也一樣，而我們同樣都懂得懷抱夢想。今天你要是攻擊了那艘船，用這種方式向朱利安正面挑釁，其他人卻會全部站出來維護他——不管他們私心有過何等期望。幾個世紀以來，他們全都活在敵意和懼怕中。黑夜與白天隔著一條鮮血之河，要跨越它並不容易。縱使有任何一個人心裡猶豫，他還是會被逼著順服的。

如果你帶著你的同胞們來，艾伯納，到時一定會有死傷，也絕不會只是朱利安一個。其他人會挺身保護朱利安，然後他們會死，你的同胞也不可能倖免。」

「人有時就是得冒這種險，」馬許說，「那些幫朱利安撐腰的也都該死。」

「眞的嗎？」喬許亞面露哀傷，「也許是吧。也許我們全都該死。在你們這一族建造的世界裡，我們是沒有容身之地的。你的族人們幾乎快把我們殺光了，也許該是趕盡殺絕的時候了。」他的笑容變得淒厲。「艾伯納，如果這就是你打的主意，那就先想想我是誰。你是我的朋友，但他們卻是我的血親，我的手足，我的子民。我屬於他們，而且我曾自認是他們的君王。」

他的語調是如此苦澀和絕望，讓艾伯納．馬許心頭的怒意也不禁消退，取而代之的是憐憫。「你努力過了。」他說。

「但我失敗了。我辜負了維樂麗，還有賽門，辜負了所有曾相信過我的人。我也辜負了你和傑佛先生，還有那個嬰兒。我想我說不定也讓朱利安感到失望吧，另一種定義就是了。」

「那又不是你的錯。」馬許堅持道。

喬許亞．約克聳聳肩，灰眼珠中現出一股冷酷的決意：「過去的都過去了。我擔心的只是今晚和明晚，還有今後的每個晚上。我非回船上不可。他們或許不自知，但他們需要我。我得回去做我能做的事，不管事情有多卑微。」

馬許不滿地哼了一聲。「那你又叫我死心？你以為我就像那個不停反擊的傻瓜？媽的，喬許亞，那你自己呢？朱利安叫你獻血幾次了？在我看來，你他媽也和我一樣頑固又愚蠢！」

喬許亞笑著承認：「也許吧。」

「去你的。」馬許罵，「好吧。反正你就是要像個窩囊廢滾回朱利安那兒，那你還要我做什麼？」

「你們要儘快離開這兒，」喬許亞說，「在這裡的人越來越懷疑之前。」

「這我當然知道。」

「事情結束了，艾伯納。別再來找我們。」

艾伯納．馬許大皺眉頭：「你管我。」

喬許亞微微一笑：「你這個天殺的笨蛋。」他說，「好吧，你愛找就找。但你找不到的。」

「咱們走著瞧。」

「也許我們還有希望。我回去馴服了朱利安，建立起白晝與黑夜之間的橋梁，到時我跟你再一起跑贏日蝕號。」

聽他這麼說，艾伯納．馬許嗤之以鼻，但在心底，他還是想要相信。「反正你記得把我的船顧好，」他說，「她是這河上最快的飛毛腿，你得讓她享受最好的維修，等我把她給搶回來。」

喬許亞又笑時，嘴角牽動了唇周乾裂的死皮，邊緣因此翻了起來，於是他舉手將這片死皮撕下。那一片皮剝落得十分完整，好像只是一層貼在臉上的面具；當他揭去這一層布滿傷疤和皺紋的皮面後，露出底下的乳白色新皮，平滑而幼嫩，彷彿正在新生，準備讓這世界在它上面刻劃歷程。約克在手中揉碎那張舊臉皮，皮屑像細碎的雪花般從他的指縫間片片散出，飄落地板，然後他在外套上抹一抹手，再向馬許遞出。兩人握手。

「我們都得做出選擇，」馬許說，「喬許亞，這是你教我的，而且你是對的。那種選擇永遠都不容易做，而且我想，總有一天，你也會不得不選擇：選擇你們那幫夜行佬，或是……哎，就說是好人吧。反正把事情做對就是了。你知道我的意思。你要做正確的選擇，喬許亞。」

「你也是，艾伯納。你要做明智的選擇。」

喬許亞．約克轉過身去，斗篷在身後揚起，接著他步出屋外，輕鬆優雅地躍過欄杆，穩穩落在二十呎下方的地面上，好像這麼跳是家常便飯。看著他迅速走遠，忽地就消失了，宛如在夜色裡隱沒。艾伯納．馬許想，也許他眞的把自己變成一道霧了。

遠方，河面隱約的微光上，一艘汽船鳴響汽笛，悠悠蕩蕩地呼喚著，帶著失落和一抹孤單。今晚不是個好河況。馬許打了個哆嗦，猜想河上說不定會起霜。他關上露台的門，走回床鋪。

# 第三十章

## 狂熱年代：一八五七年十一月—一八七〇年四月

他們兩人都說到做到：艾伯納．馬許不斷尋找，卻一直沒有找到她。

喬許亞．約克消失後，他們繼續在葛雷農場住了幾天，一等卡爾．弗蘭姆的體力恢復到可以旅行，馬上就動身離開。馬許是很樂意走的。報上完全沒有汽船爆炸的消息，已令葛雷一家人格外好奇，再加上他們的鄰居都說沒聽說這回事，而喬許亞又離奇失蹤，這家人簡直有問不完的問題，讓馬許都快被自己編出來的謊話纏得窒息了。當他和托比與弗蘭姆回到上游時，烈夢號已經開走了，一如他所預期的。馬許隨即回到聖路易。

整個漫長黯淡的冬季，馬許仍繼續他的搜尋。他繼續寫信，到河濱的酒吧和撞球店閒晃，僱了更多偵探，看報紙看到頭腦快爆炸，不久又遇到尤爾杰、葛羅夫和艾麗瑞諾號上的其他船員們，便將他們派去各船探查，上游下游地找，去當乘客打聽消息。這些努力卻完全沒有收穫。沒人再看見烈夢號，也沒有人再看見奧西曼大帝號。艾伯納．馬許猜他們可能又換了船名，於是他將拜倫和雪萊的每一首鬼詩都讀過，結果這一回不管用，糟糕的是他竟然還不小心把那些詩都背了起來。他也去找其他詩人的作品，唯一的發現是一艘名叫海華沙號的密蘇里小尾輪，長相醜得要死。

不過，馬許曾從偵探那兒得到一份報告，只是報告所述和他自己推論的結果沒什麼兩樣。外輪汽船奧西曼大帝在十月的某夜駛離納契茲，當時船上載著四百噸貨物、四十名客艙乘客，外加可能兩倍於此的甲板站客，就此下落不明。貨物始終沒送到業主手上，除了幾處鄰近納契茲的堆木場，也沒有人再看見那艘船或乘客們。艾伯納．馬許把那封信讀了六、七次，想不出所以然。無論是貨運或客運量，這數字都太低了，可見酸比利根本沒幹事兒——除非他就是故意不讓船務跑得太積極，好讓朱利安和那幫夜行佬悠閒度日。想到一百二十多人就這樣平空消失，馬許忍不住直冒冷汗。他瞪著那封報告信，回想戴蒙．朱利安曾經對他說過的話：這河上沒有人會忘得了你的烈夢號。

一連好幾個月，艾伯納．馬許睡不好，每晚都被可怕的惡夢纏身，夢見一艘船順流而下，黑得像個影子，沒有一丁點兒燈光或燭光；大黑篷密密地罩在主甲板上，連燃爐的紅光都透不出來，晦暗得像死亡，漆黑得像罪孽，游移在月光與霧氣之間，依稀難辨，而且安靜快速。在這些夢境裡，她行駛時沒有半點聲響，卻有白色的形體在她的甲板之間默默穿梭，在她豪華的大廳裡出沒，而乘客們害怕地蜷縮在他們的艙房裡，等著房門在某天午夜打開，他們開始尖叫。有一兩次，馬許自己也尖叫著醒來，甚至連醒著的時候都忘不了這情景，忘不了他的夢想之船被幢幢黑影和慘叫覆沒，船煙黑得像朱利安的眼睛，並且航行在血色上。

上游地區的河冰開始破融時，馬許面臨一個艱難的選擇。他仍未找到烈夢號，找船的工程卻令他陷入窘境，因爲每一本帳簿都說著同樣殘酷的故事：他的財庫已近空空如也。他有一家郵輪公司，名下卻沒有一艘船，手頭上也沒錢可以打造新船。萬不得已，馬許只好寫信給經辦員和偵探們，取消找船的工作。

帶著手上僅剩的一點點錢，他到下游去找回艾麗瑞諾號。小瑞諾號仍卡在那條捷徑的淺灘上。他們為她裝上一副新的船舵，等到春季汛期來臨。河水氾濫了，截河道的水深夠了，尤爾杰和他的船員才小心翼翼地將她開回聖路易，在那兒訂做一組全新的蹼輪、兩倍推進力的新引擎，還有一組副鍋爐。她甚至上了新的漆彩，主艙區也換上明亮的黃地毯。然後，儘管她還是太小、太舊又太寒酸，馬許仍然帶她去加入紐奧良通商的航線，以便繼續他個人的尋船計畫。

早在計畫動工前，艾伯納·馬許就知道他的希望極其渺茫。單單在開羅和紐奧良之間，河道就長達一千一百哩，開羅再上去還有上密西西比河，一路通到聖安東尼瀑布；然後是密蘇里河、俄亥俄河、耶珠河跟紅河，還有將近五十條次要小河跟支流，蒸汽輪船全都開得過去，而這麼多支流還各自有支流，其間的無名小溪小捷徑就更不用說了，縱使一年之中只有部分時間可供航行，但只要找個好舵手，她就有辦法躲進任何一條河道裡。要是艾麗瑞諾號漏掉一次、或與她錯過一次，就等於一切都要重頭開始。整個密西西比河流域有上萬艘輪船，每個月都有新來的郵輪要跑商務，這也表示報上總有登不完的新船名要去比對。但馬許什麼不強，就是這頑固脾氣最強。他死心塌地地找，艾麗瑞諾號就成了他的家。

艾麗瑞諾號接的生意並不多。聖路易到紐奧良這段路上多的是最大、最快又最豪華的郵輪在跑，小瑞諾又老又慢，當然無法跟大型外輪汽船搶生意。「不光是她跑得像蝸牛或比蝸牛還醜兩倍，」一八五八年秋天，馬許在紐奧良的經辦員這麼對他說。「跟你也有關係。我要是胡說，天打雷劈。」

「我？」馬許吼了起來。「你他媽什麼意思？」

「你曉得，跑河的人都在說，說你是最倒楣的船東。他們說你中了什麼詛咒，比德瑞南懷號的那個還慘。說你有一艘汽船爆了鍋爐，四艘被河冰擠碎，還有一艘船上的人全死於黃熱病，不久就失火燒了個精光。他們還說，你的最後一艘船是你自己砸爛的，因爲你發瘋用木棍痛打你的舵手。」

「去他媽的。」馬許罵道。

「好啦，現在我問你，誰還肯替這樣一個倒楣鬼開船？或是替他工作？我告訴你，那個人可不是我。絕不是。」

這人是他僱來代替強納森．傑佛的，而他後來多次哀求馬許讓小瑞諾離開紐奧良通商的航線，把她轉到上密西西比河或伊利諾河去，因爲小型汽船比較適合那裡；就連詭譎湍急的密蘇里河都比下游這兒來得理想，只要沒撞成碎片，獲利是相當可觀的。艾伯納．馬許不肯答應，但那人還是吵，馬許就把他開除了，因爲他盤算過，知道不可能在北部河域找到烈夢號。除此之外，在最近這幾個月裡，他開始在幾個固定的地點祕密停靠，其中包括路易西安那的幾座堆木場，還有密西西比和阿肯色的幾座小荒島。在那些定點，他把逃跑的黑奴接往北方那些自由州區。這事情是托比牽的線。托比替他引薦一伙人，他們自稱是地下鐵路，專門安排這些事。艾伯納．馬許覺得那天殺的鐵路聽來不順耳，就堅持要管他們叫地下河流。總而言之，助人讓他心裡舒坦，而且不知怎地，感覺有點像在傷害戴蒙．朱利安。他常蹲在主甲板跟這些黑奴聊天，打聽有關夜行佬和烈夢號的事，心想黑人之間或許會傳些白人不知道的事，卻沒得到什麼有用的消息。

將近三年，艾伯納．馬許繼續找。那幾個年頭眞是苦撐。到了一八六〇年，他已經負債累累，不得不結束掉聖路易、紐奧良和其他河鎮的辦公室和經辦處。惡夢不再像前幾年那樣糾纏他，卻使他變得越來越孤僻。有時，在馬許的心裡，跟喬許亞·約克待在烈夢號上的那幾個月像是他最後的清醒時光，至於那之後的日子，他覺得糊里糊塗，跟作夢沒兩樣。但在別的時候，他又覺得反過來——眼前這一切才是眞的：帳本上的紅字、腳下這艾麗瑞諾號的甲板、她的蒸汽臭味、還有黃色新地毯上的污斑；至於對喬許亞的回憶，包括他們共同打造的那艘船、那些光輝璀燦，還有朱利安帶來的殘忍與恐懼，才應該是夢境——馬許想著，怪不得它們都消失了，怪不得跑河的傢伙們都覺得他瘋了。

隨著曾和馬許共同經歷過那段日子的人一個個走出他的人生，一八五七的那個夏日也變得越來越如夢似幻。他們返抵聖路易的一個月之後，老托比搬到東部，那段重淪奴隸的生活讓他怕透了，他想要儘可能遠離蓄奴地區。第二年，馬許接到他寫來的一封短信，說他在波士頓的一間旅舍當廚師，此後就再也沒接到托比的消息。丹·艾布萊特在一艘全新的紐奧良大輪船上找到工作，但在一八五八年的夏天被捲入紐奧良那場黃熱病大流行。那場瘟疫的爆發奪走上萬條人命，包括艾布萊特在內，也迫使該城改善它的衛生環境，讓那兒在夏天不再像個門戶大開的水溝。尤爾杰船長仍舊替馬許跑艾麗瑞諾號，直到一八五九年才退休，回到他在威斯康辛的老牧場，一年後安詳死去。尤爾杰離開後，馬許親自接掌艾麗瑞諾號，一方面也省點錢。這時船員裡的熟面孔已經不多：早在前一年夏天，達克·特尼在納契茲山腳遇劫被殺，卡特·葛羅夫也不再跑船，一路往西部搬，先是丹佛，然後舊金山，最後好像去了中國還是日本之類搞不清名堂的地方。馬許把烈夢號前任的副技師傑克·埃里僱回來代替特尼，還有幾個也在同一艘船上服務過的其他船員，但他們也一個個離開，死了、跑別的船，或是改行。一八六〇年，一八五七年的這批人只剩下卡爾·弗蘭姆還留在馬許身旁。弗蘭姆成了小瑞諾的舵手，儘管他的本事足以受僱於更大更有名的輪船，他卻待了下來；關於那一段日子，他記得很多，只是絕口不提，甚至也不對馬許說。這位舵手的個性還是一樣開朗，卻不再像以前那樣愛講鬼故事，馬許也從他眼中看見一絲冷酷的寒意，而那是他以前不曾流露過的。弗蘭姆現在隨身帶著一把手槍，說是「以防我們找到他們」。馬許聽了只是一哼。

「那種小玩意兒根本傷不了朱利安一根寒毛。」他當時這麼回了一句。

只見卡爾·弗蘭姆仍是那樣邪邪咧嘴笑，牙上金光一閃，眼神中卻完全沒有一絲笑意。「船長，這不是給朱利安用的，是給我用的。他們別想再活捉我。」他說時看著馬許，「要是事情演變成那樣，我可以先幫你。」

馬許沉下臉，丟了一句「事情才不會變成那樣」，就走出操舵室，但他至死都記得這一段對話。他也記得一八五九年在聖路易的那場聖誕晚會，那是由俄亥俄船隊的一個船長主辦的。馬許與弗蘭姆都參加了，許多在城裡的行船人也都到場。酒過三巡之後，大家開始講河上的怪譚。馬許當然都聽過，只是那些貿易商、銀行家和漂亮小姐們沒聽過，而聽這些老故事倒也有一股莫名的心安與踏實。他們講到鱷魚王老阿里，講拉古奇的幽靈船，講麥可·芬柯和吉姆·鮑伊與咆哮傑克·羅素的故事，講日蝕號和埃爾·紹特維號的那場世紀對決，然後講起一個鬼舵手能在大霧中開船，還有某一艘該死的船在二十年前把天花帶到上游去傳染，起碼殺死了兩萬個印地安人。「去做毛皮交易，結果把那兒搞成了廢墟。」講那個故事的人做了這樣的結語，引得眾人一陣哄笑，只有馬許和其餘幾個人笑不出來。之後，有人開始聊到河上最離譜的大船，好比颶風號和簡金號之類，說那些船甚至能在頂層甲板上種樹，船輪大得要花上一整年才能轉完一圈。艾伯納·馬許聽了只是暗笑。

卡爾·弗蘭姆拎著一杯白蘭地，走過去推開人群說：「我知道有個故事。」他的口氣有點醉意。「是眞實發生的。你們知道，有一艘船名叫奧西曼大帝……」

「我沒聽過啊。」有人開口。

弗蘭姆冷冷一笑：「你最好也沒見過她。」他道，「因爲見到她，你就完了。那艘船只在晚上跑，而且她全身漆黑，一點光都沒有，裡裡外外黑得跟她的煙囪一樣，每一吋都是，只有主艙區除外。主艙區的大廳裡有一片血紅色的地毯，牆上到處是照不出東西的鏡子。那些鏡子永遠都是空的，但船上明明載了很多人，全是些臉色蒼白、穿著好衣服的人。他們隨時都在微笑，只是鏡子照不出他們的模樣。」

有人打了個哆嗦。人群在這時全都安靜下來了。「爲什麼照不出來？」有個技師問。馬許看過他幾次。

「因爲他們都是死人。」弗蘭姆說，「每一個都是他媽的死人。死歸死，卻還是走來走去。他們全是罪人，只能永遠坐在那條船上，待在那烏漆抹黑的船艙，那些紅地毯和空鏡子，從上游到下游，再從下游到上游，永遠不靠岸，永遠不進港。」

「是幽靈。」有人說道。

「是鬼船，」一個婦人也說，「就像拉古奇的船。」

「媽的，才不是。」卡爾．弗蘭姆說，「你可以穿過一艘鬼船，卻穿不過奧西曼大帝。她可是貨眞價實的一艘船。要是你在晚上遇見她，你就會知道她跑得有多快，只不過到時你也慘了。你們知道嗎？那些死人都很餓，他們都吸血，熱騰騰的鮮血，都躲在黑暗中，等見到其他輪船的光，他們才會跑出來追。一追上，那些死人就衝上船，對，就是那些臉色慘白、笑咪咪，又穿著體面的傢伙。之後，他們會把追到的船弄沉，或是燒了她，第二天早上，人們只會見到河上的幾根桅桿，或者看到一堆爛船骸。那些罪人就不同了，他們都會回到奧西曼大帝號上，繼續乘著她。」他抿了一口白蘭地，微微一笑，「所以，如果你某天夜裡在河上跑，看見後頭的水面有個影子跟著，你可要看仔細點。說不定那是一艘船，全身漆得黑黑的，船上還有個全身白得像鬼的人。就是那艘奧西曼大帝。那艘船沒有一點光亮，所以，有時候除非她已經貼近你，讓你發現她黑色的蹼輪在打水，否則你根本看不到她。你要是遇見她，最好祈禱你有個閃電舵手，或是買了夠多的煤油和豬油擺在船上，因爲她又大又快。等她在夜裡逮住你，逃也未必來得及。還有，你注意聽她的笛聲，因爲她只會在確定逮到船時才鳴響汽笛，所以等你聽見時，你差不多可以開始做死前的懺悔了。」

「她的汽笛聲聽起來怎麼樣？」

「就像一個男人在尖叫。」卡爾．弗蘭姆答道。

「叫啥名字？你再說一次。」一個年輕的舵手問。

「奧西曼大帝。」弗蘭姆答得清楚，也知道自己每個音都發對了。

「那名字是啥意思啊？」

艾伯納．馬許起身開口了。「是從一首詩取來的。」他代答道，「『看我豐功偉業，締造絕望』。」

晚會中的眾人都茫然地看著他，有個胖婦人神經兮兮地笑了幾聲，有點像是偷笑。「那條老魔河上的詛咒跟鬼事眞是一年比一年糟啊。」一個矮小的船務總管打破沉默，開始講起別的故事。趁這時，馬許抓住弗蘭姆的手臂，將他拉到外頭。

「你爲什麼要講那個故事？」馬許問。

「爲了讓他們害怕。」弗蘭姆說，「萬一他們遇見她，搞不好是晚上遇見，他們才會知道要逃命。」

艾伯納．馬許想了想，勉強點頭道：「好吧，我想那就算了。反正你是拿酸比利起的名字去叫她。要是你敢叫她烈夢號，弗蘭姆先生，我會把你的頭扭下來扔出去。聽見沒？」

弗蘭姆當然聽見了，但已經沒差別。這個故事隨即傳了開去，馬許在一個月後就從別人口中聽到一個斷章取義的版本，而且單在那年冬天，他在墾拓客棧就又聽到兩次轉述。當然，故事內容變得有些不同，黑船的名字也改了。奧西曼大帝太罕見又太難唸，對轉述的人而言似乎很不方便，但不管他們怎麼改船名，說的都是同一個令人膽寒的故事。

約莫半年之後，馬許聽見另一個故事，也從此改變了他的生活。

他在聖路易的一家小飯店剛坐下來，準備享用晚餐。那兒的東西比墾拓客棧和南方旅店便宜，但一樣美味，只是行船人比較不常去，而這一點正是馬許要的。他的老朋友和老仇家們這幾年都拿他當怪人看，要不就避著他怕沾霉運，或是只願意坐下來跟他聊他的倒楣事兒。馬許可完全沒有耐性，他寧可人家不理他。一八六〇年那天晚上，他平靜地坐在那，喝著一杯紅酒，等侍者把他點的烤鴨配山芋豆子和熱麵包端上來，卻有個人走來攀談。

「一年不見您啦。」那人說道。馬許依稀認得他在幾年前曾是埃爾．紹特維號上的鐵工，於是客氣地請他坐下。「那我就不客氣了。」那人說著，隨即拉開椅子，話匣子也隨即打開。這位前任的鐵工現在是紐奧良某船的副技師，不過馬許沒聽過那艘船的名字。馬許客氣地聽他滔滔講述起河上的趣聞軼事，一方面為餐點遲遲不上而著急。他一整天都還沒吃飯。

不過烤鴨馬上就來了。馬許先拿起熱騰騰的麵包抹上大塊奶油，一面聽那技師說：「嘿，你有沒有聽說紐奧良的那場大風暴？」

馬許咬下一口麵包，吞下後再咬一口，這才搭腔：「沒有。」他孤僻了這幾年，對這些事早就不感興趣，也不太聽人聊這些洪水風災的事情了。

那人吹了一聲口哨，露出他的黃板牙。「媽啃，那場風災真夠慘，一大堆船不是散了就是被撞了個稀爛。日蝕號就是其中之一。我聽說她撞得很嚴重。」

馬許嚥下一口麵包，本來要向烤鴨進攻的刀叉也放下了：「日蝕號。」

「沒錯。」

「多嚴重？」馬許問道，「史都準船長會修好她的，對吧？」

「算了吧，她撞爛到無法修啦。」技師說，「聽說他們拿撞剩的材料拼湊成一艘蔓船，停在曼菲斯那兒。」

「蔓船。」馬許怔怔地重複，想到聖路易、紐奧良和幾座大河鎮港邊那一大排灰色老舊船殼，那些仍載著破引擎和爛鍋爐的小船，鐵殼裡已不再燃火，只是用來裝東西和讓人搬貨。「她才不……她……」

「你若問我，我倒覺得她已經夠本了。」那人又說，「媽的，我當年在紹特維本來可以跑贏她，要不是……」

馬許的喉間擠出了一個怪聲。「你他媽給我滾。」他吼道，「要不是你在紹特維待過，就憑你講這句話，我早就把你一屁股踢到街上去了。馬上給我滾！」

技師立刻跳起來跑走，臨去前丟下一句話：「怪不得人家說你腦筋有問題。」

艾伯納．馬許在桌前坐了很久很久，只是愣著，面前的食物一口也沒碰，神色中還有一抹冷酷。終於，有個侍應生怯怯地走近問道：「是不是您的鴨子有問題，船長？」

馬許低頭看去。烤鴨已經涼了，油脂開始凝結。「我不餓了。」他如是說，推開餐盤，付了帳，然後走出飯店。

之後的一個星期，他仔細檢視帳本，結算所有債務。然後他把卡爾．弗蘭姆找來。「再找也是白費工夫，」馬許對他說，「就算我們找到她，她也不可能跟日蝕號賽船了。我受夠了，不想再找了。卡爾，我要把艾麗瑞諾號簽到密蘇里通商去跑。我得賺點錢才行。」

弗蘭姆注視著他，眼神中有責難。「我沒有密蘇里的執照。」

「我知道，我打算放你走。要你待小瑞諾太可惜了，應該去好一點的輪船上做。」

拿著菸斗，卡爾．弗蘭姆吸了一口，沒搭腔。馬許不敢迎向他的視線，只是伸手去拖了幾張紙過來：「我會付清你的薪水。」

弗蘭姆點點頭，轉身要走，來到門邊，他停下腳步：「要是我找到地方落腳，我會繼續找。要是我找到她，你也會知道。」

「你找不到她的。」馬許粗聲說完，便見弗蘭姆關上門，走出他的汽船，也走出了他的人生。艾伯納．馬許覺得自己從未如此孤單過。現在只剩他一個了，身邊再也沒有人記得烈夢號、喬許亞那身白衣和戴蒙．朱利安的眼神。那一切全因馬許還記得才存在，但如今，他正打算讓自己忘掉。

之後，好幾年就這麼過了。

艾麗瑞諾號在密蘇里通商賺錢。她幾乎在那兒跑了一年，由馬許親自當船長，跟她一起流著汗水應付他的貨運、乘客和帳本。僅僅是頭兩趟船程，他們掙到的錢就償還了他七成五的債務。馬許原本可能就此發大財，只可惜大環境的改變打斷了他的富翁夢：林肯的當選（儘管他是共和黨的，馬許還是投給了他）、聯邦分裂、桑特堡的衝突。當局勢日益緊張，馬許想起喬許亞．約克說過的話：這整個國家都被腥紅的飢渴主宰了，只有鮮血才能滿足它。

這場屠殺流的鮮血可多了，馬許回想時仍覺得苦澀。他絕少聊這場戰爭，也不提自己在戰爭中的經驗，聽見別人一再講述戰功時，他表現得極不耐煩。「不過就是一場戰爭，」他會高聲說，「我們贏了，現在事情也過了。我看不出我們幹嘛要嘰哩呱啦地講個不停，好像那是多麼得意的事。打這場仗唯一的好處就是把奴隸制度給結束掉，其他的我都不想管。去他媽的，殺一個人有啥好自誇？」

內戰剛開打時，馬許和艾麗瑞諾號回到上密西西比，替北軍運部隊到聖保羅、威斯康辛和愛荷華等地。不久，他自己投效了聯軍的砲艦，親身參與了幾場河上戰役。

卡爾・弗蘭姆也是。馬許聽說他在偉克斯堡陣亡，但不知道消息是真是假。

當和平到來，馬許回到聖路易，讓艾麗瑞諾加入上密西西比通商的航線。他組了一個小商會，找來四艘競爭對手的船東或船長，想搞一條他們專屬的航線，好跟壟斷上游的大貿易通商公司有效競爭，不料這批人都跟他一樣意志堅定又固執，於是歷經半年的意見不合後，這家聯合公司就解散了，馬許也在這時發現自己對郵輪事業不再有興趣。不知怎地，經過這場戰爭後，整條河都變了，河上的蒸汽船看起來還不到往昔的三成，鐵路的發展卻使得河運貿易競爭更加激烈。現在，你在聖路易港邊或許還看得到十幾艘輪船停在那兒，但以前可擠得整個港濱區滿滿都是船，排起來少說也有一哩。不僅如此，戰爭開打後那幾年，密蘇里河域以外的其他地區幾乎都開始拿煤炭來取代木柴；聯邦官員老是帶著一堆規定和法令四處跑，搞什麼安全檢查和註冊之類的麻煩事，甚至想明文禁止賽船。行船人也不一樣了，馬許從前認識的幾乎都退休或死了，取而代之的都是些陌生人和怪作風；老派作風的健談、三句不離粗話、背上那豪邁爽朗的一掌，或是盡興起來就請個陌生人喝酒一整晚，上天下地聊些荒誕不羈的鬼話，全都絕種了。就連納契茲山腳都像脫胎換骨，馬許聽說那兒變得好安分，端莊得跟頭上那座豪宅連天的山崗城一樣。

一八六八年五月的某一晚，就在與喬許亞．約克和烈夢號相別超過十年後，艾伯納．馬許沿著河堤散步。他回想起和喬許亞初次相識那一夜，他們也是走在這條路上——當時碼頭邊擠滿了多少輪船；無論舊的或新的，無論是高大驕傲的外輪汽船，或是短小精幹的尾輪汽船，連同日蝕號在內，一艘艘都繫在她們的躉船或碼頭上。如今日蝕號都成了一艘躉船，眼前這群自稱是汽船鐵工、見習總管或實習舵手的毛頭小伙子是一些連她當年風采都沒見過的人。碼頭區空蕩蕩。馬許站在那兒數著，五艘，若是連艾麗瑞諾也算，那就六艘。小瑞諾早就老得不像話，馬許甚至不太敢把她開到河上去。她一定是這裡最老的船吧，他想，和他這一號最老的船長正相配。兩個疲倦的老傢伙。

大共和號正在上貨。她是一艘大型的新式外輪汽船，一年前才從匹茲堡出廠。人們說她有三百三十五呎長，如今是河上最大的蒸汽輪船，因為日蝕號已逝，烈夢號也早被遺忘。同樣地，大共和號氣派豪華，馬許在岸上看過她十幾次，上去參觀過一次。她的操舵室滿是各式花俏的緣飾，配上精緻華麗的圓頂，船艙裡的藝術畫、玻璃、打磨光亮的木器和地毯，精美得足以令你心痛。船東將她打造成頂級優美的郵輪，豪奢無比，比她稍舊一點的船恐怕都要自慚形穢。不過馬許聽說，她跑得並不特別快，賠錢的程度也非常驚人。

馬許的雙手叉在胸前，站在碼頭看工人們搬貨上船，那一身黑外套令他顯得粗暴威嚴。現在的搬運工人都是黑人，每一個都是，而這也是河上江湖的另一個變化。在戰前，跑船做搬運工、爐工和甲板雜工的有不少是白種人新移民，現在都不見了，馬許也不知他們跑哪兒去了，只知道自由的黑人取代了他們的位置。

工人們搬貨時齊聲哼著歌，合成一種緩慢而憂鬱的和音，歌詞是這樣的：「夜裡黑，日裡長，我們遠離家鄉。偷哭啊，我的兄弟，思鄉苦。」馬許知道這首歌，也知道這歌詞有另一個版本：「夜已去，日已息，我們要回鄉里。吶喊吧，我的兄弟，家園在即。」不過，這些人今晚沒唱這個版本。不在今晚，不在這空蕩蕩的碼頭區，不在爲這艘令人目眩卻賺不飽的新輪船搬貨時唱。看著他們，聽他們哼歌，艾伯納·馬許忽然覺得這整條河好像快死了，他自己似乎也是。回想這輩子，他已經看夠了黑夜和漫長的白晝，而且他甚至不覺得自己有家。

艾伯納·馬許悠悠地走開，離開碼頭區，回到他下榻的旅館。第二天，他解僱了公司的職員和船員，結束熱河郵輪公司，同時把艾麗瑞諾號送去拍賣。

馬許帶了他所有的錢，永遠離開聖路易，回到故鄉山丘城，在一個看得見河的地方買了一棟小房子。只不過，那條河再也不叫熱河了。幾年前，上頭的人把它改名成加利納河〔譯註〕，於是現在大家都改口了，說新名字意象比較好。艾伯納·馬許還是堅持用老名字「熱河」。他從小就這麼喊它。

他在山丘城沒做什麼特別的事，就是看了很多報紙。在尋找喬許亞那段時間，這成了他的習慣，況且他也喜歡追蹤快船和速度紀錄的最新消息。這類消息還是滿多的。羅伯李號於一八六六年在新奧本尼出廠，是一艘貨眞價實的殺手快船，有些行船人叫她瘋子老李或壞痞子。還有大名鼎鼎的皮船長，一個船長榜上最難纏、最卑鄙又最讓人咒罵的行船人，他在一八六九年又造了一艘新的納契茲號，是納契茲系列的第六艘。老皮把他所有的船都取名叫納契茲，而這艘新的納契茲比之前的五艘都要快得多。報上說她在河上快得像一把刀，皮船長還誇口說要給坎儂船長和他的瘋子老李一點顏色瞧瞧。那些報紙成天寫這個消息，搞得上下游皆知，就連遠在伊利諾的馬許都嗅得出一絲賽船前的火藥味。「我倒想看看這場比賽，」某一天，他對受僱來打掃房子的管家說，「雖然我敢說，她們倆一定都追不上日蝕號。」

「那兩艘船的紀錄可都比你的老日蝕號還要快。」婦人回嘴道。她老是喜歡頂撞馬許。

馬許嗤之以鼻。「那算個屁，根本是河變短了，一年比一年短，我看妳很快就能從聖路易走到紐奧良。」

不單是報紙，如今馬許竟也有了讀詩的興趣，這倒要感謝喬許亞。詩啦詞啦，偶爾來一本小說之類。除此之外，他還摸索出木刻的手藝，按著記憶爲他的汽船們做了一套精巧的模型，花費不少時間。他細心上色，弄得鉅細靡遺，而且全都統一比例，所以可以排排擺在一起比大小，也看得出哪些船有多大。「這是我的伊莉莎白號。」把第六艘、也是最大的一艘做出來那天，他驕傲地對管家說。「下河的船裡就屬她最甜美了。她本來可以締造好多紀錄，都是那場冰災。妳看，她有多大，幾乎三百呎呢，和我的尼可拉斯皮瑞號一比，老尼可都變侏儒了。」他邊指邊說，「那個是甜蜜熱河號，

---

譯註：Galena River，即原本的Fevre River；而Galena本是一採礦小鎮，因盛產方鉛礦而得名，「山丘城」之名則爲另譯。

還有登莉絲號——這姑娘的左舷引擎問題好多，惹出一堆麻煩——她旁邊就是我的瑪麗克拉克。她的鍋爐炸了，」馬許搖搖頭，「也害死了好多人。唉，我不知道，也許是我的錯，有時我會這麼想。最旁邊這個小不點就是艾麗瑞諾號，沒什麼看頭，卻是個堅強的老姑娘。我能給的她都照單全收，甚至更多，我一直讓她幹活兒，她的蒸汽跟船輪從沒停過。這小尾輪雖然醜，但妳知道她撐了多少年嗎？」

「我哪知道。」管家說，「你不是還有另一艘船嗎？你說那艘才是眞正的美女——」

「媽的，這種小事妳也記得。對啦，我還有一艘船，烈夢號。就是從這條河取的名字。」

管家朝他發出一個很沒禮貌的聲音：「怪不得我們鎭上老是沒有它該有的樣子，就是有你們這種人，一直拿這條河的老名字叫啊叫的，別人一定以爲我們全鎭都中熱病。你爲什麼不改口呢？現在叫加利納河啦。」

艾伯納・馬許哼了一聲。「一條他媽的河還要改他媽的名字，這他媽的蠢事我實在沒聽過。反正我只管叫它熱河，而且不管去他媽的市長講啥屁話，它以後都叫熱河。」他面帶怒容，「妳也一樣。去他的，他們這樣任它淤塞，要不了多久就要從河變成小水溝了！」

「瞧你這粗話。我本來還以爲一個會讀詩的男人至少講話會文雅一點。」

「妳管我他媽的文雅不文雅。」馬許說，「而且妳少到鎭上去嚼舌根子講我讀詩，聽見沒？我認識一個喜歡那些詩的人，所以才會弄到那些書，就這樣。妳少管閒事，別讓灰塵去沾我的船就行。」

「遵命。那你會把另外那艘船的模型做出來嗎？那艘烈夢號？」

馬許坐進一張襯墊極厚的大椅子裡，蹙起了眉頭。「不會。」他道，「不，我不要。那艘船我只想忘掉。所以妳快點去掃妳的灰塵，別再拿那些笨問題煩我。」說完，他拿起一份報紙，開始看納契茲號與皮船長最新的吹噓。管家咯咯笑了幾聲，才去忙她的打掃。

他的房子有一座面南的高塔。入夜後，馬許經常跑上去，帶著一杯酒或一杯咖啡，有時是一塊派餅。內戰後，他的食量不再像以前那樣驚人，老覺得食物的滋味不一樣了。他仍是個大塊頭，但跟邂逅喬許亞和烈夢號的當年相比，他至少瘦了一百磅。現在他身上到處都是鬆垮垮的皮肉，就像衣服買太大，只好穿在身上等它縮水；他的下巴也垂成一個大袋子。「害我變得比以前更醜了。」當他照鏡子時，他會這麼吼道。

坐在塔樓的窗邊，馬許可以看見河。他在那兒消磨過許多夜晚，讀書、飲酒、看河。有月光時，河水十分漂亮，流呀流地經過他面前。他出生前，這條河就這麼流著，等他入土爲安，它也會繼續這麼流下去，這景象讓馬許感到平靜，而他很珍惜這種感覺。在大部分時間裡，他的心裡只有一種厭倦的傷感。他讀過一首濟慈的詩，說世上再沒有比美麗的事物消逝更讓人悲傷，而馬許有時正覺得這世上每件天殺的美好事物都在凋零。馬許也很孤單。他在河上待了大半輩子，以至於在山丘城這兒沒有眞正的朋友。沒有人來拜訪他，也沒有人可以聊天——除了那位煩人的管家。她會惹馬許相當生氣，但他倒不眞的介意，因爲這恐怕是生活中唯一能讓他激起熱血的事情了。有時，馬許覺得他的人生已走到終點，這一點令他憤怒。他還有很多事連做都沒做過，也還有很多事沒做完；然而無可否認地，他正在老去。以前拿著胡桃木手杖是爲了裝腔作勢和時髦，現在換了一把昂貴的金柄劍杖，卻是眞的用來輔助步行。除此之外，他的眼睛周圍都是皺紋，就連肉瘤旁邊也有，左手手背還有一塊可笑的褐斑；他有時會盯著那塊斑看，搞不懂它是怎麼跑上去的，怎麼以前都沒注意到，然後他會咒罵個幾聲，拿一份報紙或書起來讀。

管家把那封信拿進來時，馬許正坐在客廳裡讀一本狄更斯先生寫的書，講他怎麼在河上旅行，怎麼遊歷美國。一見有信，馬許驚奇地哼了一聲，立刻把狄更斯的書丟在一旁，嘴裡嘟嘟囔囔說：「這英國人眞他媽蠢蛋，眞想把他推進他媽的河裡去。」然後接過信，粗魯地撕開信封，任扯爛了的信封飄到地板上。收到別人寄來的信已經非常離奇，更怪的是收件地址竟然是熱河郵輪公司的聖路易辦事處，然後竟還能一路轉寄到山丘城來。艾伯納·馬許展開已經泛黃發脆的信紙，驀地吸了一口氣。

他記得這張信紙，記得清清楚楚。十三年前，他曾叫人印了很多，用來放在輪船每間客艙的書桌抽屜裡。信紙的上端橫著又大又精美的圖，原是用鉛筆和墨水繪成，畫著一艘雄偉的外輪汽船，配上排成弧形的一行花體字，印著烈夢號——而信裡優美流暢的筆跡，他也同樣認得。信文很短：

親愛的艾伯納：

我已做好選擇。

若你還健在且願意前來，請儘快來紐奧良與我碰面。你可在加勒廷街的綠樹廊找到我。

喬許亞

「眞他媽的王八蛋！」馬許咒罵道，「都過了這麼多年，那天殺的傻瓜還以爲他可以憑這麼一封爛信就要我大老遠地下去紐奧良找人？而且什麼解釋也沒有！那混帳以爲他是誰啊？」

「你問我，我問誰啊。」他的管家婦說。

艾伯納．馬許站起身來，高聲吼道：「婆娘，妳把我那件白外套丟到什麼鬼地方去了？」

# 第三十一章

**紐奧良，一八七〇年五月**

夜晚的加勒廷街看起來就像一條穿過地獄的大馬路，艾伯納．馬許匆匆走在其中，心裡想著。兩旁林立的盡是舞廳、夜總會與妓院，每一間都是門庭若市，既髒又吵，而人行道上隨處可見醉鬼、流鶯和扒手。見馬許走來，流鶯們立刻叫喚著拉生意，見他不理睬，慇懃即轉爲嘲諷。幾個衣著邋遢、眼神冰冷的男人以輕慢的神色打量他，那些套著手指虎的手上全拿著小刀，害馬許好希望自己此刻看起來不是那麼有錢又老邁。有間舞廳前站了一群掄著短棍的男人，馬許想避開他們，於是過馬路去，隨即發現自己就站在綠樹廊門口。

綠樹廊是間舞廳，和其他舞廳一樣偷雞摸狗，兼讓人不舒服。馬許努力擠了進去。舞廳裡人頭攢動，煙霧瀰漫，而且很暗。人們雙雙對對在藍影陰鬱中移動步伐，隨著震耳欲聾的低俗樂聲起舞。其中有個矮壯結實、滿臉鬍碴的紅衫男子拖著他的舞伴在舞池邊緣搖擺，但那舞伴似乎不省人事，任那男人扶來拽去，隔著她單薄的印花洋裝猛抓她的乳房。四周的舞客都沒理會他們。那女人的打扮就是個典型的舞女，穿著褪色的棉洋裝和一雙破涼鞋。只見那紅衫男子絆了一跤，鬆手把那女人摔在地上，自己也壓到她身上去了。舞場中立刻響起一片哄笑。男人咒罵著搖搖晃晃地爬起來，而那女人仍躺在地上呈一個大字形。接著，就在笑聲歇退時，男人傾身揪住她的洋裝前襟，使勁將它扯破，粗魯地整件拉脫，然後把那團破布丟在一旁。那女人在洋裝底下什麼也沒穿，只有雪白多肉的大腿上環著一條紅色襪帶，還有一支小匕首插在上面——柄端居然是粉紅色的心形。就在紅衫男子開始解褲帶時，兩個紅臉的彪形大漢一左一右地走到他身旁，他們都戴著手指虎和粗木棍。其中一個保鑣吼道：「帶她上樓！」紅衫男子一聽，先是一陣咒罵，最後還是把那女人扛上肩，跌跌撞撞地穿過了煙霧。場中又響起一陣笑聲。

「要跳舞嗎，先生？」一個含糊的女聲在馬許的耳邊輕語。他板著臉轉過頭去，見是一個臉塗得死白的胖女人在跟他說話。那女人鐵定跟馬許差不多重，渾身上下的衣服少得像沒穿一樣，只掛了一條小皮帶，上頭懸著兩把小刀。在馬許斷然掉頭走開前，她還微笑著挑逗他的臉頰。他在人群中擠著往前走，把這舞場繞了一圈，試著要找喬許亞。舞場有一角特別吵鬧，十幾個大男人正圍著一個木箱子吼叫，原來是在看鬥鼠。

來到吧檯附近，有兩批人面對面站成兩排互瞪，幾乎每個人都帶著武器。馬許咕噥連聲道歉，從其中一個腰帶上穿著鐵環的瘦子身旁擠過去，而那人正專心對一個佩帶雙槍的矮個子講話。鐵環瘦子因而停了下來，不友善地朝馬許瞪來，直到矮子吼了一聲，才讓他回到對話中。馬許靠到吧檯去，要求：「威士忌。」

「這威士忌會把你的胃給磨穿孔的，艾伯納。」

聽見酒保懶懶地應道，那沉穩的聲音直從幽暗中穿來，艾伯納．馬許就這麼忘了把嘴闔攏。吧檯後對著他微笑的男人穿著極寬鬆的粗棉褲，褲腰繫著繩子，配上一件髒得幾乎變灰色的白襯衫，外面罩一件黑背心；但那張臉仍和十三年前一模一樣，白皙而青春，襯著白色的直髮，只是現在有些雜亂——在舞廳的昏暗中，喬許亞·約克的灰眼珠似乎散放著它們自己的光芒。他把手伸過吧檯，緊扣住馬許的手臂。「上樓來，」他熱切地說，「那裡好講話。」

就在喬許亞走出吧檯時，另一個酒保瞪來，接著有個黑西裝的長臉男子喝住他：「你他媽去哪？給我滾回去幫客人倒酒！」

「我不幹了。」喬許亞對他說。

「不幹？小心我割斷你他媽的喉嚨！」

「憑你？」喬許亞說。他停頓片刻，環顧這突然靜下來的舞場，用他的雙眼一一迎向場中眾人的視線。沒人有任何動作。「要是你們有誰想試試，我和我朋友就在樓上。」他對吧檯邊那幾個保鑣說完，就拉著馬許的手肘穿過舞客們，往屋後一道窄樓梯走去。樓上有個小廳，只點了一盞要亮不亮的煤氣燈，旁邊有五、六個房間；其中一間關了門的很吵，不斷傳來唉唉哼哼的聲音，另一間房門敞開，有個男人趴在門口，一半在屋內。舉腳跨過那人時，馬許發現他就是剛才在樓下的那名紅衫男子。「他是怎麼了啊？」馬許拉高了嗓門問道。

喬許亞·約克聳聳肩：「大概是布麗姬清醒過來，把他打暈了好拿錢吧。她可是個狠角色。我敢說起碼有四個大男人死在她那把小刀下，她都把數目刻在那顆心上。」他做了個鬼臉，「說到流血，艾伯納，我的同胞能教導你們的不多。」

喬許亞打開一個空房間的門。「就這裡吧，請進。」他先打開一盞燈，再關上門。

馬許重重地坐在床上。「天殺的，」他道，「你居然把我叫到這種鬼地方來，喬許亞。這兒簡直跟二、三十年前的納契茲山腳一樣差勁。我怎麼也沒想到竟要到這種地方來找你。」

喬許亞．約克笑了笑，在一把破舊的扶手椅坐下。「你想不到，朱利安或酸比利也想不到。這就是我待在這兒的原因，我知道他們在找我。不過，就算他們想到加勒廷街來找，也絕對不容易。朱利安那一身明顯的闊氣在這兒絕不安全，酸比利更是惡名昭彰。這條街有太多女人被他帶走後一去不返，今晚的綠樹廊至少就有兩個人隨時準備取他性命。外面都是橡木幫的地盤，他們可能很想看比利讓人活活打死。」他又聳聳肩，「就連警察都不肯來加勒廷街呢。這是一座不夜城，我這日夜顛倒的生活習慣在這兒也不會引人懷疑，待在這兒比在別處安全多了。」

「別提這個了。」馬許不耐煩地說，「你寄了一封信給我，說你做了選擇。你知道我為什麼會來，但我卻不知道你為什麼要叫我來。你還是快說清楚吧。」

「我幾乎不知該從何說起了。艾伯納，已經過了好多年。」

「對你我而言都是。」馬許粗聲道，接著又放輕語氣，「我曾四處找你，喬許亞。我試著找你和那艘船，花費的時間長到我都不想去算了，但那些大小河流多得要命，我也沒有足夠的時間和錢。」

「艾伯納，」約克說，「就算擁有全世界的時間跟錢，你也不可能在河上找到我們。過去十三年，烈夢號一直都在陸地上。她被藏在朱利安的農場裡，離河灣大概有五百碼遠，藏得非常隱蔽。」

「媽的，怎麼會……」

「是我的主意。我先從頭講起好了，比較完整。」他嘆了一口氣。「就從十三年前，我獨自離開的那天晚上開始吧。」

「我記得。」

「我努力趕路，往上游走，」喬許亞開始回憶，「急著想回去，深怕飢渴會找上來。長途跋涉很辛苦，不過我第二天晚上就找到了烈夢號。那時的她只移動了一點點，離岸邊相當遠了。那晚很冷，起大霧，當我接近她時，發現她完全是一片死寂，也沒有一點燈光。沒有煙，沒有蒸汽，而且連一點火光都看不到，無聲得讓我幾乎在霧裡也找不到她。我實在不想回去，卻又非回去不可，所以我下水游了過去。」說到這裡，他略顯猶豫，「艾伯納，你知道我以前過的是什麼生活，但也沒法讓我做好心理準備去面對船上當時的景況；不能，實在不能。」

馬許的臉拉長了。「講下去。」

「我說過我覺得戴蒙・朱利安瘋了。」

「我有印象。」

「瘋狂、漫不經心，而且夢想著死亡。」喬許亞道，「他完全證明了。噢，眞的。他證明了這一點。我爬進甲板時，船上毫無動靜，也沒有任何聲音，只聽得到河水的流動。我一路晃進去，連一個人也沒遇見。」他定定看著馬許，眼神卻變得飄忽，那雙眼睛彷彿在看著別的東西——遙遠而曾經。約克停住了。

「說吧，喬許亞。」馬許道。

約克的嘴一抿。「那是屠宰場啊，艾伯納。」他擠出這麼一句，又停頓片刻，任這個簡單的字彙懸在空氣中。「到處是屍體。到處都是，而且都非全屍。我走過整個主甲板，看到那些……在貨物和引擎後面，那是……手臂、腿、身體其他部位，都扯爛了，都是屍塊。那些奴隸，比利買來的爐工們，大多還銬著枷鎖，就這麼死在那兒，喉嚨都被咬開。技師被倒吊在汽缸上，被切成……他的血一定流滿在那上面……好像鮮血可以當機油去加。」喬許亞鐵青著臉，甩了甩頭。「死了多少人，艾伯納，你想像不到，還有那些死狀，怪誕的肢解。霧氣飄進船裡，所以我也沒法全部看清，我只敢一步一步摸索著往船艙裡走，因爲那些景象會突然出現在眼前。除了霧氣飄移，我只看得見模糊的影子，好怕那會是另一個恐怖的場面。我想要睜大眼睛看仔細，免得又被嚇到，也不敢大步走，不敢衝進霧裡，不敢一下子看那麼多更惡劣的行徑。

噁心和憤怒的感覺在我體內燒了起來，我從主階梯走到下層甲板，看見交誼廳……有過之而無不及。屍體，屍塊，鮮血流得滿地，連地毯都還濕的。大廳裡滿是掙扎搏鬥的痕跡。幾十面鏡子碎了，三、四間客艙的門被撞爛，桌椅都翻倒，一張沒倒的桌檯上有顆用銀盤盛著的人頭。穿過交誼廳眞是我此生所見最可怕的一幕，那駭人的三百呎啊。黑暗中，霧氣中，沒有一點動靜，沒有任何生命。我只覺得茫然，走來走去，不知該怎麼辦，走到飲水機那裡時停了下來，就是你訂做的那台銀製飲水機，放在客艙走廊前頭的。我的喉嚨很乾，就拿了一個銀杯，然後轉開龍頭，結果那水……出來得很慢。艾伯納，水出得非常慢。儘管交誼廳裡那麼暗，我還是看得出水是黑的，黏稠的，將近……凝結。

我茫然站在那兒，拿著杯子，聞著濃濃的……那股味道，我實在不想去形容那味道，太噁心了，它……我想你一定能想像。就在那片霧裡，我看著水滴那樣拉長成細絲，覺得喉嚨好緊，好像有人掐著我。我的憎惡，我的殘暴，我……感覺它們自心底興起。我把杯子摔過走廊，忍不住尖叫起來。

然後，突然出現好多聲音，竊竊私語、捶門聲、求饒、啜泣和威嚇。都是人的聲音，艾伯納，活人的聲音。我這才去看身旁，結果更讓我受不了，更憤怒，因爲至少十幾間客艙的房門是被釘死的，而裡面的乘客都成了囚犯。我當下知道了──朱利安把那裡當成了生肉儲藏室。我開始發抖，到離我最近的那扇門去，想把釘在門上的木板拉掉，木板破裂的聲音好刺耳，好像痛苦的哭叫。就在我繼續拆木板時，他說了：『親愛的喬許亞，你得住手。你迷失了，快回到我們這兒來吧。』

我轉過身去，就看見他們。朱利安在對我笑，酸比利在他旁邊，還有其他人……每一個都在，就連我自己的朋友也在；賽門、史密斯跟布朗，被我留在船上的他們……都看著我。我對著他們尖叫，一聲又一聲，瘋狂地吶喊著。他們都是我的同胞，幹出這種行爲的卻也是他們。艾伯納，我滿心都是這樣的厭惡感……

後來，幾天之後，我才知道整個事情的始末，才明白朱利安瘋狂到了什麼地步。也許是我的錯，我難免有這種感覺。我救了你、托比和弗蘭姆先生，卻把船上一百多個無辜的乘客給害死了。」

艾伯納．馬許悶哼一聲。「別這麼想，」他說，「不管發生了什麼事，下手的人是朱利安，出主意指使的人也是他。你根本就不在現場，所以別把責任攬到自己頭上，聽見沒？」

喬許亞的眼神流露出困惑。「我也好幾次這樣告訴自己。」他道，「我先把事情說完好了。那天晚上，朱利安醒來，發現我們走了，當場暴跳如雷──哎，這些字眼都不足以形容他的狂怒。說不定是他自己的腥紅飢渴都甦醒了吧，那沉睡了幾個世紀的飢渴。不只如此，我想，他一定以爲毀滅之日迫近了。你想想看，他的舵手全都不見了，整艘船動彈不得，而他一定知道你打算回到船上，趁著白天進攻，只是想不到我會回去吧。毫無疑問，我的倒戈與維樂麗的離棄最令他恐懼，這讓他料想不到下一步會發生什麼事。於是他失去了理智。他一直都是血之領主，我們的行爲卻違背了他，這在夜之子民的歷史中是從未發生過的。我想，在那幾個駭人血腥的夜晚，戴蒙．朱利安看見的是他既渴望又畏懼的死亡。

不過，我後來知道，酸比利曾經催他們快點下船，逃到岸上，先分散去旅行，之後再到納契茲或紐奧良或其他地方會合。這其實是個理性的想法，偏偏朱利安早就失去理性。那天晚上，他才踏進主艙區，就遇到一個乘客向他抱怨行程耽擱得太久，輪船已經整天都沒動了。朱利安就說：『啊，那我們得馬上讓她動起來才行。』於是他叫人設法把船弄得離岸更遠，好讓所有人都下不了船，然後回到主艙區——當時乘客們都在吃晚餐，他先去找那個向他抱怨的男人，就在眾目睽睽之下殺了他。

大屠殺就此揭開序幕。當然，人們都尖叫著逃跑，找地方躲，或逃回房間鎖上門，他們卻不可能逃出這艘船。朱利安又用他的力量，他的聲音和眼神，逼其他的族人去殺戮。我知道烈夢號當晚大約有一百三十名乘客在船上，而我們族人大約有二十個，有些是被飢渴所驅使，有些是被朱利安要求的；然而，飢渴就像熱病，在當時的情境下，它的感染力和爆發力會變得格外驚人。於是一個接一個，我的同胞們都身不由己了。酸比利也把從納契茲山腳僱來的那幫船員叫去幫忙，騙他們說這趟航行原本就是個殺人越貨的計畫，幫忙的人都能分一杯羹。等我的族人把胃口轉向他們，他們只剩下死路一條。

艾伯納，就在我跟你談話的那天晚上，這件事就發生了。慘叫、屠殺，朱利安那狂暴的死亡震顫。當然，乘客們並不是沒有反擊。我聽說我的族人每個都掛彩，不過你也知道，他們復元得快。文森·提勃被槍彈射穿眼睛，當場死亡；凱瑟琳被兩個爐工合力推進燃爐裡燒死，科特和亞連來不及去救。就這樣，我的兩個族人走到了生命的盡頭，你的族人卻有一百多個跟著上路了。活下來的人都被關在他們的艙房裡養著。

當一切結束，朱利安只在原地等。我認爲，他在等著被你們發現，等著被逮到。但其他人都怕極了，只想逃走。朱利安當然不會准許。他們說他還提到你，艾伯納。」

「我？」馬許如遭雷擊。

「他說他對你承諾過，說這條河永遠不會忘記你的烈夢號，又大笑著說他已經做到了。」

艾伯納·馬許的火氣上衝，卻只化成一個忿忿的哼聲。「去他的王八蛋！」他罵道，口氣出奇地平靜。

「慘劇的經過就是那樣。」喬許亞·約克說，「不過，在我回到船上的當晚，我是一點也不知情，只知道我看見的、聞到的，以及當下在腦中猜測和想像的。艾伯納，我氣到失去了理智，陷入了狂暴。就像我說的，我本來在拆那些板子，看見朱利安出現，我就對他尖叫，毫無理性地尖叫。我要復仇。我要殺他，我從沒有這樣迫切想殺人過；我要撕裂他蒼白的喉嚨，還要品嚐他可憎的鮮血！我的憤怒……啊，什麼言語都太難形容了！

朱利安什麼也沒做，只是等我叫完，平靜地對我說：『門上還有兩塊板子，喬許亞，把它拆掉，讓他出來吧，你一定很渴了。』我沒有搭腔，只看到酸比利偷笑，然後朱利安又催我繼續拆，還說：『今晚，你就會眞正加入我們，以後你可不要再逃跑了。繼續啊，親愛的喬許亞。放他出來，殺死他。』他的眼神攫住了我，我感覺到那股逼迫、牽引，把我拉進去，想要掌握我，叫我順從他。但我知道，一旦我再嚐到鮮血，我就會永遠屬於他，無論是我的身體還是靈魂；他打敗我不下十次，逼我向他下跪，迫使我讓他喝我自己的血，但他從來都不能叫我殺人──那是我的最後防線，是我對我的人格、我的信念和理想的所有主張，而他當時的眼神正在瓦解那一切。要是那道防線崩潰了，我的夜晚將只剩下死亡、鮮血和恐怖，無盡的空虛很快就會成爲我生命的全部。」

喬許亞在這時停了下來，望向別處，眼中有一片隱晦的陰霾。艾伯納．馬許震驚地發現，喬許亞的手竟在發抖。「喬許亞，」於是他喚道，「不論發生了什麼事，都是十三年前了。都過去了，就像你在英國或其他地方殺過的那些人一樣。而且你也別無選擇，一點都沒有啊。當一個人沒有選擇時，他的行爲就不能用善惡去評論了，這不是你告訴我的嗎？就算你眞的殺了那個人，你畢竟跟朱利安不一樣。」

約克直視馬許，淺淺笑了，卻笑得有些詭異。「艾伯納，我沒有殺那個人。」

「沒殺？那爲啥……」

「我反擊了。」喬許亞道，「當時我情緒狂暴，艾伯納。我看著他的雙眼，堅決違抗他。我向他挑戰，這次我贏了。我們站在那兒足足有十分鐘，最後是朱利安先掉頭了，他吼叫著逃回他的艙房，酸比利跟在後面跑。其他族人們都站在那兒，吃驚地看著我。雷蒙・奧提嘉走出來向我挑戰，還不到一分鐘，他就向我下跪，低著頭喊我『血之領主』。之後，一個又一個，其他人也陸續跪下：艾盟和卡拉、辛西亞、約葛和米謝・樂古，就連科特也順服了。全部，沒有一個例外。賽門的臉上滿是勝利和得意，其他人也是。朱利安對他們幾個的管束特別嚴厲，現在他們總算得到了解脫。儘管戴蒙・朱利安有那樣的力量，有那樣的年紀，但我征服了他。我再度成為族人的領袖，但也在那一刻，我同時發現自己面臨一個抉擇：除非我採取行動，而且得儘快，否則烈夢號將會被人發現，到時我們全都會死，包括朱利安。」

「你做了什麼？」

「我找到酸比利。畢竟他做過大副。他那時坐在朱利安的艙房外，正不知如何是好。我叫他去打點主甲板，也叫其他人聽從他的指示，於是他們都去幹活兒了，權充爐工、鐵工和技師。比利雖然嚇得半死，但仍能下達指令，所以大夥兒把蒸汽升起來了，然後我們用木柴、豬油和屍體去餵燃爐。哎，我知道這聽起來很驚悚，但我們得擺脫那些屍體，我也不敢冒險停下來加木柴。我上樓到操舵室去掌舵，幸好那兒沒有死人。烈夢號開始跑，不點任何一盞燈地往前跑，免得眞有人眼尖到可以在那場大霧中看到我們。有時得完全依賴探路，慢慢爬過去，但其他時候——霧散了之後——我們一路滑向下游，速度快得保證讓你驕傲，艾伯納！我們在夜裡跟幾艘汽船交會，我都事先鳴響汽笛，那些船也都回應我，所以沒有一艘靠近到看得出我方的船名。那晚的河上很空，大多數輪船都因為霧太濃而停靠港了。我一路橫衝直撞，否則就得冒著被人發現和同胞死亡的可能。當黎明來臨時，我們仍在河上，但我不准他們休息。比利把油布張起來圍在主甲板旁，可以遮擋一些陽光，我則繼續留在操舵室裡。接近破曉時，我們過了紐奧良，繼續往下游開，然後轉進河灣區。那一帶的水路既窄又淺，是那一趟最困難的部分，每一吋都得探路，幸好最後還是平安抵達朱利安的舊農場。直到那時，我才進到房裡去躲太陽。只不過，我又把自己搞到嚴重燙傷了。這好像成了我的壞習慣呢。」他笑得淒楚，「第二天晚上，我到朱利安的土地去勘察。我們把船繫在一個快爛掉的舊碼頭上，但是她太顯眼了。你只要到了柏木渡，一定很快就會發現她。我極不願意毀掉她，因為我們或許還用得到她的機動性，但我知道得先把她藏好才行。

我找到了答案。那個農場早已失耕，荒地都長滿了槐藍。五十多年前，農場的前任主人本來種的是更值錢的甘蔗，但自從落到朱利安手裡，他當然什麼也沒種。就在主屋的南邊極遠處，我發現一條從河灣引出來的槽狀水路，槐藍在裡面長得密密麻麻，長年無人清理，積滿了死水，非常之臭。那條水路的寬度容得下烈夢號，只是深度明顯不夠。

所以，我計畫把它挖深。我們把船上的東西都搬下來，合力清除那些植物、砍樹、疏通死水。整整一個月的勞動啊，艾伯納，幾乎是每一個晚上呢。下一步，我把船開進河灣，費了好大一番工夫讓她轉進那條水路，硬是把她擠過去了。等我停船時，船底正好擱淺，但她大部分的船體已經看不出來，而且四面都被花葉給遮住了。之後的幾個星期，我們又把那條水道與河灣的交口處堰塞起來，把之前費力疏清的泥沙拿去填，再努力把水道排乾。大概不到一個月吧，烈夢號就停在一塊泥地上，小橡樹和柏樹遮掩著她，沒有人猜出那兒曾經有水。」

艾伯納·馬許不悅地皺起眉頭。「那可不是一艘蒸汽船該有的結局。」他苦澀地說，「尤其不該是她的。她值得更好的。」

「我知道，」喬許亞說，「但是我得顧慮族人們的安全啊。我做了選擇，艾伯納，當這些事都完成時，我很滿意，有種勝利感。我們把大部分的屍體埋了或燒了，而自從我反抗並征服朱利安之後，他也很少再出現，只是關在自己的房裡，吃飯時才出來，酸比利是唯一還有跟他講話的人，但比利對我既害怕又恭順。其他人也都跟隨我，和我一起喝藥酒。我命令比利把我的私釀從朱利安的寢室裡全部搬出來，放在主交誼廳的吧檯後面，所以我們每晚吃飯時都會喝。在那時，眼前唯一的大問題只剩下那些囚犯，也就是被關在客艙裡的那些乘客們。從那場大屠殺之後，經過航行到在柏木渡落腳，我們已經把他們關了好幾個月，不過他們都還健在，毫髮無傷。我親眼看過，知道他們都有吃飯，起居待遇也還可以，只是精神上──我試過和他們理性溝通，卻一點用也沒有，只要我一踏進他們的艙房，他們就會歇斯底里，充滿恐懼。我並不想關他們一輩子，可是他們目睹了一切，而我想不出要如何讓他們安全離開。

不久，有人替我解決了這個問題。某個黑夜裡，戴蒙·朱利安離開他的寢室。他仍在船上生活，和少數幾個原本跟他最親近的人一樣，而當晚的我在岸上，跟十幾個族人一起在主屋裡忙著幹農場的活兒──朱利安認為那有失顏面，是一種墮落。等我回到船上時，我發現囚犯中的兩人被帶出艙房殺掉了。雷蒙、科特和愛德昂娜坐在交誼廳裡，就著屍首大塊朵頤，朱利安主導了一切。」

艾伯納·馬許哼了一聲：「媽的，喬許亞，你早該趁有機會時就殺了他的。」

「是啊。」喬許亞．約克這一聲同意，令馬許十分驚奇。「我以爲我能控制他，原來竟是個可悲的錯誤。當然，他重出江湖那天晚上，我試著扳正那個錯誤。我對他感到憤怒又厭惡。我們互相譏諷，最後我終於決定，我不能再讓他這樣下去，這將是他此生最後一次的犯行。我命令他面對我，打算讓他向我下跪並向我獻血，而且要一次又一次地，直到他完全歸屬於我，到他精力枯竭得再也無法傷害任何人爲止。他眞的起身面對我了，然後……」說到這裡，約克乾乾地笑了幾聲，笑得痛苦而絕望。

「他打敗了你？」馬許說。

喬許亞點頭：「輕而易舉。就像之前一樣。我把所有的力量、意志力和憤怒都集中在那一刻，卻還是無法與他抗衡。就連朱利安都沒想到吧，我想。」說著，他又搖搖頭，「喬許亞．約克，吸血鬼之王。我又辜負了他們。我的統治只維持了短短的兩個月。在過去這十三年裡，朱利安一直是我們的領主。」

「那些乘客囚犯呢？」馬許問道，心中雖已料得一二。

「死了。在之後的幾個月裡，一個一個抓出來吃。」

馬許臉色一沉。「十三年，那可是很長的時間啊，喬許亞。你爲什麼不逃？你一定有機會逃的。」

「機會可多了，」喬許亞承認，「我想朱利安也寧可我消失不見吧。他做血之領主做了幾千年，一直是這地球上最強壯又最可怕的掠食動物，我這後生晚輩居然讓他做了兩個月的奴隸。我們雙方都料想不到我會有這短暫而苦澀的勝利，而我們也不可能忘得了這件事。後來的十幾年裡，我們仍有多次交手的機會，每一次我都看得出他眼中閃爍著疑惑，害怕自己又一次被我征服。但那再也沒發生了，而我留了下來。我能上哪兒去呢，艾伯納？我又能怎麼辦？我能待的地方就是和我的同胞在一起。這麼多年來，我一直期盼自己能把他們從他身邊帶走。就算被朱利安擊敗，我相信我的存在仍對他有制衡的效果。在過去這些年的領主權之爭中，每一次都是我主動向他挑起，從來都不是他。他也不再逼我殺戮。當我的藥酒存量不足時，我弄了一套設備來製造，朱利安也沒有干涉，甚至還允許某些族人隨我一起繼續喝藥酒：賽門、辛西亞、米謝，還有不少人，所以我們沒再犯飢渴。

至於朱利安，他一直把自己關在艙房裡。你甚至可以說他是在蟄伏。有時，他竟然什麼人也不見，只見酸比利，而這狀態會持續好幾個禮拜。十幾年就這麼過去，朱利安雖然仍在我們之上，他卻不再有任何夢想。當然，他還是嚐得到鮮血。每個月至少一次，酸比利會騎馬到紐奧良去找犧牲者：奴隸、舞女、妓女、醉鬼、流氓惡棍們——凡是他有辦法騙得過來的。內戰還沒開打時，還比較容易些，到了戰時就辛苦了。戰爭期間，朱利安很不安分，數度帶著族人進城去。後來，他把其他人送走。對我們而言，戰爭意味著獵物更容易取得，但局勢也會令我們的處境更加危險，而這場戰爭就從我們之中取走了代價：某天晚上，卡拉在紐奧良遭到一個聯邦士兵攻擊，她當然殺死了他，但士兵的同伴們……她是第一個死的。菲利普和亞連因爲一點嫌疑而被逮捕，拘禁在一個戶外的牢籠裡等待審問，太陽一出來，他們兩個都死了。又一晚，軍隊放火燒了農場主屋。那屋子反正早就半毀，但當時裡面並不是空的。艾蒙死在刺刀下，約葛和米謝被燒得很嚴重，不過兩人後來都復元了。在混亂中，我們逃散，等亂事結束，剩下的人都回到烈夢號上。此後，那兒成了我們的家。

這些年來，朱利安和我之間出現某種彆扭的停戰狀態。族人所剩不多，勉強有十二個吧，而我們分成了兩派。願意跟隨我的人享用我的藥水，而朱利安則享用這些人的鮮血，包括賽門、辛西亞和米謝。其他人跟著朱利安，有些是因為想法相同，有的則只因為他是血之領主。科特和雷蒙是他最得力的盟友，還有比利。」說到這裡，喬許亞的表情陰冷起來。「比利成了一個食人族，艾伯納。這十三年來，朱利安用這種方式讓他變成我們的一員——至少他嘴上這麼說。比利根本吃不下那些血肉，我看他嘔吐都不下幾十次了。起初他還把那些人肉煮熟來吃，現在他吃得可起勁了。朱利安把這件事當成笑話看。」

「你當年應該讓我殺了那傢伙才對。」

「也許吧。雖然若沒有比利，我們那天可能都會死在輪船上了。比利其實是個腦筋靈活的人，只是朱利安扭曲了他的人格，就像他把追隨他的族人們也給扭曲了。要不是比利，朱利安建立的那種生活方式是不可能撐下去的，是他進城去替朱利安一趟又一趟找獵物，也是他拿船上的銀器去賣、或是出售土地，朱利安的手上才能有一點錢可用。從另一個角度來想，我今天能和你重聚，也是因為比利。」

「我正想你差不多要說到正題了，」馬許說，「你跟朱利安在一起待了那麼久，既沒逃也沒做什麼，但現在你人在這兒，朱利安和酸比利又急著找你，加上你寫來這封該死的信。為什麼是現在？情況有什麼不同了嗎？」

喬許亞的雙手緊抓著椅臂：「我先前說的停戰狀態結束了。朱利安又醒來了。」

「怎麼會？」

「因爲比利，」喬許亞說，「比利是我們對外的聯繫。每當他進城找獵物，他通常會替我帶些報紙和書回來。比利也會聽到許多消息，包括紐奧良或這條河上的熱門話題。」

「所以呢？」艾伯納．馬許問。

「最近這陣子，他最常聊起的話題只有一個，報上也總是滿版的相關消息——艾伯納，你一定很熟悉。是輪船，兩艘特別的蒸汽輪船。」

艾伯納．馬許皺起了眉頭。「納契茲號和瘋子老李。」他說著，想不出喬許亞提這做啥。

「說清楚點，」約克道，「從我在報上看來的消息，加上比利打聽來的，兩船競賽好像是無可避免了。」

「媽的，沒錯。」馬許說道，「而且就快了。老皮已經在整條河到處誇口挑釁，而且就我所知，他正開始搶羅伯李號的生意，不擇手段亂搶。坎儂船長不可能忍太久的。他們是該好好較勁一場。」他捻著鬍子，「只是我看不出這件事跟朱利安和比利有什麼屁關係，跟你們這些夜行佬也無關吧。」

喬許亞．約克笑得猙獰。「比利太多嘴了。朱利安產生興趣，而且艾伯納，他也還記得對你的承諾。我曾經阻止過他，可是去他的，他還想再來一次。」

「再來一次？」

「他要創造我那晚在烈夢號看到的大屠殺。」喬許亞說，「艾伯納，納契茲號與羅伯李號之間的競爭吸引了全國的注意力，就連歐洲都有大額的賭局。如果他們從紐奧良出發，以聖路易為終點，大約需要三、四天。艾伯納，那就是三或四個晚上了。」

突然間，艾伯納．馬許知道喬許亞的意思了，一股前所未有的寒意竄上心頭。「烈夢號。」他說。

「他們準備把她弄回河上去，」約克說，「把我們壙塞的水路都清空了。酸比利在籌錢，月底就會回來僱船員，等時機來臨就帶她上路。朱利安覺得這整件事很有意思，打算讓她先開到紐奧良去等那場比賽。他要讓納契茲號和羅伯李號先跑，然後把烈夢號開到上游去追他們，等到天黑，把船開近領先的那一艘，貼著她，然後……呃，你知道他的意圖。到時，無論哪一艘船上都不會有太多人，船員不多，也不會載乘客，朱利安大可慢慢動手。他會逼我們都去幫他，我就得開船了。」他苦笑幾聲，「應該說『本來』才是。發現他有這樣瘋狂的想法後，我向他挑戰，結果又輸給他了。第二天黎明時，我偷了比利的馬逃出來，以為這麼做就可以讓他打消念頭。沒有舵手，這計畫就不可能實行。誰知道我太傻，把事情想得太單純了。比利大可新僱一個舵手來跑她。」

艾伯納．馬許覺得胃中翻攪。一部分的他為了朱利安那惡劣的計畫而作嘔，也因為他如此糟蹋烈夢號而感到憤怒；但另一部分，他卻為這個大膽的念頭而著迷，想到他的烈夢號會跟著那兩艘船一起出現，保證把坎儂、老皮和這整個世界嚇得心臟都跳出來。「什麼舵手，去他的。」馬許道，「那兩艘船現在是這條河上最快的玩意兒啊，喬許亞。要是他讓那兩艘船先跑，他才不可能追上去，還談什麼殺人呢。」說歸說，馬許知道自己有點口是心非。

「朱利安認爲這樣才有意思，」喬許亞・約克應道。「要是那兩艘船可以一直領先，那麼船上的人就能活命，否則……」他搖搖頭，「艾伯納，他總是說他對你的船有極高的信心。他打算讓她出名。等這事情結束，他會毀掉那兩艘船，還說我們全都要逃到陸地去，往東部走，也許到費城或紐約。他說他厭倦這條河了。我想他只是隨便說說。朱利安根本是厭倦了人生。要是他的計畫付諸實行，那也等於是我們這一族的滅絕了。」

艾伯納・馬許氣得站起來，拿劍杖在地板上直戳。「叫他媽去死啦！」他咆哮道，「她會逮到他們的，我知道她一定會！我敢發誓，要不是一直沒機會，否則她早就跑贏日蝕號了。現在要她跑贏納契茲號跟壞痞子，一點問題也沒有。去他的，那兩艘船連日蝕號的邊都沾不上呢。天殺的，喬許亞，他不可以這樣對待我的船，我絕不會讓他這麼做！」

喬許亞・約克做了一個狡猾而危險的笑容，眼中同時流露出決心與陰怒，正和艾伯納・馬許當年在墾拓客棧所見到的一樣，也像他爲了賽船而硬將他吵醒的那個白天。「不，」約克說，「不會的。所以我才寫信給你，艾伯納，而且祈禱你還活著。我花了很長的時間思考這些事，做了決定。我們要殺死他，只有這個辦法。」

「媽的。」馬許，「你未免思考得太久了吧。我該提醒你，已經十三年過去囉。算啦，我跟了。只不過——」他用他的劍杖指了指約克的胸口，「——這件事不能傷到那艘船，你聽見沒？整件事只有朱利安搞大屠殺的混帳計畫是錯的，其他的部分我倒還滿喜歡。」他忍不住想笑，「坎儂和老皮一定會嚇到不敢相信。眞他媽的大驚喜啊。」

喬許亞起身微笑：「艾伯納，我向你保證，我們會盡全力讓烈夢號保持原貌。記得提醒你的人。」

馬許皺起了眉頭。「什麼人？」

喬許亞的笑容消逝了。「你的船員啊。」他說，「我以為你是搭你自己的船下來找我的，船上有你的人馬。」

馬許突然記起，喬許亞是把信寄到聖路易的熱河郵輪公司去。「去你的，」他說，「喬許亞，我名下已經沒有船，也沒僱人了。對，我是搭輪船下來的，是客艙船位。」

「卡爾．弗蘭姆，」喬許亞說，「托比，還有其他人，那些跟你一起在艾麗瑞諾號上的人……」

「死的死，走的走，一個也不剩啦。我都差不多快死了。」

「我本來打算在天亮時發動攻擊，艾伯納。這下子計畫要改了。」喬許亞面露愁容地說。

艾伯納．馬許臉色一沉，怒氣像雷雲般蓄勢待發。「改個屁！」他大罵，「依我看，根本不用改！也許你以為我們要帶一支軍隊衝進去，但我在這方面比你他媽的可懂得多了。我已是個糟老頭了，喬許亞，搞不好也沒剩多少日子好活，那殺千刀的戴蒙．朱利安才嚇不倒我。他霸佔我的船也太久了，我也不爽他打算這樣對待她，現在我就要把她搶回來，否則我一樣坐著等死。你寫信說你做好了選擇，媽的，現在又是怎樣？你到底要不要和我一起行動？」

喬許亞．約克靜靜聽著馬許罵完，蒼白的臉上才緩緩出現一抹勉為其難的笑意。「好吧，」他最後說，「那我們就自己去。」

# 第三十二章

朱利安農場，路易西安那，一八七〇年五月

他們在午夜離開紐奧良，駕著喬許亞・約克買來的馬車，急行在漆黑的老泥路上。一身黑褐勁裝，連帽的披肩在身後飄揚，喬許亞拉著韁繩催馬快跑的威風猶如當年。艾伯納・馬許齜牙咧嘴地坐在他旁邊，聽著馬車喀啦亂響，忍受車輪壓過石塊和坑洞時的顛簸晃盪，不忘抓緊腿上的雙管獵槍。他的大衣口袋裡塞滿了子彈。

一出城，喬許亞就駛離大路，接著繼續往更小的路走，不一會兒就置身於完全的黑暗與寂靜中。馬路越來越窄，越來越崎嶇，也開始出現一叢叢、一片片的雜木林。茂密的枝葉或在半空糾結，形成一段又一段的黑色隧道，每當月光被遮蔽，馬許就覺得自己幾近全盲，喬許亞駕車的速度卻一點兒也沒減緩。他有一雙專屬於夜晚的眼睛。

不久，河灣出現在他們的左手邊，馬路沿著河灣一路往前。月亮閃耀著蒼茫的光，靜靜映在漆黑而沉靜的河水上。螢火蟲飄浮著，還有牛蛙低沉的鳴叫，逆流處蕩漾著一股沉重而濃郁的泥味，那兒的睡蓮長得茂密，岸旁都是雪白的水木和垂枝若鬚的老樹林。艾伯納・馬許心想，這說不定是他此生的最後一晚，所以他深呼吸，想吸進各種氣味，無論是甜美的還是酸腐的。

喬許亞・約克坐得直挺，繼續在黑夜裡駕車奔馳，神情嚴肅，大概也沉浸在他自己的思緒裡。

接近黎明時——東方天空剛出現一抹光暈，有些星光正微微消褪——他們繞過一株已然枯死的西班牙老橡樹，枝頭掛著鐵蘭，直指向一片雜草叢生的荒野。馬許看見遠方有排小木屋，黑得像爛掉的牙齒，附近有棟較大的廢屋，已經燒得焦黑，也沒有屋頂，空蕩蕩的窗子像在瞪著他們。喬許亞·約克在這時停下馬車，說道：「我們要把車留在這裡，徒步走過去。不遠了。」他抬頭望向地平線，見天光正一點一點侵蝕著夜空。「等到天色全亮，我們就進攻。」

艾伯納·馬許悶哼一聲，爬下馬車，手裡仍緊抓著獵槍。「今天會是好天氣，」他對喬許亞道，「也許又是個俗艷的日子。」

約克微微一笑，拉低了帽沿。「往這兒走，」他說道，「別忘記。我會先衝進正門去絆住朱利安，等他的注意力都放在我身上，你就走進去對著他的臉開槍。」

「媽的，」馬許道，「我才不會忘記。我這幾年作夢時都在對著那張臉開槍。」

喬許亞走得很快，步伐也大，艾伯納·馬許走在他身旁，行動雖然笨重，卻也勉強追得上。他把劍杖留在紐奧良了。但在這天清晨，不同於以往，他覺得自己重返青春。空氣聞起來甜美沁涼，充滿芳香，而他即將要回他的淑女；他那可愛的輪船——他的烈夢號。

走過農場主屋，走過奴隸的平房，穿過另一片田野，見到滿地或粉或紫的槐藍盛開。他們繞過一棵長得很高的柳樹，樹梢拂過馬許的臉，就像女子的纖素柔荑。接著是一片密林，大多是柏木，也有些棕櫚，周圍環生著蘆葦、水木和鳶尾花，色彩繽紛。腳下的土地是濕的，而且越往前走就越濕軟。艾伯納·馬許覺得那些水氣都滲進他這雙老靴子的皮底裡了。

喬許亞低頭避開一叢掛在低矮樹枝上的西班牙鐵蘭，馬許跟在他身後照做，然後就見到了她。

艾伯納．馬許把那管獵槍抓得死緊，只說了一聲：「媽的。」

河水已經上漲，但水深還不夠，烈夢號浮不起來，所以只能癱在泥沙堆裡。她的船頭朝天，向左傾斜了約十度，蹼輪高高揚起，幾乎都是乾的。她曾經閃耀著藍、白與銀色的光輝，如今大半成了灰色，長久受日曬與濕氣摧殘，又疏於上漆，老舊腐爛的木器也都發白了。現在看起來，就像是喬許亞和那幫天殺的吸血鬼把她的生命也吸乾了。在她的輪室上，馬許還看得見酸比利當年替她烙下的印記；首字母的顏色褪得像舊日回憶，其他的字母則完全消失，新刷的油漆也都斑駁剝落，得以現出她原本的名字。甲板的扶欄和雕花廊柱泛白得最嚴重，也是她全身最灰白的部位；除此之外，木器上到處長著青苔，就像一塊塊的補丁。馬許越看越覺得全身發抖。他想著，都是濕氣、高溫和鏽蝕，還有更可怕的。他憤怒地揉了揉眼睛。由於船身傾斜，她的煙囪看起來歪歪的。鐵蘭進駐了半面操舵室，也壓彎了她的旗桿。左舷階梯上的繩索已經斷了很久，梯板都堆在艄樓那兒；她那豪華的大階梯，那些用打磨光亮的木頭做成的美妙弧形，都被苔蘚蛀蝕得變細了。望見甲板間的裂縫到處都有野花探出頭來，馬許終於忍不住。「天殺的，」他說，「眞他媽天殺的。喬許亞，你怎能讓她變成這副德性？你怎麼可以……」但他的嗓子一啞，聲音發不出來，發現自己無話可說。

喬許亞．約克把手輕輕放在他的肩上，說道：「對不起，艾伯納。我眞的努力過。」

「哦，我知道。」馬許忿忿道，「是他幹的好事，害她爛成這個樣子。噢，我知道是誰，百分之百是那傢伙，他碰過的地方全都會爛掉壞掉。但我不知道你爲什麼要騙我，約克先生，什麼納契茲號和羅伯李號要賽船的鬼話。去你的，她不可能再跑贏任何人，她根本不可能再動了。」他知道自己的臉色漲紅，嗓門也粗了起來。「眞他媽的全都該下地獄，害她坐在那兒發霉。媽的，而你明知道！」他戛然住口，免得把那些天殺的吸血鬼都給吵醒了。

「我是知情，」喬許亞．約克承認，眼神中帶著懊悔。晨光在他身後閃耀，令他顯得蒼白又虛弱。「但是我需要你，艾伯納。我說的並不全是謊話。朱利安的確在進行我說的那個計畫，只是比利把烈夢號的狀況告訴他，他就立刻放棄了。其他的都是眞的。」

「我怎敢相信你？」馬許斷然地說，「我們共患難這麼久，你居然還要騙我。你他媽下地獄去啦，喬許亞．約克，你是我他媽的合夥人，你卻騙我！」

「艾伯納，拜託你聽我解釋。」他舉起一隻手擋在眉前，不時眨眼。

「說啊，」馬許道，「你就說吧。我在聽，可惡。」

「我需要你。我知道我沒法獨自扳倒朱利安，而其他人……就算是和我同一陣線的，他們也不能爲我撐腰，挺身面對他的眼神……他可以叫他們去做任何事。艾伯納，你是我唯一的希望。你和你手下的人，我原以爲你會帶他們來。這眞是個痛苦的諷刺。幾千年來，我們這些夜晚的子民曾經以你們爲食物，如今卻得仰賴你們才能救我們的族人。朱利安會毀了我們。艾伯納，你的夢想也許已經腐壞，但我的還有一線生機！我曾經救過你，而且沒有我，你也不可能打造她。幫我一次吧！」

「你至少應該先問過我。」馬許道，「你大可以對我說實話的。」

「我不知道你是否願意來救我的族人。我只知道你願意爲了她來。」

「去你的，我就會爲了你來啊。我們是夥伴，不是嗎？你說啊，是不是？」

喬許亞·約克靜靜端詳他，面容肅穆無比：「是。」

馬許怒目朝那座發灰腐朽的殘骸又瞪了一眼，看見一隻天殺的鳥竟在一根桅桿上築了巢——那曾是他引以爲豪的淑女。鳥兒們此刻都在樹梢間跳來跳去，吵鬧不休，弄得馬許好心煩。晨曦的金黃隱約灑在輪船身上，斜進樹林間，在塵埃中悠游。最後的一絲夜影已經被黎明偷走，在朝霞中溶開了。

「爲什麼是現在？」馬許問約克，又皺起眉頭：「若不是爲了賽船的陰謀，那又是爲了什麼？這十三年都過了，今天有什麼不同？」

「辛西亞懷了孩子，」喬許亞道，「我的孩子。」

艾伯納·馬許記起約克在多年前對他講過的往事。「你們倆一起殺了誰嗎？」

「不是的。在我們的歷史裡，這是頭一次女人懷孕不牽涉到腥紅飢渴的。辛西亞喝我的藥水已經好幾年，她變得……可以接受性愛……縱使沒有鮮血或狂熱也可以。我回應了她。那種能量很驚人，艾伯納，就像飢渴一樣強烈，但卻是不同的感覺，更清爽。是對生命的飢渴，而不是對死亡。等時候到了，她就得死，除非你的族人能幫她。朱利安不會答應的。我的顧慮就在這孩子。我不要他被朱利安抹殺，我希望他的出世能成爲我們這一族的新起點。我不能不採取行動。」

一個天殺的吸血鬼嬰兒，艾伯納·馬許心想。他要冒死去面對戴蒙·朱利安，就爲了一個將來長大可能會變成另一個朱利安的小孩？好吧，也許不會，也許那孩子會變成像喬許亞這樣。「你要是眞想做點什麼，」馬許道，「幹嘛不去那裡，卻要站在這裡嚼舌根？」他用獵槍指了指那艘巨型的船骸。

喬許亞．約克微笑起來。「我很抱歉，說謊騙了你，」他道，「艾伯納，你對我的恩義比任何人都重，我由衷感激你。」

「甭提啦。」馬許咕噥道，被喬許亞的感謝弄得難為情。他邁步走出樹影，往那頹倒在紫色花海中的舊日愛船前進。他走到水邊時，軟泥裹住他的靴子，拔起時發出黏膩濕滑的聲響，於是他乾脆停下來再次檢查獵槍是否上膛。就在這時，他在船身的陰影下發現一塊老舊的條板，那木板已近風化，架在一灘死水中，靠在那一面船殼旁，就通往輪船的主甲板。喬許亞．約克跟著馬許走上去，動作敏捷而安靜。

主階梯就在他們面前，往上就是下甲板的交誼廳。那兒幽暗，有重重布簾遮蔽，而他們的敵人就在那裡睡覺。馬許沒有立刻移動，悶了一會兒，才說：「我想看看我的船。」然後他繞過階梯，走進機艙。

有幾組鍋爐的接縫處爆開了，鐵鏽蝕透了蒸汽管，巨型引擎也是鏽跡斑斑。馬許連踏步都不敢大意，深怕踩破了地板。他走向燃爐，見裡面都是陳年舊灰，還有一個怪東西，看起來深褐黃黑。他把手探進去，伸出來時帶著一根人骨。「燃爐裡放骨頭啊。」他道，「她的甲板都爛光了。該死的奴隸腳鐐就丟在地上，生鏽成這樣。該死，該死。」然後他轉過身：「我看夠了。」

「我跟你說過。」喬許亞．約克說。

「我就是想看嘛。」他們走出艙外，在陽光中走上階梯。馬許朝陰影中的主甲板回頭一瞥，那些發著黃斑的暗處全都曾是他的夢想。「十八口大鍋爐，」他嘶啞著說，「懷堤好愛那些引擎的。」

「走吧，艾伯納，我們得完成此行的目的。」

他們走上主階梯，小心翼翼地攀爬。樓梯的板子濕濕滑滑的，有一股惡臭。馬許在扶手壓得太用力，扶手竟然就碎了。步道都變得灰白粗糙，看起來也不怎麼安全。他們轉進主艙區，眼前三百呎的凋零、絕望和幻滅，又令他心痛得大皺眉頭。地毯又髒又破，被黴菌和苔蘚蛀得亂七八糟，綠色的髒污到處蔓延，像在啃食這艘輪船的靈魂。有人重新漆過天頂，把那些上好的彩繪玻璃都用黑色的油漆遮掉了，使得這裡闃黑一片，長長的大理石吧檯也覆滿塵埃。交誼廳的大門殘破地吊在那兒。有座水晶燈整個掉在地上。他們繞過那一堆碎玻璃，看見鏡子有三分之一裂了或不見了；至於鍍銀的框，不是剝落就是發黑。

他們再走上頂層甲板，馬許總算見到陽光。他又檢查獵槍。最頂層就在上頭，那兒的艙房關著門，正等著他們。「他還在船長室裡？」馬許問時，喬許亞點點頭。他們走上那一小段階梯，往前邁進。

就在旗桿的影子下，酸比利・提普頓正在那兒等著。

要不是那對眼睛，艾伯納・馬許恐怕完全認不出他。酸比利整個人就像這艘船一樣腐朽。他本來就瘦，如今簡直比皮包骨還離譜，削瘦的骨骼外覆著病黃的皮肉，皮膚散發著老衰的黯淡。那張臉根本就是個骷髏，一具泛黃的骷髏。他的頭髮幾乎全掉光了，頭頂長滿了疥癬和紅腫疙瘩。他穿著黑色短衫，指甲幾乎有四吋長，唯一沒變的只有那雙眼睛：冰冷的藍色，卻隱約懷著狂熱，惡狠狠瞪著，想要嚇阻對方，想要模仿朱利安的吸血鬼之眼。比利早知道他們要來，他也一定聽見他們了。他們一轉上樓角就見到他，手中握著他的小刀，那是他最熟練的致命利器。他說：「哎呀——」

艾伯納．馬許抄起獵槍，對著他的胸口就扣下了扳機。馬許本來就不喜歡聽酸比利的這句口頭禪。這次他想都別想說。

槍口咆哮，後座力十足，猛然挫撞在馬許的手臂上。上百個小彈孔將酸比利的胸口鑿成一片血紅，將他打得往後飛去。早已腐朽的欄杆沒有擋下他，於是他直接摔出去，落在樓下的頂層甲板，只見他手中仍握著刀子，想要站起來，卻跌跌撞撞，像個醉鬼，馬許緊跟著也躍向下層，重新上膛，一見酸比利伸手去抓腰帶間的手槍，馬許立刻再送上一發，當場又把他轟出了頂層甲板。比利的槍從手中彈了出去，馬許聽見他尖叫著撞上什麼東西，探頭往艏樓看去——便見比利面朝下倒在下甲板，扭曲成不自然的角度，身體下方有一灘殷紅，手裡依舊握著那天殺的小刀，只是照這樣子看來，他拿著它也造成不了傷害了。艾伯納．馬許冷哼一聲，從衣袋裡取出幾顆子彈，然後轉身走回最頂層的甲板。

船長室的門已然敞開，戴蒙．朱利安就在門口與喬許亞相對，用他那蒼白惡毒的神情，配上黑而炯亮的眼神。喬許亞．約克一動也不動地站著，彷彿失了神。

馬許垂眼看著獵槍和手中的子彈。他告訴自己，假裝他不在那兒；你在大太陽底下，他沒法來抓你，別看他，只管裝填，裝填了好給他那張天殺的臉吃一發霰彈，快點趁喬許亞拖住他不動的時候。

馬許的手在發抖。他努力穩住，滑進一顆子彈。

然後戴蒙·朱利安笑了。就這一聲笑，馬許下意識地抬頭看去，第二顆子彈還在他的指間。朱利安的笑聲是那樣悅耳，聽來溫暖又風趣，讓人難以恐懼，也幾乎忘記他是何等的惡魔本性。

那時的喬許亞已經雙膝在地。

馬許暗罵一聲，一時情急就衝了過去。才跑了三步，便見朱利安倏地迴旋竄起，臉上帶著笑容撲了過來——或只是作勢要撲過來。朱利安弓身越過門廊，往下跳向樓下的頂層甲板，喬許亞見了也立刻跟著縱身一躍，落在朱利安的後方擋住他。他們在甲板上扭打了一會兒後，馬許聽見喬許亞發出痛苦的吼叫，硬著心腸別過頭不去看，努力在槍管裝入子彈關好——抬頭再看時，朱利安已經走來；那張無血色的臉散發著陰氣，森森白牙猙獰地逼近。馬許不由自主地指扣一緊，竟然還沒有瞄準就射擊出去，子彈當然偏得很遠。然而，槍身強大的後座力撞得他四腳朝天地往後翻仰，而這一撞或許恰巧救了他的命。朱利安沒抓到他，自己躍開，同時見到喬許亞上樓來，有了剎那的遲疑。

喬許亞的右臉有四道長長的血痕。「看著我，朱利安，」喬許亞柔聲喚道，「看著我。」

馬許還有一發的機會。仰躺在甲板上，他豎起獵槍，可惜還是慢了一步。戴蒙·朱利安已經硬生生抽回視線，及時看見子彈正向自己射來。他旋身躍開，子彈於是劃過虛空，而這時的喬許亞已經扶著馬許站了起來。驚見朱利安的身影消失在樓梯間，喬許亞叫道：「去追他！小心點！他可能在等你。」

「那你呢？」

「我會盯著不讓他離開船外。」話才說完，喬許亞立刻從甲板邊緣一躍而出，輕盈飛過艙樓，動作仍然俐落安靜，然後落在離酸比利約有一碼遠，落地時像是有些痛苦，還滾了幾圈，但他很快就站了起來，箭步衝向主階梯。

馬許再取出兩顆子彈，裝填上膛，接著走向樓梯，先是謹愼地向下窺探，然後才小心翼翼地踏出步伐。獵槍已經就緒，隨時可擊發。階梯板被他踩得軋軋作響，四周卻沒有別的聲音。馬許知道這不算什麼，他們那一群個個都有走路不出聲的本領。

莫名的一股直覺，馬許知道朱利安會躲在哪裡，不是在交誼廳，就是旁邊的某一間客艙裡。馬許的手指扣在扳機上，始終警覺著，再邁一步，然後停住，讓自己的眼睛習慣黑暗。

就在船艙最遠的盡頭處，有東西動了一下。馬許舉槍瞄準，定住，隨即放下。那是喬許亞。

「他還沒有離船。」喬許亞朗聲道，一面轉頭環視四處。那動作比馬許靈活多了。

「我也認爲他還沒。」馬許正說時，忽然覺得船艙裡令人發冷，裡頭陰涼又停滯的氣息活像個長久封閉的墓穴，而且也太暗了，馬許只能依稀看到模糊的影子。「我要一點光亮。」他說著，豎起槍口，朝天花板開了一槍。槍聲悶悶地迴盪在空間中，碎玻璃隨即落下。馬許拿出子彈再裝塡，一面又說：「我根本看不見東西。」

臂下夾著槍，馬許邁步向前。長形的船艙寂靜得詭異，視線所及之處都是空蕩蕩的。也許朱利安就躲在吧檯後面，馬許心想，一面往那兒走去，一面提高警覺心。

隱約的叮噹聲傳進他的耳裡，是水晶燈的碎片被風吹動。艾伯納・馬許皺了皺眉頭。

就在同時，喬許亞叫道：「艾伯納！你的上面！」

馬許抬頭時，戴蒙．朱利安剛好放手，從一盞水晶吊燈跳下來，直撲向他。

馬許想舉槍瞄準，但已經來不及，動作也太遲緩。朱利安準確地落到馬許的正上方，一反手就把獵槍從他的手裡扭走，緊接著兩人都跌在地上。馬許翻滾著想脫身，卻被緊抓著扯了回去。他盲目且憤怒地揮出重重一拳，得到的回應是不知從哪兒來的一股爆炸聲，差一點就打爆了他的頭。剎那間，他怔住了。發現自己的手臂被反扭在後，馬許大叫起來，抓著它的壓迫力竟還在增強。他努力想站起來，無奈承受不了手臂上的疼痛，接著就聽到一個斷裂聲，他再次哀號，比先前更大聲，因爲那股劇痛竄遍了全身。他被狠狠推倒，臉在發霉的地毯上磨擦。「掙扎啊，我親愛的船長，我就扭斷你另一條手臂。」朱利安輕聲地說，「別動。」

「放開他！」喬許亞說道。馬許抬起眼，看見他站在二十呎外。

「我很不想呢。」朱利安應道，「別動，親愛的喬許亞。你要是過來，我會在你離這兒五步之內撕裂馬許船長的喉嚨。你站住不動，我就饒他一命。你懂了嗎？」

馬許緊閉雙唇，試著挪動身體。喬許亞站定在那兒，雙手張成爪狀向前伸，灰色的眼眸彷彿失了生氣，但是仍在狐疑。「是，」喬許亞說，「我懂。」

馬許環顧身旁，看見獵槍就在五呎遠，他伸手就可以拿到。

「很好。」戴蒙．朱利安道，「好啦，我們何不讓自己舒服點？」馬許聽見朱利安拉過一張椅子，就在他的後方坐了下來。「我就坐在這兒，坐在陰影中。你可以坐在那個天窗下面享受陽光，那可是船長特地開來照亮交誼廳的呢。去啊，喬許亞，照我的話做，除非你想看他死。」

「你要是殺了他，我們之間就什麼也沒有了。」喬許亞道。

「也許我願意冒這個險。」朱利安回答他，「你呢？」

喬許亞·約克慢慢打量四周，皺起眉頭，搬了一張椅子到那個破洞投下的光亮處，然後坐在陽光底下，離他們足足有十五呎遠。

「把帽子摘掉，喬許亞。我想看看你的臉。」

約克面露怒容，脫下他的寬沿帽，隨手拋進陰影中。

「太好了，」戴蒙·朱利安道，「現在我們可以一起等了。等一下就好，喬許亞。」他的笑聲清脆。「等到天黑。」

# 第三十三章

## 蒸汽輪船烈夢號上，一八七〇年五月

酸比利·提普頓睜開眼睛想哀叫，嘴裡吐出的卻只是虛弱喘息。他吸了一口氣，也吞下一口血。酸比利這幾年喝的鮮血夠多了，他認得這個味道，只不過這次是他自己的血。他痛苦地咳著想要空氣，覺得很不舒服。他的胸口好像整片著了火，而他躺著的地方又濕漉漉的。血，這麼多血。「救我。」他哭喊著，氣若游絲，大概只有三呎內的人才聽得見。他打了個寒顫，再次閉上眼睛，想像自己也許可以睡著，疼痛就會消失。

但是痛感仍然持續。酸比利一直閉眼躺著，只能斷斷續續呼吸，卻感覺胸腔一次又一次震撼著吶喊。他滿腦子只想著體內的血快要流光了，臉下的甲板又冷又硬，還有一股味道。他聞到一股惡臭，味道怎麼也散不去，好一會兒才明白是怎麼回事。他在昏倒時失禁了，屎也拉在褲子上，下身雖然沒感覺，但他聞得到。他開始哭泣。

到最後，酸比利·提普頓哭不出來了。他已流乾了眼淚，也痛得太厲害了。這股痛實在要人命。他試著想想別的事，轉移對這股痛楚的注意力，然後他慢慢記起：馬許和喬許亞·約克，那把在他面前發射的獵槍——他們是來傷害朱利安的，而他曾經試著阻擋他們，可惜這次不夠快。他再度叫喊：「朱利安！」用的聲音比剛才大了些，但還是不夠。

沒人回應。酸比利又啜泣起來，並且睜開眼睛。他從挑高的頂層甲板摔下來，摔在艏樓上。天亮了，戴蒙．朱利安不會聽見他的呼聲，就算聽見，也不會在這樣的大白天裡出來救他，除非等到天黑；等到天黑，他就死了。「等到天黑，我就死掉了。」他提高嗓門，聲音卻小得連他自己都聽不清楚。他又咳了幾下，嚥下幾口血，無力地道：「朱利安先生……」

他休息片刻，思索著，或試著思索。他想，他大概被打成了蜂窩，胸前一定血肉模糊，應該早就死了，因爲馬許開槍時離他很近，所以他應該被射死了。可是他並沒有死。酸比利竊笑起來，因爲他知道這其中的原因——獵槍已經殺不死他了。他已經快要成爲他們的一份子，就像朱利安所說的那樣。酸比利覺得那過程的確在發生，每當他照鏡子，他總覺得自己的臉色蒼白了些，眼神也變得越來越像戴蒙．朱利安。他想，也許再過個一、兩年，他在夜裡也能看得和他一樣清楚了，這全是鮮血的功效。要不是那味道太噁心，他會喝更多，也會蛻變得更完全吧。說到喝血，他有時眞的嚥不下去，不停反胃，吐了又吐，但他還是勉強喝下去。朱利安說的對，喝血眞的讓他變強壯了。以前都只是他自己的感覺，如今可有了證明，因爲他被獵槍打中又從高處摔落，竟然還沒有死。喔不，他還活著呢。他正在復癒，就像戴蒙．朱利安。他已經接近他們了。酸比利微笑起來，決定要繼續躺在這兒，直到傷勢康復，然後他就要去殺艾伯納．馬許。他可以想像馬許到時會有多恐慌，因爲他槍殺的人竟然活了過來。

只不過這股痛楚實在難受，要是不這麼痛就好了。酸比利心想，那個該死的總管拔劍刺中朱利安那天，不知道他是不是也這樣痛。他想東想西，也想到他以後要做的事：他要到加勒廷街去，愛幾時去逛就幾時去逛，街上的人都會尊敬他，然後他要找高個兒的黃種女郎和克里奧姑娘作陪，才不找那些舞廳出來的野馬，等他玩膩了，他就喝她們的血，這樣就不會再有別人能擁有她們，而她們也不會再嘲笑他，不像那些潑婦以前老愛笑他。那眞是過去的糟糕日子。

酸比利・提普頓喜歡思考未來。但過了一會——幾分鐘、幾小時，他也搞不清楚了——他沒法兒思考了。他一直想轉移注意力，可是呼吸始終帶來疼痛，他原以爲疼痛感應該會慢慢漸輕。不只如此，他仍在大量流血，以至於頭都暈了。若他正在復癒，爲什麼還會流血？突然間，酸比利怕了，也許他離完全蛻變還遠得很，也許他根本就不會自癒……也許他只會躺在這兒流血至死。他開始盡力大喊：「朱利安。」朱利安可以完成他的蛻變，可以幫助他好起來，讓他強壯。只要能趕到朱利安身邊，事情就有轉機，朱利安會照料他的。朱利安怎能沒有他這位好幫手呢？酸比利又叫了一次，這一次連喉嚨都痛了。

沒有回應，仍只有寂靜。他聽見腳步聲，希望是朱利安或其他人來救他。還是沒有動靜，除了……他聽得更仔細，發現那是說話聲，還包含了戴蒙・朱利安的聲音！他聽得到他！他鬆了一口氣。

不過朱利安聽不見比利的聲音。就算他聽得見，大概也不會趕來，因爲這兒正曝曬在陽光下。這個念頭令酸比利害怕起來。朱利安只會等到天黑了才趕來，他怕到時便太遲了。

酸比利・提普頓打定主意，他一定要去找朱利安。與其躺在這兒捱痛流血，還不如想辦法移動，跟朱利安會合，讓他救他。

酸比利閉緊嘴巴，使出渾身的力量，試著爬起來。

他發出了慘叫。

他一動，槍傷的疼痛就像燒燙的刀鋒割進肉裡，突如其來的劇痛立刻傳遍全身，把腦中所有的想法、希望和恐懼都抽走，只留下疼痛。他尖聲號叫，不再亂動，渾身抽搐，感覺到心臟狂跳，然後更多的痛感，隨後漸漸淡去。也就在這時，他發現自己感覺不到雙腿的存在，想要動動腳趾，卻完全感覺不到它在哪裡。

他眞的要死了。眞不公平。就差這麼一步。這十三年來，他喝了那麼多血，已經變得更爲強壯，眼看就要成功了。他原可以得到永生，他們卻跑來壞事，剝奪這一切。那些人總在剝削他，害他一無所有。這是使詐，這世界又騙了他，那些黑鬼、克里奧人和有錢老爺們，他們總是對他使詐、嘲笑他，現在又把他的人生騙得這樣淒慘，騙走他的報復和一切。

不行，他一定要去找朱利安。只要他能完成這場蛻變，一切就會沒事，否則他只能死在這裡，而旁人永遠都會笑他，說他是傻子、廢物，會尿在他的墳上，羞辱他。他非去找朱利安先生不可，那才可以讓他自己反過來變成嘲笑他人的人。對，他一定可以。

酸比利深吸一口氣，感覺到那把小刀仍握在手上，於是挪動手臂，將刀子咬在嘴裡，忍不住打顫。這就對了！手臂沒有那麼痛，可見它們還是好的。他伸展手指，死命摳在血濕的甲板上，然後使勁拉，把自己拖向前。他的胸口仍像火燙，刀鋒在嘴裡亂跑，他只好咬得更緊些。光是這一下，痛楚和疲累就讓他受不了，但當他睜開眼睛，發現自己移動了，他那含著刀的嘴便露出微笑。他覺得自己大概往前爬了一呎，再來個五、六次，他就可以爬到樓梯口，接著就有欄杆可以讓他抓扶著上樓了。

他們的聲音就從樓上傳來，他想，他爬得過去。他知道自己可以。他一定得行！

酸比利·提普頓伸長了手臂，用那長長的指甲扣進木頭裡，嘴裡仍舊咬著小刀。

# 第三十四章

## 蒸汽輪船烈夢號上，一八七〇年五月

襯著恐懼，時間在沉默中度過。一小時又一小時。

艾伯納·馬許坐在戴蒙·朱利安近處，背靠在大理石吧檯邊，一面包紮他的傷臂，一面喘著氣。他一直被反扭著壓在地上，直到斷臂的痛楚難當，令馬許忍不住呻吟，朱利安才准他起來。這麼坐著比較不痛，但只要他隨便亂動，他知道會有另一股疼痛接踵而來，所以他坐定在那兒，扶著手臂，在腦中思索。

馬許從來不擅長下棋，這一點已經讓強納森·傑佛證明好多次了。不知怎地，有時他連那些棋子的走法都記不住，但在此刻，他看著眼前各人的位置，突然體會什麼叫困局。

喬許亞·約克挺直了脊背坐在椅子上，雙眸深黑，在這個距離下也讀不出他在做什麼盤算。陽光一直照在他身上，吸走他的生命，燒卻他的力量，猶如河面上的晨霧被蒸散那樣；他全身緊繃，一動也不動，只為了顧全馬許的安危。喬許亞知道，只要自己一發動攻勢，還來不及撲向朱利安，艾伯納·馬許就會被自己的血嗆死了。馬許若死，喬許亞大可繼續撲殺戴蒙·朱利安，也或許殺不了，但不論如何，對馬許而言都沒有太大的分別。

朱利安也陷在困局裡。要是他殺死馬許，他就失去籌碼，喬許亞下手將再無顧忌，而朱利安顯然爲此擔心。艾伯納·馬許知道他有多忌憚於喬許亞的力量。一個曾經被擊倒的人就會有這種憂慮，就算是戴蒙·朱利安這樣的怪物也不例外。朱利安擊敗喬許亞·約克不下十數次，還迫使他們的主從關係易位；而約克只贏過一次，但那已足夠。朱利安已經不敢再確定自己必勝，棲宿在他的體內的疑懼就像屍體裡的蛆。

馬許覺得軟弱又無助。他的手臂痛得要死，眼下又無計可施。他不觀察約克和朱利安時，眼光自然而然就會轉到獵槍上。太遠了，他對自己說。他坐到吧檯這兒來，結果離獵槍更遠了，這下子起碼有七呎。他知道自己做不到，就算時機再棒也很難，況且還拖著一條斷臂……他咬著嘴唇，想到了別的事。假使坐在這個位子上的是強納森·傑佛，也許就想得出辦法，想得出聰明又出其不意的狡詐鬼主意。然而傑佛已死，馬許現在只能靠自己，而他唯一會動的腦筋就是最單純、直接，又愚蠢的——設法去抓那把該死的獵槍。馬許當然知道，要是他那麼做，他就會死。

「陽光會不會干擾你啊，喬許亞？」坐了好一會兒之後，朱利安開口問道。「你這麼想跟他們打成一片，那眞該習慣這一點。好牲口都愛曬太陽。」他微微笑，然後迅速斂起，一如往常。喬許亞·約克沒有回應，朱利安也沒再說話。

看著他，馬許覺得朱利安似乎也衰老了，就像這輪船和酸比利那樣。莫名地，現在的朱利安跟當年不一樣了，甚至更駭人。在剛才自問自答之後，朱利安就沒再出聲，一聲都沒有，他既不看喬許亞，也不看馬許，好像也沒在看什麼東西。他的眼神定在一處沒有東西的地方，像煤炭一樣死硬冰冷。那雙眼眸仍然擁有機智，也仍有微微的光燄射出，特別是處在他所坐的這片陰影中，襯著那一雙白濃眉；可是那完全不像是人的眼睛了——朱利安也不像個人了。馬許還記得他登上烈夢號的那一天，他的眼神好像戴著多重面具，一副換過一副，先是讓人捉摸不著，直到面具都換完了，最底層的野獸才會現身。然而現在不是。那眼色裡的面具彷彿不存在了，彷彿戴蒙·朱利安再也不掩飾自己。他曾是馬許此生所遇過最邪惡的人，而他的邪性中又有一部分屬於人性之惡：他的惡毒、謊言、恐怖卻昂揚的笑聲，他在凌虐時的殘酷喜悅，還有他對美麗和毀滅美麗的喜愛——如今都蕩然無存。那副軀殼裡只剩下獸性，等著在黑暗中展開獵殺，無路可退卻令人恐懼，同時也難以捉摸。朱利安不再用言語調侃喬許亞，不再發表他對善惡強弱的高見，也不用陳腐卻輕柔的承諾哄騙馬許，只是坐著等，籠罩在黑暗中，看不出年紀的臉龐褪下了所有表情，眼神渺茫又空虛。

艾伯納·馬許終於了解，原來喬許亞說對了。朱利安瘋了，甚至比發瘋更糟。朱利安現在是個幽魂，寄宿在那個身體裡的東西根本沒有心志。

然而，馬許苦澀地想，「那東西」才是最大的贏家。幾個世紀後，戴蒙·朱利安也許會死，他所有的偽裝和面具也會死去，但那頭野獸卻會繼續存在。朱利安夢想著黑暗與安眠，野獸卻不會。它既聰明又有耐心，而且強悍。

艾伯納·馬許又瞥向獵槍。真希望能搆到它。要是他能像四十年前那樣敏捷有力就好了，要是喬許亞能轉移這野獸的注意力更久一點就好了。現實卻是，這野獸既不會願意與喬許亞對望，馬許也不夠敏捷有力，而他還拖著一條痛死人的斷臂。無論再怎麼想，他都不可能及時衝出去拿到槍，何況槍管還朝錯了方向——那槍口現在正指著喬許亞。若是它指著那個自稱朱利安的鬼東西，也許還值得冒險一試，馬許只要能衝出去，快速地拿起槍扣扳機就行，但依照現在的指向，他在抓到槍桿後還得轉過大半身；加上又有這條傷臂。不成。這樣註定失敗，因爲那頭猛獸的動作太快了。

一絲呻吟從喬許亞的唇中逸出，半壓抑地因痛苦而呼喊。只見他先是把一隻手舉到齊眉，後來傾身向前，把臉埋在雙掌中。他的皮膚已開始微微泛紅，再過一會兒就會轉紅，然後焦黑、起火。艾伯納．馬許看得出他的活力正在消逝，究竟是什麼讓他有辦法一直坐在那炙人的光圈中，馬許不可能知道。當然，喬許亞很有種，這傢伙他媽的實在太有種了。突然間，馬許覺得自己有話非說不可。「殺了他！」他大聲喊道，「喬許亞，滾出來殺了他，媽的。別管我。」

喬許亞．約克抬眼看他，虛弱地笑了笑。「不。」

「王八蛋，你這死腦筋的白痴。照我說的去做！我他媽是個老頭了，我的生命沒什麼意義了。喬許亞，快照我的話去做！」

喬許亞搖搖頭，繼續把臉埋在手中。

那野獸訝異地瞪著馬許，好像聽不懂他講的話。馬許迎向他的視線，忍不住哆嗦；他的手臂很痛，眼底甚至也藏著淚水，但他一個勁兒地叫罵詛咒，整張臉都漲紅——他寧可這樣，也不要像個娘兒們一把鼻涕一把眼淚的。他吼罵了一頓，又大叫：「你一直都是我的好夥伴，喬許亞。只要我活著一天，我就不會忘記你。」

約克微微一笑。馬許看得出，他是在痛苦中擠出笑容。喬許亞已經明顯變得衰弱，陽光就快要殺死他了，到時候，馬許在這兒就孤單一人了。

白晝還有好幾個小時才會過完，雖然它一定會結束，而夜晚一定會降臨，艾伯納．馬許阻止不了這一切，就像他拿不到那把獵槍。等到太陽下山，黑夜爬上烈夢號，野獸會笑著起身，這間華麗大廳的每一扇門會敞開，其他人將會醒來、蠢動，每一個夜晚的子嗣，那些吸血鬼，都是這野獸的子女和奴隸。他們會從那些破鏡、褪色的油畫裡現身，靜悄悄地，白皙的臉上掛著冰冷的微笑和令人畏怖的眼神，而他們之中有些人曾是喬許亞的朋友，其中一個甚至懷著他的孩子，但馬許知道，這都不會改變什麼。他們都屬於這頭野獸。喬許亞滿懷口才、正義和夢想，但野獸擁有力量，而牠會喚醒那些人體內潛藏的野獸，喚醒他們的腥紅飢渴，令他們順從。牠自己並不飢渴，但牠記得。

等這些門打開，就是艾伯納．馬許的死期。戴蒙．朱利安雖說要饒他一命，但他心裡的野獸可不會受朱利安的承諾所束縛，因爲牠知道馬許有多危險。儘管又老又醜，馬許今晚仍將成爲他們的饗宴，而喬許亞也會死，或者更糟——成爲他們的一員，然後他的孩子也會長成另一頭野獸，殺戮將永無止盡，腥紅飢渴會延續幾百年，所有狂烈熾熱的夢想都將腐爛凋零。

話說回來，誰又能阻止呢？這頭野獸的地位比它們都崇高，是自然的力量之一。牠就像這條河，亙古無垠。牠沒有懷疑、沒有思想、沒有夢想或計畫。喬許亞．約克或許曾經打動戴蒙．朱利安，但當朱利安心底的獸性湧現——那是活生生的、絕對的強大。喬許亞已經麻醉了他自己的獸性，馴服了牠，所以他現在只能用人性來面對獸性。人性是絕對不夠的。他沒有勝算。

艾伯納．馬許皺著眉頭，腦中像是打了一個結。他想找出那個結，就是只差那麼一丁點。手臂更痛了。他眞希望手邊有一點喬許亞的怪味藥酒，那玩意兒喝起來雖噁心，但喬許亞說裡面有鴉片酊，應該有點兒鎮痛效果。酒精也不會有什麼問題。

從天窗破洞照進來的光線角度變了。馬許判斷，應該是下午了。再過幾個小時，廳門就會大開。他注視著朱利安，又看了看獵槍，一面捏著自己的傷臂，好像這麼做可以減輕疼痛。他剛剛到底在想什麼？想喝喬許亞的藥酒？……不，是想到這頭野獸，還有喬許亞的勝算微乎其微……

艾伯納．馬許瞇起眼睛，轉頭望向喬許亞，心想，他曾經擊敗過朱利安，雖然只有一次，也不知當時的朱利安是人性還是獸性，但喬許亞確實贏過一回。爲什麼他不能再贏一次？爲什麼？馬許掐著手臂，緩慢地前後搖，希望能減輕更多痛楚，好讓他的思路清晰一點。爲什麼，爲什麼，爲什麼？

然後他想到了，就像老樣子。艾伯納．馬許的腦筋或許動得慢，但從不忘記事情。那瓶藥酒，他回想，那次逃出來，喬許亞被太陽曬暈時，他曾拿去灌在他的咽喉裡，瓶子裡的最後一滴落在他泥濘的靴子上，然後他把空瓶子扔進河裡去了。幾個小時後，喬許亞離開了，然後過了……多久？……好幾天吧。他花了好幾天才回到烈夢號上，一路上拚命趕，趕著回船上補給他的藥酒，趕著逃離腥紅飢渴，然後他找到了輪船，發現船上的殺戮，情緒就開始失控了，朱利安就變得……馬許回憶起喬許亞說過的話：「……我對他尖叫，毫無理性地尖叫。我要復仇。我要殺他，我從沒有這樣迫切地想殺人過；我要撕裂他蒼白的喉嚨，還要品嚐他那可憎的鮮血！我的憤怒……」不，馬許想著，不單是憤怒，還有飢渴。在他的認知裡，那是喬許亞最狂暴的一次，而當時的他只在腥紅飢渴的初期階段！

馬許忽然覺得心頭一寒，懷疑喬許亞是否知道眞相。要是朱利安當時沒有出面，不知後果會是如何。怪不得喬許亞當時能贏，而且後來就沒再贏過，全是因爲他的怒火、恐懼和殺性縱橫，而當時的他已經多日沒有服用藥酒……一定是因為飢渴，使他心中的野獸在那一晚甦醒，而牠的力量比朱利安來得更強大。

想到這裡，艾伯納．馬許興奮了一會兒，驀地又冷下來，覺得這不羈的希望好像跑錯了方向。他是想出了道理，但這對現況有什麼鬼用？喬許亞在他最後一次的逃亡時帶足了藥酒，此行出發前，他在紐奧良也喝掉了半瓶。馬許想不出要如何喚醒喬許亞的狂熱；讓他狂暴是他們唯一的機會……他的眼光又回到獵槍上。去他的廢物獵槍。「媽的。」他咕噥道，一面告訴自己，忘了獵槍吧，它派不上用場的，動腦筋想，像傑佛先生那樣思考，想出解決之道。馬許想到，就像在賽船，你不可能單靠跑直線就贏過對手，一定要使點小聰明，像是僱一個熟知大小捷徑的閃電舵手，說不定還要買光河邊所有的櫸木，讓你的對手除了棉白楊以外啥也買不到，船上甚至要擺些豬油。就是要耍手段！

馬許捻著鬍子沉吟。他知道自己做不了什麼事，關鍵全在喬許亞身上，只要喬許亞能發脾氣就好。眼看他現在是一分鐘比一分鐘衰弱，但除非馬許死掉，他大概不會挪動半步。要是有其他辦法可以讓他移動……喚醒他的飢渴……總有辦法才是。那症頭是怎麼來的？每個月一次，諸如此類，除非一直服用藥酒，那就永遠也不會來。會不會有別的誘因？有沒有別的事物可以引發飢渴？馬許覺得應該有，但就是想不出來。也許憤怒有點關係，但力道還不夠。美麗？眞正美麗的事物會令他沉溺，就算喝了藥酒也無法阻攔。他選我當合夥人，大概是因為大家都說我是河上最醜的男人吧，馬許心想。但這還是不夠。天殺的戴蒙．朱利安長得也夠漂亮，還不是一樣激怒喬許亞？喬許亞仍舊迷失，總是迷失，是藥酒令他如此？一定是的……馬許開始回想起喬許亞自述的生平，那些黑暗的夜晚，那些死亡，還有當飢渴主宰他的身心靈時，那戰慄痛苦的時刻。

「……子彈神準地打中我的胃，」喬許亞當時說，「我血流如注……我爬起來。我想我當時看起來一定很可怕，臉色蒼白，全身是血。就在那一刻，有股奇怪的感覺湧進腦中……」朱利安啜飲著紅酒，微笑著問：「你眞的以爲我在八月的那天晚上會傷害你？哦，也許眞的會，因爲我當時又痛又憤怒。但自從……」同時馬許記得，當他把傑佛的劍從身上拔出來時，他的表情扭曲而殘酷……他也想起維樂麗，全身灼傷，在小艇上垂死，想起她淒厲地叫著撲向卡爾．弗蘭姆的喉頭……腦中又聽見喬許亞在說話，說：「那男人又揍我一拳，但我反手把他打飛了出去……接著他又衝上來……」

一定沒錯，艾伯納．馬許心想，一定是的。這是他唯一想得出來的條理，唯一能理出來的頭緒。他瞄向天窗，陽光的角度已經十分傾斜，而且好像帶了一點紅光。喬許亞已經有一半坐在陰影裡。要是一個小時前，馬許會爲此感到寬慰，但他現在可不確定了。

「救我……」

就在這時，有個聲音說道。那聲音沙啞微弱，夾雜著喘息、痛苦和嗆咳，但他們都聽見了。在逐漸黯淡的寂靜中，他們都聽見了。

酸比利．提普頓從微光中爬了過來，一路在地毯上留下血痕。馬許看他並不完全是用爬的，而是將那把天殺的小刀戳進地板，靠手臂的力量將身體一點一點往前拉，好像在地上蠕動。他的兩條腿大概都癱了，脊椎骨彎曲成極不自然的角度，令他看起來根本不成人形。他滿身髒污，還有乾掉的血糊，並且還在繼續流血。他又把自己往前拉一步。他的胸腔看起來是凹陷的，痛苦令他的臉像是一張恐怖的面具。

喬許亞．約克慢慢起身，像在作夢般，而他這時的臉已經紅得可怕。「比利……」他開口道。

「坐回去，喬許亞。」野獸說道。

約克茫然看著他，舔了舔乾裂的嘴唇。「我不會對你不利的，」他說，「讓我殺了他。對他是個仁慈。」

戴蒙．朱利安笑著搖頭：「要殺可憐的比利，那我得殺了馬許船長。」

朱利安說這話時，聽起來又像平常的他了；流暢的發音，話語間的寒意，隱約而模糊的意趣。

酸比利又往前挪了一呎，停了下來，全身顫抖。鮮血從他的口鼻湧出。「朱利安。」他說。

「你要大聲點啊，比利。我們都聽不清楚。」

酸比利抓緊他的小刀，面容扭曲，使盡了力氣想要抬起頭。「我……救我……受傷了，我受傷很重。內……內傷，朱利安先生。」

戴蒙．朱利安從椅子起身：「我看得出來，比利。你想要什麼？」

酸比利的嘴開始不聽使喚，他說的話幾乎像是低語：「幫……改變……完成改變我……一定……我要死了……」

朱利安看著比利，也看著喬許亞。喬許亞仍然站著。艾伯納．馬許繃緊了身子，看著那管獵槍。朱利安站著時，機會不大，來不及轉身對著他再開槍，但若是……他看著比利，覺得他承受的痛楚太駭人，令馬許幾乎忘掉自己手臂上的痛。比利仍在乞求。

「……永生……朱利安……把我變……成你們……」

「啊，」朱利安道，「我恐怕有個壞消息要給你了，比利。我不能改變你。你眞以爲像你這樣的東西能成爲我們的一份子？」

「……答應的，」比利的低語尖銳起來，「你答應的。我快要死了！」

戴蒙·朱利安笑了。「沒有了你，我還能做什麼呢？」

他輕快地大笑，而馬許到這一刻才終於發現，原來這才是朱利安，一向都是。他體內的野獸會讓這樣豐富、悅耳卻愚蠢的笑聲流露出來。馬許聽著笑聲，看著酸比利的表情，也看見他顫抖著從地上拔出小刀。

「你下地獄去吧！」馬許向朱利安咆哮，同時倏地站起身。朱利安回頭望來，表情驚愕。馬許拋開疼痛，直向獵槍奔去，不過朱利安比他快上一百倍。馬許沉重地撲到槍上，在落地的那一刻差點沒因爲劇痛而昏厥，但就在他感覺獵槍壓在肚子下方時，他也感覺到朱利安冰涼的雙手圍上了自己的脖子。

說時遲那時快，戴蒙·朱利安發出一聲慘叫，艾伯納·馬許連忙向旁邊翻滾。朱利安踉蹌後退，雙手掩在臉上。酸比利的飛刀挖出了他左眼，鮮血正從他蒼白的指間流下。「死吧，你這天殺的！」馬許吼叫著扣下扳機，立刻轟掉了朱利安的雙腳。槍身撞在馬許的上臂，痛得他號叫起來。有那麼一瞬間，他眞的暈了過去。等到這陣劇痛減緩，他及時清醒過來，睜開眼睛，看見自己雖然癱坐在地上，卻做到了。馬許剛好聽見那一陣尖銳的碎裂聲，像一根濕樹枝折斷。

喬許亞．約克從比利．提普頓的屍體旁站起來，雙手都是他的血：「他已經沒救了。」

馬許猛吸一口氣，感覺到心臟跳得劇烈。「我們做到了，喬許亞。」他說，「我們殺了那該死的——」

有人大笑。

馬許轉過頭去，吃驚地往後退。

是朱利安在笑。他沒有死，只是失去一隻眼睛，而小刀並沒有深及他的大腦。馬許這才發現自己的失誤，而且太遲了。他應該對準朱利安的胸口，要不就是轟掉他的頭，但他剛才只是貪快、貪圖方便，結果隨便開了槍。朱利安的衣服都扯破了，但他沒有死。「我沒像可憐的比利那樣容易被殺死，」他一面說，鮮血一面從他的眼洞湧出，沿著臉頰流下，但是傷口已經開始結痂，血也開始凝結。「但你就跟他一樣容易了。」他衝向馬許，腳步已明顯遲緩。

馬許原想用那隻傷臂攬住獵槍，因爲他想從口袋裡掏出剩餘的兩枚子彈。他用身體頂住槍桿，一步步往後退，無奈疼痛令他使不上力。手指一滑，一枚子彈落到地板上。馬許連忙退到圓柱旁，聽見戴蒙．朱利安又大笑。

「不，」這回是喬許亞．約克開了口，臉上已是又紅又腫。他走到兩人之間說道：「我不允許。我是血之領主。住手，朱利安。」

「啊，」朱利安道，「親愛的喬許亞，又來了嗎？老毛病。但這是最後一次了。就連比利都明白他自己的本性了，你也該明白了才是，親愛的喬許亞。」他的左眼是一團凝糊的血，右眼則是懾人的黑洞。

喬許亞·約克沒有挪動半步。

「你打不贏他的，這頭天殺的野獸。」艾伯納·馬許道，「喬許亞，不要。」但喬許亞·約克只是聽而不聞。獵槍在那隻傷臂下滑到了地板，馬許彎身，用完好的那隻手去撿，然後把槍甩在身後的圓桌上，開始裝子彈。他只有一隻手，裝起來很慢，指頭太粗，動作也不靈活，害得子彈一直滑掉。好不容易成功，他關上彈室，撐著站直了身子。

喬許亞·約克緩慢轉過身，那模樣就像烈夢號追撞艾麗瑞諾號那一晚。他朝馬許邁出一步。「喬許亞，不，」馬許說，「讓開。」

喬許亞卻再向他走近，全身顫抖，正在抗拒。「讓到一邊去，」馬許說道，「讓我好好開一槍。」

喬許亞好像沒聽見。他的表情流露出一股駭人的死氣。獸性已經掌控了他，而他正舉起強壯蒼白的雙手。「媽的，」馬許罵道，「媽的，喬許亞，我一定要動手。我都想過了，這是唯一的辦法。」

喬許亞·約克掐住艾伯納·馬許的脖子，他的灰眼珠散發著惡魔般的感應力。馬許倉皇舉起槍口抵住喬許亞的脅下，拉動了扳機。爆炸的威力驚人，煙硝和血腥味迸散開來。約克彈出去重重摔倒，痛苦地喊叫，而馬許只是走開。

戴蒙·朱利安嘲諷地笑著，一個箭步，冷不防就抽走了馬許手中的獵槍。「現在就剩下你我兩人了，」朱利安道，「就只有我們兩個，親愛的船長。」

正當他微笑時，喬許亞的哀號變成了嘯吼和尖叫，緊接著弓也似地撲到朱利安身上。朱利安錯愕大喊，與喬許亞翻滾扭打成一團，一路撞上吧檯才分開。戴蒙·朱利安先起身，喬許亞也立刻跳起來。約克的肩頭有一灘血糊，下方的胳膊無力懸垂著，但在他瞇起的雙眼中，艾伯納·馬許可以感覺到狂熱的野獸正在發怒。約克正處在痛楚中，馬許得意地想著，痛楚正好可以喚醒飢渴。

喬許亞拖著腳步前進，朱利安卻往後退，一面笑著。「不是我啊，喬許亞，」朱利安說，「傷害你的是船長。那位船長。」喬許亞停住，朝馬許瞥了一眼。馬許等著，看看飢渴會用什麼方式驅使他，也想知道會是誰爭得主導權——是喬許亞，還是野獸。

約克依稀向戴蒙·朱利安淺淺一笑，無聲的打鬥就這麼開始了。鬆了一口氣，馬許虛脫地休息了一會兒，恢復些許體力，然後彎腰去撿剛才被朱利安拋開的獵槍。他將槍拿到圓桌上拆開、裝填，然後關好，上膛，但這一連串動作變得比剛才更吃力、更遲鈍了。當他重新把槍桿夾在手臂下，戴蒙·朱利安已經跪在地上，用手指挖進自己的眼窩，將那顆被刺瞎的眼珠血淋淋地扯了出來。他的手弓成杯狀，高舉著眼珠，正等待喬許亞·約克彎下腰接受這輸誠的獻禮。

艾伯納·馬許快步上前，將槍口抵在朱利安的太陽穴，然後擊發。

喬許亞顯得十分怔愣，好像剛被人粗魯地從夢中驚醒。馬許嘀咕著拋下手中的槍。「你不會要吃那個的，」他對喬許亞說，「別動。我有你想要的。」然後吃力地走進吧檯後方，找到那些沒標籤的暗色瓶子，拿起其中一瓶，吹去上頭的灰塵。就在這時，他抬起頭，碰巧看見那些敞開的廳門，還有每一張蒼白的臉。

只有單手可用，馬許花了一番工夫才拔出瓶塞，最後還用上他的牙齒。喬許亞·約克腳步浮虛地走向吧檯，好像正在暈茫，眼神中還有打鬥的狂躁，而他看見馬許遞出酒瓶，竟伸手抓住他的手臂。馬許不為所動，穩穩站定了。那一刻好漫長，他也不知道結果會是如何。喬許亞會接過瓶子呢，還是直接挑斷他的腕動脈？

「喬許亞，我們都得做出自己的選擇啊。」任喬許亞的手指緊抓著，馬許輕聲道。

喬許亞·約克瞪著他，瞪了好久好久，接著從他手中抽走瓶子，仰頭牛飲起來。深色的酒液順著他的咽喉一口口嚥下，溢出來流過他的下巴。

馬許拿出第二瓶，這回直接在吧檯邊緣俐落地敲去瓶口，然後高舉：「敬這天殺的烈夢號！」

他們開懷共飲。

# 終章

墓園老舊且雜草叢生，處處都聽得見河水聲，因爲它就設在密西西比河畔的一處高崖上。崖下的滾滾湍流似無止盡，彷彿它千年來都是如此。你可以坐在崖頭，兩腳懸空，眺望這片大河，在和平與美麗的氣氛中小酌。大河的這一段可說是丰姿萬千，有時是一片金黃，有時被成群的飛蟲嗡嗡聲包圍，也可以見到低垂的枝椏拂動水流；日落時分，河面先是古銅色，繼而紅色，紅得讓你聯想到摩西的故事。在晴朗的夜晚，河水深沉卻清澈，點點星光會倒映在河波之間，皎潔的月亮在水裡游移起舞，看起來甚至會比天上的本尊更大更漂亮。大河也會隨著季節變貌。當春季的氾濫期來臨，河水棕黃污濁，在河岸和樹幹上沖蝕出高水位記號。在秋天，各種顏色的落葉慵懶懶地做扁舟，在它藍色的擁抱中漂浮。到了冬季，河面的冰結得死硬，白雪會將它蓋得滿滿，化成一條沒有人能通行的銀白大道，閃耀得令人目眩；在冰層下，河水仍然奔流，從不停歇。等到大河抖落一身冰雪，那聲響巨如雷鳴，冰陸的隙裂更是驚心動魄。

大河每一分每一刻的心情轉變，從這座墓園都能看見。從園中看去，景物仍如同千年以前。直到今天，愛荷華這一面的河岸仍只有樹林和岩壁。大河本身是安詳、空敞而沉靜的，若是在一千年前，就算看上幾個小時，你也許只會看見一個印地安人划著獨木舟流過。然而今日，你一樣看上幾個小時，也只會看見一長串貨櫃平底船，由一艘小柴油拖船拉著跑。

橫在古今之間，大河曾有一段澎湃的輝煌時期，黑煙和蒸汽處處，船笛和爐火妝點它的熱鬧。時至今日，蒸汽船都已消逝，大河寧靜又和平。墓園裡的死者大概不會喜歡這一點，因爲葬在這兒的人，有半數是行船人。

墓園本身也十分寧靜。大多數墓主都是很早以前就葬入的，現在甚至有他們的孫子輩進駐此地。這兒的訪客並不多，其中有群人只來拜訪一座不起眼的墓。

這兒的某些墳造得大而氣派，有的在墓碑上還有雕像，好比一個高個兒穿著舵手制服，手裡握著半圈或整圈的舵輪，望著遠方。另外有些洋洋灑灑地寫滿了墓誌銘，介紹死者的河上人生，描述他們如何因鍋爐爆炸而死，或因戰爭而死，或是淹死。但訪客們來此都不是爲了他們。他們來憑弔的墳樸素多了，墓石顯然已歷經百年風霜，但被保養得很好。刻在上面的字句也很簡單，只有名字、年份，還有兩行詩。

艾伯納·馬許船長
一八〇五—一八七三
是這夜已深沉
而我們不再流浪

就在姓名的正上方，墓石上刻著一個細巧而異常精緻的圖案，看得出是兩艘大型的外輪汽船在賽快。歲月和天候令這圖案有些磨損了，但還是看得出兩船的煙囪在吐著濃煙，甚至能感覺她們的速度；要是湊近些，用手指頭撫過圖案，可以約略摸出她們的名字。落後的船名是日蝕號，在當年極富盛名；跑在前頭的，則不見載於大部分的河籍史料中，而上面刻的名字是烈夢號。

最常來憑弔的那位訪客總是用手指觸摸她，彷彿在祈求好運那樣。

說來奇怪，他總在夜晚造訪。

——本書完

國家圖書館出版品預行編目資料

燬熱之夢 / 喬治・馬汀(George R. R. Martin) 著；
章澤儀譯. -- 二版. -- 臺北市：蓋亞文化, 2017.6
面；　公分. -- (Fever)
譯自：Fevre dream
ISBN 978-986-319-241-1(平裝)

874.57　　105019342

Fever

# 熾熱之夢［新版］ FEVRE DREAM

作者／喬治・馬汀（George R. R. Martin）
譯者／章澤儀
封面設計／克里斯
出版／蓋亞文化有限公司
地址◎台北市103赤峰街41巷7號1樓
電話◎（02）25585438　　傳眞◎（02）25585439
部落格◎http://gaeabooks.pixnet.net/blog
電子信箱◎gaea@gaeabooks.com.tw
投稿信箱◎editor@gaeabooks.com.tw
郵撥帳號◎19769541　戶名：蓋亞文化有限公司
法律顧問／宇達經貿法律事務所
總經銷／聯合發行股份有限公司
地址◎新北市新店區寶橋路二三五巷六弄六號二樓
電話◎（02）29178022　　傳眞◎（02）29156275
港澳地區／一代匯集
電話◎（852）27838102　　傳眞◎（852）23960050
地址◎九龍旺角塘尾道64號龍駒企業大廈10樓B&D室
初版一刷／2017年06月
定價／新台幣 399 元
Printed in Taiwan

ISBN／978-986-319-241-1